KB093400

대프니 듀 모리에

10 세계문학 단편선

대프니 듀 모리에

이상원 옮김

H
현대문학

차례

지금 쳐다보지 마
Don't Look Now

"지금 쳐다보지 마." 존이 아내에게 말했다. "다음다음 테이블에 할머니 둘이 앉아 있는데 어쩐지 묘한 느낌인걸."

로라는 하품하는 척하면서 하늘에 지나가는 비행기라도 바라보듯 고개를 뒤로 젖혔다.

"당신 바로 뒤쪽이야. 고개를 홱 돌리지 말라고. 그럼 너무 눈에 띌 테니까."

로라는 일부러 냅킨을 떨어뜨린 후 허리를 굽혀 주우면서 왼쪽 어깨 너머 뒤쪽을 살폈다. 전 세계에서 통용되는 오랜 관습대로 말이다. 이어 웃음을 참을 때 늘 그러듯 입술을 오므리고 고개를 숙였다.

"할머니들이라니, 당신도 참." 로라가 말했다. "변장한 남자 쌍둥이잖아."

목소리가 이상했다. 곧 웃음보가 터질 조짐이었다. 존은 서둘러 아내의 잔에 키안티 포도주를 더 따랐다.

"사레들린 척해. 저 사람들이 눈치채지 못하게. 유럽 관광지를 돌아다니며 가는 곳마다 성별을 달리하는 범죄자들인 모양이야. 그러다가 여기 토르첼로*에 온 거지. 내일, 아니 오늘 밤에라도 베네치아로 이동해 팔짱을 끼고 산마르코 광장을 활보할지도 몰라. 옷과 가발만 바꾸면 남녀 한 쌍이 될 수도 있으니."

"보석을 훔치는 걸까? 아님 살인?" 로라가 물었다.

"당연히 살인이지. 근데 하필이면 왜 자꾸 내 쪽을 쳐다보느냐고."

웨이터가 와서 과일을 치우고 커피를 놓는 덕분에 로라는 터지려던 웃음을 수습하고 평정을 되찾았다.

"처음 식당에 들어왔을 때 왜 금방 알아보지 못했을까? 사람들 틈에서 너무도 두드러지잖아."

"미국 갱단 때문에 안 보였어." 존이 말했다. "외알안경을 쓴 턱수염 남자도 시야를 가리고 있었고. 그 사람도 스파이였을 거야. 다들 가고 나니까 이제야 쌍둥이가 눈에 들어온 거지. 맙소사, 백발 머리 여자가 또다시 날 노려보고 있어."

로라가 가방에서 분첩을 꺼내 얼굴 앞에서 열었다. 뒤쪽을 비추어 보려는 것이었다.

"당신이 아니라 날 보고 있는 것 같은데. 호텔에 진주 목걸이를 맡기고 나오길 잘했어." 로라는 잠시 말을 멈추고 코 양옆에 분을 두드렸다. "근데 잘못 봤군. 저 사람들은 살인자도, 도둑도 아니야. 그냥 퇴직한 선

---

* 베네치아 동북쪽에 있는 섬.

8

생님들이 휴가를 온 거라고. 베네치아 여행 한번 하려고 평생 저축하며 살아야 했던 가련한 존재지. 호주의 왈라방가나 뭐 그런 곳 출신일 거야. 이름이 틸리와 티니일지도 몰라."

여행을 떠나온 뒤 처음으로 로라의 목소리에 존이 좋아하는 활기가 넘쳤다. 미간의 주름도 어느새 사라지고 없었다. 존이 생각했다. 드디어, 드디어 극복이 되는 모양이야. 이렇게만 이어 가면 돼. 그럼 휴일에 집에서 익숙한 농담을 나눌 수도 있고, 옆 테이블 손님들에 관한 우스꽝스러운 이야기를 지어낼 수도 있고, 호텔에 들어가 잘 수도 있고, 미술관이나 교회를 오갈 수도 있을 거야. 모든 것이 제자리를 찾고 삶은 전처럼 흘러갈 거야. 상처가 치유되고 로라는 다 잊어버릴 거야.

"정말 잘 먹었어. 아주 훌륭한 식사였어." 로라가 말했다.

그는 생각했다. 아, 고마워라, 정말 고맙군…… 그는 몸을 앞으로 굽히고 공범자들이 그러듯 속삭였다. "둘 중 하나가 화장실에 가려는 모양이야. 혹시 가발을 바꾸려는 걸까?"

"쉿." 로라가 중얼거렸다. "내가 뒤따라가 볼게. 옷을 갈아입으려고 화장실에 가방을 숨겨 놨는지도 몰라."

로라는 가볍게 콧소리를 냈다. 기분이 좋다는 표시였다. 휴일이면 늘 하던 장난을 아주 오랜만에 다시 하면서 마음속 유령이 잠시나마 사라진 것이다.

"자리에서 일어났어?" 로라가 물었다.

"이제 우리 테이블을 지나칠 참이야." 존이 대답했다.

혼자 걸어가는 여자는 그리 유별나지 않았다. 키가 크고 몹시 여위었으며 매부리코였다. 짧게 친 단발머리…… 어머니 세대에는 저런 머리 모양을 많이 했지. 그걸 뭐라고 불렀더라? 나이는 육십대 중반쯤으로 보였다. 목깃이 있는 남성적인 셔츠에 넥타이, 스포츠 재킷, 종아리 중간까지 내려오는 회색 트위드 스커트, 회색 스타킹과 레이스 달린 검은 구두. 골프장이나 도그 쇼(사냥개가 아니라 퍼그 같은 품종들이 나오는 도그 쇼)에서 만나게 되는 유형이었다. 누군가의 집에서 열린 파티에서는 상대 남자가 미처 성냥을 꺼내기도 전에 라이터를 내미는 유형이리라. 흔히 저런 유형이 남편 대신 애완동물을 데리고 산다고들 생각하지만 늘 그런 것은 아니다. 남편을 열렬히 사랑하고 자랑해 대는 경우도 적지 않다. 아니, 저 늙은 여자에게서 주목할 점은 혼자가 아닌 둘이라는 것이다. 똑같이 찍어 낸 듯한 쌍둥이. 한쪽 머리가 백발이라는 점만 빼면 둘은 판박이었다.

"언제 화장실 안쪽 칸에서 나와 변신을 시작한 저 여자 옆에 서면 좋을까?" 로라가 속삭였다.

"그건 상황에 달렸지. 여자인 동시에 남자인 사람이라면 서둘러 도망쳐야 해. 피하주사를 감추고 있다가 당신이 출입문까지 가기도 전에 공격할지 모르니까."

로라가 다시 한 번 입술을 오므리고 몸을 떨면서 웃음을 참았다. 이어 어깨를 곧게 펴더니 자리에서 일어섰다. "난 지금 웃으면 안 돼. 그리고 내가 돌아온 후에나 같이 식당을 나설 때나 절대 내 쪽을 쳐다보지 마." 로라는 가방을 집어 들고 먹잇감을 뒤쫓아 걸음을 옮겼다.

존은 병에 남은 키안티 포도주를 몽땅 잔에 따르고 담뱃불을 붙였다. 식당 앞 작은 정원에 햇볕이 내리쬐었다. 미국인들과 외알안경 남자가 떠났고 일가족의 파티도 끝나 가고 있었다. 모든 것이 평화로웠다. 그는 생각했다. 잠시라도 쉴 수 있다니 고맙기도 하지. 로라는 멍청한, 하지만 아무 해될 것 없는 놀이를 시작했어. 꼭 필요했던 치유의 기회가, 아이가 죽은 후 헤어 나오지 못했던 절망감을 잠깐 동안이라도 잊을 수 있는 기회가 드디어 찾아온 거야.

"부인께서는 극복해 내실 겁니다." 의사는 말했었다. "모두들 시간이 가면 극복하죠. 또 건강한 아드님도 있고요."

"저도 압니다만, 죽은 딸아이는 아내의 전부였어요. 이유는 모르겠지만 처음부터 그랬죠. 아마 막내라 그랬던가 봐요. 벌써 학교에 다녀 자기 고집이 있는 아들아이와 다섯 살배기 딸아이는 전혀 달랐어요. 로라는 딸아이를 끔찍이 여겼어요. 저와 아들은 보이지도 않는 것 같았다니까요."

"부인께 시간을 좀 주세요. 시간이 필요합니다. 두 분은 아직 젊으시니 다시 아이도 생기겠죠. 딸을 낳으실 수도 있고."

말은 참 쉽군…… 애지중지 키우다가 잃은 아이를 다른 아이로 대체하라고? 그는 로라를 너무도 잘 알았다. 다른 아이, 다른 딸은 나름의 성격을 지닌 다른 존재일 것이고 아내는 그 아이가 크리스틴의 요람이며 침대를 차지해 버렸다고 미워할 것이다. 그 아이는 검은 머리에 얼굴빛이 희었던 귀염둥이 크리스틴과는 달리 아들 조니처럼 금발에 통통할 수도 있었다.

존이 와인 잔 위로 눈을 들었다. 자리에 남은 쌍둥이 여자가 존을 뚫어지게 바라보는 중이었다. 일행이 돌아오기를 기다리는 무심하고 한가로운 시선이 아니었다. 그 밝은 파란색 눈동자는 무언가 할 말이 있다는 듯 강렬한 눈빛을 보내고 있었다. 그는 갑자기 마음이 불편해졌다. 이상한 여자 같으니! 꼭 저런 식으로 쳐다봐야 해? 나도 얼마든지 상대해 주겠어. 그는 담배 연기를 내뿜으며 공격적으로 미소를 흘렸다. 여자는 반응이 없었다. 파란 눈동자는 여전히 그에게 고정되어 있었다. 그는 괜히 주변을 두리번거리다가 담배를 끄고 웨이터에게 계산서를 부탁했다. 계산을 하고 잔돈을 세고 음식 맛을 칭찬하는 상투적 인사를 건네다 보니 마음은 진정되었지만 뒤통수에는 불편하고 거북스러운 느낌이 남았다. 그런데 어느 순간 갑자기, 시작될 때처럼 순식간에 그 느낌이 사라졌다. 힐끗 보았더니 여자는 눈을 감고 있었다. 졸고 있는 것처럼 보였다. 웨이터가 테이블을 떠났다. 모든 것이 고요했다.

그는 손목시계를 보며 생각했다. 로라는 뭘 이렇게 꾸물거리지. 최소한 10분은 지난 시간이었다. 좀 놀려 줘야겠군. 늙은 여자가 속옷을 벗으면서 로라에게도 벗어 보라고 할 때 마침 식당 지배인이 화장실에 불쑥 들어와 무슨 짓이냐고 고함을 질렀고, 결국 우리 부부와 쌍둥이 할머니들이 함께 경찰 보트에 태워져 베네치아로 조사받으러 가게 되는 거 아닌가 생각했다고 해야지. 이제 15분이 지났군…… 어서 안 오고 뭘 하는 거지……

자갈길을 걷는 발걸음 소리가 들렸다. 화장실에 갔던 쌍둥이가 천천히 돌아오는 소리였다. 여자는 존 옆을 지나 자기 테이블 앞에 멈춰 섰다. 그 크고 여윈 몸이 존과 앉아 있는 쌍둥이 사이를 가로막고 서 있었다. 말소리가 들렸지만 도무지 알아들을 수 없었다. 저게 어디 말이지? 스코틀랜드 말인가? 쌍둥이 여자가 몸을 굽혀 앉아 있는 다른 쌍둥이를 일으켜 세우더니, 함께 정원을 가로질러 걸어갔다. 존을 노려보았던 쌍둥이는 다른 쌍둥이에게 기대고 있었다. 그 뒷모습을 보니 쌍둥이 자매에게는 머리카락 외에 다른 차이도 있었다. 앉아 있던 여자는 키가 그리 크지 않고 등이 구부정했다. 아마 관절염인 모양이었다. 두 사람이 시야에서 사라진 후 존은 기다리다 못해 자리에서 일어났다. 먼저 호텔로 출발하려 할 때 로라가 나타났다.

"오래도 걸렸군." 존은 말을 시작하다가 아내의 얼굴 표정을 보고 멈칫했다.

"무슨 일이야? 왜 그래?" 존이 물었다.

뭔가 잘못된 것이 분명했다. 로라는 충격에 사로잡힌 상태였다. 로라는 비틀거리면서 존이 막 일어난 테이블 쪽으로 와서 의자에 주저앉았다. 존도 그 옆에 의자를 끌어당겨 앉고 아내 손을 잡았다.

"여보, 왜 그래? 어디 아픈 거야?"

로라는 고개를 젓더니 남편을 바라보았다. 넋이 나간 듯한 표정이 서서히 사라지더니 모든 것이 분명해졌다는 듯, 희열에 찬 얼굴빛이 되었다.

"엄청난 일이 일어났어." 로라가 천천히 말했다. "이보다 더 엄청난 일이 어디 있겠어. 아이가 죽지 않았대. 여전히 우리 곁에 있대. 쌍둥이 할머니들이 우리 쪽을 바라본 건 그 때문이었대. 크리스틴이 보인대."

그는 생각했다. 맙소사, 두려워하던 사태가 일어나고야 말았어. 드디어 정신이 나간 거야. 어떻게 해야 하지? 어떻게 수습할 수 있을까?

"여보, 로라, 자, 이제 갈까?" 그는 억지로 미소를 지었다. "계산도 했으니 이제 슬슬 걸어 다니면서 구경이나 하자고. 그다음엔 배를 타고 베네치아로 돌아가야지."

로라는 들은 척도 하지 않았다. 아무 말도 귀에 들어오지 않는 모양이었다.

"여보, 무슨 일이 있었는지 들어 봐. 그 여자를 뒤따라 화장실에 들어갔더니 거울 앞에서 머리를 빗고 있었어. 빈 칸에 들어갔다가 나와 여자 옆에서 손을 씻는데 갑자기 여자가 내 쪽으로 돌아서더니 지독한 스코틀랜드 억양으로 말하는 거야. '더 이상 슬퍼하지 말아요. 우리 언니한테 당신네 어린 딸이 보인다네요. 당신과 남편 사이에 앉아 웃고 있다고요'라고 말이야. 난 기절하는 줄 알았어. 아니, 반쯤은 기절했어. 다행히 거기 의자가 있어 앉았더니 여자가 내 머리를 토닥여 주더라고. 정확하게는 기억 안 나는데, 진실과 기쁨의 순간은 칼날처럼 날카롭지만 두려워할 필요는 없다고, 모든 게 다 잘될 거라고 말해 줬어. 자기 언니한테 아이가 너무 강하게 보여서 이야기를 해줘야 했다고, 크리스틴도 그 사실을 말해 주기를 원했다고 했어. 여보, 날 그런 눈으로 보지 마. 꾸며 낸 소리가 아니야. 정말로 그렇게 얘기했다니까. 전부 사실이야."

그는 아내의 절박한 목소리에 가슴이 아팠다. 아내를 진정시키기 위해 맞장구를 치든 달래 주든 뭐든 해야 했다.

"로라, 물론 당신 말을 믿어. 그저 좀 놀라서 그래. 당신이 속상해하니 나도 속상한……"

"난 속상하지 않은걸." 로라가 말을 가로챘다. "행복해. 말로 표현하지 못할 만큼 너무나 행복해. 집에서나 여행에서나 지난 몇 주 동안 내가 어땠는지 알잖아. 당신한테 안 그런 척 숨기려 하긴 했지만. 이제야 마음이 가벼워졌어. 그 여자 말이 옳다는 걸 아니까. 맙소사, 그 여자 이름을 잊어버렸어. 분명히 나한테 말해 줬는데. 그 여자는 은퇴한 의사인데 에든버러에서 왔대. 크리스틴을 본 사람은 쌍둥이 언니고 몇 년 전에 눈이 멀었대. 본래 초능력이 있고 평생 심령술을 연구했지만 눈이 멀고 나서야 영매처럼 볼 수 있게 되었대. 쌍둥이 자매 둘이 함께 멋진 경험을 많이 했다고 해. 눈먼 언니가 동생한테 설명해 주기를, 크리스틴이 주름 소매가 달린 파랗고 하얀 원피스를 입었대. 생일 파티 때 입었던 그 예쁜 옷 말이야. 그리고 행복하게 미소 짓고 있다고…… 여보, 난 너무 행복해서 눈물이 나려고 해."

발작이나 통곡은 없었다. 로라는 가방에서 휴지를 꺼내 코를 푼 다음 미소 지으며 남편을 바라보았다. "난 괜찮아. 걱정할 필요 없어. 이제 우리 둘 다 더 이상 걱정 안 해도 돼. 담배 한 대 줄래?"

그는 주머니에서 한 대를 꺼내 불을 붙여 주었다. 아내의 목소리는 다시 정상으로 돌아와 있었다. 몸을 떨지도 않았다. 그런 믿음이 아내를 행복하게 만들어 준다면 굳이 찬물을 끼얹을 필요는 없었다. 하지만, 하지만…… 이 모든 일이 일어나지 않았더라면 더 좋았을 것이다. 상대의 생각 읽어 내기나 텔레파시 따위는 뭔가 마음에 들지 않았다. 과학자도, 다른 누구도 설명할 수 없겠지만, 조금 전 로라와 쌍둥이 자매 사이에 무슨 일이 일어난 것이 분명했다. 그는 생각했다. 그러니까 아까 그 여자가 오싹할 만큼 기분 나쁜 시선을 내게 고정시키고 있었던 건 장님이기 때문이었군. 이런 망할, 이 식당에 오지 말았어야 했어. 토르첼로로 갈까, 아니면 차를 몰고 파도바로 갈까 하다가 토르첼로로 온 게 실수였어.

"다시 만날 약속 같은 건 안 했겠지?" 아무렇지도 않다는 투로 그가 물었다.

"안 했지. 왜 했겠어?" 로라가 대답했다. "그 여자가 나한테 얘기 안 하고 숨긴 건 없어. 그 여자 언니가 본 건 그게 다야. 그건 그렇고, 그 자매는 여기저기 돌아다니는 중이래. 우리가 아까 상상한 게 맞는 거지. 세계 여행을 하고 스코틀랜드로 돌아갈 거래. 내가 아까 호주 얘기도 했잖아? 좋은 할머니들이야. 살인범이나 보석 도둑은 전혀 아니라고."

이제 로라는 평소 모습을 되찾았다. 자리에서 일어나 주변을 둘러보더니 말했다. "이제 가. 토르첼로에 왔으니 성당을 봐야지."

부부는 식당을 나와 성당으로 향하면서 광장을 지났다. 광장에는 스카프며 싸구려 장신구며 그림엽서를 파는 가판대들이 늘어서 있었다.

배가 방금 관광객들을 내려놓았는지 산타마리아 아순타 성당 안에는 사람이 많았다. 로라는 남편에게서 여행 안내서를 받아 들고 즐거울 때면 늘 그러듯 천천히 걸어 다니며 모자이크, 기둥, 그림 등을 꼼꼼히 살펴보았다. 방금 일어난 일에 정신이 팔려 성당 구경은 뒷전인 존이 바로 뒤를 따라다니며 혹시 쌍둥이 할머니들이 없는지 사방을 살폈다. 다행히 두 사람은 흔적도 없었다. 근처의 산타포스카 성당으로 간 모양이었다. 갑자기 마주친다면 로라가 받을 영향은 둘째 치고 존 자신도 당황스러울 듯했다. 웅성거리며 몰려다니는 다른 관광객들은 로라에게 아무 피해도 입힐 수 없었다. 예술적 감동을 불가능하게 만들어 버리는 것만 빼면. 존은 집중을 할 수 없었기에 눈앞에 있는 빼어나게 아름다운 성당에도 감동받지 못했다. 로라가 그의 소매를 잡고 12사도 위에 서 있는 성모 마리아와 아기 예수 모자이크를 가리켜 보였을 때에도 그는 고개를 끄덕였을 뿐 제대로 보지 못했다. 동정녀의 길고 슬픈 얼굴은 너무 멀었다. 그는 충동적으로 몸을 돌려 관광객들 머리 뒤쪽, 축복받은 이들과 저주받은 이들이 심판받는 장면을 그린 프레스코화가 있는 출입문 쪽을 바라보았다.

쌍둥이가 거기 서 있었다. 눈먼 언니는 여전히 동생의 팔에 몸을 기대고 존에게 시선을 고정했다. 그는 최면에라도 걸린 듯 몸을 움직일 수 없었고 불길한 일이 다가온다는 예감에 사로잡혔다. 온몸이 움츠러든 채 그는 생각했다. '이게 끝이야. 탈출구도, 미래도 없어.' 쌍둥이가 뒤돌아서서 성당을 나서자, 그의 두려움도 함께 사라졌다. 대신 분노가 차올랐다. 감히 나를 상대로 영매술을 시험하는 거야, 뭐야. 이건 사기였다. 전 세계를 돌아다니며 만나는 사람마다 기분 상하게 하는 것으로 돈을 마련하는 모양이었다. 로라만 해도 언제든 지갑을 열어 돈을 내줄 태세가 아니었나.

로라가 다시 소맷자락을 잡았다. "정말 아름답지? 너무도 행복하고 평화로워."

"누가? 뭐가?" 그가 물었다.

"마돈나 말이야. 마법과도 같은 힘이 있어. 모두를 한 방향으로 이끄는 힘. 당신도 느끼지?"

"잘 모르겠어. 주변에 사람이 너무 많아서."

로라는 놀란 눈으로 남편을 보았다. "그게 무슨 상관이야? 당신 참 이상해. 그럼 이제 나가. 어차피 그림엽서도 몇 장 사야 하니까."

남편이 별 관심을 보이지 않는 것에 실망한 채, 로라는 관광객들을 헤치고 출구 쪽으로 걸어갔다.

"자, 그림엽서 살 시간은 많아. 조금 더 탐험을 해보자고." 밖으로 나온 후 존이 불쑥 말했다. 두 사람은 작은 집들이 늘어서고 가판대와 관광객으로 북적대는 중심 광장을 벗어나 맨땅이 드러난 좁은 뒷골목으로 들어갔다. 멀리 운하가 보였다. 머리 위로 내리쬐는 따가운 햇살과 대비되는 맑은 물빛이 마음을 진정시켰다.

"이쪽은 볼 것이 없겠는걸." 로라가 말했다. "진흙탕이어서 앉을 수도 없잖아. 여행 안내서를 보면 아직 구경해야 할 게 많다고."

"여행 안내서는 무시해." 존이 잘라 말하면서 아내를 운하 쪽으로 끌고 가 둑 옆에 앉히고 감싸 안았다.

"지금은 관광하기에 나쁜 시간이야. 저길 봐, 쥐가 헤엄치고 있어."

그가 돌을 집어 들고 던졌다. 헤엄치던 쥐는 가라앉았는지 사라졌고 물거품만 남았다.

"그러지 마. 잔인하잖아." 로라가 말하더니 갑자기 남편 무릎에 손을 올렸다. "크리스틴이 여기서도 우리 옆에 앉아 있을까?" 존은 금방 대답하지 못했다. 뭐라고 해야 하지? 앞으로 영원히 이런 질문을 받아야 하나?

"당신이 그렇게 느낀다면 그런 거겠지." 그가 천천히 말했다.

치명적인 뇌수막염이 찾아오기 전의 크리스틴이라면 이 둑을 신나서 뛰어다녔을 것이다. 신발은 벗어 버리고 노를 젓고 싶다고 하면서 엄마 걱정을 샀을 테고, 엄마는 계속 '아가야, 조심해야 해. 어서 돌아와!'라고 외쳤을 것이다.

"크리스틴이 우리 옆에 앉아 웃고 있다고, 행복해 보인다고 했어." 로라가 자리에서 일어나 옷을 털었다. 가만히 앉아 있지 못하겠는 모양이었다. "자, 이제 다시 돌아가."

존은 가슴이 철렁하여 아내 뒤를 따랐다. 로라는 그림엽서를 사거나 관광을 하고 싶은 게 아니야, 쌍둥이 자매를 다시 찾으려는 거야, 꼭 말은 나누지 않아도 가까이 있고 싶은 거야, 라고 생각하면서. 광장으로 나오자 관광객 수가 아까보다 훨씬 줄어들어 몇몇 뒤처진 사람들만 보였다. 쌍둥이는 거기 없었다. 배를 타고 온 관광객 무리에 합류해 움직이는 것이 분명했다. 존은 안도했다.

"저기 두 번째 가판대에 그림엽서가 많네." 그가 서둘러 말했다. "멋진 스카프도 있는걸. 당신 스카프 하나 사지."

"여보, 스카프는 안 그래도 너무 많아! 리라 낭비는 하지 마."

"낭비가 아니야. 뭔가 사고 싶은 기분이라고. 바구니는 어때? 바구니는 아무리 많아도 부족한 법이잖아. 저기 저 레이스는 어떨까?"

로라는 깔깔 웃으면서 가판대로 끌려왔다. 진열된 물건들을 헤집어 보면서, 미소 짓는 여자 판매상과 이야기를 나누면서, 형편없는 이탈리아어 실력으로 판매상을 한층 더 미소 짓게 하면서 그는 시간을 끌었다.

관광객들이 선착장으로 이동해 배에 올라탈 때까지, 쌍둥이 자매가 시야에서, 아내와 자신의 삶에서 완전히 사라질 때까지.

20분쯤 지난 후 로라가 말했다. "이렇게 작은 바구니에 이렇게 많은 물건들을 욱여넣은 건 처음 봐." 그녀의 웃음소리를 듣고 그는 다 괜찮다고, 더 이상 걱정할 필요 없다고 안심했다. 사악한 시간은 지나간 것이다. 부부가 베네치아에서 타고 온 배가 선착장에 대기 중이었다. 미국인들, 외알안경 남자 등 함께 섬으로 왔던 사람들이 벌써 모여 있었다. 오기 전에는 점심과 왕복 뱃삯을 포함한 비용이 터무니없이 비싸다고 생각했다. 하지만 이제 비용 따위는 관심 밖이었다. 그저 토르첼로 관광이 베네치아 휴가 여행 중 최악의 실수였다는 생각뿐이었다. 두 사람은 배 위 노천 좌석에 앉았고, 배는 통통거리는 엔진 소리를 내며 운하를 지나 석호로 접어들었다. 정기선은 무라노를 향해 이미 떠났고, 부부가 탄 배는 산프란체스코 델 데세르토 옆을 지나 곧장 베네치아로 돌아간다고 했다.

존은 다시 한 팔로 아내를 감싸 안았다. 이번에는 로라도 미소를 지으며 남편 어깨에 머리를 기댔다.

"멋진 날이었어. 평생 잊지 못할 거야." 로라가 말했다. "여보, 난 이제야 휴가를 즐길 수 있게 됐어."

존은 안도의 환성이라도 지르고 싶었다. 그는 생각했다. 다 잘될 거야. 아내가 원하는 대로 믿게 하자. 아내만 행복하다면 다 괜찮아. 불타는 석양을 배경으로 아름다운 베네치아 풍경이 눈앞에 펼쳐졌다. 아직 볼 곳이, 함께 돌아다니며 구경할 곳이 많았다. 아내 기분이 바뀌고 어두운 그림자가 걷혔으니 완벽했다. 그는 어디서 저녁을 먹으면 좋겠느냐고 말을 꺼냈다. 늘 가던 페니체 극장 근처가 아니라 새로운 곳을 찾아

보자고.

"좋아. 하지만 너무 비싼 곳은 말고." 로라가 기분을 맞춰 주었다. "오늘 돈을 많이 썼잖아."

대운하 근처에 있는 호텔은 편안하게 손님을 환영해 주는 분위기였다. 접수대 직원이 열쇠를 건네주며 미소 지었다. 화장대 위에 로라의 물건이 가지런히 정리되어 있는 침실은 집처럼 익숙했지만, 그럼에도 휴가지답게 약간은 낯설고 들뜬 느낌이었다. 잠시 동안만 우리 공간인 거야. 우리가 머무는 동안 생명을 부여받았다가 우리가 떠나고 나면 다시 익명성 속으로 빠져드는 거지. 존은 욕실로 들어가 찬물과 더운물 수도꼭지를 한꺼번에 열었다. 물이 세차게 욕조에 쏟아지며 김이 무럭무럭 올라왔다. '드디어, 드디어 사랑을 나눌 순간이 된 거야.' 그는 그렇게 생각하며 침실로 나왔다. 로라는 남편 마음을 안다는 듯 두 팔을 벌리고 미소 지었다. 압박감 속에 몇 주를 지낸 후 마침내 찾아온 안도와 축복이었다.

"근데 말이지," 로라가 거울 앞에서 귀걸이를 다시 달면서 말했다. "난 별로 배가 고프지 않아. 그냥 방에서 쉬다가 호텔 식당으로 갈까?"

"안 돼!" 존이 외쳤다. "투숙객들의 지겨운 얼굴을 또 보자고? 난 배고파 죽겠어. 놀고 싶기도 하고 술에 좀 취하고도 싶어."

"그럼 너무 밝거나 음악이 시끄러운 곳은 말고."

"그래. 작고 편안한 곳으로 가. 바람피우는 연인들이 가득한 곳으로."

"흐음. 무슨 뜻인지 알겠어." 로라가 콧방귀를 뀌었다. "당신은 열여섯 살짜리 미녀한테 저녁 내내 추파를 보내겠다는 거군. 난 등판이 널따란 짐승 같은 남자의 애정 공세를 받게 되고."

두 사람은 큰 소리로 웃으면서 따뜻하고 부드러운 밤공기 속으로 나왔다. 어디에나 둘을 위한 마법이 걸려 있는 듯했다. "좀 걷자. 걸어야 식욕이 생겨 맛있는 식사를 즐길 수 있으니까." 존이 말했다. 두 사람은 자연스럽게 운하로 향했고 물 위에서 곤돌라들이 춤추듯 미끄러지는 광경을 구경했다. 사방에서 조명 불빛이 어둠을 밝혀 주었다. 목적지 없이 이리저리 돌아다니며 산책하는 사람들, 무리를 지어 시끌벅적한 소리를 내며 여기저기를 가리키는 선원들, 하이힐 굽 소리를 내며 서로 소곤대는 검은 눈의 소녀들이 보였다.

"베네치아 산책의 문제는," 로라가 말했다. "일단 시작하면 계속할 수밖에 없다는 거야. 다음 다리까지만 가자고 했다가도 거기 가면 또 다음 다리까지 걷고 싶으니까. 여기엔 식당이 없는 것 같아. 거의 비엔날레가 열리는 공원까지 왔으니 이제 돌아가. 산차카리아 성당 근처로 가면 식당이 있어. 이 골목으로 들어가면 돼."

"근데 말이야," 존이 말했다. "무기고까지 가서 다리를 건넌 다음 왼쪽으로 돌면 반대쪽에서 산차카리아 성당에 접근할 수 있어. 지난번 아침 산책 때처럼."

"그때는 낮이었잖아. 지금은 조명이 어두워서 길을 잃을지도 몰라."

"걱정 마. 난 길 찾는 감각이 탁월하잖아."

부부는 무기고 직전에서 방향을 틀어 작은 다리를 건넜다. 산마르티노 성당을 지나자 오른쪽과 왼쪽에 각각 운하가 나왔다. 둘 다 좁은 골목을 끼고 있었다. 존은 망설였다. 지난번에는 어느 쪽으로 걸었던 걸까?

"그거 봐. 길을 잃었잖아. 내가 뭐랬어." 로라가 한마디 했다.

"길을 잃기는." 존이 대답했다. "왼쪽이야. 저 작은 다리가 기억나."

운하는 좁았고 양쪽에 집들이 바짝 붙어 늘어서 있었다. 물 위로 햇볕이 반사되는 낮에는 집집마다 창문을 열어 두거나 발코니에 욧잇을 걸어 말리는 풍경이 새장 속 카나리아의 노랫소리와 함께 다정하고 아늑하게 느껴졌었다. 하지만 조명이 어두워 사방이 거의 컴컴한 지금, 창문들이 다 닫힌 그 집들은 습기로 눅눅해 보이기만 했다. 버려진 동네처럼 초라한, 낮과는 전혀 다른 풍경이었다. 지하 입구의 미끄러운 계단 앞에 매어 둔 길고 날렵한 배들은 마치 관처럼 보였다.

"이 다리에 와본 적은 없는 것 같아." 로라가 발걸음을 멈추고 난간을 붙잡았다. "그리고 저 골목 풍경이 마음에 안 들어."

"절반 정도만 올라가면 가로등이 나올 거야." 존이 말했다. "난 우리 위치를 정확히 알아. 그리스 구역에서 멀지 않아."

두 사람이 다리를 건너 골목으로 접어들었을 때 울음소리가 들렸다. 맞은편 집들 중 하나에서 들린 건 분명했지만 어느 집인지는 알 수 없었다. 하나같이 덧창을 내려 버린 집들은 죽은 듯 느껴졌다. 두 사람은 몸을 돌려 소리가 난 방향을 쳐다보았다.

"무슨 소리지?" 로라가 속삭였다.

"뭐 술꾼이겠지. 어서 가자고." 존이 짧게 대답했다.

술꾼보다는 목 졸린 사람이 내는 소리 같았다. 점점 목이 졸리면서 잦아드는 그런 소리.

"경찰에 신고해야 해." 로라가 말했다.

"로라, 제발." 존이 말했다. "지금 우리가 어디 있는지 몰라? 여기가 런던의 피커딜리 광장이라도 되는 줄 알아?"

"빨리 가야겠어. 어쩐지 기분 나빠." 로라는 구불구불한 골목길을 서둘러 걸어갔다. 존은 잠시 머뭇거렸다. 맞은편 집의 지하 출입구에서 누군가 갑자기 나와 아래쪽 보트로 뛰어내리는 모습이 보였던 것이다. 아이, 대여섯 살이나 되었을까 싶은 어린 소녀였다. 치마 위에 짧은 코트를 입고 끝이 뾰족한 모자를 쓰고 있었다. 아이는 줄지어 묶인 배 네 척을 하나씩 뛰어 지났다. 놀랄 만큼 민첩한 움직임이었는데 쫓기는 듯했다. 한번은 발이 미끄러져서 금방이라도 물에 빠질 듯 아슬아슬했지만 곧 균형을 잡고 다음 배로 뛰었다. 마지막 배에 도착한 아이는 몸을 굽히고 밧줄을 잡아당겼다. 배가 운하 쪽으로 머리를 돌리면서 반대편, 그러니까 존이 지켜보는 쪽에 있는 집의 지하 입구에 닿을 듯 가까워졌다. 아이는 다시 한 번 몸을 날려 지하 입구 계단에 닿은 후 집 안으로 사라졌다. 보트는 운하 가운데쯤으로 밀려가 흔들거렸다. 불과 몇 분 사이에 일어난 일이었다. 뒤에서 급한 발걸음 소리가 들렸다. 로라가 되돌아온 것이다. 아내가 아무것도 보지 못한 것이 다행이었다. 어린 여자아이가 위험에 처해 도망치는 모습을 보았다면 안 그래도 신경이 날카로운 아내가 어떤 충격을 받았을까.

"당신, 뭐하고 있는 거야?" 로라가 말했다. "어디로 가야 할지 모르겠어. 음침한 골목이 다시 두 갈래로 갈라진단 말이야."

"미안해. 어서 가자."

존이 아내의 팔을 잡고 성큼성큼 골목을 걸었다. 있지도 않은 자신감을 억지로 꾸며 내면서.

"울음소리가 또 나지는 않았지?"

"아니, 아무 소리 없었어. 술꾼이 내는 소리였다니까."

골목길은 처음 보는 어느 성당의 황폐한 뒷마당으로 이어졌다. 건너편 다른 길을 따라가 다른 다리를 건넜다.

"이제 다 왔어. 여기서 오른쪽으로 돌면 돼. 그럼 바로 그리스 구역이 나올 거야. 산게오르기오 성당도 요 너머에 있고."

로라는 대답하지 않았다. 확신이 없었던 것이다. 미로 같은 곳이었다.

끝없이 빙빙 돌다가 결국 울음소리를 들었던 다리로 다시 가게 될 수도 있었다. 존은 힘주어 아내를 끌고 갔고 다행히도 앞쪽에 조명이 훤하고 행인이 많은 길이 나왔다. 성당 첨탑이 보였고 주변 풍경이 낯익었다.

"거봐, 내 말 대로지." 존이 말했다. "산차카리아 성당이야. 당신이 말한 식당도 금방 나올 거야."

다른 식당도 많을 것이었다. 어떻든 마음을 들뜨게 하는 불빛이 있고 사람들이 돌아다니는 관광지니까. 왼쪽 옆으로 'Ristorante'라고 쓰인 푸른 불빛이 눈에 들어왔다.

"이게 당신이 말한 식당이야?"

"알게 뭐야. 아무 데나 들어가 먹어."

안으로 들어서니 갑자기 더운 공기와 웅성거리는 목소리들, 파스타와 포도주 냄새, 오가는 웨이터들, 꽉 들어찬 손님들의 웃음소리가 부부를 감쌌다. "두 분이신가요? 이쪽으로 오십시오." 어째서 영국 사람이라는 걸 다들 단번에 알아보는 걸까? 비좁은 테이블 위에 커다란 메뉴판이 놓였다. 보라색 볼펜으로 쓰인 메뉴는 금방 눈에 들어오지 않았다. 웨이터는 주문을 기다리며 서성거렸다.

"캄파리 술 큰 잔 두 개랑 소다부터 줘요. 그동안 메뉴를 좀 보고 있을 테니." 존이 말했다.

그는 서두르지 않을 작정이었다. 메뉴판을 아내에게 넘겨주고 주변을 둘러보았다. 손님들 대부분이 이탈리아 사람이었다. 음식이 괜찮다는 의미였다. 다음 순간 그들이 보였다. 맞은편에 그 쌍둥이 자매가 있었다. 이제야 코트를 벗고 자리에 앉아 웨이터의 안내를 받는 것을 보니 그들보다 늦게 들어온 것이 분명했다. 존은 이건 우연이 아니라는 비이성적인 생각에 사로잡혔다. 우리를 지켜보다가 뒤따라 들어온 거야. 이 넓은 베네치아에서 하필이면 이 식당을 골라 들어온 이유가 뭐겠어? 아까 로라와 쌍둥이 자매가 다시 만나자는 약속을 했던 걸까. 로라가 산차카리아 성당 근처 작은 식당에서 저녁 식사를 할 예정이라고 말해 주었던 걸까. 산책하기 전에 산차카리아 성당 근처 식당을 입에 올린 건 로라였지……

아내는 메뉴를 고르는 데 열중해 아직 쌍둥이를 보지 못했지만 결정을 하고 나면 주변을 둘러볼 것이 뻔했다. 아니, 웨이터가 음료를 가져오기만 해도 고개를 들 것이었다.

"내일 차를 찾아 파도바로 가면 좋겠어." 존이 재빨리 말하기 시작했다. "파도바에 도착해 점심을 먹고 산안토니오 성당을 구경하는 거야. 안토니오 성인의 무덤도 만져 보고 조토의 프레스코화도 감상하자고. 돌아오는 길에는 여행 안내서에 나온 대로 브렌타 강변 마을들도 살펴보고."

소용없었다. 로라는 고개를 들고 식당을 살폈다. 그러고는 놀랍다는 듯 짧게 탄성을 올렸다. 진짜로 놀란 것이 분명했다.

"저길 봐. 정말 신기하지! 이게 웬일이람."

"뭐가?" 존이 날카로운 어조로 물었다.

"저쪽에 그분들이 있어. 그 멋진 쌍둥이 할머니들 말이야. 할머니들도 우릴 봤나 봐." 로라는 기쁨에 얼굴을 빛내며 손을 흔들었다. 로라와 이야기를 나누었던 동생 할머니가 고개를 숙여 인사하며 미소 지었다. 그는 생각했다. 나쁜 할망구 같으니라고. 우릴 따라왔다는 거 다 알아.

"여보, 나 잠깐 저쪽에 가서 얘기하고 올게." 로라가 말했다. "덕분에 종일 행복했다고 말해 주고 싶어."

"그러지 마! 금방 술이 올 거야. 또 아직 주문도 안 했잖아. 식사부터

하고 인사하면 안 돼?"

"금방 올게. 그리고 난 새우 요리 하나면 돼. 배고프지 않다고 했잖아."

로라는 자리에서 일어나 술을 가져온 웨이터 옆을 지나 식당을 가로질렀다. 몇 년 지기 친구라도 만나러 가는 듯했다. 로라는 쌍둥이 자매들과 손을 잡고 인사한 후 바로 그 테이블에 앉아 웃고 떠들기 시작했다. 쌍둥이 자매 모두 로라의 등장에 놀란 얼굴이 아니었다. 로라와 이야기를 나누는 동생도 그랬고, 눈먼 언니도 무표정을 유지했다.

"좋아, 그렇담 난 술이나 마셔야지." 존이 화가 나서 중얼거렸고, 순식간에 캄파리 술과 소다를 마신 후 두 번째 잔을 달라고 했다. 메뉴에서 도저히 읽어 낼 수 없는 무언가를 자기 식사로 주문하면서 로라를 위한 새우 요리도 잊지 않았다. "소아베 포도주도 한 병 줘요. 얼음도 같이." 그가 덧붙였다.

저녁은 망쳐지고 말았다. 다정하고 행복한 축하의 자리로 만들려 했는데 말이다. 죽은 딸 크리스틴이 함께 테이블에 앉아 있는 게 보인다느니 하는 터무니없는 소리를 이번에도 또 해댈 것이 아닌가. 그럼 몇 시간 전에는 아이가 우리랑 같은 침대에 누워 있었다고 할 텐가. 씁쓸한 캄파리 술이 씁쓸해진 기분과 잘 맞았다. 맞은편 테이블을 바라보니 쌍둥이 동생이 하는 말을 로라가 열심히 듣는 중이었고, 눈먼 언니의 시선은 존을 향해 고정되어 있었다.

'가짜야. 눈이 먼 게 아니라고.' 그는 생각했다. '사기꾼들이고 실제로는 남자인데 변장했을 수도 있어. 우리가 토르첼로에서 상상했듯이 말이야. 로라를 뒤따라온 거야.'

그는 두 번째 캄파리 술과 소다를 마시기 시작했다. 빈속에 두 잔을 들이켰더니 즉각 효과가 나타났다. 눈앞이 흐릿했다. 로라는 여전히 쌍둥이들 테이블에 앉아 동생이 하는 말을 들으며 간간이 질문을 던지고 있었다. 웨이터가 새우 요리를 갖고 왔다. 다른 웨이터는 존의 식사를 테이블에 놓아 주었다. 정체를 알 수 없는 뭔가를 높이 쌓고 검푸른 소스를 뿌린 요리였다.

"세뇨라는 오지 않으시나요?" 웨이터가 물었다. 존이 고개를 저으며 건들대는 손가락으로 맞은편 테이블을 가리켰다.

"저 세뇨라에게 말해 줘요. 주문한 새우 요리가 다 식는다고."

그는 자기 앞에 놓인 수수께끼의 요리를 바라보다가 조심스럽게 그것을 포크로 찔렀다. 검푸른 소스가 흘러내리면서 커다랗고 둥근 조각 두 개가 모습을 드러냈다. 마늘을 곁들인 삶은 돼지고기 같았다. 한 조각 잘라 입에 넣고 씹어 보았다. 돼지고기가 맞았다. 무럭무럭 김이 나는 기름진 고깃덩어리는 거기 묻은 소스 때문에 지나치게 달았다. 그는 포크를 내려놓고 접시를 밀어 버렸다. 로라가 식당을 가로질러 돌아와 다시 자기 자리에 앉았다. 아무 말도 없었다. 욕지기가 올라와 어차피 대꾸를 해주기 어려운 상황이니 잘된 일이었다. 술 때문이 아니라 악몽 같은 그 하루 때문이었다. 로라는 여전히 말없이 새우 요리를 먹기 시작했다. 남편이 먹지 않고 있다는 건 눈치도 채지 못하는 듯했다. 존의 팔꿈치 주변에서 머뭇거리던 웨이터가 조심스럽게 접시를 치웠다. "그린 샐러드나 줘요." 존이 중얼거렸다. 그래도 로라는 놀라지 않았다. 어쩌면 남편이 술을 너무 많이 마셨다고 평소처럼 토라진 것인지도 몰랐다. 마침내 새우 요리를 다 먹은 로라가 와인을 마셨다. 존은 손을 내저어 와인을 거절하고 병든 토끼처럼 샐러드를 조금 입에 넣고 우물거렸다.

"여보, 당신은 아마 믿지 않겠지만," 로라가 입을 열었다. "그리고 조금 두려울 수도 있겠지만 토르첼로에서 저 쌍둥이 자매도 우리처럼 성당을 구경했대. 그리고 거기서 눈먼 언니가 또 다른 장면을 봤대. 크리스틴이 우리가 베네치아에 머무르면 위험에 빠질 거라고, 가능한 한 빨리 여길 떠나라고 했대."

그럼 그렇지, 존은 생각했다. 이제 우리 삶을 좌지우지할 작정이다 이거지. 앞으로는 뭐든 물어보라는 거야. 먹어도 되나요? 일어나도 되나요? 잠자러 가도 되나요? 저 쌍둥이 자매와 늘 연락하고 만나야 한다는 뜻이잖아. 지시하는 대로 따라야 하고.

"여보? 왜 아무 말도 안 하는 거야?"

"왜냐고? 당신이 잘 아는 대로 그 말을 믿지 않기 때문이지. 솔직히 말하면 저 늙은 쌍둥이 자매가 사기꾼들이라고 생각해. 제정신도 아닌 것 같고. 이렇게 말하면 상처받을지도 모르겠지만 당신은 제대로 덫에 걸려든 거라고."

"잘못된 생각이야. 저 사람들은 나쁜 의도가 전혀 없어. 내가 알아. 그냥 알 수 있다니까. 정말로 보이는 대로 말해 주는 것뿐이야."

"좋아. 그렇다고 해둬. 진실을 말하는 거라고. 그렇다고 제정신이라는 건 아니야. 잘 생각해 봐. 당신은 저 동생을 화장실에서 10분 정도 만나 크리스틴이 우리와 함께 앉아 있다는 말을 들었을 뿐이야. 텔레파시 능력이 조금이라도 있는 사람이라면 당신의 무의식을 금방 읽어 냈을 테니까. 그러고는 당신이 제대로 넘어가는 걸 보고 우쭐해져서 이젠 우리를 베네치아에서 내몰려는 거라고. 이런 표현을 써서 미안하지만 개수작 그만두라고 해."

더 이상은 어지럽지 않았다. 분노가 그를 사로잡았다. 로라가 망신당할 걱정만 없다면 당장 일어나 맞은편 테이블로 가서 꺼지라고 고함을 질렀을 것이다.

"당신이 이렇게 나올 줄 알았어." 로라가 우울하게 말했다. "이럴 거라고 쌍둥이 자매한테도 말했어. 걱정 말라더군. 내일 베네치아를 떠나기만 하면 다 괜찮아질 거라면서."

"오, 맙소사." 존은 자기 잔에 포도주를 따랐다.

"어쨌든 베네치아의 핵심은 본 거잖아. 이제 다른 곳 어디든 가도 좋아. 그렇지만 떠나지 않고 남는다면, 바보같이 들리겠지만, 어쩐지 불편하고 두려울 거야. 우리 크리스틴이 어서 가라고 계속 조르고 있다고 생각하겠지."

"좋아." 존이 이를 악물고 말했다. "그렇게 해. 떠나자고. 당장 호텔로 가서 내일 아침에 체크아웃을 하겠다고 말하면 돼. 당신은 충분히 먹은 거야?"

"여보, 그렇게 굴지 마." 로라가 한숨을 쉬었다. "당신도 저쪽 테이블로 가서 직접 설명을 들으면 어때? 그럼 당신도 좀 진지하게 반응하지 않을까. 사실 걱정해야 하는 건 당신이래. 크리스틴은 나보다 당신을 더 염려하고 있대. 또 한 가지 신기한 건 말이지, 당신한테 초능력이 있대. 그걸 미처 모르고 있는 상태고. 당신은 미지의 것과 연결되는 사람이지만 나는 아니래."

"자, 이제 그만해. 내가 초능력자라고? 좋아. 내 초능력은 지금 당장 식당을 나가라고 하고 있어. 호텔로 돌아가 내일 어디로 갈지 계획을 세워보자고."

존이 웨이터에게 계산서를 가져오라고 손짓했다. 그런 후 부부는 말없이 앉아 있었다. 로라는 우울한 얼굴로 괜히 가방만 만지작거렸고 존은 쌍둥이 자매를 노려보았다. 높이 쌓인 스파게티 더미를 공략하는 자매는 초능력이나 심령술과는 매우 거리가 멀어 보였다. 자리에 앉은 채 계산을 끝낸 존은 의자를 뒤로 뺐다.

"자, 당신도 갈 준비됐지?"

"저쪽에 작별 인사하고 올게." 로라가 뾰로통하게 입을 내밀고 말했다. 그 얼굴이 죽은 크리스틴과 어찌나 똑같은지 가슴 한구석이 아렸다.

"좋을 대로." 존은 뒤도 돌아보지 않고 앞질러 식당을 나섰다.

아까 걸을 때 기분 좋게 느껴졌던 촉촉한 밤공기가 비로 바뀌었다. 돌아다니던 관광객들이 흩어졌다. 한두 사람은 서둘러 우산을 폈다. 그는 생각했다. 이런 게 여기 사는 사람들이 보는 모습이겠군. 이게 이곳의 진짜 삶이야. 밤이면 거리가 텅 비고 문 닫힌 집들 아래 고여 있는 운하 물이 사방을 눅눅하게 만드는 것이. 햇살을 받아 밝고 훤한 거리는 과시용일 뿐이야.

로라가 나왔다. 부부는 말없이 함께 걸었다. 총독궁 뒤쪽을 지나 산마르코 광장을 지났다. 빗줄기가 세차게 변하자 부부는 몇몇 행인들과 함께 열주 아래에서 비를 피했다. 몇 팀이나 되던 거리의 오케스트라는 짐을 챙겨 사라졌다. 빈 테이블들, 뒤집어엎어 놓은 의자들.

그는 생각했다. 전문가들 말이 옳아. 베네치아는 가라앉고 있어. 도시 전체가 천천히 죽어 가는 중이라고. 언젠가는 관광객들이 배를 타고 물밑 한참 아래쪽에 가라앉아 있는 기둥이며 건물을 구경하게 될지 몰라. 사라진 도시를 보여 주기 위해 진흙을 잠시 걷어 낸 풍경을 말이야. 부부의 신발 밑창이 포장도로에 부딪치는 소리가 났고, 건물 홈통에 맞은 빗방울들은 위로 튀어 올랐다. 커다란 희망을 안고 순진하게 시작했던 저녁 나들이의 마무리치고는 참으로 적절했다.

호텔로 돌아온 로라는 곧장 엘리베이터 쪽으로 걸어갔고, 존은 열쇠를 받기 위해 접수대에 들렀다. 직원이 전보를 전해 주었다. 존은 잠시 전보를 바라보았다. 로라는 벌써 엘리베이터에 올라타 남편을 기다리고 있었다. 존이 봉투를 열고 내용을 읽었다. 아들 조니가 다니는 기숙학교 교장이 보낸 것이었다.

맹장염이 의심되어 아드님을 시립 병원에 입원시켰습니다. 크게 걱정할 상황은 아니지만 담당 의사가 부모님께 알리라고 하더군요.

찰스 힐

그는 두 번 읽은 다음 로라가 기다리고 있는 엘리베이터를 향해 천천히 걸어갔다. "우리가 나간 동안 온 전보래. 썩 좋은 소식은 아니군." 그는 봉투를 아내에게 건네고는 엘리베이터 버튼을 눌렀다. 부부는 2층에서 내렸다.

"결국 이렇게 될 거였어." 로라가 말했다. "이제 증명됐지? 우리는 집에 돌아가기 위해 베네치아를 떠날 운명이었어. 위험에 처한 건 조니였어. 쌍둥이 자매를 통해 크리스틴이 전하고 싶은 말이 이거였어."

다음 날 아침 존이 제일 먼저 한 일은 기숙학교 교장과의 국제전화 연결을 신청한 것이었다. 이어 호텔 접수대에 출발 교통편 예약을 부탁했다. 국제전화 연결을 기다리는 동안 짐을 꾸렸다. 두 사람 다 전날 일은 입에 올리지 않았다. 그럴 필요가 없었다. 존은 전보가 온 일과 쌍둥이 자매가 예고한 위험은 우연의 일치일 뿐이라고 생각했지만, 논쟁할 필요는 없다고 보았다. 반대로 로라는 그 두 가지 일이 우연이 아니라고 확신했지만 그런 생각을 말로 표현하지는 않는 게 좋다고 판단했다. 아침 식사를 하면서 부부는 집에 돌아갈 경로에 대해 의논했다. 자동차가 있었으므로 차를 실을 수 있는 특별열차를 이용하기로 했다. 밀라노에서 출발해 칼레를 경유하는 열차였다. 어떻든 교장 선생의 편지로 볼 때 아주 다급한 상황은 아니었다.

존이 화장실에 있을 때 영국과 전화가 연결되었다. 로라가 받았다. 몇 분 후 존이 화장실에서 나왔을 때에도 여전히 통화 중이었다. 아내의 눈빛에 불안감이 역력했다.

"교장 선생님은 수업 중이시라 사모님이 전화하셨어. 조니가 밤에 잠한숨 못 잤다고 병원에서 연락이 왔다나 봐. 수술이 필요할지도 몰라 대기하는 중이래. 엑스레이를 찍어 봤더니 맹장염 부위가 좀 묘해서 수술하기가 쉽지 않아 보인다네."

"나한테 바꿔 줘."

사모님의 다정하면서도 신중한 목소리가 흘러나왔다. "제가 두 분 휴가를 망친 것 같아 죄송하네요. 하지만 말씀드리지 않을 수 없다고 판단했어요. 그래야 오신 후에도 덜 놀라실 테고요. 조니는 잘 버티고 있어요. 물론 열은 좀 높지만요. 의사 말로는 열은 나기 마련이라는군요. 염증 부위가 좀 이탈될 수도 있는데 그러면 상황이 어려워진답니다. 의사는 오늘 밤에 수술 관련 결정을 내릴 예정이에요."

"그렇군요. 잘 알겠습니다." 존이 말했다.

"어머님이 너무 걱정하시지 않도록 안심시켜 주세요. 병원은 훌륭하고 직원들도 친절하답니다. 의사도 믿을 만하고요."

"알겠습니다. 고맙습니다." 로라가 다가와 뭔가 말하려는 몸짓을 했으므로 존은 잠시 말을 멈췄다.

"열차에 차를 실을 수 없다면 비행기를 타도 돼. 자리 하나쯤은 얻을 수 있을 거야. 그럼 우리 둘 중 하나는 오늘 밤이 되기 전에 도착할 거야."

존이 그녀의 말에 고개를 끄덕이고는 수화기에 대고 말했다. "고맙습니다. 곧 돌아가도록 하죠. 조니를 잘 돌봐 주셔서 고맙습니다. 교장 선생님께도 인사 전해 주시고요. 그럼 안녕히 계세요."

그는 전화를 끊고 방 안을 둘러보았다. 헝클어진 침대, 바닥에서 입을 벌리고 있는 짐 가방, 사방에 흩어진 휴지들. 부부가 가져온 바구니, 지도, 책, 코트 등은 모두 차에 실어야 했다. "맙소사, 정말 엉망진창이군. 완전 쓰레기통이야." 다시 전화벨이 울렸다. 호텔 직원이 내일 출발하는 열차의 부부 침대칸과 자동차 실을 자리를 예약했음을 알리는 전화였다.

"혹시 오늘 베네치아에서 런던으로 가는 낮 비행기 자리를 하나 예약해 주실 수 있나요?" 전화를 받은 로라가 말했다. "저희 둘 중 한 명이라도 빨리 도착해야 하는 상황이어서요. 남편은 차를 몰고 뒤따라오면 되고요."

"여보, 침착해." 존이 끼어들었다. "그렇게 허둥지둥할 필요 없어. 24시간 동안 뭐가 크게 달라지지는 않는다고."

로라는 얼굴이 새하얗게 질리더니, 남편에게 쏘아붙였다.

"당신한테는 그럴지 몰라도 나한테는 아니야. 한 아이를 잃었는데 다른 아이까지 잃을 순 없어."

"그래, 알았어, 여보." 존은 아내 쪽으로 팔을 뻗었지만 로라는 밀어내 버리고 통화를 계속했다. 존은 돌아서서 다시 짐을 쌌다. 무슨 말을 해도 소용없을 테니 아내가 원하는 대로 하게 내버려 두기로 했다. 하지만 같이 비행기를 타고 가서 조니 상태를 확인하고 아이가 괜찮아진 후 혼자 돌아와 차를 몰고 프랑스를 거쳐 집까지 가는 편이 낫다고 생각했다. 경비가 많이 들어도 일단은 함께 움직이는 편이 낫다고. 로라 혼자 비행기를 타고 자기는 나중에 밀라노에서 기차를 타는 것이 썩 마음에 내키지 않았다.

"당신만 좋다면 함께 비행기를 타도 되는데." 그가 가볍게 말을 꺼내 보았지만 로라는 단번에 잘라 버렸다. "그건 바보 같은 짓이야. 나는 오늘 중에 도착해야 해. 당신은 차를 싣고 열차로 와. 병원을 오갈 때 차가 필요하니 그러는 게 좋아. 짐은 또 어쩌고. 짐을 다 여기 두고 떠날 수는 없어."

아니, 핵심은 그게 아니었다. 아내는 자기가 아들 걱정을 더 많이 한다는 멍청한 생각을 하고 있었다. 하지만 그는 자신도 아내만큼 걱정하고 있다고 굳이 말하지 않았다.

"내려가 볼게. 호텔 직원들은 앞에 사람이 서 있어야 더 열심히 일하는 법이거든. 오늘 밤 당장 필요한 물건은 다 챙겨 놨어. 저 작은 가방 하나면 돼. 나머지는 전부 차에 실어 당신이 갖고 와줘." 로라는 방을 나간 지 채 5분도 안 되어 전화를 걸어왔다. "여보, 일이 정말 잘 풀리는걸. 한 시간 안에 베네치아를 출발하는 전세 비행기가 있대. 10분 후에 산 마르코 광장 선착장에서 공항으로 가는 증기선이 출발한대. 승객 몇 명이 취소하는 바람에 비행기 자리가 생겼대. 네 시간쯤 후에는 개트윅 공항에 도착할 수 있을 거야."

"금방 내려갈게." 존이 대답했다.

접수대 앞에서 다시 본 로라는 더 이상 불안해 보이지 않았다. 단호하게 행동했다. 존은 함께 떠나고 싶었다. 아내가 떠난 후 홀로 베네치아에서 보낼 시간도, 밀라노까지 운전해 가서 호텔에서 하룻밤을 지낼 일도,

기나긴 하루를 보낸 후 밤새도록 기차를 타고 갈 것도 싫었다. 조니 걱정과는 별개로, 혼자만의 그 긴 여정을 생각하니 기운이 쭉 빠졌다. 부부는 산마르코 선착장으로 걸어갔다. 비가 갠 후여서 광장 기둥이 밝게 빛났고, 산들바람이 불어 가판대의 엽서나 스카프니 관광 기념품들이 가볍게 흔들렸다. 관광객들은 행복한 하루를 맞이해 즐거운 얼굴로 돌아다니고 있었다.

"오늘 밤에 밀라노에서 전화할게." 존이 아내에게 말했다. "당신은 아마 교장 선생님 댁에 묵겠지? 당신이 혹시 병원에 머물게 되면, 선생님 내외가 내게 조니 상태를 알려 주실 테고. 저쪽이 전세 비행기 승객들인 모양이야. 당신을 대환영하는 분위기인데."

일군의 승객들이 영국 국기 표시가 붙은 짐 가방을 들고 몰려왔다. 대부분 중년이었고, 감리교 목사도 둘 끼어 있었다. 한 목사가 로라에게 다가와서 손을 내밀었다. 그가 미소를 짓자 번쩍이는 틀니가 드러났다. "고국으로 돌아가는 비행기를 함께 타게 되었다는 동포시군요. 반갑습니다. 이렇게 알게 되어 영광입니다. 남편분을 위한 자리가 없어 유감이군요."

로라는 재빨리 몸을 돌려 존에게 입을 맞추었다. 웃음을 참느라 입술 한쪽이 살짝 떨렸다. "당장 국가 제창이라도 시작할 판이지?" 로라가 속삭였다. "그럼 몸 조심해, 여보. 밤에 전화하고."

탑승 안내인이 괴상한 호루라기 소리를 냈다. 로라가 계단을 내려가더니 어느새 승객들 틈에 서서 손을 흔들고 있었다. 무채색 옷들 틈에서 아내의 진홍빛 코트가 두드러졌다. 다시금 신호음이 울렸고 배가 천천히 움직였다. 존은 그대로 멈추어 지켜보았다. 상실감이 마음을 채웠다. 이어 그는 돌아서서 호텔로 돌아왔다. 화창한 날씨도 눈에 들어오지 않았다.

아무것도 남지 않았어, 그는 호텔 방을 둘러보며 생각했다. 방금 전까지 아내가 있다가 이제는 그녀의 흔적만 남은 텅 빈 방을 보니 너무도 서글펐다. 로라의 짐 가방이 침대 위에 있었고 두고 간 여벌 코트도 보였다. 화장대에는 분 자국이 남아 있었고 휴지통 안에는 립스틱을 닦아낸 휴지가 뒹굴었다. 세면대 위 유리 선반에 놓인 반쯤 쓴 치약 튜브까지도 서글펐다. 열린 창문을 통해 대운하 쪽의 차 소리가 끊임없이 들어왔지만, 그 소리를 듣거나 발코니에 나가서 구경할 로라는 옆에 없었다. 즐거움은 사라졌다. 감정도 사라졌다.

존은 짐을 다 싸고 가방을 가지런히 놓아둔 후 숙박비를 계산하러 내려갔다. 접수대 직원은 새 투숙객을 맞고 있었다. 테라스에 앉은 손님들은 신문을 읽으며 대운하를 내려다보았고 즐거운 하루 계획을 세우는 듯했다.

존은 일찌감치 점심을 먹기로 했다. 익숙한 이곳 호텔 테라스에서 아침을 먹은 후 짐꾼과 함께 선착장까지 가서 페리를 타고 차를 주차해 둔 포르타 로마로 가면 될 것이다. 전날 저녁 식사를 제대로 못한 바람에 배가 고팠다. 테라스 식당에 들어가니 거기도 변화가 있었다. 부부랑 가깝게 지냈던 웨이터는 비번이었고, 늘 앉던 자리는 새 투숙객들이 차지한 상태였다. 즐거운 표정을 보니 신혼부부 같았다. 그는 꽃 화분 뒤쪽 좁은 1인용 테이블에 자리를 잡았다.

"로라는 이제 비행기를 타고 한창 가는 중이겠군." 존은 아내가 감리교 목사들 사이에 앉은 모습을 상상했다. 조니가 아파서 병원에 입원했다는 것을 비롯해 별의별 얘기를 다 늘어놓겠지. 어떻든 쌍둥이 자매는 이제 편안해졌으리라. 바라던 대로 이루어졌으니.

점심 식사가 끝난 후 커피를 마시며 느긋하게 굴 이유는 없었다. 가능한 한 빨리 출발해 차를 찾고 밀라노로 향하고 싶었다. 그는 접수대 직원과 인사를 나눈 후, 수레에 가방을 실어 날라 주는 짐꾼과 함께 또다시 산마르코 광장 선착장으로 나갔다. 페리에 올라타 짐을 옆에 쌓아 둔 채 승객들로 혼잡한 주변을 둘러보고 있으려니, 베네치아를 떠나는 것이 아쉬워졌다. 언제 다시 올 기회가 있을까? 내년? 3년 후? 10년 전 신혼여행 때 처음으로 잠깐 들른 후 크루즈 여행 중간에 들른 적이 있었고, 이번에는 열흘 일정으로 왔으나 이렇게 급작스럽게 끝나 버리고 말았다.

햇살이 물에 반사되었고 건물들도 빛이 났다. 선글라스를 낀 관광객들이 오가는 모습이 빠르게 멀어졌다. 페리가 대운하를 따라 올라가면서 부부가 묵었던 호텔 테라스도 보이지 않게 되었다. 붙잡아 두어야 할 그 많은 감정과 느낌, 익숙한 건물 외관, 발코니, 창문, 쇠락한 궁전의 지하 계단에 찰랑거리는 물, 시인 단눈치오가 살았다는 작고 빨간 집(로라는 '우리 집'이라고 부르며 장난을 쳤다)이 휙휙 지나갔고, 페리는 왼쪽으로 돌아 로마 광장 쪽으로 방향을 잡았다. 대운하 최고의 풍경인 리알토 다리는 볼 수 없게 되었다.

하류로 움직이는 다른 페리가 승객을 가득 태운 채 지나쳐 갔다. 잠깐 동안이나마 존은 배를 바꿔 타고 싶다는, 그리하여 베네치아로 향하는 행복한 관광객들 사이에 끼고 싶다는 생각을 했다. 그 순간 로라가, 진홍빛 코트 차림의 아내가, 그리고 그 옆에 선 쌍둥이 자매가 보였다. 동생 쪽이 로라의 팔을 잡고 무언가 열심히 이야기하고 있었고, 로라는 머리카락을 바람에 휘날리며 서글픈 얼굴로 무언가를 가리켰다. 존은 깜짝 놀랐다. 너무 놀라 고함을 지르거나 손을 흔들지도 못했다. 하긴 그래 봤자 들리지도 보이지도 않을 것이었다. 존이 탄 페리는 그 페리를 거의 지나쳐 버린 상황이었으니까.

대체 무슨 일이람? 전세 비행기에 무슨 문제가 생겨 이륙하지 못한 것이 틀림없었다. 하지만 그렇다면 왜 로라는 당장 호텔로 전화하지 않았을까? 저 빌어먹을 쌍둥이 자매는 왜 또 나타난 거고? 우연히 공항에서 만난 걸까? 그런데 로라는 왜 저렇게 근심스러운 얼굴이지? 도무지 알 수가 없었다. 어떻든 비행편이 취소되어 호텔로 향하는 듯했다. 자기를 찾아 함께 밀라노까지 차를 타고 가서 밤 기차를 탈 작정으로. 일이 왜 이렇게 꼬이는 걸까. 페리가 로마 광장에 도착하자마자 호텔로 전화를 걸어 로라에게 기다리라고, 당장 데리러 가겠다고 알려야 했다. 방해꾼 쌍둥이 자매는 따돌려 버리고.

페리가 선착장에 도착하자 승객들이 우르르 몰렸다. 존은 자신이 호텔에 전화를 하고 돌아올 동안 짐을 간수하면서 기다려 줄 짐꾼부터 찾아야 했다. 그 후로는 잔돈을 바꾸고 전화번호를 찾느라 또 시간이 지체되었다. 마침내 전화가 연결되었고, 다행히도 안면 있는 접수대 직원이 전화를 받았다.

"길이 어긋나 버려서 그럽니다." 그는 로라가 호텔로 되돌아가는 중이라고, 친구들과 함께 페리에 탄 모습을 보았다고 설명했다. 그러고는 다음 배로 되돌아가겠다고 말했다. "그러니 아내가 어디 가지 않고 거기서 기다리게 해주십시오. 최대한 빨리 갈 테니." 접수대 직원은 충분히 상황을 이해한 것 같았다.

아직 로라가 호텔에 도착하지 않았다니 천만다행이었다. 도착했다면 호텔 측에서 남편은 밀라노로 떠났다고 말했을 테니. 짐꾼은 여전히 짐을 지키고 있었다. 그는 짐꾼에게 차고까지 짐을 옮겨 달라고 하고는, 차고 직원에게 한 시간만 봐달라고, 곧 아내와 돌아오겠다고 말했다. 그런 다음 다시 선착장으로 가서 베네치아 행 다음 페리를 기다렸다. 시간은 더디게 흘러갔다. 그는 로라가 어째서 호텔로 전화를 하지 않았는지 의아했지만, 고민해 봤자 소용없었다. 곧 로라를 만나면 이야기를 듣게 될 것이었다. 한 가지만은 확실했다. 자신과 아내가 쌍둥이 자매에게 휘둘리는 일은 없을 것이었다. 그는 로라가 쌍둥이 자매 역시 비행기를 놓쳤다고, 그러니 함께 밀라노로 이동하면 안 되겠냐고 묻는 모습을 상상했다.

마침내 페리가 왔고, 그는 거기 올랐다. 감상에 젖어 마음속으로 작별 인사를 건넸던 베네치아 풍경을 이렇게 금방 다시 보게 되다니 참으로 대단한 반전이 아닌가! 이제 그는 주변을 둘러보지도 않았다. 오로지 목적지에 도착해야 한다는 생각뿐이었다. 산마르코 광장에는 그 어느 때보다 관광객이 많아 인파에 몸을 부딪치며 걸어야 할 지경이었지만, 사람들은 모두 즐거운 얼굴이었다.

존은 호텔에 도착해 급히 회전문을 밀고 들어섰다. 로라, 그리고 쌍둥이 자매가 입구 왼쪽 라운지에서 기다릴 것이라 생각했지만 로라는 없었다. 그는 접수대로 갔다. 통화했던 직원이 아직도 근무를 하면서 매니저와 이야기를 나누는 중이었다.

"제 아내가 도착했나요?" 존이 물었다.

"아니, 아직 안 오셨습니다."

"아니, 그럴 수가. 정말 안 온 것이 맞나요?"

"정말 안 오셨습니다. 1시 45분에 전화 주신 후 저는 계속 여기 있었습니다."

"이해할 수 없는 일이군요. 분명 페리를 탄 아내가 나와 엇갈려 지나쳤어요. 그 5분 후에는 산마르코 광장에 내려 이리로 왔을 텐데요."

직원은 당황한 얼굴로 말했다. "무슨 말씀을 드려야 할지 모르겠습니다. 그런데 세뇨라는 친구분들하고 함께였다고 하셨죠?"

"뭐, 친구라기보다는 아는 사람인 정도죠. 어제 토르첼로에 갔을 때 만났던 두 부인입니다. 아내가 그 사람들과 함께 있는 모습을 보고 놀랐지만 비행편이 취소된 모양이라고, 공항에서 우연히 그 부인들을 만나 함께 호텔로 돌아오는 거라고 생각했습니다. 제가 여길 떠나기 전에 절 만나려고요."

맙소사, 로라는 대체 뭘 하고 있는 걸까? 벌써 3시가 넘어 있었다. 산 마르코 광장 선착장에서 호텔까지는 몇 분이면 충분한 거리인데 말이다.

"세뇨라는 그 부인들이 묵는 호텔로 가셨을 수도 있겠네요. 어느 호텔인지 아시나요?"

"아니, 전혀 모릅니다. 숙소는커녕 그 부인들 이름도 모르는걸요. 쌍둥이 자매라 완전히 똑같이 생겼습니다. 그리고 아내가 여기가 아니라 그 사람들 호텔로 갈 이유가 뭐가 있겠습니까?"

회전문이 열렸지만 로라는 아니었다. 투숙객 두 사람이었다.

매니저가 끼어들었다. "공항에 전화해 비행편이 어떻게 되었는지 확인해 드리겠습니다. 그러면 상황이 조금 더 확실해질 겁니다." 그가 미안하다는 듯 미소를 지었다. 사실 예약이 잘못되는 경우도 드물지 않았다.

"부탁드립니다. 그러면 대체 무슨 일이 일어났는지 알 수 있겠군요."

존이 담뱃불을 붙이고 로비를 앞뒤로 오가기 시작했다. 이 무슨 어이없는 일인지. 그가 점심 식사 후에 곧장 밀라노로 떠날 예정임을 아는 로라가 호텔로 찾아온다는 것은 말이 안 될지도 몰랐다. 하지만 비행편이 취소되었을 때 어째서 당장 공항에서 전화를 걸지 않았을까. 매니저의 전화 통화는 끝없이 이어졌다. 그가 떠드는 이탈리아어는 속도가 너무 빨라서 따라갈 수가 없었다. 마침내 통화가 끝났다.

"정말 이상한 일입니다, 손님. 전세 비행기는 승객을 다 태우고 제시간에 지연 없이 출발했답니다. 자기들이 아는 한에서는 아무런 문제가 없었다네요. 세뇨라는 아마 혼자 마음을 바꾸신 모양입니다." 아까보다도 훨씬 더 미안하다는 듯한 미소였다.

"마음을 바꾸었다." 존이 매니저의 말을 따라했다. "하지만 어째서 그랬을까요? 당장 집에 돌아가고 싶어 했는데."

매니저가 어깨를 으쓱해 보였다. "숙녀분들은 늘 그렇지 않습니까? 생각해 보니 남편과 함께 기차를 타고 밀라노로 가는 편이 좋겠다고 여겨지신 거겠죠. 전세 비행기 승객들은 다들 점잖은 분들이었고 비행기도 카라벨 기종이어서 안전을 걱정하실 필요는 없었지만요."

"아, 그렇군요." 존이 다급하게 상대의 말을 막았다. "호텔 측을 나무랄 생각은 눈곱만큼도 없습니다. 다만 어째서 아내가 마음을 바꿨는지 모르겠습니다. 두 부인들을 만났기 때문인 것도 같네요."

매니저는 입을 열지 않았다. 할 말이 없었던 것이다. 접수대 직원도 걱정스러운 얼굴이었다. "혹시나 손님께서 잘못 보신 건 아닐까요? 지나쳐 가는 배에 탄 분이 부인이 아니셨을지도?"

"그건 아닙니다. 틀림없이 아내였어요. 여기를 떠났을 때 모습 그대로 진홍빛 코트에 모자를 쓰지 않은 모습이었어요. 지금 두 분을 보고 있는 것처럼 똑똑히 보았답니다. 법정에서 선서라도 할 수 있어요."

"그 두 부인들의 이름도, 숙소도 모른다는 것이 참으로 안타깝습니다. 어제 토르첼로에서 만나셨다고요?"

"네, 잠깐 만났을 뿐입니다. 부인들이 토르첼로에 묵는 건 아니었습니다. 그건 확실합니다. 나중에 이곳 베네치아의 식당에서도 우연히 봤으니까요."

"실례합니다." 짐을 든 손님들이 접수대로 다가왔다. 직원은 손님들의 투숙 절차를 처리해야 했다. 존은 매니저를 보며 간곡히 부탁했다. "혹시 토르첼로 호텔에 전화를 걸어 두 부인의 이름을 아는지, 아니면 베네치아 어느 곳에 묵는지 알아볼 수 있을까요?"

"해보겠습니다. 가능성은 크지 않지만 해봐야죠."

존은 다시 호텔 로비를 앞뒤로 오갔고 회전문이 열릴 때마다 로라의 진홍빛 코트를 고대하며 바라보았다. 매니저는 토르첼로 호텔에 전화를 걸어 다시금 끝나지 않을 것만 같은 긴 통화를 했다.

"두 부인은 자매입니다. 나이가 꽤 들었는데 똑같이 회색 옷을 입고 있어요. 한 부인은 눈이 멀었고요." 존이 옆에서 거들었다. 매니저는 고개를 끄덕이더니 저쪽에 상세한 설명을 했다. 전화를 끊은 후 매니저가 고개를 저었다. "토르첼로 호텔 매니저는 두 부인을 잘 기억하고 있군요. 하지만 점심 식사 때 왔을 뿐이라고 합니다. 이름도 모른다고 하고요."

"그렇군요. 그럼 그저 기다리는 것밖에 방법이 없네요."

존은 세 번째 담배를 피워 물고 테라스로 나가 그곳을 서성거리기 시작했다. 운하 건너편은 물론 증기선, 모터보트, 곤돌라에 탄 사람들까지 유심히 살피면서. 하염없이 시간만 흘렀고 로라는 보이지 않았다. 모든 것이 사전에 계획되어 있었을 거라는 불길한 예감이 들었다. 로라는 비행기를 탈 생각이 없었던 것이다. 지난밤에 식당에서 쌍둥이 자매들과 무언가 계획을 짰던 것이다. 오, 맙소사, 이건 말도 안 되는 상상이야, 강박증이라고…… 하지만 왜, 왜일까? 아니, 사전에 짜놓은 일이라기보다는 공항에서 우연히 만난 쌍둥이 자매가 뭔가 이유를 대면서 로라를 설득해 비행기를 타지 못하게 했을 가능성이 더 컸다. 비행기가 추락하는 모습이 보인다는 둥 뭐 그런 이유를 댔을 게다. 그리고 함께 베네치아로 돌아온 것이다. 예민한 상태였던 아내는 그 말을 믿고 그대로 따랐겠지.

모든 가능성을 염두에 둔다 해도 로라가 호텔로 오지 않은 이유는 알 수 없었다. 대체 아내는 뭘 하고 있는 걸까? 4시가 되고 4시 반이 지났다. 더 이상 물 위에 햇살이 반짝이지 않았다. 그는 다시 접수대로 갔다.

"이렇게 기다리고만 있지는 못하겠습니다. 아내가 나타나지 않는다면 어차피 오늘 밀라노로 떠나지는 못할 것 같군요. 산마르코 광장이나 다른 어딘가에서 아내와 그 부인들을 만나게 될 수도 있으니 나가 보겠습니다. 그사이에 아내가 오면 설명을 좀 부탁드립니다."

직원은 걱정스러운 얼굴로 대답했다. "물론입니다. 정말 어찌 된 일인지 모르겠습니다. 오늘 밤 숙박하실 수도 있으니 방을 잡아 두는 것이 좋을까요?"

"그게 좋겠군요. 잘 모르겠지만 아마도……"

존은 회전문을 나서 산마르코 광장 쪽으로 걷기 시작했다. 상점마다 들여다보고 광장을 열 번 넘게 가로질렀으며 플로리안이니 콰드리니 하는 카페의 테이블 사이를 돌아다니며 진홍빛 코트와 쌍둥이 자매를 찾아보았다. 아무리 사람이 많아도 쉽게 눈에 띌 조합이었지만 결국 찾을 수 없었다. 메르체리아 상점가에서 느릿느릿 한가롭게 걷는 사람들, 맹렬히 돌아다니는 사람들, 진열창을 구경하는 사람들과 어깨를 부딪치며 돌아다니기도 했다. 쓸데없는 짓임을, 세 사람은 거기 없음을 알면서도 말이다. 어째서 로라는 아픈 아들한테 가는 것을 포기하고 베네치아로 되돌아왔을까? 그는 자기 상상을 뛰어넘는 어떤 이유가 있으리라 생각했다. 그렇다손 치더라도 당장 호텔로 자기를 찾으러 오지 않은 이유는 무엇일까?

이제 해볼 수 있는 일은 딱 하나, 쌍둥이 자매를 찾는 것이었다. 두 사람은 베네치아 곳곳에 흩어져 있는 수백 곳의 호텔이나 펜션 중 어느 하나에 묵고 있을 것이다. 아니, 건너편 차테레 지역이나 더 먼 주데카 섬에 숙소를 정했을 수도 있다. 그렇지만 어젯밤 저녁 식사를 했던 식당 근처, 산차카리아 인근일 가능성이 크다. 눈먼 부인이 저녁에 먼 거리를 걸어오지는 않았을 테니. 그 생각을 이제야 해내다니 바보 같으니라고. 그는 불빛 밝은 상점가에서 방향을 돌려 좁고 답답한 골목으로 꺾어 들었다. 그리고 쉽게 그 식당을 찾아냈다. 아직 저녁 영업 전이었고 테이블을 준비하고 있는 웨이터는 어제와 다른 사람이었다. 존이 주인을 만나고 싶다고 했더니 식당 안쪽으로 들어갔다가 몇 분 후 급히 셔츠를 주워 입은 듯한 부스스한 남자를 데리고 나왔다.

"어제저녁에 여기서 식사를 했습니다. 저쪽 구석 테이블에 두 부인이 앉아 있었죠." 존이 설명하면서 손가락으로 테이블을 가리켰다.

"오늘 저녁 자리를 예약하려고 하십니까?" 주인이 물었다.

"아뇨. 그게 아니라 어제저녁에 여기 왔던 두 부인, 쌍둥이 얘깁니다." 이탈리아어로 쌍둥이가 뭘까? "혹시 기억나시나요? 똑같이 생긴……"

"아, 기억납니다." 매니저가 손으로 눈을 가리고 눈먼 흉내를 냈다. "기억납니다."

"혹시 그 부인들 이름을 아시나요? 숙소는요? 꼭 찾아야 합니다."

매니저가 두 손바닥을 펼쳐 보이며 미안한 표정을 지었다. "죄송합니다. 이름은 모릅니다. 여기 한 번인가 두 번 식사하러 오신 것이 전부고 숙소가 어딘지도 말씀 안 하셨습니다. 오늘 저녁에 다시 와보시면 어떨까요? 테이블을 예약해 드릴까요?"

매니저는 어느 자리든 마음대로 고르라는 듯한 몸짓을 했다. 존은 고

44

개를 저었다.

"고맙지만, 오늘은 다른 곳에서 식사를 할 것 같군요. 귀찮게 해드려서 죄송합니다. 혹시 그 부인들이 다시 오면…… 아니, 제가 다시 올 수 있겠네요. 잘은 모르겠지만."

매니저는 고개 숙여 인사를 했고 출입문 바깥까지 배웅해 주었다. "베네치아에는 온 세상 사람들이 모이죠." 그가 미소 지었다. "오늘 밤에 오시면 새로운 친구들을 만나게 되실 겁니다. 꼭 오십시오, 시뇨르."

친구라고? 존이 큰길로 접어들면서 생각했다. 유괴범들이겠지…… 불안이 공포로, 공황 상태로 커졌다. 무언가 끔찍한 일이 일어난 것이 틀림없었다. 쌍둥이 자매는 암시가 보인다느니 하는 말로 로라를 붙잡아 두었을 것이다. 영사관을 찾아가야 할까? 영사관은 어디지? 가서 뭐라고 해야 하나? 전날 밤에 그랬듯이 목적지도 없이 걷다 보니 알지 못할 거리의 큰 건물 앞에 도달했다. 'Questura(경찰서)'라는 간판이 붙어 있었다. 그래, 이거야, 그는 생각했다. 제복을 입은 경찰관들이 분주히 오가는 중이었다. 유리 칸막이 너머의 남자에게 영어 할 줄 아는 사람이 있는지 물었다. 그가 손가락으로 계단을 가리키자 존은 그리로 올라가 오른쪽 문으로 들어섰다. 남녀 한 쌍이 앉아서 기다리는 모습이 보였다. 반갑게도 같은 영국인 관광객 부부였다.

"이쪽으로 와서 앉으세요." 남편이 말했다. "벌써 30분 전부터 기다리는 중입니다. 정말 대단한 나라 아닙니까? 우리 나라 같으면 어림없는 일이죠."

존은 그 남편이 건넨 담배를 받아 들고 의자에 앉아 물었다.

"무슨 일로 오신 거죠?"

"메르체리아 거리 상점에서 아내가 핸드백을 도난당했어요. 상품을 구경하려고 잠깐 내려놓았는데, 그야말로 순식간에 사라진 거죠. 제 생각엔 소매치기 짓인데 아내는 계산대 뒤에 있던 점원이 가져간 거라고 생각합니다. 하긴 누가 알겠습니까? 이탈리아 놈들은 다 똑같으니까요. 어떻든 핸드백을 다시 찾지는 못할 겁니다. 그건 그렇고 당신은 뭘 잃어버렸나요?"

"여행 가방이요." 존이 재빨리 대답했다. "중요한 서류가 들어 있어서요."

아내를 잃어버렸다고 대답할 수는 없는 노릇이었다.

남편이 안됐다는 듯 고개를 끄덕거렸다. "말씀드렸지만 이탈리아 놈들은 다 똑같다니까요. 무솔리니가 이 사람들 다루는 법을 제대로 알았죠. 요즘에는 공산주의자들이 너무 많아요. 공산주의자들은 우리 문제에도, 살인 사건에도 별 신경을 안 쓰니 큰일이죠."

"살인 사건이라니요?" 존이 물었다.

"아니, 그 소식을 못 들으셨나요?" 남편이 놀란 표정으로 되물었다. "베네치아 전체가 떠들썩한데요. 신문이고 라디오고, 심지어 영어판 신문에도 온통 그 뉴스뿐입니다. 지난주에 한 관광객 여자가 목이 베여 죽은 채 발견됐어요. 오늘 아침에는 같은 종류의 칼에 목이 베인 노인이 발견됐고요. 살해 동기가 아무것도 없어 정신병자 소행으로 보인다고 해요. 관광 시즌에 베네치아에서 이런 사건이 벌어지다니 참으로 끔찍한 일이죠."

"저희 부부는 휴가 때는 신문을 보지 않거든요. 소문에도 신경을 쓰지 않고요."

"그거 참 현명하십니다." 남편이 소리 내어 웃었다. "괜히 휴가를 망칠 필요는 없으니까요. 사모님께서 신경이 날카롭다면 더욱 그렇고요. 저희도 어차피 내일은 여길 떠나니 크게 신경 쓰지는 않습니다. 그렇지, 여보?" 남편이 아내 쪽을 보았다. "지난번 여행과 비교하면 베네치아가 영망가졌어요. 결국은 핸드백을 도난당하는 일까지 겪게 되는군요."

안쪽 방의 문이 열리더니 상급 경찰관이 먼저 와 기다리던 부부를 불러들였다.

"어차피 제대로 된 조치는 없을 게 분명합니다." 남편이 중얼거리며 존에게 눈을 찡긋해 보이고는 아내와 함께 안으로 들어갔다. 문이 닫혔다. 존은 담배를 비벼 끄고 새 담배에 불을 붙였다. 묘하게 비현실적인 느낌이었다. 대체 여기서 뭘 하고 있는 건지, 무슨 소용이 있는 건지 스스로에게 물어보았다. 로라는 더 이상 베네치아에 없다. 괴상한 쌍둥이 자매와 함께 어딘가로, 어쩌면 영원히 사라져 버렸는지도 모른다. 흔적조차 찾을 수 없을 것이다. 아내와 함께 토르첼로에서 처음 그 쌍둥이를 보았을 때 상상해 냈던 이야기가, 실제로는 남자인 그들이 여자로 변장해 순진한 사람들을 꾀어 무서운 일을 하는 사기꾼, 범죄자라는 것이 사실일지도 모른다. 어쩌면 경찰이 쫓는 살인범인지도 모른다. 2급 펜션이나 호텔에 조용히 묵고 있는 점잖은 쌍둥이 노파들을 누가 의심하겠는가? 존은 다 피우지도 않은 담배를 비벼 껐다.

존은 생각했다. '이건 편집증이야. 편집증이 시작된 거라고. 이러다가 사람이 돌아 버리는 거야.' 그는 손목시계를 보았다. 6시 반이었다. 그만두는 게 좋겠어. 경찰이 뭘 할 수 있겠어. 정신 바짝 차리자. 호텔로 돌아가 조니의 학교에 전화를 걸어 조니 상태나 확인하자. 그러고 보니, 건너편 배에 있는 로라 모습을 본 뒤로 조니 생각은 전혀 하지 않았어.

하지만 너무 늦었다. 안쪽 문이 열리더니 부부가 나왔다.

"쓸데없는 말만 시키는군요." 남편이 존에게 속삭였다. "할 수 있는 일을 해주겠죠. 그다지 희망적이지는 않습니다. 베네치아에는 외국인이 너무도 많고 그게 다 도둑놈들이라는군요! 주민들은 아무 죄 없답니다. 관광객들 물건을 훔쳐 봤자 득 될 게 없다나요. 그럼 일 잘 보고 가십시오."

부부가 미소를 지으며 인사를 하고는 가버렸다. 존은 경찰관을 따라 안쪽 방으로 들어갔다.

공식 절차가 시작되었다. 이름, 주소, 여권 번호, 베네치아 체류 기간 등등을 확인하는. 이어 질문이 나왔고 존은 기나긴 이야기를 시작했다. 식당에서 우연히 만난 쌍둥이 자매, 죽은 아이 때문에 심약했던 아내 상태, 조니 학교에서 온 전보, 전세 비행기를 타기로 한 결정, 아내의 출발과 다시 베네치아에서 목격한 아내 모습. 어느새 이마에 땀이 맺혔다. 말을 끝내자 감기로 한바탕 병치레를 한 다음 300마일을 쉬지 않고 운전이라도 한 것처럼 맥이 풀렸다. 경찰관은 영어를 아주 잘했다.

"그러니까, 아내분이 심리적으로 충격을 받은 상태였군요. 베네치아에 머무르는 동안에도 그걸 느끼실 수 있었나요?"

"물론이죠. 몸도 좋지 않았습니다. 휴가를 와도 좋아지지 않더군요. 어제 토르첼로에서 쌍둥이 자매를 만난 후에야 비로소 기분이 나아졌습니다. 심리적 압박감이 사라진 것 같더군요. 지푸라기라도 잡고 싶은 심정이었을 텐데, 죽은 딸이 우리와 함께 있다는 말을 듣고 나아진 거죠. 그다음에는 죽 정상으로 돌아온 것처럼 보였습니다."

"그런 상황이라면 충분히 그럴 수 있죠. 지난밤에 도착한 전보는 또다른 충격을 안기지 않았나요?"

"그랬습니다. 그래서 당장 돌아가기로 했던 거죠."

"그렇게 결정하기까지 두 분 사이에 의견 충돌은 없었습니까?"

"전혀요. 둘 다 생각이 같았으니까요. 제 유일한 걱정은 아내와 함께 전세 비행기를 타지 못한다는 점이었습니다."

경찰관이 고개를 끄덕였다. "부인께서 갑자기 기억상실증을 보이셨을 가능성도 있습니다. 그러다가 쌍둥이 자매를 만나 희미하게 기억을 되살리면서 도움을 받는 중일 수도요. 상세하게 인상착의를 설명하셨으니 찾기는 어렵지 않을 겁니다. 일단 호텔로 돌아가 계시죠. 뭔가 알아내는 대로 바로 연락을 드리겠습니다."

존은 생각했다. 최소한 내 얘기를 믿어 주기는 하는군. 상상해 낸 이 야기를 떠들면서 시간을 빼앗는 얼간이로는 보지 않는군.

"고맙습니다. 정말 걱정이 되고 불안합니다. 쌍둥이 자매가 제 아내한 테 뭔가 범죄라도 저지를지 몰라서요. 최근 그런 사건도 있었다고……"

경찰관이 처음으로 미소를 지었다. "괜한 걱정 마십시오. 무슨 일인지 곧 밝혀질 겁니다."

존은 생각했다. 다 잘되겠군. 그런데 그 사건은 대체 무슨 일일까?

"죄송합니다. 시간을 너무 많이 빼앗았군요. 살인범을 잡기 위해 안 그래도 바쁘실 텐데 말입니다."

존은 조심스럽게 말했지만, 로라의 실종과 그 끔찍한 사건이 혹시라 도 관련이 있을지도 모른다는 생각은 전달하는 편이 좋을 듯했다.

"아, 그거요." 경찰관이 자리에서 일어나며 말했다. "곧 범인이 잡힐 겁 니다."

확신에 찬 목소리를 들으니 마음이 놓였다. 살인범도, 실종된 아내도, 잃어버린 핸드백도 모두 경찰이 제대로 처리할 듯했다. 존은 경찰관과 악수를 나누고 방을 나서 계단을 내려왔다. 천천히 걸어서 호텔로 돌아 오면서 그는 생각했다. 그래, 경찰관 말이 옳아. 로라는 갑자기 기억상실

증세를 보인 거야. 그 순간에 우연히 쌍둥이 자매가 공항에 있었고 로라를 도와 베네치아로 되돌아온 거야. 로라가 호텔을 기억하지 못했을 테니 쌍둥이 자매의 호텔로 갈 수밖에 없었겠지. 지금쯤 그쪽에서도 나를 찾으려 애쓰고 있을 거야. 어떻든 더 이상은 할 수 있는 일이 없어. 경찰이 움직여서 뭔가 성과를 내주겠지. 지금은 독한 위스키를 한 잔 마시고 침대에 눕고 싶은 생각뿐이야. 그리고 조니 학교로 전화를 걸어 봐야지.

호텔 급사가 그를 호텔 뒤쪽 4층의 검소한 방으로 안내해 주었다. 셔터가 내려진 빈방, 사람의 흔적이 없는 방이었다. 아래쪽에서 요리하는 냄새가 올라왔다.

"더블 위스키 한 잔이랑 진저에일을 갖다 줘요." 존이 급사에게 말했다. 혼자 남겨진 후 화장실의 수도꼭지를 틀고 쏟아지는 찬물 아래로 얼굴을 댔다. 이어 신발을 벗고 의자 등받이에 코트를 건 후 침대에 누웠다. 어디선가 라디오 소리가 들려왔다. 구닥다리 유행가였다. 뒤이어 한때 로라가 좋아했던 노래도 들려왔다. '널 사랑해, 베이비……' 존은 수화기를 집어 들고 영국으로 국제전화 연결을 신청했다. 그리고 다시 눈을 감았다. 그동안에도 '널 사랑해, 베이비…… 내 마음은 널 떠나지 못해'라는 노래는 계속 이어졌다.

누군가 문을 두드렸다. 음료를 가져온 웨이터였다. 얼음이 너무 적었지만 가릴 형편이 아니었다. 그는 진저에일도 섞지 않고 단번에 위스키를 들이켰다. 몇 분 후 묵직한 가슴 통증이 둔해지면서 잠시 동안이나마 평온감이 찾아왔다. 전화가 울렸다. 이제 마지막 충격적인 소식이 오는 모양이야. 존은 마음의 준비를 했다. 조니가 죽어 간다거나 아니면 벌써 죽었다는 소식일 수도 있어. 어떤 상황이든 내게 남는 건 아무것도 없지. 베네치아가 이렇게 날 삼켜 버리는군……

교환수가 국제전화 연결이 되었다고 했고 몇 분 후 교장 선생님 사모님의 목소리가 들렸다. 베네치아에서 연결된 전화라는 이야기를 들은 모양이었다.

"여보세요? 전화해 주셔서 정말 반갑습니다. 조니는 괜찮아요. 수술이 잘 끝났거든요. 의사 선생님이 기다리지 말고 오늘 중에 하자고 하셔서요. 아무 문제 없이 건강해질 거랍니다. 그러니 걱정 마시고 편히 주무셔도 되겠습니다."

"정말 고마운 일이군요." 존이 대답했다.

"우리 모두 정말 한숨을 돌렸답니다. 자, 이제 부인을 바꿔 드릴 테니 잠깐 기다리세요."

존은 깜짝 놀라 침대에 털썩 주저앉았다. 이제 무슨 소리지? 곧이어 로라 목소리가 들렸다. 침착하고 또렷한 목소리였다.

"여보? 여보? 듣고 있어?"

존은 대답할 수 없었다. 수화기를 잡은 손이 땀 때문에 축축했다. "그래, 나야." 그가 속삭였다.

"전화 상태가 좋지 않네. 어떻든 마음 놓아도 돼. 사모님이 말씀하셨듯이 다 잘 끝났거든. 의사 선생님도 훌륭하고 담당 간호사도 정말 친절해. 개트윅 공항에서 내리자마자 병원으로 달려갔어. 비행은 아무 문제 없었고 승객들도 정말 재밌었어. 나중에 얘기해 줄게. 아마 당신도 배꼽을 잡을 거야. 병원에 도착하니 조니는 마취에서 깨어나는 중이었어. 기운은 없어도 날 보고 좋아하더라고. 교장 선생님이 댁에 있는 방을 하나 내주셨어. 병원에서 택시로 금방 오갈 수 있는 거리야. 나는 저녁을 먹고 바로 자야겠어. 불안해하면서 오느라 좀 지쳤나 봐. 밀라노까지 운전하는 길은 어땠어? 지금은 어디 묵는 거야?"

존은 대답하면서도 그것이 자기 목소리로 느껴지지 않았다. 마치 컴퓨터에서 나오는 기계음 같았다.

"지금 밀라노에 있지 않아. 아직 베네치아야."

"아직 베네치아라고? 대체 왜? 자동차에 문제가 생겼어?"

"설명하기 어려워. 어처구니없는 오해가 있었거든……"

존은 갑자기 맥이 탁 풀리면서 수화기를 떨어뜨릴 뻔했다. 부끄러운 데다가 눈에 눈물까지 고였다.

"오해라니, 무슨 오해?" 로라의 목소리에 의혹이 담겼다. "설마 사고를 낸 건 아니지?"

"아니, 그런 건 아니야."

잠시 침묵이 흐른 후 로라가 말했다. "당신 발음이 불분명해. 혹시 나가서 실컷 퍼마시고 온 거야?"

맙소사, 로라가 이 일을 안다면! 차라리 기절해 버리는 게 나을 것 같았다. 물론 위스키 때문에 기절하는 것은 아닐 터였다.

"내가 말이지," 그가 천천히 말했다. "여기서 당신을 봤어. 당신하고 그 쌍둥이 자매가 같이 페리에 타고 있더라고."

대체 어떻게 설명할 수 있단 말인가? 아내를 납득시킬 가능성은 없었다.

"어떻게 나랑 그 부인들을 볼 수 있단 말이야? 내가 비행장으로 간 걸 알잖아? 당신 정말 바보 같아. 그 쌍둥이 자매를 머릿속에서 떨쳐 내지 못하는 모양이야. 방금 사모님한테는 아무 말 하지 않았지?"

"안 했어."

"그래. 이제 어떻게 할 거야? 내일은 밀라노로 가는 기차를 타야지?"

"그래야지."

"대체 왜 아직도 베네치아란 건지 정말 모르겠어. 이게 무슨 일이람. 어떻든 조니가 회복 중이고 나도 여기 있으니 고마운 일이지."

"그래. 맞아." 그가 말했다.

식사 시간을 알리는 듯한 벨 소리가 전화기 너머 멀리서 들려왔다.

"어서 가봐. 교장 선생님 내외께 인사 전해 주고. 조니한테도."

"그래. 당신도 조심해. 내일은 절대로 기차 놓치지 말고. 운전 조심해."

전화 끊는 소리와 함께 아내 목소리가 사라졌다. 그는 남은 위스키 몇 방울을 술잔에 따르고 진저에일과 섞어 단숨에 들이켰다. 그리고 자리에서 일어나 창가로 가서 창문을 열고 상체를 밖으로 내밀었다. 머리가 어지러웠다. 안도감, 크나큰 안도감과 함께 비현실적인 온갖 상상이 떠올랐다. 영국에서 들려온 목소리는 로라가 아닐지 몰라. 누가 흉내만 내는 거지. 로라는 지금 베네치아 어느 곳엔가 갇혀 있을 거야. 그 불길한 쌍둥이 자매의 감시를 받으면서.

문제는 분명 베네치아 페리에서 자신이 세 사람을 보았다는 점이었다. 진홍빛 코트를 입은 다른 여자는 절대 아니었다. 대체 어떻게 된 일일까? 머리가 돌아 버리기라도 했나? 쌍둥이 자매는 강력한 심령 능력을 갖고 있어 두 페리가 마주쳐 지나갈 때 그의 눈에만 로라가 보이도록 했을지도 모른다. 하지만 왜, 무엇 때문에? 아니, 그건 말이 안 된다. 그가 착각을 했다는 것, 환각을 보고 소동을 피웠다는 것이 유일한 설명이 될 수 있었다. 그는 심리 상담을 받아야 할 것이었다. 조니가 외과 수술을 받아야했던 것처럼.

지금 당장은 뭘 해야 하지? 아래층으로 내려가 호텔 측에 내가 실수했다고, 전세 비행기로 무사히 영국에 도착한 아내와 방금 통화했다고 해야겠지? 그는 구두를 신고 손가락으로 머리를 빗었다. 시계를 보니 8시 10분 전이었다. 바로 슬쩍 들어가 한 잔 들이켜고 나면 매니저 얼굴을 보며 이야기하기가 좀 쉽겠군. 그다음에는 경찰에 연락을 해달라고 해야지. 크나큰 소동을 일으켰으니 모두에게 사과를 해야 해.

아래층으로 내려가 곧장 바로 들어갔다. 괜히 얼굴이 화끈거렸다. 모두가 자기를 바라보며 '저기 아내를 잃어버린 남자가 있군'이라고 생각할 것만 같았다. 다행히 사람들이 잔뜩 들어찬 바에 아는 얼굴은 보이지 않았다. 바텐더 또한 처음 보는 사람이었다. 그는 위스키를 단숨에 마시고 어깨 뒤로 로비를 바라보았다. 마침 접수대가 비어 있었다. 접수대 안쪽으로 누군가를 안내하는 매니저의 뒷모습이 보였다. 겁쟁이처럼 충동적으로 그는 로비를 가로질러 회전문을 지나 바깥으로 나갔다.

"먼저 저녁을 먹자. 그리고 돌아와서 사람들을 만나는 거야. 든든히 먹고 나면 기분도 나아지겠지."

그는 로라와 한두 번 식사를 했던 근처 식당으로 갔다. 아내가 무사하니 더 이상 걱정할 것은 없었다. 악몽은 지나갔다. 이제 아내가 없어도 즐겁게 식사할 수 있다. 교장 선생님 내외와 평화로운 저녁 시간을 보내고 일찍 잠자리에 들었다가 아침 일찍 병원으로 가서 조니를 간호하는 로라 모습을 상상했다. 게다가 조니도 괜찮다지 않는가. 걱정할 건 없다. 다만 호텔 매니저에게 상황을 설명하고 사과해야 하는 것이 꺼림칙한 일이다.

작은 식당의 구석 테이블에 앉아 송아지 고기 스테이크와 메를로 포도주 반병을 주문한 그는 아는 사람 하나 없는 호젓한 분위기를 만끽했다. 느긋하게 식사를 했지만 마음 한구석에는 알 수 없는 비현실적인 느낌이 여전했다. 옆자리 손님들의 말소리가 마치 배경음악처럼 그를 진정시켜 주었다.

옆자리 손님들이 떠나고 식당 벽에 붙은 시계를 보니 9시 반이 다 되어 있었다. 더 이상 미적거려서는 안 되었다. 그는 커피를 마시고 담뱃불을 붙인 뒤 밥값을 계산했다. 그는 생각했다. 호텔로 돌아가 말하고 나면 매니저는 모든 것이 잘 해결되었다는 소식에 크게 안도할 거야, 그럼 됐지.

회전문을 밀고 들어가 처음 눈에 들어온 것은 경찰관 제복의 남자가 호텔 접수대에서 매니저와 이야기를 나누는 장면이었다. 접수대 직원도 옆에 있었다. 존이 다가가자 세 사람이 일제히 고개를 돌렸고 매니저 얼굴이 안도감으로 빛났다.

"여기 오셨네요!" 그가 외쳤다. "시뇨르가 멀리 안 가셨을 거라고 생각했죠. 쌍둥이 자매를 찾았답니다. 그리고 경찰서로 와준다고 했대요. 여기 계신 경찰관과 함께 경찰서로 가시면 됩니다."

존이 얼굴을 붉히며 말했다. "여러분들께 너무나 큰 폐를 끼쳤군요. 저녁 먹으러 가기 전에 말씀드리려 했는데 아무도 안 계셔서요. 사실은 아내와 연락이 닿았습니다. 비행기를 타고 런던에 무사히 도착해서 저랑 통화를 했거든요. 제 크나큰 실수였습니다."

호텔 매니저는 어리둥절한 표정이었다. "시뇨라가 런던에 계시다고요?" 이어 그는 경찰관과 이탈리아어로 폭포수처럼 빠른 대화를 주고받았다. "쌍둥이 자매는 오늘 하루 종일 외출하지 않았답니다. 오전에 잠깐 쇼핑한 것만 빼고는요." 매니저가 존 쪽으로 돌아서며 설명했다. "그럼 페리에서 보셨다는 부인들은 누구였을까요?"

존이 고개를 저었다. "그게 제 가장 큰, 그리고 도저히 이해가 안 가는 기이한 실수입니다. 결국 제가 본 사람은 제 아내도, 그 쌍둥이 부인들도 아니었던 모양입니다. 정말로 깊이 사과드립니다."

다시 빠른 속도의 이탈리아어 대화가 이어졌다. 존은 접수대 직원이 묘한 눈빛으로 자기를 바라본다는 점을 눈치챘다. 존을 대신해 경찰관에게 사과하는 것이 분명한 매니저는 당황스러운 표정으로 목소리를 높여 가고 있었다. 자기 실수가 너무도 많은 사람들에게 피해를 끼친 셈이었다. 쌍둥이 부인들은 물론이고 말이다.

"저기요." 존이 끼어들었다. "경찰관에게 제가 경찰서에 함께 가서 직접 담당 경찰과 쌍둥이 부인들께 사과하겠다고 좀 전해 주세요."

매니저는 안심이라는 표정을 지었다. "그렇게 해주시면 좋죠. 사실 쌍둥이 부인들은 경찰관에게 사건 이야기를 듣고 크게 놀랐답니다. 그분들이 경찰서까지 가신 것도 오로지 손님 아내분의 안전을 걱정했기 때문이라고 하네요."

존은 점점 더 불편한 기분이었다. 이 모든 상황을 로라는 알아서는 절대 안 되었다. 크게 화를 낼 것이 분명하니까. 경찰에 잘못된 제보를 해서 제삼자가 피해를 보는 경우 벌금이라도 내야 하는 걸까? 돌이켜 보니 자신의 실수에는 범죄의 요소도 있는 듯했다.

그는 산마르코 광장을 지났다. 저녁 식사를 마친 산책객들이 가득하고 그들을 지켜보는 카페 손님들도 많았다. 거리의 오케스트라 세 팀은 경쟁하듯 연주를 하고 있었다. 존의 왼쪽에서 두 걸음 거리를 유지하며 걸어가는 경찰관은 한마디 말도 없었다.

경찰서에 도착한 존은 계단을 올라 전에 들어갔던 작은 방으로 향했다. 책상 앞에는 전에 본 사람이 아닌, 누렇게 뜬 얼굴에 뚱한 표정으로 앉아 있는 다른 경찰관이 있었고, 그 옆에는 긴장한 모습의 쌍둥이 자매가 또 다른 경찰관 앞에 자리를 잡고 있었다. 존을 데려온 남자가 뚱한 표정의 경찰관이 있는 책상 앞으로 다가가 속사포 같은 이탈리아어로 떠들어 댔다. 그 사이에 존은 잠시 머뭇거리다가 쌍둥이 자매에게 다가갔다.

"제가 끔찍한 착각을 했습니다. 두 분께 어떻게 사과를 드려야 할지 모르겠습니다. 모두 제 잘못이니 경찰은 비난하지 말아 주십시오."

쌍둥이 동생이 입술을 바르르 떨며 자리에서 일어나려 하자 존이 다시 앉게 했다.

"영문을 모르겠군요." 지독한 스코틀랜드 억양으로 동생이 말했다. "우리는 지난밤에 부인을 다시 만나 작별 인사를 했고 그 이후로는 만나지 못했어요. 경찰이 한 시간쯤 전에 우리 숙소로 와서는 댁의 부인이 실종되었고 당신이 우리를 의심한다고 하더군요. 언니는 몸이 약한 사람이에요. 지금 아주 힘든 상태라고요."

"제 실수, 제 끔찍한 실수입니다." 존이 반복했다.

그러고 나서 존은 책상 앞에 앉은 경찰관에게 갔다. 그 경찰관은 지난번에 만났던 사람보다 영어가 훨씬 서툴렀다. 그는 존의 지난번 진술 서류를 펜으로 두드려 댔다.

그가 물었다. "그러니까, 당신 말이 모두 거짓말이었다고요? 진실을 말한 것이 아니라고요?"

"그때는 그게 진실이라고 믿었습니다. 법정에서도 증언할 수 있습니다. 오늘 오후 대운하를 지나가는 페리에서 분명히 제 아내와 이 두 부인을 보았습니다. 그런데 지금은 제가 실수한 걸 알게 됐습니다."

"오늘 온종일 대운하 근처에는 가지도 않았습니다." 쌍둥이 동생이 반박했다. "오전에 메르체리아에서 쇼핑을 좀 하고 오후 내내 숙소에 있었어요. 언니가 좀 아파서요. 경찰관한테 언니 건강 상태를 열 번 넘게 이야기했고 주변 사람들도 편을 들어 주었지만 도대체 막무가내더군요."

"그래 시뇨라는 어떻게 되었나요?" 경찰관이 화난 투로 물었다.

"시뇨라, 그러니까 제 아내는 무사히 영국에 있습니다." 존이 다시 설명했다. "7시 좀 지나 전화 통화를 했습니다. 공항에서 전세 비행기를 탔고 지금은 영국에 무사히 도착해 있습니다."

"그렇다면 페리에서 봤다는 진홍빛 코트의 여자는 누구입니까?" 경찰이 다시 물었다. "또 여기 있는 부인들이 아니라면 어떤 부인들이고요?"

"제 눈이 저를 속였습니다." 존은 궁색하게 설명했다. "제 아내와 이 부인들을 보았다고 생각했는데 아니었습니다. 아내는 비행기를 타고 있었고 이 부인들은 종일 숙소에 계셨다니까요."

경찰관이 눈을 치켜뜨며 책상을 쾅 내리쳤다. "그러니까 아무 일도 아니었다는 거죠? 쌍둥이 부인들과 실종된 영국 여성을 찾기 위해 시내 호텔과 펜션을 다 뒤졌습니다. 안 그래도 할 일이 많은데, 무척이나 많은데 말입니다. 실수를 하셨다고요. 대낮에 포도주를 지나치게 마시면 지나가는 수많은 페리에서 진홍빛 코트 차림의 시뇨라를 수없이 보실 수 있겠죠." 그는 책상 위의 서류를 마구 구겨 버리면서 자리에서 일어났다. "참, 부인들께서는 혹시 이 사람을 고발하고 싶으신가요?"

"아니, 그럴 생각은 전혀 없습니다." 쌍둥이 동생이 대답했다. "실수였잖아요. 그저 어서 숙소로 돌아가고 싶을 뿐이에요."

경찰관이 끙 소리를 내면서 존에게 손가락질을 했다. "운 좋은 줄 아십시오. 이 부인들은 얼마든지 당신을 고소할 수 있거든요."

"저도 압니다. 제가 할 수 있는 한 어떻게든 보상을……"

"그런 생각 마세요." 쌍둥이 동생이 놀라서 말을 막았다. "그 말은 안 들은 걸로 하겠습니다." 이어 경찰관에게 말했다. "이제 더 이상 귀한 시간을 빼앗길 필요 없겠죠?"

경찰관은 부하에게 손짓을 하며 이탈리아어로 무언가 지시한 후 부인들에게 말했다. "이 사람이 숙소까지 모셔다 드릴 겁니다. 그럼 안녕히 가세요." 그는 존은 무시한 채 다시 자리에 앉았다.

"저도 같이 가겠습니다. 상황 설명을 해드리고 싶어서요." 존이 말했다.

네 사람은 계단을 내려와 경찰서를 나섰다. 눈먼 언니는 동생의 팔을 붙잡고 가다가 얼굴을 존 쪽으로 돌렸다.

"당신은 우리를 본 겁니다. 아내도 본 거고요. 다만 오늘이 아니라 미래의 모습을 보았습니다."

동생보다 부드러운 목소리였다. 말하는 데 약간 장애가 있는지 느릿느릿했다.

"무슨 말씀이신지 모르겠습니다." 존은 당황하여 말했다.

그러고는 동생 쪽을 쳐다보았지만 동생은 고개를 젓고 얼굴을 찡그리며 입술에 손가락을 갖다 댔다.

"어서 가, 언니." 동생이 말했다. "완전히 지쳤잖아. 가서 쉬자고." 그러고는 존에게 속삭였다. "언니는 초능력이 있어요. 저는 언니 능력을 믿지만 여기 길거리에서 그걸 발휘하게 하고 싶진 않아요."

나 역시 바라지 않는 일이라고 존은 속으로 말했다. 네 사람의 행렬은 천천히 움직였다. 눈먼 부인이 있고 다리를 두 개나 건너야 했기 때문이다. 존은 처음 모퉁이를 돌 때부터 방향을 잃었지만 그건 별로 중요하지 않았다. 경찰관이 안내하고 있었고 쌍둥이 자매는 목적지를 알고 있으니.

"설명을 드려야겠습니다." 존이 조심스럽게 말을 시작했다. "안 그랬다가는 제 아내가 용서하지 않을 테니까요." 걸어가면서 그는 전날 밤 받은 전보부터 교장 선생님 사모님과의 통화, 영국으로 돌아가기로 한 결정, 로라는 비행기를 타고 가고 자신은 자동차와 기차를 타고 가기로 한 사정까지 모든 것을 털어놓았다. 앞서 경찰관에게 설명했을 때에 비하면 더 이상 극적으로 들리지 않았다. 그때는 정말 기이한 일이 발생했다고 확신했던 탓인지 몰라도 대운하 한가운데서 마주친 페리 위에 근심 어린 표정으로 서 있던, 쌍둥이 자매에게 납치된 듯했던 로라의 모습을 긴박하게 전달했었다. 이제 쌍둥이 자매들은 전혀 위협적으로 느껴지지 않았고, 그래서 존은 훨씬 더 자연스럽게 말을 이을 수 있었다. 자매들이 자기를 이해하고 공감하고 있다는 느낌을 처음으로 받으면서.

"전 정말로 두 분이 로라와 함께 있는 모습을 보았다고 생각했습니다. 그래서……" 존은 자기가 경찰서에 들어가게 된 상황을 설명하다가 잠시 머뭇거렸다. 이후 할 얘기가 자기 판단이 아니라 경찰의 생각이었다는 것이 불현듯 떠올랐던 것이다. "로라가 순간적으로 기억상실 증세를 보였고 그때 우연히 공항에서 로라를 만난 부인들이 베네치아로 데려온 것이라 추측했죠."

일행은 커다란 광장을 지나 그 끝에 있는 집에 닿았다. 문 위에 펜션 간판이 붙어 있었다. 모두들 출입구 앞에서 걸음을 멈추었다.

"이곳이 숙소인가요?" 존이 물었다.

"네. 외관은 보잘것없지만 깨끗하고 편안하답니다. 친구한테 소개를 받았어요." 동생 쌍둥이가 그렇게 설명한 후 경찰관에게 감사 인사를 했다. "그라치에, 그라치에 탄토."

경찰관은 고개를 끄덕여 보이고는 "부오나 노테"라고 인사한 뒤 사라졌다.

"잠깐 들어오시겠어요? 커피나 홍차라도 대접할 수 있는데요." 동생 쌍둥이가 권했다.

"아닙니다. 이제 호텔로 돌아가야죠. 내일 아침에 일찍 출발해야 합니다. 두 분께 상황을 설명드리고 용서를 받고 싶었을 뿐입니다."

"용서하고 말 것도 없어요. 그런 미래 투시는 언니와 저도 종종 경험하는 일인걸요. 괜찮으시면 저희 기록에 이번 일을 넣고 싶군요."

"그거야 물론 괜찮습니다. 하지만 전 여전히 이해가 안 갑니다. 전에는 이런 일이 한 번도 없었거든요······."

"의식하지 못하신 거겠죠. 우리가 의식하지 못하는 동안 실은 무수히 많은 일이 일어난답니다. 언니는 당신한테 초능력이 있다고 느낀대요. 아내분께도 그 이야기를 했어요. 그리고 어제저녁 식당에서 만났을 때 당신이 위험에 빠지게 될 테니 베네치아를 떠나야 한다고 말해 주었죠. 그 전보가 증거라는 걸 이제 믿을 수 있으시겠어요? 아드님이 아팠죠. 아마 위험한 상태였을 겁니다. 그래서 당신들은 당장 집으로 돌아가야만 했던 거고요. 고맙게도 아내분은 바로 영국에 돌아가 아들 곁을 지키게 되었네요."

"그건 그렇습니다. 하지만 어째서 영국으로 날아가고 있는 아내를 페리에서 두 분과 함께 보았던 걸까요?"

"아마 텔레파시였을 거예요. 아내분이 우리 생각을 했던 거겠죠. 아내분은 당신이 우리와 만나면 좋겠다고 여겼나 봐요. 우리는 이곳에 앞으로 열흘 정도 더 머물 예정인데, 언니가 어린 따님에게서 또 다른 메시지를 받는다면 전달해 드려야 하니까요."

"그렇군요." 존이 어색한 말투로 대답했다. 쌍둥이 자매가 헤드폰을 쓰고 죽은 딸 크리스틴이 보내는 암호 메시지에 귀를 기울이는 모습이 갑자기 떠올랐다. 존은 수첩 한 장을 찢어 자신의 주소를 쓴 후 인심 좋게 전화번호까지 적고는 동생에게 건넸다. "자, 이건 런던에 있는 저희 집 주소입니다. 이리로 연락 주시면 로라가 기뻐할 겁니다."

이 행동의 결과는 불 보듯 뻔했다. 어느 밤 로라가 뛰어와 '고마운 쌍둥이 자매'가 스코틀랜드로 가는 길에 런던에 들렀다고, 집으로 초대해 식사라도 대접하고 가능하면 하루 재워 보내고 싶다고 할 것이다. 그럼 바로 그의 집 거실에서 영혼을 불러내는 의식이 벌어질지도 모른다.

"이제 가보겠습니다." 존이 말했다. "안녕히 주무세요. 오늘 저녁 소동에 대해 다시 한 번 사과드립니다." 그는 쌍둥이 동생과 악수를 하고는 눈먼 언니 쪽을 보았다. "저 때문에 너무 지치신 것이 아니라면 좋겠군요."

쌍둥이 언니의 보지 못하는 두 눈이 당혹스러운 빛을 띠더니, 존의 손을 붙잡고는 놓아주지 않았다. "아, 이, 가," 이상하게 탁탁 끊어지는 말투로 언니가 말했다. "아이가, 보입니다……" 하지만 다음 순간 실망스럽게도 그녀의 입가로 거품이 흘렀다. 고개도 뒤로 젖혀지고 무릎도 풀썩 꺾였다.

"어서 안으로 데리고 들어가야 해요." 동생이 서둘러 말했다. "괜찮으니 놀라지 마세요. 아픈 게 아니에요. 초능력 상태로 들어가는 거랍니다."

두 사람은 어느새 뻣뻣하게 굳어 버린 언니를 부축해 안으로 들어가 가까운 의자에 앉혔다. 안쪽에서 여자 하나가 달려 나왔다. 뒤쪽에서는 스파게티 냄새가 확 풍겼다. "이제부터는 저희가 할 수 있어요. 그만 가시는 게 좋겠어요. 이런 상태가 오면 언니는 앓아눕기 쉽거든요."

"다시 한 번 죄송……" 존이 말을 꺼냈지만 동생은 벌써 뒤돌아서서 언니를 돌보고 있었다. 언니는 목이 막히기라도 한 듯 계속해서 꺽꺽거리는 소리를 냈다. 방해만 되는 것이 분명한 상황에서 존은 마지막 예의를 다해 "제가 뭐 도와 드릴 일이라도 있습니까?" 라고 물은 후 대답을 듣지 못하고 돌아서서 나왔다. 몇 걸음 걷다가 뒤를 돌아보니 벌써 문은 닫혀 있었다.

대소동에 딱 맞는 결말이었다! 게다가 모든 것은 존의 잘못이었다. 불쌍한 쌍둥이 자매는 경찰서로 끌려와 심문을 당했고, 결국은 언니가 초능력 발작까지 일으키고 말았다. 간질 발작에 더 가까워 보이기는 했지만. 동생은 감당하기 어려운 일을 잘 헤쳐 나가는 것 같았다. 존은 식당이나 길거리에서 저렇게 된다면 큰일이겠다고, 내 집에 왔을 때는 발작하는 일이 제발 없으면 좋겠다고 생각했다.

그건 그렇고 여긴 대체 어디람? 한쪽에 교회가 서 있는 광장은 황량했다. 경찰서에서 어떻게 여기까지 왔는지 생각이 나지 않았다. 이리 꺾고 저리 꺾기를 반복했던 것이다.

잠깐만, 저 성당은 낯이 익군. 그는 가까이 다가가 출입구 위에 성당 이름이 쓰여 있는지 살펴보았다. '브라고라의 산 조반니 성당'이라는 이름을 보니, 어느 날 아침 로라와 함께 그 안으로 들어가 치마 다 코넬리아노의 그림을 보았던 것이 생각났다. 그럼 바로 근처에 스키아보니 제방과 넓은 물길을 가진 산마르코 석호가 있을 것이었다. 문명의 밝은 불빛과 산책하는 관광객들로 가득한 그곳이. 예전에 이 성당을 찾기 위해 스키아보니에서 방향을 꺾어 골목으로 들어갔다는 것이 기억났다. 앞에 보이는 저 골목일까? 그리로 들어갔지만 절반쯤 가다가 머뭇거렸다. 왠지 낯익은 골목이었지만 처음 성당을 찾아올 때 지났던 골목은 아닌 것 같았다.

다음 순간 그는 깨달았다. 지금 자신이 있는 골목은 처음 산 조반니 성당을 찾아갈 때 지나간 곳이 아니라 전날 밤 아내와 함께 산책 중에 반대 방향에서 그 성당으로 접근하기 위해 통과했던 곳이었음을. 그래, 맞아. 그렇다면 끝까지 어서 걸어가야 해. 좁은 운하 위의 작은 다리를 건너면 왼쪽에 무기고가 있고 오른쪽으로는 스키아보니로 이어지는 곳이 나올 거야. 어둡고 미로 같은 이 골목을 되돌아가다가 다시 길을 잃느니, 계속 걸어가는 편이 훨씬 나아.

골목 끝에 거의 다다라 작은 다리가 시야에 들어왔을 때, 그는 다시 그 아이를 보았다. 묶여 있는 배들 사이를 뛰어 건너 어느 집 지하 입구 계단으로 들어갔던, 뾰족한 모자를 쓴 바로 그 아이를. 이번에는 성당 쪽에서부터 다리를 향해 달려오고 있었다. 목숨이 달린 일인 듯 정신없이 달려오고 있었는데, 곧 이유를 알 수 있었다. 남자 하나가 뒤쫓고 있었던 것이다. 아이가 뒤를 돌아보자 남자는 달리기를 멈추고 벽에 착 달라붙어 몸을 숨겼다. 아이는 날쌔게 다리를 건너 존 쪽으로 다가왔다. 그는 아이를 더 놀라게 할까 싶어 뒤쪽으로, 작은 뜰로 이어지는 건물 입구로 물러섰다.

그는 뒤쫓는 남자가 숨은 집 근처 어디에서 전날 밤 술 취한 사람이 고함을 질렀던 일을 떠올렸다. 또다시 그 남자가 아이를 괴롭히는 거야. 아이가 당하는 고초, 그리고 미치광이 소행으로 추정된다는 두 건의 살인 사건이 그의 머릿속에서 순식간에 연결되었다. 우연일 수도 있어. 아이는 그저 술 취한 가족에게서 도망치는 것일 수도 있어. 하지만 그래도, 그래도…… 심장에 터질 듯 두근거렸다. 그의 본능은 당장 도망치라는, 왔던 골목으로 되돌아가라는 경고를 보냈다. 하지만 아이는 어쩌지? 아이에게 무슨 일이라도 생긴다면?

그 순간 아이의 발걸음 소리가 들렸다. 아이는 어느새 그가 있는 건물 입구 쪽으로 돌진해 작은 뜰로 들어가더니 뒷문으로 연결되었을 성싶은 측면 계단을 내려가기 시작했다. 그를 지나쳐 갔을 때 아이는 흐느끼는 소리를 내고 있었다. 겁에 질린 아이가 흔히 내는 소리가 아닌, 극도의 공포와 절망 속에서만 내뱉을 수 있는 소리였다. 아이를 보호해 줄 부모가 저 건물 안에 있을까? 그는 잠깐 머뭇거리다가 곧 아이를 따라 계단을 내려갔고 아이가 두 손으로 열어젖힌 문도 통과했다.

"이제 괜찮아!" 그가 외쳤다. "내가 도와줄게! 이제 안심해!" 이탈리아어를 못하는 것이 이토록 안타까울 수가 없었다. 영어라도 아이를 안심시키는 데 도움이 될지 모른다고 생각했지만 소용없는 듯했다. 아이는 다시 흐느끼며 나선형 계단을 올라가기 시작했다. 뒤돌아서기에는 너무 늦은 때였다. 뒤쪽 뜰에서 추격자가 이탈리아어로 고함치며 뛰어오는 소리가 들렸던 것이다. 개 짖는 소리도 났다. 그는 생각했다. 그래, 이제 아이와 나는 같은 운명이야. 위쪽 어느 집에 숨지 못한다면 둘 다 잡힐 거야.

그는 아이 뒤를 따라 위로 올라가 어느 방에 들어섰다. 등 뒤로 쾅 소리 나게 문을 닫고 보니 고맙게도 빗장이 있었고, 그는 그것을 단단히 걸었다. 아이는 열린 창 앞에서 몸을 구부린 채 헐떡거리고 있었다. 도와 달라고 외치면, 뒤따라오는 남자가 문을 부수고 들어오기 전에 누군가가 달려와 줄 수 있을까? 방 안에는 다른 사람이 아무도 없었고, 낡은 침대와 한구석에 쌓인 누더기 더미 외에는 텅 비어 있었다.

"이제 괜찮아." 그가 아이를 달랬다. "괜찮다고." 그는 미소 지으며 손을 내밀었다.

아이가 존 앞으로 다가와 섰다. 뾰족한 모자가 벗겨져 바닥으로 떨어졌다. 존은 아이를 쳐다보았다. 놀라움이 공포로, 이어 경악으로 변했다.

그건 아이가 아니라 키가 90센티미터 남짓한 난쟁이 여자였다. 몸에 비해 너무 커다란 머리통에 달려 있는 회색 머리카락은 어깨 길이로 늘어져 있었다. 여자는 더 이상 흐느끼지 않고 히죽 웃으면서 고개를 아래위로 끄덕였다.

계단을 뛰어 올라오는 소리, 문을 거칠게 두드리는 소리, 개 짓는 소리, 여러 사람이 "문 열어! 경찰이다!" 라고 외치는 소리가 들렸다. 난쟁이는 소맷자락에서 칼을 꺼내 강한 힘으로 던졌다. 목에 칼이 꽂힌 존은 쓰러졌다. 목을 감싼 손이 금방 피로 끈적해졌다.

그제야 그는 깨달았다. 로라와 쌍둥이 자매가 대운하를 지나는 페리 위에 타고 있는 모습은 오늘도 내일도 아닌, 모레의 모습이었다는 것을. 왜 세 사람이 거기 모여 있게 되는지를 그제야 알 수 있었다. 난쟁이는 구석에서 뭐라고 계속 지껄여 댔다. 문을 때리는 소리, 남자들 목소리, 개 짓는 소리가 점점 희미해졌다. 그는 생각했다. '이런 맙소사, 이 얼마나 멍청한 죽음이야……'

새
The Birds

12월 3일, 하룻밤 만에 바람이 바뀌더니 겨울이 되었다. 전날까지만 해도 기분 좋은 가을 날씨였다. 황금빛과 붉은빛을 띤 나뭇잎이 나무에 매달려 있고 산울타리는 여전히 푸르고 쟁기가 지나간 흙은 무척이나 기름졌다.

냇 호킨은 전쟁에서 부상을 입었기에 연금을 받았고 농장에서 파트타임으로 일했다. 일주일에 사흘 농장에 나가서 울타리 치기, 지붕 올리기, 건물 보수 등 가벼운 작업을 주로 했다.

결혼을 하고 자녀도 있었지만 그는 혼자 있기를 좋아하는 성향이었고 일할 때는 특히 더 그랬다. 그가 일하는 농장은 양쪽이 바다로 둘러싸여 있어서 바닷가까지 나가 둑을 쌓거나 수문을 수리하기도 했는데, 그럴 때면 퍽 즐거웠다. 점심시간이면 일을 잠시 중단하고 홀로 절벽 끝단에 앉아 아내가 싸준 도시락을 먹으며 새들을 구경했다. 그러기에는 봄보다 가을이 제격이었다. 봄철의 새들은 목적지를 정확히 알고 삶의 리듬과 관습을 철저히 지키면서 육지 곳곳을 날아다녔다. 반면 가을철이면 바다 건너로 이동하지 않고 그대로 머물면서 겨울을 나게 된 새들이 장거리 비행의 충동을 이기지 못하고 어지럽게 날아다니곤 했다. 큰 무리를 지은 새들이 바닷가로 날아와 쉬지 않고 움직였다. 빙글빙글 돌기도 하고 크게 원을 그리기도 하다가 새로 갈아 놓은 기름진 땅에 내려앉았다. 하지만 먹이를 먹는 모습에서 굶주림이나 욕망은 느껴지지 않았고, 그러다가 다시 참지 못하고 하늘로 날아오르는 것이었다.

냇의 눈에 갈까마귀와 갈매기가 묘하게 뒤섞여 검고 흰 무리를 이룬 광경이 보였다. 결코 만족할 수도, 고요해질 수도 없다는 듯 자유를 갈구하는 모습이었다. 마찬가지로 찌르레기 떼 역시 비행 충동에 사로잡혀 비단 스치는 소리를 내며 푸르른 초원을 향해 날아갔고, 더 작은 종류인 피리새나 종달새는 누가 시키기라도 한 듯 나무에서 울타리로 우르르 옮겨 앉았다.

냇은 이어 바닷새들도 관찰했다. 저 아래 만에서 물때를 기다리고 있었다. 다른 새들보다 참을성이 훨씬 많은 놈들이었다. 검은머리물떼새, 붉은발도요, 세가락도요, 마도요가 해변의 물 끝자락을 지켜보았다. 파도가 천천히 해안으로 밀려들었다가 물러나면 해초 줄기와 자갈이 나뒹구는 맨 해변이 드러나면서 바닷새들이 돌진했다. 배를 채우고 나면 역시 비행 충동에 사로잡힌 듯 울고 지저귀고 서로 부르면서 해변을 떠나 고요한 바다 위를 스치듯 날아올랐다. 저렇게 서둘러 빠른 속도로 사라지다니. 대체 어디로, 무얼 하러 가는 걸까? 만족을 모르는 서글픈 가을의 충동이 새들에게 마법을 건 탓에 무리 지어 울고 날아다녀야만 하는 모양이었다. 겨울이 오기 전에 마음껏 날아야 직성이 풀린다고나 할까.

절벽 끝에 앉아 도시락을 먹으면서 냇은 생각했다. 어쩌면 새들은 가을철에 경고의 메시지를 받는지도 몰라. 겨울이 다가오면 결국 많은 수가 죽게 된다는 메시지를. 임박한 죽음이 두려운 인간이 미친 듯이 일하거나 어리석은 짓거리에 빠지듯이 새들도 그런 것일지 몰라.

그해 가을, 새들은 예전 어느 때보다 한층 야단스러웠다. 고요한 날씨가 이어지다 보니 그 움직임이 더 두드러졌다. 서쪽 언덕을 오르내리며 땅을 가는 트랙터와 그 운전석에 앉은 농장 주인의 모습이, 시끄럽게 울어 대며 나는 새 떼에 가려 순간적으로 시야에서 사라지기도 했다. 새들이 평소보다 훨씬 많다고 냇은 생각했다. 가을철이면 으레 밭갈이 트랙터 주변에 새들이 모였지만 그렇게 큰 무리였던 적도, 그토록 시끄러웠던 적도 없었다.

울타리 작업을 마치고 냇이 그 이야기를 꺼냈더니 농장 주인도 맞장구를 쳤다. "그래. 다른 때보다 훨씬 많아. 나도 그 생각을 했네. 트랙터를 전혀 겁내지 않는 대담한 놈들도 있다네. 오늘 오후에는 갈매기 한두 마리가 얼마나 가까이 날아오던지 내 모자를 채어 가는 줄 알았다네! 놈들이 잔뜩 모여들면 내가 무슨 일을 하고 있는지 보이지도 않을 지경이야. 날씨가 바뀌어 아주 추운 겨울이 올 모양이야. 그래서 새들이 그렇게 난리인 걸세."

냇이 들판을 가로질러 집으로 향할 때에도 새들은 석양을 배경으로 서쪽 언덕에 무리 지어 있었다. 바람 한 점 없었고 잔잔한 회색 바다는 만조였다. 울타리에는 아직 꽃이 만발했고 대기도 부드러웠다. 하지만 농장 주인 말대로 그날 밤 날씨가 완전히 바뀌고 말았다. 냇의 침실은 동쪽이었다. 그는 새벽 2시가 막 지났을 때 굴뚝의 바람 소리 때문에 잠에서 깼다. 남쪽에서 비를 몰고 오는 폭풍우가 아니라 차고 건조한 동풍이었다. 굴뚝에서 휘잉 소리가 났고 헐거운 지붕 슬레이트가 들썩였다. 귀를 기울이자 만 쪽의 바다가 우르릉거리는 소리도 들렸다. 작은 침실 안의 공기마저 차가워졌다. 문틈으로 들어온 냉기가 침대 아래로 퍼져 나갔다. 냇은 담요로 몸을 감싸고 잠든 아내 등 쪽으로 몸을 붙인 채 알 수 없는 불안감에 잠들지 못하고 있었다.

그 순간 창문 두드리는 소리가 들렸다. 집 옆에는 나무가 없었기에 바람에 밀린 나뭇가지가 창문을 건드린 것은 아니었다. 창문 두드리는 소리가 계속 이어지며 신경을 자극했다. 냇은 침대에서 일어나 창가로 갔다. 창문을 열자마자 무언가가 그의 손마디를 쪼고 살갗을 할퀴며 스쳐 갔다. 퍼덕이는 날개가 보이는가 싶더니 지붕 위쪽으로 사라졌다.

새였다. 무슨 종류인지는 알 수 없었다. 바람을 피해 날아온 것이 분명했다.

그는 창문을 닫고 다시 침대로 돌아갔고, 어느새 축축하게 젖은 손을 입에 갖다 댔다. 피가 흐르고 있었다. 겁에 질려 피할 곳을 찾던 새가 어둠 속에서 그의 손을 쪼고 할퀸 것이었다. 다시 한 번 그는 잠을 청했다.

그런데 다시 두드리는 소리가 났다. 이번에는 아까보다 더 강하고 더 집요했다. 아내도 그 소리에 잠이 깨어 그에게 말했다. "여보, 창문 쪽으로 가봐요. 덜컹거리잖아요."

"벌써 살펴봤어. 새들이 안에 들어오려고 하는 거야. 바람 소리 들려? 동풍이 불고 있어. 새들은 피할 곳을 찾는 중이라고."

"그럼 쫓아 버려요. 시끄러워서 잠을 잘 수가 없잖아요."

그는 다시 창가로 갔다. 이번에는 창문을 열자마자 대여섯 마리가 한

꺼번에 몰려들어 그의 얼굴을 공격했다.

냇은 고함을 지르며 팔을 휘둘러 새들을 쫓아 버렸다. 아까처럼 새들은 지붕 위쪽으로 날아가 사라졌다. 그는 서둘러 창문을 내리고 단단히 잠갔다.

"당신도 들었지? 날 공격했어. 내 눈을 쪼려 했다고." 그는 창가에 서서 어둠 속을 노려보았지만 아무것도 보이지 않았다. 잠에 취한 아내는 침대에서 알아듣지 못할 소리를 중얼거렸다.

냇은 아내가 창문을 열라고 했던 것에 화가 나서 말을 이었다. "진짜로 그랬다니까. 새들이 처마에 모여들었다가 방으로 들어오려 했다고."

갑자기 복도 맞은편 아이들 방에서 비명 소리가 울렸다.

"질 목소리예요!" 아내가 바로 일어나 앉았다. "무슨 일인지 어서 가봐요."

냇은 촛불을 들었지만 침실 문을 열고 복도로 나서자마자 바람 때문에 촛불이 꺼져 버렸다.

다시 비명 소리가 울렸다. 이번에는 두 아이가 함께 지르는 소리였다. 방 안으로 달려 들어가자 어둠 속에서 날갯짓 소리가 들렸다. 창문은 활짝 열려 있었다. 창문으로 들어온 새가 천장과 벽에 부딪혔다가 방향을 바꾸어 침대에서 자고 있던 아이들 쪽으로 향했던 것이다.

"괜찮아, 여기 아빠가 왔어!" 냇은 고함을 질렀고, 아이들은 울면서 아버지에게 매달렸다. 새들은 날아올랐다가 다시 그를 향해 돌진했다.

"무슨 일이에요? 어떻게 된 거예요?" 아내가 침실에서 불렀다. 냇은 재빨리 아이들을 복도로 내보내고 문을 닫았다. 어둠 속에 혼자 남은 것이다.

냇은 가까운 침대에서 끌어낸 담요를 무기 삼아 이리저리 휘둘렀다.

담요에 새들의 몸통이 마구 부딪혔고 날개 파닥이는 소리도 들렸지만, 새들은 결코 도망치지 않고 냇의 손이며 머리를 쪼아 대며 계속 공격을 퍼부었다. 작고 날카로운 부리는 포크 끝처럼 날카로웠다. 이제 담요는 방어용 무기가 되었다. 그는 담요를 머리에 뒤집어쓴 후 마구 주먹을 휘둘렀다. 방문을 열고 나가는 것은 엄두도 안 났다. 새들도 그를 따라 나갈 것이기 때문이다.

어둠 속에서 얼마나 오래 새들과 싸웠는지 알 수 없었다. 마침내 날갯짓이 잦아들더니 완전히 사라졌다. 두꺼운 담요를 통해 새벽빛이 들어왔다. 그는 귀를 기울이며 가만히 기다렸다. 부부 침실 쪽은 아이 우는 소리 말고는 잠잠했다. 날개 퍼덕이는 소리도 더 이상 없었다.

그는 담요를 내리고 주변을 살펴보았다. 차가운 회색빛 아침 햇살에 방 안 풍경이 드러났다. 살아 있는 새들은 새벽이 오면서 창밖으로 빠져나가고, 죽은 놈들만 바닥에 흩어져 있었다. 냇은 충격과 공포에 사로잡혀 그 작은 사체들을 응시했다. 전부 다 아주 작은 새들이었다. 바닥에 있는 것만 오십 마리는 되어 보였는데 울새, 피리새, 참새, 박새, 종달새, 되새 등 하나같이 자기들끼리 무리 지어 자기 영역 안에서만 사는 종류였다. 그런 새들이 어찌 된 일인지 다 함께 무리를 만들어 공격을 감행하다가 침실 벽에 부딪히거나 냇의 반격에 죽고 만 것이었다. 깃털이 빠진 놈들도 있었고 부리 부분에 냇의 피를 묻히고 있는 놈들도 있었다.

냇은 구역질을 느끼면서 창가로 가서 마당과 들판을 살펴보았다.

몹시 쌀쌀했고 땅에는 검은 된서리가 내려앉아 있었다. 아침 햇살에 빛나는 흰 서리가 아닌, 동풍이 몰고 온 검은 서리였다. 물때가 바뀌면서 한층 사나워진 바다는 흰 포말을 머리에 인 채 만을 거칠게 때리고 있었다. 새들은 흔적도 없었다. 정원 출입문 너머 울타리에 앉아 지저귀는 참새도, 벌레를 찾아 땅을 헤집는 부지런한 지빠귀나 찌르레기도, 무엇 하나 보이지 않았다. 들려오는 소리도 동풍 소리와 파도 소리 외에는 아무것도 없었다.

냇은 창문을 닫고 방을 나와 침실로 갔다. 아내는 큰아이는 옆에 눕히고 얼굴에 밴드를 붙인 작은아이는 품에 안은 채 침대에 앉아 있었다. 창문은 커튼으로 완전히 가려져 있었고 촛불이 켜져 있었다. 노란 불빛 속에서 아내의 얼굴색이 묘하게 빛났다. 아내가 조용히 하라고 고개를 저었다.

"막 잠들었어요." 속삭이는 목소리였다. "방금 전에요. 뭐에 베였는지 눈가에서 피가 나요. 질 말로는 새들이었대요. 잠에서 깨어나 보니 새들이 방 안에 있었대요."

아내는 그게 사실이냐고 묻는 듯 냇을 올려다보았다. 놀랍고 두려운 표정이었다. 냇은 자기 역시 지난 몇 시간의 사투로 충격을 받아 기진맥진하다는 사실을 알리지 않기로 했다.

"새들이 들어왔더군. 죽은 새만 해도 거의 오십 마리야. 근처에 사는 울새며 굴뚝새 같은 새들이야. 동풍 때문에 새들이 정신이 나갔던 모양이야." 그는 침대 끝에 앉아 아내 손을 잡았다. "날씨 탓이야. 틀림없이 추운 날씨 탓이라고. 어쩌면 여기 사는 새들이 아니라 위쪽에서 내려온 새들일 수도 있어."

"하지만 여보," 아내가 속삭였다. "날씨가 추워진 건 오늘 밤이에요. 새들을 남쪽으로 몰고 올 눈도 아직 내리지 않았고요. 아직 배도 고프지 않을걸요. 들판에 먹을 게 지천일 텐데."

"날씨 탓이야." 냇이 반복했다. "날씨 탓이라니까."

냇의 얼굴도 아내와 마찬가지로 창백했다. 부부는 잠시 말없이 서로를 바라보았다.

"아래층에 가서 차를 끓일게." 냇이 말했다.

부엌 풍경을 보자 마음이 가라앉았다. 선반 위에 가지런히 놓인 컵과 접시, 식탁과 의자, 아내의 버들가지 의자 위에 놓인 뜨개질감, 구석 벽장 안의 아이들 장난감……

그는 무릎을 꿇고 전날 남은 불씨를 긁어모아 새로 벽난로를 지폈다. 불길이 타오르자 다시 일상으로 돌아온 것 같았다. 수증기를 내뿜는 주전자와 갈색 찻주전자가 기분을 편안하게 해주었다. 그는 차를 한 잔 마셨고 아내 몫의 차를 위층으로 가져다주었다. 부엌 개수대에서 세수를 한 뒤 부츠를 신고 뒷문을 열었다.

하늘이 납빛으로 잔뜩 흐렸다. 어제만 해도 햇살 아래 빛나던 갈색 언덕이 검고 황량해 보였다. 동풍이 마치 면도날처럼 나뭇잎들을 다 떨어뜨렸고 바싹 말라 바스락거리는 그것들이 바람 부는 대로 굴러다녔다. 냇은 부츠로 땅바닥을 두드려 보았다. 얼어붙은 듯 딱딱했다. 날씨가 이토록 급작스럽게 바뀐 것은 처음 겪는 일이었다. 단 하룻밤 사이에 검은 겨울이 찾아온 것이다.

아이들이 깨어났다. 질은 위층에서 재잘거렸고 어린 조니는 다시 울음을 터뜨렸다. 냇은 아이들을 달래는 아내 목소리를 들었다. 곧 식구들이 부엌으로 내려왔다. 아침 식사는 냇이 이미 준비해 두었다. 하루의 일상이 시작된 것이다.

"아빠가 새들을 몰아냈지?" 날이 밝고 벽난로가 타오르고 있고 아침 식사까지 준비된 덕분에 마음이 놓인 질이 물었다.

"그래. 이제 다 가버렸단다. 동풍 때문에 새들이 길을 잃고 겁에 질려 숨을 곳을 찾아 들어왔던 거야."

"우릴 쪼려고 했어." 질이 말했다. "조니 눈으로 바로 날아가던걸."

"새들이 무서워서 그랬던 거야. 침실이 깜깜하니까 자기들이 어디 있는지도 몰랐던 거지."

"다시는 안 왔으면 좋겠어. 창밖에 빵 조각을 놓아두면 그걸 먹고 멀리 날아갈지도 몰라." 질이 말했다.

질은 아침을 먹고 외투와 모자, 교과서와 가방을 챙겼다. 냇은 잠자코 아내와 눈짓을 교환했다.

"스쿨버스 타는 데까지 데려다 주고 올게. 오늘은 농장 일 안 하는 날이야."

아이가 세수하는 동안 그는 아내에게 말했다. "창문과 문을 다 닫아. 혹시 모르니까. 농장 사람들은 간밤에 무슨 소리 못 들었는지 알아보고 올게." 그는 어린 딸과 집을 나섰다. 질은 간밤의 일은 다 잊은 듯 앞서 뛰어가며 나뭇잎을 뒤쫓았다. 끝이 뾰족한 모자 아래 드러난 얼굴이 매서운 바람 때문에 붉게 변했다.

"오늘 눈이 올까, 아빠? 이렇게 춥잖아."

냇은 음산한 하늘을 올려다보았다. 사나운 바람에 어깨가 찢겨 나갈 것만 같았다.

"아니, 오늘은 눈이 안 올 거야. 지금은 하얀 겨울이 아니라 검은 겨울이거든."

그사이에도 그는 울타리며 그 너머 들판, 농장 너머 작은 숲을 분주히 살피며 새들을 찾아보았다. 한 마리도 보이지 않았다.

질처럼 목도리를 두르고 모자를 쓴 아이들이 추위에 떨며 버스를 기다리고 있었다.

질이 친구들에게 손을 흔들며 달려갔다. "우리 아빠가 그러는데 눈은 안 올 거래. 검은 겨울이 된대."

아이는 새 이야기는 하지 않고 곧 다른 친구와 장난을 치기 시작했다. 버스가 언덕을 기어 올라왔다. 냇은 질이 버스에 올라타는 것을 본 다음 농장 쪽으로 돌아서서 걷기 시작했다. 일하는 날은 아니지만 다들 괜찮은지 확인하고 싶었다. 젖소를 돌보는 일꾼 짐이 마당에 나와 있었다.

"주인어른은 근처에 계신가?" 냇이 물었다.

"장에 가셨지. 오늘이 화요일 아닌가?"

짐은 곧 헛간 옆으로 사라졌다. 농장 일꾼들은 냇을 거만한 사람이라 여겼다. 책을 읽는다든지 하는 점 때문이었다. 냇은 그날이 화요일이라는 것도 깜빡 잊고 있었는데, 그것만 봐도 자신이 간밤의 사건에 얼마나 놀랐는지 알 수 있었다. 뒷문 쪽으로 가자 안주인 트리그 부인이 노래 부르는 소리가 들렸다. 라디오 소리에 맞춰 부르는 중이었다.

"계시나요?" 냇이 불렀다.

안주인이 미소를 띠고 문가로 나왔다. 사람 좋은 부인이었다.

"안녕하세요, 호킨 씨. 대체 이 추위가 어디서 온 걸까요? 러시아에서? 이렇게 갑자기 날씨가 바뀌는 건 처음 봐요. 라디오에서는 앞으로 계속 이렇게 추울 거라는군요. 북극권이랑 관계가 있대요."

"저희 집에서는 아침에 라디오를 듣지 못했네요." 냇이 대답했다. "사실은 간밤에 문제가 좀 있었거든요."

"아이들이 아프기라도 한 거예요?"

"아닙니다." 어떻게 설명해야 할지 난감했다. 이 훤한 낮 시간에, 지난밤에 새들과 싸웠다는 얘기를 하면 얼마나 생뚱맞게 들릴까.

그는 지난밤 일을 열심히 설명했지만 안주인은 한바탕 악몽 정도로 여기는 표정이었다.

"물론 진짜 새였겠죠." 안주인이 미소를 지었다. "깃털이 제대로 다 있던가요? 토요일 밤에 퍼마시고 나면 남자들 눈앞에 나타난다는 이상한 동물은 아니었고요?"

"부인, 지금 저희 애들 방바닥에 울새나 굴뚝새 같은 놈들이 오십 마리나 죽어 뒹굴고 있습니다. 절 공격했어요. 막내 조니 눈을 쪼려고도 했고요."

안주인은 영문을 모르겠다는 듯 그를 바라보았다.

"그렇군요. 그럼 날씨 때문일까요? 새들이 침실에 들어온 후 방향을 몰라서 그랬을 수밖에 없었겠네요. 북극권에서 온 새들일 수도 있고요."

"아닙니다. 근처에서 매일 보는 종류였습니다."

"참 이상하군요. 도저히 설명이 안 되네요. 글을 써서 〈가디언〉에라도 보내셔야겠어요. 뭔가 답이 오지 않을까요? 아, 전 이제 들어가 봐야겠네요."

부인은 고개를 끄덕여 보이고 미소를 지은 뒤 부엌으로 들어갔다.

냇은 꺼림칙한 기분으로 다시 농장 입구로 나왔다. 하긴 침실 바닥에 뒹굴고 있는 죽은 새들, 어딘가에 묻어 버려야 하는 그 작은 사체들만 아니었다면 자신조차 현실로 믿기 어려웠을 것이다.

입구에서 다시 일꾼 짐을 만났다.

"새 때문에 무슨 문제 없었나?" 냇이 물었다.

"새? 무슨 새 말이야?"

"지난밤에 새들이 집에 들어왔어. 수십 마리가 아이들 방으로 들어왔다고. 아주 공격적이었어."

"뭐라고?" 짐은 말귀를 바로 알아듣지 못하는 사람이었다. 한참 시간이 지난 후 마침내 그가 말했다. "새들이 공격적이라는 말은 처음 듣는 걸. 그렇게 길들여진 경우라면 몰라도. 나는 길들여진 새가 창가에 빵 부스러기를 먹으러 오는 걸 본 적이 있어."

"지난밤 새들은 길들여진 놈들이 아니었어."

"그래? 그럼 춥고 배가 고파서 그랬나 보지. 빵 부스러기를 좀 놔줘 봐."

짐이나 안주인이나 새 이야기에 관심이 없기는 마찬가지였다. 냇은 전쟁 중에 공습 때도 이곳 사람들이 이러지 않았을까 하는 생각이 들었다. 당시 플리머스 사람들이 무엇을 보고 어떤 고통을 겪었는지, 이곳 주민들은 알지 못했다. 직접 겪지 않고는 모르는 법이다. 그는 길을 따라 집으로 돌아왔다. 아내와 조니는 부엌에 있었다.

"누굴 만났어요?"

"트리그 부인하고 짐. 근데 내 말을 믿지 않는 것 같아. 어쨌거나 농장에선 아무 일 없었대."

"새들 좀 치워 줘요. 무서워서 들어갈 수가 없어요."

"이제 무서워할 것 없어. 다 죽은 놈들인데 뭐."

그는 자루를 챙겨 위층으로 올라가 뻣뻣하게 굳은 작은 사체들을 하나씩 자루에 담았다. 정확히 오십 마리였다. 울타리에서 흔히 보던 종류였고 개똥지빠귀 크기도 안 되는 작은 놈들이었다. 무언가로 인해 단단히 겁에 질렸던 게 분명했다. 그게 아니라면 어떻게 푸른 박새나 굴뚝새가 그 작은 부리로 그의 얼굴이며 손을 쪼아 댈 생각을 했겠는가. 냇은 포대를 메고 마당으로 나왔지만 새로운 문제에 봉착했다. 땅이 너무 딱딱해 파지지 않았다. 눈이 온 것도 아니고 지난 몇 시간 동안 동풍이 불었을 뿐인데 이렇게 단단히 얼어붙다니 참으로 기이했다. 이런 급작스러운 날씨 변화는 북극권과 관계된 것이라는 일기예보가 맞는 듯했다.

머뭇거리며 자루를 메고 잠시 서 있는 동안에도 칼날 같은 바람이 뼛속을 파고들었다. 만 아래쪽에서 흰 거품을 일으키며 부서지는 파도가 보였다. 새들을 해변에 가져가 묻으면 될 것 같았다.

해안에 다다르니 동풍이 어찌나 거센지 제대로 서 있기도 어려웠다. 숨 쉬기도 고통스러웠고 맨손은 푸르게 변했다. 그가 기억하는 한 이토록 매서운 추위는 처음이었다. 썰물 때였다. 자갈을 밟고 지나가 부드러운 모래 해안에 닿은 냇은 발로 구덩이를 팠다. 새들을 구덩이에 쏟아 넣을 작정이었지만, 자루를 열자마자 죽은 새의 얼어붙은 몸뚱이들이 일제히 바람에 날려 위로 솟구치더니 해안 곳곳에 흩어져 떨어졌다. 고약한 장면이었다. 냇은 기분이 나빠졌다. 죽은 새들이 바람에 날려 자기 손에서 벗어나다니.

"밀물이 들어왔다가 빠지면 새들이 쓸려 가겠지." 그는 혼잣말을 했다.

바다를 바라보니, 거대한 파도가 녹색으로 부서지고 있었다. 높이 치솟았다가 부서지기를 반복하는 파도 소리는, 썰물 때라 멀리서 들려 덜 위협적이었다.

그 순간 그는 보았다. 먼 바다에 앉아 있는 갈매기 떼를.

파도의 흰 거품이라고 생각했던 것이 실은 갈매기였다. 수백, 수천, 수만 마리도 넘을 듯했다. 놈들은 닻을 내린 거대한 함대인 양 꼼짝 않고 단지 파도의 움직임에 따라 오르락내리락하며 물때를 기다리는 중이었다. 동쪽부터 서쪽까지, 눈길 닿는 곳 끝까지 갈매기들은 빈틈없이 대열을 이루고 있었다. 파도가 잠잠했다면 흰 구름처럼 만 전체를 뒤덮었을 것이다. 자기들끼리 몸통을 부딪치면서. 사나운 동풍 때문에 육지에서 바다로 피신한 셈이었다.

냇은 가파른 고개를 올라 집으로 향했다. 누군가가 알아야 했다. 누군가에게 알려야 했다. 동풍과 날씨 때문에 무슨 일이, 그가 알지 못하는 무슨 일이 일어나고 있었다. 버스 정류장의 공중전화로 가서 경찰에 신고할 생각도 했다. 하지만 경찰이 뭘 할 수 있을까? 아니, 누군들 뭘 할 수 있다는 말인가? 수천, 수만 마리 갈매기들이 만 바깥 바다에 모여 있다고, 폭풍우나 굶주림 때문인 것 같다고 하면 경찰은 그를 미친놈이나 술주정꾼 취급할 것이다. 잘해 봐야 고작 '고맙습니다. 안 그래도 신고를 받았습니다. 추운 날씨 때문에 새들이 내륙으로 모여들고 있습니다'라고 대답하겠지. 냇은 주위를 둘러보았다. 다른 새는 한 마리도 보이지 않았다. 정말로 추위 때문에 새들이 쫓겨 왔을까? 집 근처에 다다르자 아내가 문가로 나와 외쳤다. "여보, 라디오 방송에 긴급 보도가 나왔어요. 제가 적어 뒀어요."

"방송에서 뭐라는데?"

"새 얘기를 했어요. 여기뿐 아니라 온 사방이 마찬가지인가 봐요. 런던도 그렇고 전국이요. 새들한테 무슨 일이 생긴 모양이야." 부부는 함께 부엌으로 갔다. 냇은 식탁에 놓인 종이를 집어 들고 읽었다.

"오늘 오전 11시 내무부 발표문입니다. 전국 곳곳의 도시, 농촌, 교외 지역에서 새들이 거대한 무리를 이뤄 도로를 막고 기물을 파손하며 인명까지 공격하고 있다는 보고가 매 시간 들어오고 있습니다. 현재 영국 상공을 뒤덮은 북극 기류가 새 떼의 대규모 이동을 야기한 것으로 보입니다. 굶주림 때문에 새들이 인명을 공격할 가능성도 있습니다. 각 가정에서는 창문, 출입문, 굴뚝을 단속해 주시고 자녀들의 안전에도 유의하시기 바랍니다. 추후 다시 발표가 있을 예정입니다."

냇은 뭔가 짜릿한 기분이었다. 의기양양하게 아내를 보았다.

"이거 봐. 농장 사람들도 이걸 들었어야 했는데. 이제 농장 안주인도 내 얘기가 꾸며 낸 것이 아니란 걸 알겠군. 다 사실이야. 전국이 다 그렇군. 아침 내내 뭔가 잘못되었다는 생각이 들더라니. 좀 전에 해변에 내려가서 바다를 봤더니 갈매기가 수천, 수만 마리 몰려 있지 뭐야. 바늘 하나 꽂아 넣을 틈이 없을 정도로 빽빽하게 파도 위에 앉아 기다리는 중이더라고."

"뭘 기다리는 거죠, 여보?"

그는 아내를 보다가 다시 들고 있던 종이로 시선을 떨어뜨렸다.

"나도 몰라." 그가 천천히 대답했다. "여기 발표에서는 새가 굶주렸다고 하는군."

그는 망치와 공구를 넣어 두는 서랍으로 다가갔다.

"뭘 하려고요?"

"창문과 굴뚝을 손봐야지. 발표문에도 나와 있잖아."

"창문을 닫으면 어떻게 들어오겠어요? 참새나 울새가 무슨 수로요?"

그는 대답하지 않았다. 참새나 울새는 문제가 아니었다. 갈매기가 문제였다……

그는 2층으로 올라가 오전 내내 침실 창문에 판자를 대는 작업을 했고 굴뚝 아래도 막았다. 마침 농장 일이 없는 날이라 다행이었다. 전쟁 초의 일이 떠올랐다. 결혼 전이었는데, 플리머스의 어머니 집 창문마다 이렇게 판자를 대고 방공호도 만들었더랬다. 결정적 순간에는 다 쓸모가 없긴 했지만. 문득 농장에서도 조치를 하고 있는지 궁금해졌다. 아닐 것 같았다. 주인 내외는 너무 느긋한 사람들이었다. 아마 웃어넘길 것이었다. 춤추러, 아니면 카드놀이를 하러 외출했을지도 몰랐다.

"식사 준비됐어요!" 아내가 부엌에서 불렀다.

"그래. 내려갈게."

그는 작업 결과가 마음에 들었다. 판자는 창틀이며 굴뚝 바닥에 딱 들어맞았다.

밥을 먹고 나서 아내가 설거지를 하는 동안 냇은 라디오를 켰다. 1시 뉴스에서는 아내가 아침에 받아 적은 발표 내용이 반복되었고 약간의 내용이 추가되었다.

"새 떼가 전국적으로 혼란을 야기하고 있습니다. 오전 10시, 런던의 하늘은 마치 도시 전체가 검은 구름에 덮인 것처럼 어두워졌습니다.

새들은 지붕 위와 창턱, 굴뚝에 내려앉았습니다. 종달새, 개똥지빠귀, 참새를 비롯해 대도시에 많은 비둘기와 찌르레기, 템스 강에 자주 나타나는 검은머리갈매기까지 뒤섞여 있습니다. 너무도 이례적인 광경에 도로의 차들이 멈춰 서고 상점과 사무실에서는 업무가 중단되었으며 거리는 새를 보러 나온 구경꾼들로 가득합니다."

새 떼로 인한 사고 소식이 이어지고 이유는 추위와 굶주림으로 보인다는 설명이 나왔으며 각 가정의 주의를 당부한다는 말이 덧붙었다. 뉴스 진행자의 목소리는 매끄럽고 침착했다. 냇은 그 남자 진행자가 보도 내용을 가벼운 농담처럼 여긴다는 인상을 받았다. 어둠 속에서 새 떼와 싸우는 게 어떤 일인지 모르는 사람들은 다들 그럴 것이다. 오늘 밤에도 런던에서는 파티가 열리겠지. 사람들은 고함지르고 웃으며 술에 취할 것이다. '자, 새들 구경하러 가자!'라며 신나게 몰려갈지도 모른다.

냇이 라디오를 껐다. 그리고 자리에서 일어나 부엌 창문을 손보기 시작했다. 아내가 그를 지켜보았고 어린 조니는 엄마 뒤를 졸졸 따라다녔다.

"여기도 판자를 대려고요? 그럼 3시 전부터 불을 켜야 해요. 아래층은 안 해도 될 것 같은데."

"나중에 후회하는 것보다 미리 대비하는 게 좋아. 혹시 모르잖아." 냇이 대답했다.

"지금 필요한 일은 군대를 내보내 새들을 쏘는 거예요. 그럼 금방 겁먹고 흩어지지 않겠어요?"

"글쎄, 그게 가능할까?"

"부두 노동자들이 파업을 하면 바로 군대가 오잖아요. 군인들이 배에 탄 사람들을 다 끌어내던걸요."

"그렇지. 하지만 런던 인구만 해도 800만 명이 넘어. 건물이며 집들이 얼마나 많을 텐데 지붕마다 다니면서 새에게 총을 쏠 만큼 병사들이 충분할까?"

"그야 나도 모르죠. 다만 뭔가 해야 한다는 말이에요."

이 순간 높은 분들도 분명 고민하고 있을 터였다. 하지만 런던이나 대도시에서 어떻게 대처하기로 결정하든 500킬로미터나 떨어진 이곳과는 별 상관 없는 일이었다. 각 가정에서 스스로를 지켜 내야 했다.

"먹을 것도 다 떨어져 가지?" 냇이 물었다.

"그건 또 왜요?"

"그냥 물어보는 거야. 지금 뭐가 남았지?"

"내일이 장 보는 날이잖아요. 내가 음식 재료를 쟁여 두는 편도 아니고. 다 상해 버리니까요. 고기 장수는 모레나 돼야 올 거예요. 내일 나가서 이것저것 사올게요."

냇은 아내를 걱정시키고 싶지 않았다. 내일 마을에 나갈 수 없을지도 몰랐다. 그는 직접 식품 저장고와 찬장을 살펴보았다. 며칠은 버틸 만했다. 다만 빵은 별로 없었다.

"빵 장수는 언제 오지?"

"내일 올 거예요."

다행히 밀가루가 있었다. 양을 보니, 빵 장수가 오지 않는다 해도 직접 빵을 구워 먹으면 며칠은 버틸 수 있을 듯했다.

"옛날이 좋았어." 냇이 말했다. "그때는 여자들이 한 주에 두 번씩 빵을 굽고 정어리도 절였지. 갇혀 있어도 버틸 만한 식량이 있었어."

"애들한테 생선 통조림을 줘봤는데 싫어하더라고요."

냇은 부엌 창문에 판자를 대고 못질을 했다. 초 생각이 났다. 초 역시 거의 떨어진 상태라 더 필요했다. 아내는 내일 사올 작정이었을 것이다. 초는 달리 구할 방법이 없을 텐데. 오늘 밤은 일찍 잠자리에 들어야 했다. 만일의 사태에 대비해……

그는 뒷문으로 나가 마당에 서서 바다를 내려다보았다. 3시도 안 된 시간이었지만 벌써 어두컴컴했다. 잔뜩 찌푸리고 흐린 하늘 아래로 사나운 파도가 바위에 부서지고 있었다. 그는 해변을 향해 반쯤 다가가다가 멈췄다. 물때가 바뀌어 있었다. 오전에 보았던 바위가 이제 물에 잠겨 있었다. 하지만 그의 시선이 멈춘 곳은 바다가 아니었다. 갈매기들이 날아오르고 있었다. 날아오른 수백 수천 마리 갈매기들은 바람에 맞서 날개를 퍼덕이며 맴돌았다. 그놈들 때문에 하늘이 더 어두워졌다. 놈들은 아무 소리도 내지 않고 그저 바람에 맞서는 자기 힘을 시험이라도 하듯 원을 그리며 오르락내리락할 뿐이었다.

냇이 돌아서서 집을 향해 달려갔다.

"질을 데리러 갈게. 버스 정류장에서 기다려야겠어."

"무슨 일이에요? 당신 얼굴이 창백해요." 아내가 말했다.

"조니를 집 밖에 내보내지 마. 문은 꼭 닫고, 불을 켜고 커튼은 내려놔."

"이제 3시가 지났을 뿐이에요."

"상관없어. 내 말대로 해."

그는 뒷문 바깥에 있는 연장 창고로 갔다. 쓸 만한 것이 없었다. 삽은 너무 무거웠고 갈퀴는 소용없을 듯했다. 괭이를 집어 들었다. 유일하게 쓸모 있어 보이면서도 들고 다닐 만한 게 괭이였다.

그는 버스 정류장을 향해 걸어가면서 가끔씩 뒤를 돌아보았다.

갈매기들은 더욱 높은 곳에서 더 큰 원을 그리면서 하늘 전체를 뒤덮고 있었다.

그는 걸음을 재촉했다. 버스는 빨라도 4시가 되어야 언덕에 도착한다는 것을 알고 있었지만 그래도 마음이 급했다. 가는 길에 아무도 만나지 못한 건 다행이었다. 멈춰서 잡담을 나눌 시간이 없기 때문이다.

언덕 위에 도착한 그는 기다렸다. 너무 일찍 와서 30분은 기다려야 할 판이었다. 동풍은 높은 지역에서부터 아래쪽으로 불어왔다. 그는 발을 구르고 손을 호호거렸다. 무거운 납빛 하늘을 배경으로 희고 깨끗한 점토질 언덕들이 보였다. 그런데 언덕 뒤에서 무언가 솟아올랐다. 처음에는 작은 얼룩 같았지만 점점 커지더니 구름이 되었고, 그 큰 구름은 동서남북으로 갈라졌다. 구름이 아니었다. 새 떼였다. 그는 새들의 비행을 지켜보았다. 한 무리가 60~90미터 높이에서 냇의 머리 위를 지나갔다. 속도로 보아 내륙으로 향하는 것이 분명했다. 그 무리는 이곳 사람들한테는 볼일이 없는 모양이었다. 떼까마귀, 까마귀, 갈까마귀, 까치, 어치 등 평소라면 작은 먹이들을 찾았을 놈들이 오늘은 다른 임무를 띠고 한데 모여 어디론가 가고 있었다.

"도시로 가고 있군. 자기들이 맡은 일이 무엇인지 아는 거야. 이곳은 다른 놈들한테 맡기고 신경 안 쓰겠다는 거지. 갈매기가 우릴 맡고, 다른 새들은 도시를 맡기로 한 거야."

냇은 공중전화 부스로 들어가 수화기를 들었다. 교환수한테 소식 전달을 부탁해야 했다.

"하이웨이 버스 정류장에서 전화를 겁니다. 새들이 큰 무리를 지어 내륙 쪽으로 올라가고 있습니다. 이 사실을 알리고 싶습니다. 만에는 갈매기들이 무리 지어 있습니다."

"알겠습니다." 피곤한 목소리가 짧게 대답했다.

"관련 기관에 이 소식을 꼭 좀 전해 주십시오."

"네, 네." 어서 끊으라는 말투였다. 다시 신호 대기음이 들렸다.

그는 생각했다. 교환수도 마찬가지로 관심이 없어. 하루 종일 전화 응대를 하느라 지쳤을 테고 오늘 밤 영화 보러 갈 생각이나 하겠지. 남자 친구 손을 잡고 하늘을 올려다보며 '저 새들 좀 봐, 굉장한데!'라고 말하는 게 고작이겠지. 겨우 그 정도겠지.

버스가 언덕으로 올라왔다. 질과 다른 아이 서넛을 내려놓고는 다시 도시 쪽을 향해 출발했다.

"괭이는 왜 가져왔어, 아빠?"

아이들이 그를 둘러싼 채 웃고 떠들어 댔다.

"그냥 가져온 거야. 자, 이제 다들 집으로 가자. 날씨가 추우니 바깥에서 놀면 안 돼. 자, 너희들이 들판을 가로질러 얼마나 빨리 뛰어가는지 아저씨가 보고 있을 테다!"

그는 질의 친구들, 공공 임대주택에 사는 아이들에게 말했다. 들판을 가로지르는 것은 아이들 집으로 가는 지름길이었다.

"잠깐 놀고 가면 안 돼요?" 한 아이가 물었다.

"안 돼. 당장 집으로 가야 해. 안 그러면 엄마한테 이를 거야."

아이들은 눈이 휘둥그레져서 잠시 수군거리더니 들판을 가로질러 달리기 시작했다. 질은 샐쭉해서 아빠를 쳐다보았다.

"우린 늘 놀다 간단 말이야."

"오늘은 안 된단다. 자, 가자. 꾸물거리지 말고."

어느새 갈매기들이 뭍으로 다가와 원을 그리며 날고 있었다. 아직 조용했다. 아무 소리도 없었다.

"아빠, 저걸 봐. 저 갈매기들 좀 봐."

"그래, 어서 가자."

"어디로 날아가려는 걸까? 어디로?"

"뭍 쪽으로 오려는 모양이야. 여기가 더 따뜻하거든."

그는 아이 손을 붙잡고 잡아당겼다.

"아빠, 너무 빨리 가지 마. 못 따라가겠어."

이제 갈매기들은 좀 전에 떼까마귀나 까마귀가 그랬던 것처럼 움직였다. 하늘 전체를 뒤덮었다가 수천 마리씩 네 무리로 나뉘어 각각 동서남북으로 향했다.

"아빠, 저게 뭐야? 갈매기들이 뭘 하는 거야?"

까마귀나 갈까마귀가 그랬듯 갈매기들도 무심히 날고 있는 것이 아니었다. 아직은 여전히 머리 위에서 원을 그리며 날았다. 너무 높이 올라가지도 않았다. 무슨 신호를 기다리는 듯했다. 아직 명령이 하달되지 않은 것이다. 아니면 명령이 불분명하거나.

"아빠가 업어 줄까, 질? 자, 업혀라."

그러면 더 빨리 갈 수 있을 것 같았다. 하지만 질은 생각보다 무거워 자꾸 미끄러졌다. 속도가 나지 않았다. 게다가 질이 울기 시작했다. 아버지의 공포감이 딸에게 전해진 것이다.

"갈매기들이 가버렸으면 좋겠어. 갈매기 싫어. 자꾸 가까워지고 있잖아."

냇은 아이를 내려놓고 손을 잡아끌며 달리기 시작했다. 농장을 지날 때 농장 주인 트리그 씨가 차를 타고 차고에서 나오는 모습이 보였다. 냇이 그를 불렀다.

"저희 좀 태워 주실 수 있나요?"

"무슨 일인가?"

운전석에 앉은 트리그 씨가 두 사람 쪽으로 고개를 돌렸다. 혈색 좋고 쾌활한 얼굴에 미소가 번졌다.

"재미있는 일이 벌어진 것 같군. 갈매기들 보았나? 지금 짐이랑 잡으러 가는 길이야. 다들 새 때문에 난리야. 새 이야기만 해. 자네도 간밤에 고생했다면서. 총 한 자루 가져가겠나?" 냇이 고개를 저었다.

작은 차는 꽉 찬 상태였다. 뒷좌석 석유통 위에 질만 간신히 앉힐 수 있을 듯했다.

"총은 필요 없습니다. 질만 집까지 좀 태워 주세요. 새를 무서워해서요."

냇은 그렇게만 말했다. 아이가 듣는 앞에서 자세히 말하기가 조심스러웠다.

"좋아. 데려다 주지. 자네는 여기서 기다리다가 사냥에 합류하면 어떤가? 싹 잡아 버리자고."

질이 차에 타자 차는 속도를 높였다. 냇도 출발했다. 트리그 씨가 돌아 버린 모양이야. 온 하늘이 새 천지인데 총이 무슨 소용이람?

질을 맡기고 나니 주변을 둘러볼 여유가 생겼다. 새들은 여전히 벌판 위에서 원을 그리며 날아다녔다. 대부분이 재갈매기였고 간혹 검은머리

갈매기가 섞여 있었다. 보통은 어울리지 않는 놈들인데 지금은 한 무리가 된 것이다. 무언가가 서로 다른 종을 연결시킨 것이다. 한 번도 본 적은 없지만 검은등갈매기의 경우 작은 새들은 물론 갓 태어난 새끼 양까지 공격한다는 얘기가 있었다. 낮은 고도에서 원을 그리며 무리를 이끄는 선두를 가만히 살펴보니, 얘기로만 들었던 바로 그 검은등갈매기였다. 목표 지점은 농장이었다. 농장을 향해 날고 있었다.

걸음을 재촉하는 냇 앞으로 농장 주인의 차가 달려오더니 끽 소리를 내며 옆에 멈추어 섰다.

"아이는 집에 들어갔네. 아이 엄마가 기다리고 있더군. 그래, 자네는 어쩌겠나? 도시 사람들 말로는 러시아 놈들 짓이래. 러시아 놈들이 새한테 독을 먹였다는군."

"그게 가능한 일인가요?" 냇이 물었다.

"그거야 난 모르지. 소문이라는 게 그렇잖아. 같이 사냥 가지 않을 텐가?"

"아뇨. 전 집으로 가겠습니다. 아내가 걱정할 겁니다."

"우리 집사람은 갈매기 고기를 먹을 수 있다면 사냥해도 좋다고 하더군. 굽기도 하고 찌기도 하고 피클로도 만들겠다고. 하여튼 내가 놈들 혼쭐을 내주고 올 테니 두고 보게."

"창문에 판자는 대셨나요?" 냇이 물었다.

"아니. 무슨 말이 되는 소리여야지. 라디오에서 괜히 겁주는 거야. 할 일이 얼마나 많은데 창문에 판자나 대고 있으라는 거야."

"저라면 지금이라도 조치를 취하겠습니다."

"자네도 참. 겁나면 오늘 우리 집에 와서 자겠나?"

"아닙니다. 말씀은 고맙지만."

"좋아. 그럼 아침에 보자고. 갈매기 코스 요리를 대접할 테니."

농장 주인은 싱긋 웃으며 다시 농장 쪽으로 차를 몰았다.

냇은 서둘렀다. 작은 숲과 낡은 헛간을 지나고 벌판으로 접어들었다.

그 순간 귓가에서 날갯짓 소리가 울렸다. 검은등갈매기가 그를 향해 곧장 달려들었다가 빗나간 후 다시 날아오르는 소리였다. 곧 다른 새들이 합세했다. 검은등갈매기와 재갈매기가 여섯, 일곱, 열 마리까지 함께 그를 공격했다. 냇은 괭이를 팽개쳤다. 괭이는 아무 소용 없었다. 두 팔로 머리를 감싸고 그는 집을 향해 달렸다. 새들은 계속 달려들었고 세찬 날갯짓이 적막을 갈랐다. 소름 끼치는 날갯짓 소리였다. 손과 팔목, 목에 피가 흐르고 있었다. 부리에 한 번 쪼일 때마다 살점이 떨어졌다. 두 눈만 지켜 낼 수 있으면 나머지는 중요하지 않았다. 새들이 눈을 공격하지 못하게 해야 했다. 새들은 아직 어깨에 매달리는 법이나 옷을 찢는 법, 한꺼번에 머리나 몸에 달라붙는 법은 모르는 모양이었다. 하지만 공격을 이어 가면서 점점 대담해졌다. 자기 몸뚱이는 어찌 되든 상관하지 않았다. 달려들다가 빗나가 땅에 떨어지는 바람에 날개가 부러지고 머리가 깨지는 새들이 부지기수였다. 냇은 죽은 새들을 차내면서 달렸다.

마침내 집에 다다른 그가 피 흐르는 손으로 문을 두드렸다. 창문에 판자를 덧댄 덕분에 빛이 전혀 새어 나오지 않았다. 사방이 암흑이었다.

"나야, 어서 문 열어! 어서!"

갈매기들의 날갯짓 소리를 넘어서려면 고함을 질러야 했다.

냇은 자신을 겨냥해 달려드는 가마우지 한 마리를 보았다. 나머지 갈매기들은 위로 물러나 원을 그리며 날고 있었다. 남은 것은 그 가마우지뿐이었다. 가마우지 한 마리. 날개를 몸통에 붙인 가마우지가 폭탄처럼 떨어져 내렸다. 냇이 비명을 질렀고 문이 열렸다. 냇이 비틀거리며 문턱

90

을 넘자마자 아내가 온몸의 체중을 실어 문을 닫았다.

떨어져 내리던 가마우지가 쾅 하며 문에 부딪히는 소리가 났다.

아내가 냇의 상처를 소독했다. 깊은 상처는 아니었다. 손등, 그리고 손목이 제일 심한 상태였다. 모자를 쓰지 않았더라면 머리도 공격받았을 것이다. 게다가 그 가마우지…… 가마우지는 머리통을 두 조각 낼 수도 있었으리라.

아이들이 울음을 터뜨렸다. 아버지 손에서 흐르는 피를 본 것이다.

"이제 괜찮아." 그가 아이들을 달랬다. "아프지 않아. 그냥 긁힌 것뿐이야. 질, 조니 데리고 가서 놀아 줘. 엄마는 아빠 긁힌 데 닦아 줘야 하니까."

그는 아이들이 자신을 못 보도록 식품 저장고 문을 반쯤 닫았다. 아내 얼굴이 창백했다. 아내가 수돗물을 틀었다.

"위쪽에 새들이 모여 있었어요." 속삭이는 소리였다. "질이 트리그 씨랑 왔을 때부터 모여들기 시작했어요. 서둘러 문을 닫다 보니 문이 꽉 끼어 버렸나 봐요. 그래서 금방 열지 못했어요."

"다행히 새들이 날 기다렸던 모양이군. 질 같았으면 바로 쓰러졌을 거야. 한 마리만 공격했어도."

아내가 그의 손과 목 뒤에 반창고를 붙이는 동안 두 사람은 아이들이 놀라지 않도록 가만가만 이야기를 주고받았다.

"내륙으로 향하고 있어. 수천 마리도 넘어. 떼까마귀, 까마귀, 더 큰 새들까지 전부. 버스 정류장에서 봤더니 도시를 향해 날아가더라고."

"그래도 새들이 뭘 어쩌겠어요?"

"공격할 거야. 거리에 나와 있는 사람들 한 명 한 명을 공격하겠지. 그리고 창문이나 굴뚝을 뚫고 들어갈 테고."

"나라에서는 왜 아무것도 안 하는 거죠? 군대나 기관총이나 뭐든 동원해야 하지 않아요?"

"시간이 없었어. 아무도 준비하지 못한 거야. 나중에 6시 뉴스에서 뭐라고 하는지 들어 봐야지."

냇은 아내 뒤를 따라 부엌으로 되돌아갔다. 조니는 바닥에서 조용히 놀고 있었다. 질은 불안한 표정이었다.

"아빠, 새들 소리가 들려."

냇이 귀를 기울였다. 창문과 문에서 둔탁한 소리가 들렸다. 새들은 날개로 표면을 쓸고 발톱으로 긁어 대며 들어올 방법을 찾고 있었다. 창턱을 꽉 채운 작은 몸통들이 함께 창문을 밀어 대는 소리도 들렸다. 온몸으로 돌진한 새들이 퍽 하며 벽에 부딪쳐 떨어지는 소리도 간간이 더해졌다. 그는 생각했다. '저렇게 해서 일부는 저절로 죽겠군. 그래 봤자 얼마 안 될 테지만.'

"괜찮아, 질. 아빠가 판자를 대놓았거든. 안으로는 들어오지 못해."

그는 집 안을 돌아다니며 창문을 다 점검했다. 조치는 완벽했다. 틈새는 다 막혀 있었다. 그래도 더 확실히 해둘 작정으로 그는 쐐기와 양철 조각, 나뭇조각과 쇳조각을 가장자리에 밀어 넣어 판자가 더 단단히 고정되도록 했다. 망치질을 하다 보니 새들이 서로 부딪히는 소리, 날갯짓 소리, 두드리는 소리, 그리고 다른 무엇보다 금 간 유리가 갈라지는 공포스러운 소리(이것만은 아내와 아이들이 제발 듣지 못했으면 싶었다)에서 잠시 벗어날 수 있었다.

"라디오 켜봐. 뉴스나 들어 보게."

라디오 소리도 바깥 소리를 가려 줄 것이었다. 그는 2층으로 올라가 그곳 창문에도 보완 조치를 했다. 2층에서는 지붕 위에서 새들이 돌아다니고 긁어 대는 소리가 들렸다.

그는 벽난로를 피운 채 온 식구가 부엌에 모여 자야 한다고 결정하고 부엌 바닥에 깔 매트리스를 끌어내리기로 했다. 2층 굴뚝이 걱정스러웠던 것이다. 굴뚝 바닥에 대놓은 판자는 오래 버티지 못할 수도 있었다. 부엌에서는 불을 지피는 한 안전했다. 아이들한테는 캠프 놀이를 하자는 식으로 장난처럼 얘기해야 했다. 최악의 경우 새들이 침실 굴뚝으로 들어오더라도 방문을 부수고 나오려면 몇 시간, 며칠이 걸릴 것이다. 아무도 해치지 못한 채 침실에 갇혀 있다 보면 숨이 막혀 죽기도 하겠지.

그는 매트리스를 옮기기 시작했다. 아내 눈이 휘둥그레졌다. 새들이 벌써 2층에 들어왔다고 생각한 것이다.

"아무것도 아니야." 그는 명랑하게 말했다. "오늘은 우리 다 같이 부엌에서 자자. 벽난로 옆에서 자면 더 편안할 거야. 멍청한 새들이 창문 두드릴 걱정도 안 해도 되고."

부엌 가구들을 조금씩 옮기는 일은 아이들도 돕게 했다. 그리고 아내와 함께 큰 벽장을 창문 앞에 옮겨 놓았다. 크기가 딱 들어맞았다. 안전장치가 보강된 것이다. 장이 서 있던 벽 앞에 매트리스를 나란히 깔 공간이 나왔다.

그는 생각했다. '이 정도면 충분히 안전해. 방공호처럼 튼튼하고 안전하군. 버틸 수 있겠어. 문제는 음식이야. 식료품이랑 석탄이 필요해. 이틀이나 사흘은 괜찮겠지만 더 오래 걸린다면……'

그렇게 멀리 내다보며 걱정한다고 무슨 소용이겠는가. 라디오에서도 뭔가 지시가 나오겠지. 뭘 어떻게 해야 하는지 설명해 줄 것이다. 그런데 이렇게 복잡한 상황에서 라디오는 댄스음악만 내보내고 있었다. 평소

같으면 어린이 방송을 할 시간인데. 그는 주파수를 확인했다. 늘 듣던 주파수가 맞았다. 댄스음악이라니. 이유는 분명했다. 정규 방송이 중단된 것이다. 선거 때 같은 극히 예외적인 경우에만 일어나는 일이었다. 런던 대규모 공습 때도 이런 일이 있었는지 기억을 더듬어 보니 과연 그랬다. 전쟁 동안 BBC 방송국은 런던을 떠나 임시 사무실에서 방송을 내보냈었다. 그는 생각했다. '여기 있어서 다행이야. 여기 부엌이 안전해. 창문은 물론 문도 다 막혀 있으니까. 도시보다도 훨씬 나아. 도시가 아니라는 게 고맙군.'

6시가 되자 음악이 그치고 시보가 울렸다. 아이들이 겁을 먹더라도 뉴스는 꼭 들어야 했다. 삐 소리 후 잠시 정적이 흘렀고 이윽고 진행자가 말을 시작했다. 무겁고 심각한 목소리였다. 낮 1시 뉴스와는 사뭇 달랐다.

"런던입니다. 오늘 오후 4시를 기해 국가 비상사태가 선포되었습니다. 인명과 재산을 보호하기 위한 조치가 취해지고 있지만 사상 초유의 위기 사태임을 감안하면 즉각적 해결은 쉽지 않아 보입니다. 각 가정에서는 건물에 안전 조치를 취해 주십시오. 아파트 등 공동주택의 경우에는 모두 협력해 새가 들어오지 못하도록 하시기를 부탁드립니다. 오늘 밤에는 외출을 삼가고 모두 집 안에 머무르시기 바랍니다. 새들이 대규모로 사람을 공격하고 있고 건물 침입도 시작된 상황입니다. 충분히 주의를 기울이신다면 이런 침입은 막을 수 있습니다. 이번 사태의 예외적 특성으로 인해 내일 오전 7시까지는 방송 송출이 중단될 예정입니다."

이어 국가가 연주되더니 방송이 끊겼다. 냇이 라디오를 껐다. 그와 아내가 서로를 바라보았다.

"뭐라는 거야? 뉴스에서 뭐라고 했어?" 질이 물었다.

"오늘 밤에는 방송 안 한대." 냇이 대답했다. "BBC가 고장인가 봐."

"새들 때문이야? 새가 그런 거야?" 질이 다시 물었다.

"아니야. 사람들이 다 바빠서 그런 거야. 도시를 엉망으로 만들고 있는 새들은 다 없애 버릴 거야. 하룻밤 정도는 라디오 방송 안 나와도 아무 문제 없어."

"우리 집에도 축음기가 있으면 좋을 텐데. 아무것도 못 듣는 것보다는 낫잖아." 질이 말했다.

질은 창문 앞에 대놓은 벽장 쪽으로 고개를 돌렸다. 무시하는 척하긴 해도 그쪽에서 들려오는 소리, 새들이 계속 쪼고 날개로 쓸고 걸어 다니고 긁어 대는 소리를 온 식구가 의식하고 있었다.

"저녁은 일찌감치 먹자." 냇이 말했다. "뭔가 맛있는 걸로. 엄마한테 물어 봐. 치즈 토스트는 어떨까? 우리 모두 좋아하는 걸로 먹자."

그는 아내에게 눈을 찡긋하며 고개를 끄덕였다. 질의 얼굴에서 불안한 표정을 지우고 싶었다.

아내를 도와 저녁 준비를 하면서 그는 휘파람도 불고 노래도 부르고 할 수 있는 한 신나게 떠들어 대기도 했다. 아까보다는 날개로 쓸어내리거나 두드리는 소리도 줄어든 것 같았다. 2층 침실로 올라가 귀를 기울였지만 지붕 위에서 돌아다니는 소리도 더 이상 들리지 않았다.

'판단을 할 줄 아는 놈들이야.' 그는 생각했다. '여기는 뚫기 어렵겠다는 걸 알고 다른 곳을 공격하는 모양이군. 시간을 낭비하지 않겠다는 거지.'

저녁 식사 시간은 무사히 지나갔다. 식탁을 정리하고 있을 때 새로운 소리가 들렸다. 우웅 하는 익숙한 소리, 모두가 아는 그 소리였다.

아내가 밝아진 표정으로 그를 보았다. "비행기예요! 새들을 퇴치하기 위해 비행기를 보냈군요! 이제 해결되겠네요. 저건 총소리 아니에요? 당신도 총소리 들리죠?"

바다 쪽에서 총성이 들리는 것도 같았다. 냇은 확실히 뭐라 말하기 어려웠다. 해군 함포라면 바다의 갈매기들에게 위력을 발휘할 수 있겠지만 지금 갈매기들은 내륙에 들어와 있지 않은가. 사람들이 사는 해안가에 포를 쏠 수는 없을 것이다.

"비행기 소리를 들으니 정말 좋네요, 그렇죠?" 아내가 말했다.

질은 다시 활기를 되찾고 조니와 함께 깡충깡충 뛰었다. "비행기가 새들을 잡을 거야. 비행기에서 총을 쏜대."

뒤이어 3킬로미터 정도 거리에서 무언가 쿵 하는 소리가 울렸다. 두 번째, 세 번째 쿵 소리도 이어졌다. 우웅 하는 소리가 점점 멀어지더니 먼 바다 쪽으로 사라졌다.

"저건 뭘까요? 새들한테 폭탄을 떨어뜨렸나?" 아내가 물었다.

"모르겠는걸. 그건 아닌 것 같아." 냇이 대답했다. 비행기가 추락하는 소리라고는 굳이 말하고 싶지 않았다. 정찰 비행기를 내보냈군. 자살 행위라는 걸 몰랐단 말인가. 프로펠러와 기체로 죽자고 날아드는 새 떼 앞에서 비행기가 추락하는 것 외에 무얼 할 수 있을까? 전국적으로 이런 일이 벌어지겠군. 군인들이 희생되고. 저 윗사람들이 제정신이 아닌 모양이야.

"아빠, 비행기는 어디로 갔어?" 질이 물었다.

"기지로 돌아갔단다. 자, 이제 잠자리에 들 시간이야."

아내는 벽난로 앞에서 아이들 옷을 갈아입히고 잠자리를 보느라 분주해졌다. 그 틈에 그는 다시 한 번 집 곳곳을 돌아다니며 괜찮은지 살폈다. 더 이상은 비행기 소리도, 대포 소리 같은 것도 없었다. "무의미한 인명 손실이야." 냇이 중얼거렸다. "그런 식으로는 새들을 물리칠 수 없어. 대가만 너무 커. 가스전은 어떨까. 독가스를 살포하는 거야. 주민들한테는 물론 살포 전에 알려 줘야겠지. 나라에서 최고로 머리 좋은 사람들이 오늘 밤이면 뭔가 방법을 찾지 않을까."

그런 생각을 하자 좀 기운이 났다. 그는 과학자, 동물학자, 기술자, 국가 비밀 조직 연구원들이 다 함께 모여 해결 방법을 의논하는 모습을 상상했다. 정부나 참모총장은 과학자들이 결정한 사항을 실행에 옮기는 역할에 그쳐야 할 것이다.

'인정사정 두지 말아야 해.' 그는 생각했다. '문제가 제일 심각한 곳에서 가스를 사용한다면 어느 정도 인명 피해가 불가피할 거야. 가축이나 토양도 피해를 입겠지. 사람들이 자제력을 잃지만 않으면 돼. 자제력을 잃으면 그야말로 수습하기 어려워져. BBC도 바로 그걸 경고했던 거고.'

2층 침실은 조용했다. 창문을 긁거나 두드리는 소리도 없었다. 전투 중 소강상태인가? 병력 재배치인가? 예전 전쟁 때 쓰던 말들이었다. 바람은 여전히 누그러들지 않아 굴뚝을 울렸다. 바닷가 쪽에서 들려오는 파도 소리도 요란했다. 순간 물때 생각이 났다. 물때가 바뀔 즈음이었다. 전투 중 소강상태는 물때 때문인지도 몰랐다. 새들이 따르는 명령, 그건 동풍과 물때가 결정하는 것 같았다.

시계를 보니 8시가 가까웠다. 한 시간 전이 만조였다. 새들은 밀물과 함께 공격해 온 것이다. 도시에서는 다른 방식이었을지 몰라도 여기 해안가에서는 그런 것 같았다. 냇은 시간을 계산해 보았다. 앞으로 여섯 시간 동안은 고요하겠군. 다시 밀물 때가 되면, 그러니까 새벽 1시 20분쯤 되면 새들이 다시 돌아올 거야……

할 수 있는 일은 두 가지였다. 첫째는 식구들과 함께 휴식을 취하는 것. 새벽까지 어떻게든 눈을 붙여야 했다. 둘째는 밖으로 나가 농장 사람들은 어떤지, 전화가 아직 연결되어 바깥소식을 들을 수 있는지 확인하는 것이었다.

냇이 작은 소리로 아내를 불렀다. 막 아이들을 눕혀 놓은 아내가 2층 계단을 반쯤 올라왔다.

"가면 안 돼요." 말을 꺼내자마자 아내는 반대했다. "나하고 애들만 놔두고 가면 안 된다고요. 난 견디지 못할 거예요."

아내의 목소리가 신경질적으로 높아졌다. 그는 아내를 달랬다.

"알았어. 알았다고. 아침까지 기다릴게. 7시에 라디오 뉴스를 들어 보자고. 하지만 아침 썰물 때가 되면 농장에 가볼게. 빵이랑 감자, 우유를 좀 얻어 올 수 있을 거야."

냇은 비상사태에 대비해 계획을 세우느라 바빴다. 오늘 저녁에는 농장에서도 소젖을 짜지 못했을 것이다. 소들이 농장 입구나 마당을 서성거리며 젖 짜주기를 기다려도 농장 사람들은 판자로 막아 놓은 집 안에 머물렀겠지. 그렇게 대처할 시간이 있기만 했다면. 냇은 자동차 운전석에서 미소 짓던 농장 주인 트리그 씨를 떠올리면서 정말로 사냥에 나서지는 않았을 거라 여겼다.

아이들은 잠들었다. 아내는 옷도 갈아입지 않고 잠자리에 앉아 남편을 바라보았다. 불안한 눈빛이었다.

"어떻게 할 생각이에요?" 아내가 속삭였다.

그는 조용히 하라고 고개를 저었다. 그리고 가만히 뒷문을 열고 밖을 내다보았다.

밖은 그야말로 암흑이었다. 바다에서 불어오는 얼음처럼 차가운 바람이 기세등등하게 몰아쳤다. 그는 문밖 계단에서 발길질을 해야 했다. 새들이 산을 이루고 있었던 것이다. 사방이 죽은 새들이었다. 창 아래에도, 벽 바깥에도. 무조건 돌진하여 자살한 새들, 목이 부러진 새들, 어디를 보든 천지가 새들 사체였다. 살아 있는 것은 하나도 없었다. 산 놈들은 물때가 바뀌면서 전부 바다로 물러간 모양이었다. 갈매기들은 아까처럼 바다 위를 날아다니고 있겠지.

이틀 전에 트랙터가 땅을 갈았던 저 멀리 언덕에서 무언가가 불타고 있었다. 추락한 비행기였다. 바람 때문에 불이 건초 더미까지 옮겨붙어 있었다.

새들의 사체를 바라보던 냇은 그것들을 창틀에 차곡차곡 쌓아 올리면 다음번 공격 때 추가 방어책이 되겠다 싶었다. 큰 도움은 되지 못하더라도. 새들이 창턱에 앉아 창을 공격하기 전에 우선 이 사체들부터 쪼고 할퀴고 밀게끔 만드는 것이다. 그는 어둠 속에서 일을 시작했다. 기분 나쁜 일이었다. 사실 만지기도 싫었다. 아직도 온기가 남아 있고 피가 흐르는 사체였다. 깃털은 피로 엉겨 붙은 채였다. 구역질이 났지만 그는 작업을 계속했다. 유리창은 하나같이 박살이 난 상태였다. 새들이 집에 들어오지 못한 것은 오로지 판자 덕분이었다. 그는 깨진 유리 사이에 피 흐르는 사체들을 밀어 넣었다.

일을 마치고 다시 집으로 들어왔다. 뒷문 앞에도 바리케이드를 쳐 이중으로 안전장치를 해두었다. 새들 피로 끈적해진 밴드를 떼고 새것을 붙였다.

그러고는 아내가 만들어 준 코코아를 허겁지겁 마셨다. 몹시 목이 말랐던 것이다.

"괜찮아." 그가 미소 지었다. "걱정 안 해도 돼. 우리는 잘 버텨 낼 거야."

매트리스에 누워 눈을 감자마자 잠이 들었다. 꿈속에서도 뭔가 잊어 버렸다는 생각에 잠자리가 뒤숭숭했다. 꼭 해야만 하는 일, 알고 있었으면서도 하지 않은 일이 있었다. 하지만 꿈에서도 그게 뭔지 분명치 않았다. 언덕에서 불타는 비행기, 건초 더미와 관련된 일이었다. 하지만 깨지 못하고 계속 잠을 잤다. 결국은 아내가 어깨를 흔들었을 때에야 깨어났다.

"새들이 또 시작했어요." 아내가 울먹였다. "한 시간 전부터요. 더는 혼자 견딜 수가 없어요. 게다가 뭔가 이상한 냄새도 나요. 타는 냄새요."

그때서야 생각이 났다. 불 피우는 것을 잊은 것이다. 불꽃이 거의 사그라진 상태였다. 그는 벌떡 일어나 램프를 켰다. 창문과 문에서 두드리는 소리가 요란했지만 그게 문제가 아니었다. 깃털 타는 냄새가 문제였다. 그 냄새가 부엌을 가득 채웠다. 그는 바로 상황을 파악했다. 새들이 굴뚝으로 뛰어들어 부엌으로 들어오려 하는 것이다.

그는 벽난로에 나뭇가지와 종이를 집어넣고 파라핀 석유통으로 손을 뻗었다.

"물러서!" 그가 아내에게 외쳤다. "위험하지만 어쩔 수 없어."

그는 불에 파라핀 석유를 부었다. 불길이 굴뚝으로 치솟았고 검게 탄 새들이 아래로 우수수 떨어졌다.

아이들이 깨어나 울기 시작했다. "무슨 일이야?" 질이 물었다. "아빠, 왜 그래?"

대답할 시간도 없었다. 냇은 굴뚝에서 새 사체들을 빼내서 한옆으로 모았다. 불길이 여전히 마구 일렁였다. 자칫 굴뚝에 불이 붙을 수도 있었다. 어떻든 살아 있는 새들은 불꽃을 내뿜는 굴뚝에서 물러날 것이다. 문제는 아래쪽 연결 부위였다. 불붙은 새들 몸뚱이가 꽉 끼면 굴뚝이 막혀 버릴지 몰랐다. 그는 창문과 문에서 들리는 날갯짓 소리, 부리로 쪼고 발톱으로 긁는 소리, 몸을 던져 부딪쳤다가 떨어져 내리는 소리에는 거의 신경을 쓰지 않았다. 그쪽으로는 들어오지 못할 것이었다. 창이 작고 벽이 탄탄한 옛날 집에 산다는 것이 고마웠다. 새로 지은 공공임대주택과는 달랐다. 그쪽에 사는 사람들도 괜찮아야 할 텐데.

"자, 이제 뚝 그쳐야지!" 그가 아이들에게 말했다. "무서워할 것 없으니이제 그만 울어."

그러면서도 그는 까맣게 탔거나 불타고 있는 새들 사체가 떨어질 때마다 긁어내는 일을 계속했다.

"건조한 날씨와 불길이 합쳐졌으니 됐어. 굴뚝에 옮겨붙지만 않는다면 안전해. 미리 살폈어야 했어. 내 실수야. 불을 지펴 두고 잠들었어야 했는데. 뭔가 잊은 것 같더라니."

창문 판자를 긁고 쪼아 대는 소리 위로 부엌 시계가 오전 3시를 알렸다. 앞으로 네 시간 이상 버텨야 했다. 만조가 언제인지는 정확히 알 수 없었다. 아마 7시 반은 되어야 할 것이다.

"스토브를 켜자고." 그가 아내에게 말했다. "우린 홍차를 마시고 아이들한테는 코코아를 줘. 손 놓고 앉아 있을 필요 없어."

그게 좋았다. 아내고 아이들이고 분주하게 만드는 것이. 움직이고 먹고 마시고 그렇게 뭔가 하고 있는 편이 좋았다.

그는 불꽃이 작아진 벽난로 근처에서 기다렸다. 하지만 더 이상은 새카맣게 탄 작은 몸뚱이들이 떨어져 내리지 않았다. 가능한 한 깊이 부지깽이를 올려 넣어 보아도 아무것도 걸리지 않았다. 굴뚝이 깨끗해진 것이다. 그는 이마의 땀을 닦았다.

"자, 질, 이리 오렴." 그가 말했다. "나뭇가지 좀 가져다줘. 이제부터 신나게 불을 지피는 거야." 하지만 질은 가까이 다가오지 않았다. 새까만 사체 더미만 바라보고 있었다.

"괜찮아. 불을 피운 다음 치워 버릴게."

굴뚝 걱정은 끝났다. 밤낮으로 벽난로 불을 활활 태우기만 하면 새들이 굴뚝으로 들어오는 일은 없을 것이다.

'내일 농장에서 연료를 얻어 와야겠어.' 그가 생각했다. '금방 떨어질 테니까. 썰물 때 동안 다녀올 수 있을 거야. 조수가 바뀐 동안 필요한 걸 얻어 오는 방법을 쓰면 돼. 그런 방법에 적응하면 돼.'

네 식구는 차와 코코아를 마시고 소고기 소스 바른 빵을 먹었다. 빵은 반 덩어리만 남아 있었다. 괜찮아, 썰물 때까지만 버티면 돼.

"그만해!" 조니가 숟가락으로 창문을 가리키며 외쳤다. "그만해, 나쁜 새들!"

"맞아." 냇이 미소 지었다. "나쁜 새들은 정말 싫지? 이제 지긋지긋해."

또 다른 새들이 벽에 쿵 부딪쳤다 떨어지는 소리를 들으며 네 식구는 기분이 좋아졌다.

"또 한 마리!" 질이 외쳤다. "또 죽었어."

"그래, 꼴좋다, 저놈!" 냇도 맞장구쳤다.

그렇게 맞서야 했다. 기운을 내야 했다. 이렇게만 버텨 낼 수 있다면, 그래서 7시 뉴스를 듣게 된다면 그럭저럭 최악은 아닌 셈이었다.

"담배 하나 줘봐." 그가 아내에게 말했다. "담배 연기가 깃털 타는 냄새를 좀 없애 줄 거야."

"두 개비밖에 안 남았어요." 아내가 말했다. "담배도 사야 하는데."

"하나면 돼. 나머지는 아껴 두자고."

아이들을 다시 재우는 것은 엄두도 낼 수 없었다. 창가에서 쪼고 긁는 소리가 들리는 한 아무도 편히 쉴 수 없었다. 그는 한 팔로는 아내를 다른 팔로는 질을 껴안고 조니는 아내 무릎에 앉혔다. 주변에는 담요를 쌓아 올렸다.

"저놈들 대단하다는 생각이 드는걸." 그가 말했다. "보통 집요한 게 아니야. 지칠 만도 한데 끄떡없잖아."

감탄은 오래가지 않았다. 두드리는 소리는 끝없이 이어졌고 삐걱거리는 소리까지 더해졌다. 다른 놈들보다 부리가 더 날카로운 놈들이 역할을 넘겨받은 모양이었다. 대체 어떤 새일까, 그는 기억을 더듬어 보았다. 딱따구리 소리는 아니었다. 딱따구리 소리라면 더 가볍고 잦아야 했다. 힘이 훨씬 더 좋았다. 계속 이러다가는 판자도 유리처럼 쪼개질 판이었다. 순간 매가 떠올랐다. 갈매기 역할을 매가 이어받은 걸까? 독수리가 창틀에 앉아 부리와 발톱으로 동시에 공격을 가하고 있나? 그렇군. 매, 독수리, 황조롱이 같은 맹금류를 잊고 있었다. 맹금류의 위력을 잊고 있었다. 앞으로 세 시간을 버텨야 했다. 나무판자를 긁고 쪼는 소리는 그치지 않고 이어졌다.

냇은 주변을 둘러보며 가구라도 부수어 문을 보강해야겠다고 생각했다. 옷장 덕분에 창문은 괜찮았지만 출입문은 어떨지 몰랐다. 2층으로 올라가던 그는 층계참에서 걸음을 멈추고 귀를 기울였다. 아이들 침실에서 무슨 소리가 들렸다. 새들이 뚫고 들어왔구나…… 문에 귀를 대 보았다. 틀림없었다. 바닥을 날개로 쓸거나 종종걸음으로 돌아다니는 소리가 들렸다. 다른 침실은 아직 괜찮았다. 그는 그 침실로 들어가 가구를 끌어내 층계 위에 쌓았다. 대비책이었지만 소용없는 일인지도 몰랐다. 아이들 침실 방문은 안쪽으로 열리게 되어 있어 문에 가구를 기대세울 수는 없었다. 유일한 방법은 층계를 막아 버리는 것이었다.

"여보, 거기서 뭐해요? 내려와요." 아내가 불렀다.

"금방 가! 이것저것 정돈 좀 하고."

아내는 올라오면 안 되었다. 아이들 방에서 작은 발들이 어지럽게 돌아다니는 소리, 날개로 문을 쓸어내리는 소리를 듣지 못하게 해야 했다.

새벽 5시 반, 냇은 베이컨과 튀긴 빵으로 아침을 먹자고 했다. 아내의 공포 어린 눈빛을, 아이들의 겁먹은 표정을 조금이나마 풀어 주기 위해서였다. 아내는 위층에 새들이 들어왔다는 것을 몰랐다. 부엌 위에 있는 침실이 아니라는 점이 다행이었다. 만약 그랬다면 2층에서 들려오는 나무판자 두드리는 소리, 죽음이 곧 영광이라는 듯 아무렇지 않게 무작정 돌진해 온몸을 벽에 부딪쳤다 떨어져 내리는 소리를 아내가 듣지 못했을 리가 없었다. 재갈매기란 놈들은 본래 그랬다. 머리라는 게 없었다. 검은등갈매기나 독수리, 매 같은 녀석들은 달랐다. 자기가 무엇을 하고 있는지 분명히 알았다.

냇은 연신 손목시계를 쳐다보았다. 시곗바늘은 너무도 느릿느릿 돌았다. 자기 추측이 틀렸다면, 그리하여 물때가 바뀌는데도 공격이 그치지 않는다면 끝장이었다. 공기도 희박하고 쉬지도 못한 채 연료도 음식도 부족한 상태에서 버텨 낼 재간이 없었다. 온갖 생각으로 머리가 바빴다. 이렇게 숨어서 버티려면 필요한 것이 한두 가지가 아니었다. 그런데 무엇 하나 제대로 준비되지 못한 상태가 아닌가. 어쩌면 도시에 있는 것이 더 안전할지도 몰랐다. 농장 전화로 사촌에게 연락할 수 있다면 기차를 타고 단거리를 이동한 후 차를 빌리면 되지 않을까. 물때 사이에 차를 빌려 떠나는 것, 그게 더 빠른 방법일지도 몰랐다……

그는 아내가 부르는 소리에 정신을 차렸다. 어느새 졸고 있었던 것이다.

"왜 그래? 무슨 일이야?" 그의 목소리가 날카로웠다.

"라디오요. 시계를 보고 있었어요. 7시 다 됐어요."

"다이얼 돌리지 마." 처음으로 냇이 다급하게 말했다. "지금 채널 그대로 두면 돼. 거기서 뉴스가 나올 거야."

기다렸다. 부엌 시계가 7시를 쳤다. 라디오에서는 아무 소리도 나지 않았다. 시보도, 음악도 없었다. 15분을 기다리다가 채널을 바꿔 보았다. 역시 소리가 없었다.

"잘못 들었나 보군. 7시가 아니라 8시에 뉴스를 하려는 모양이야." 냇이 말했다.

라디오는 계속 켜두었다. 냇은 건전지가 얼마나 남았을지 걱정스러웠다. 아내가 장에 다녀오면서 건전지를 바꿔 넣곤 했다. 건전지가 다 닳고 나면 더 이상 정부의 지시 사항을 알 수 없게 된다.

"날이 밝아요. 밖이 보이지는 않지만 느낌이 그래요. 새들도 좀 조용해지는데요."

그 말이 옳았다. 삐걱거리고 쪼아 대는 소리가 시시각각 줄어들었다. 날갯짓 소리, 창틀 위에서 작은 몸들이 서로 밀쳐 대는 소리도 그랬다. 물때가 바뀐 것이다. 8시가 되자 조용해졌다. 오로지 바람 소리만 들렸다. 마침내 찾아온 고요 속에서 아이들은 잠이 들었다. 8시 반에 냇은 라디오를 껐다.

"왜 그래요? 그러다 뉴스를 놓치면 어떡해요?" 아내가 말했다.

"뉴스는 없을 거야. 우리 스스로 헤쳐 나가야 해."

그는 문으로 가서 천천히 바리케이드를 걷어 냈다. 빗장을 열고 문밖에 쌓인 새들 사체를 차내면서 차가운 공기를 들이마셨다. 주어진 시간은 여섯 시간. 힘을 낭비하지 말고 꼭 필요한 데만 써야 했다. 음식, 불빛, 연료가 꼭 필요했다. 이 세 가지만 충분하다면 또 하룻밤을 버틸 수 있었다.

앞마당으로 걸어가다 보니 살아 있는 새들이 보였다. 갈매기는 바다로 물러난 후였다. 거기서 파도에 몸을 맡기고 공격 때를 기다릴 것이다. 뭍새들은 그대로 자리를 지키며 기다리는 중이었다. 울타리에, 땅 위에, 나무 위에, 멀리 벌판까지 새들이 줄지어 늘어서 꼼짝 않고 있었다.

냇이 마당 끝까지 걸어가는 동안 새들은 조금도 움직이지 않았다. 그저 지켜볼 뿐이었다.

'식량을 구하러 가야겠어.' 냇이 생각했다. '농장에 가서 식량을 구해야 해.'

그는 집으로 되돌아와 창문이며 문을 살펴보았다. 2층으로 올라가 아이들 침실도 열어 보았다. 바닥에 떨어진 죽은 새들 외에 다른 새는 없었다. 살아 있는 놈들은 모두 바깥에, 마당이나 벌판에 있었다. 그는 아래층으로 내려왔다.

"농장에 가야겠어."

아내가 매달렸다. 열린 문으로 새들을 보았던 것이다.

"우리도 데려가요. 당신 없이 어떻게 있으라고요. 그러느니 차라리 죽겠어요."

잠시 생각하던 냇이 고개를 끄덕였다.

"그럽시다. 바구니를 가져와. 조니 유모차도. 유모차에 짐을 실을 수 있을 거야."

네 식구는 단단히 옷을 챙겨 입고 장갑을 낀 후 목도리까지 둘렀다. 아내가 조니를 유모차에 태웠다. 냇은 질의 손을 잡았다.

"새들이," 질이 울먹거렸다. "온 사방에 있어. 벌판에도 다 새들이야."

"괜찮아. 낮에는 우리를 해치지 않는단다."

네 식구는 들판을 가로질러 걷기 시작했다. 새들은 움직이지 않았다. 바람이 부는 방향으로 고개를 돌리고 기다릴 뿐이었다.

농장으로 이어지는 길에 접어들자, 냇은 아내와 아이들에게 울타리 아래 바람을 피할 수 있는 곳에서 기다리라고 했다.

"트리그 부인을 만나야 해요. 부인이 어제 장을 보셨다면 빌려야 할 게 많아요. 빵만 없는 게 아니라니까요……"

"여기서 기다려." 냇이 말을 가로막았다. "금방 돌아올게."

안절부절못하며 돌아다니는 소들이 보였다. 우리를 부수고 밖으로 나온 양들이 멋대로 마당을 오갔다. 굴뚝에서는 연기가 나지 않았다. 불안하고 걱정스러웠다. 아내나 아이들이 농장으로 들어가게 하고 싶지 않았다.

"자, 지금은 내가 하자는 대로 해." 단호한 목소리였다.

아내는 단념하고 아이들과 함께 울타리 아래 자리를 잡았다.

냇 혼자서 농장으로 들어갔다. 젖이 잔뜩 차올라 불편한 탓에 우왕좌왕하는 소 떼를 지나자 차고로 들어가지 못한 자동차가 보였다. 농장 건물의 창문은 다 깨지고, 마당과 집 주변에 죽은 갈매기들이 널려 있었다. 살아 있는 새들은 농장 뒤 나무 위나 지붕 위에 가만히 앉아 냇을 바라보고 있었다.

짐의 사체가 보였다…… 아니, 사체의 일부라고 하는 편이 정확했다. 새들의 공격을 받은 다음 소 떼에 짓밟혔던 것이다. 옆에 총이 놓여 있었다. 농장 건물 입구는 단단히 닫혀 있었지만 창문이 다 깨진 상태였으므로 냇은 창문을 들어 올리고 안으로 들어갔다. 트리그 씨 시체는 전화기 근처에 있었다. 교환수와 통화하려다 새들의 공격을 받은 것이 분명했다. 전화기가 벽에서 뜯겨져 나왔고 수화기는 대롱대롱 매달려 있었다. 트리그 부인은 보이지 않았다. 아마 위층에 있겠지. 올라가 볼 필요가 있을까? 위층에서 보게 될 광경을 생각하니 속이 울렁거렸다.

'그나마 아이가 없었던 게 천만다행이야.'

냇은 억지로 힘을 내어 계단을 올라갔지만 절반쯤 가다가 다시 내려와 버렸다. 열린 침실 문 밖으로 부인의 다리가 튀어나와 있었던 것이다. 부인의 사체 옆에는 검은등갈매기 사체들과 부러진 우산이 보였다.

'내가 해줄 일은 없어. 이제 길어야 다섯 시간뿐이야. 트리그 씨 내외도 이해하겠지. 있는 대로 챙겨 가야 해.'

그는 아내와 아이들 쪽으로 되돌아왔다.

"필요한 물건들을 자동차에 실어야겠어. 석탄이랑 파라핀유도 챙겨야 해. 차가 꽉 차면 집으로 가서 내려놓고 다시 와야 할 거야."

"트리그 씨 내외는 어때요?" 아내가 물었다.

"아마 친구 집에 간 모양이야."

"그럼 내가 가서 도와주는 게 낫지 않아요?"

"아냐. 집이 엉망이야. 소들이랑 양들도 돌아다니고. 잠깐만, 차를 가져올게. 당신은 차 안에서 기다리면 돼."

냇은 서툰 솜씨로 농장 차를 마당에서 빼내 길까지 이동시켰다. 거기서는 짐의 사체가 보이지 않을 것이다.

"여기 있어. 유모차는 신경 쓰지 말고. 나중에 가져가면 돼. 일단 필요한 것부터 실을 거야."

아내는 남편에게서 시선을 떼지 않았다. 상황을 이해한 것 같았다. 아니라면 빵이며 식료품을 챙기겠다고 나섰을 것이다.

네 식구는 집과 농장 사이를 세 차례나 왕복했다. 일단 시작하자 필요한 물건이 얼마나 많은지 깜짝 놀랄 지경이었다. 제일 중요한 것은 창문에 댈 판자였다. 집의 창문마다 새로 판자를 대야 안심할 수 있기 때문이었다. 냇은 목재를 찾느라 사방을 뒤졌다. 그 밖에도 초, 파라핀유, 못, 통조림 등등 가져가야 할 것은 끝없이 많았다. 소 세 마리한테서 우유도 짰다. 안됐지만 나머지 소들은 젖도 안 짜주고 그냥 내버려 두고 가는 수밖에 없었다.

마지막으로 집에 돌아가는 길에 그는 버스 정류장 쪽으로 차를 몰아 공중전화 부스로 갔다. 수화기를 들고 몇 분 동안 기다렸지만 아무 반응이 없었다. 전화가 끊긴 것이다. 언덕을 더 올라가 사방을 둘러보아도 사람의 흔적은 없었다. 지켜보며 기다리는 새들, 새들뿐이었다. 일부는 깃털에 부리를 감추고 자는 중이었다.

'먹이를 먹으러 가야 하는 거 아닌가. 저러고 가만있을 게 아니라.'

문득 머리를 스치는 생각이 있었다. 새들은 충분히 포식한 것이다. 밤새도록 배 터지게 먹고 이 아침에는 저렇게 꼼짝 않는 것이다……

공공 임대주택의 그 많은 굴뚝 중에 연기가 나는 곳은 하나도 없었다. 전날 저녁 벌판을 가로질러 뛰어갔던 아이들 생각이 났다.

"미리 알았어야 했어. 아이들을 다 데려다 줬어야 했는데."

고개를 들어 하늘을 쳐다보았다. 회색빛으로 음산했다. 앙상한 나무들이 동풍을 맞아 구부러지고 검게 변해 있었다. 벌판에서 기다리는 새들은 추위에 아랑곳하지 않는 듯했다.

"이럴 때 새를 잡아야 하는데." 냇이 중얼거렸다. "지금은 그야말로 얌전한 표적이 된 상황이잖아. 전국적으로 다 이럴 텐데, 어째서 지금 비행기를 띄우고 독가스를 뿌리지 않는 거야? 다들 뭘 하는 거냐고. 상황을 제대로 판단해야지."

그는 차로 돌아와 운전석에 앉았다.

"저 두 번째 문 근처는 빨리 지나가요." 아내가 속삭였다. "우체부가 쓰러져 있어요. 질이 보면 어떡해요."

냇이 가속 페달을 밟았다. 작은 모리스 차가 덜컹거리며 튀어 올랐다. 아이들이 까르륵 웃어 댔다.

"오르락내리락, 오르락내리락!" 꼬마 조니가 신나게 외쳤다.

집에 도착하자 12시 45분이었다. 이제 한 시간밖에 안 남았다.

"당신이랑 애들은 수프를 데우든지 해서 따뜻한 걸 먹어. 난 지금은 먹을 시간이 없어. 짐부터 들여놓아야지."

그는 모든 것을 집 안에 들여놓았다. 정리는 나중에 하기로 했다. 어차피 긴긴 시간 동안 할 일도 필요했다. 당장은 창문과 문부터 살펴야 했다.

그는 집 주변을 돌며 창문과 문을 하나하나 점검했다. 지붕에도 올라가 부엌 굴뚝만 빼고 다른 굴뚝은 모두 판자로 막아 버렸다. 견디기 어려울 정도로 추웠지만 할 일은 해야 했다. 가끔씩 그는 하늘을 올려다보며 비행기가 지나가지 않는지 살폈다. 한 대도 없었다. 그는 정부의 무능함에 욕을 퍼부었다.

"늘 이런 식이라니까. 실망스러울 뿐이야. 처음부터 제대로 하는 게 있어야지. 계획도 없고, 일도 못하고. 여기 아래쪽 우리는 상관 안 하겠다 이거지. 늘 그런 식이야. 저기 위쪽 사람들만 우선이지. 아마 거기는 벌써 비행기를 보내고 독가스도 뿌렸을걸. 우리만 기다리라는 거야."

침실 굴뚝을 다 막은 후 그는 입을 다물고 바다 쪽을 바라보았다. 무언가 움직이고 있었다. 파도 사이로 회색과 흰색 물체가 보였다.

"해군이군. 해군은 우리를 실망시키지 않지. 해협을 건너오는 거야. 이제 항구로 들어온다고."

냇은 눈을 부릅뜨고 기다렸다. 바람 때문에 눈물이 났다. 하지만 아니었다. 배가 아니었다. 해군은 거기 없었다. 갈매기가 바다에서 날아오르고 있었다. 들판에서도 거대한 새 떼가 대열을 이루며 하늘 위로 날아올랐다. 깃털이 어지럽게 떨어졌다.

물때가 다시 바뀐 것이다.

냇은 사다리를 타고 내려와 부엌으로 들어갔다. 식구들은 식사를 하는 중이었다. 2시가 막 지났다. 그는 문에 빗장을 걸고 다시 바리케이드를 대놓았다. 그러고는 램프를 켰다.

"밤이 됐어!" 조니가 말했다.

아내는 라디오를 켰다. 아무 소리도 나지 않았다.

"사방으로 다이얼을 돌려 봐도 하나도 잡히지 않아요. 외국 방송도요."

"같은 상황인가 보지. 어쩌면 온 유럽이 같은 상황인지도 몰라."

아내가 농장에서 가져온 수프를 가득 따르고 빵을 크게 잘라 소고기 소스를 바른 후 건네주었다.

네 식구는 말없이 먹기만 했다. 소고기 소스가 조니 뺨을 타고 식탁으로 떨어졌다.

"조니, 그러면 안 돼. 입가를 닦아야지." 누나 질이 잔소리를 했다.

창문과 문에서 두들겨 대는 소리가 시작되었다. 날개 스치는 소리, 몸통 부딪치는 소리, 창틀에서 자리를 바꾸는 소리, 갈매기가 문으로 돌진해 떨어지는 소리도 들렸다.

"미국이 나서지 않을까요? 늘 우리 우방이었잖아요. 미국이 가만 보고 있진 않겠죠?"

냇은 대답하지 않았다. 창문과 굴뚝의 판자는 튼튼했다. 집에는 며칠 동안 쓸 수 있는 연료며 물건이 잔뜩이었다. 식사를 마치면 물건을 옮기고 가지런히 정리해 사용하기 편하도록 만들 것이다. 아내와 아이들도 도울 수 있으리라. 지금부터 썰물 때인 8시 45분까지 열심히 일하다 보면 지칠 테고, 그럼 조용해진 틈에 새벽 3시까지 푹 잘 수 있을 것이다.

냇은 창문의 판자 앞에 철조망을 대어 보강할 계획이었다. 농장에서 철조망을 잔뜩 가져온 것이다. 문제는 밤 9시에서 새벽 3시 사이, 캄캄한 어둠 속에서 작업해야 한다는 점이었다. 진작 그 생각을 해야 했는데. 어떻든 아내와 아이들이 잠자는 동안 그가 할 제일 중요한 일이 철조망 작업이었다.

지금은 작은 새들이 창가에 있었다. 작은 부리로 가볍게 두드리는 소리, 날개로 부드럽게 쏠어내리는 소리가 들렸다. 매는 창문을 상대하지 않았다. 문짝에 집중했다. 나무 갈라지는 소리를 들으면서 냇은 대체 저 작은 두뇌와 날카로운 부리, 매서운 눈길 속에 몇백만 년의 기억이 있기에 이토록 정확하고 집요하게 인류를 파괴하려 드는 것인지 궁금해졌다.

"마지막 담배를 피워야겠어." 그가 아내에게 말했다. "멍청하게도 농장에서 담배 챙겨 오는 걸 잊었군."

그는 담배를 집어 들고 침묵뿐인 라디오를 다시 켰다. 빈 담뱃갑을 불에 던져 넣고 타는 모습을 지켜보았다.

호위선
Escort

　사실 래번스윙 호에 특별한 건 아무것도 없다. 1926년에 건조된 6, 7천 톤급 선박으로 콘도르 선사 소속이며 모항은 헐이다. 원한다면 로이드 보험회사에서 자료를 찾아봐도 좋다. 어떻든 같은 톤급 화물선들 수백 척과 비교해 다른 점은 거의 없다. 이 배는 내가 근무하는 3년 동안 같은 항로를 오갔고 그 이전에도 마찬가지였다. 앞으로도 여러 해 동안 그러다가 결국은 선임 선박인 걸스윙 호가 그랬듯 진흙 위에서 평화롭게 생을 마감하게 될 것이다. 유보트에 당하는 일만 없다면 말이다.

　한번은 무사히 위기 상황을 빠져나왔지만 다음번에는 호위선이 없을지도 모른다. 우선 내가 그리 상상력이 풍부한 사람이 아니라는 것부터 밝히는 게 좋겠다. 내 이름은 윌리엄 블런트이고 지금까지 가문의 명예를 지키면서 살아왔다. 어떤 종류든 비상식적인 것은 용납하지 않으며 미신은 특히 싫어한다. 우리 아버지는 비국교도 목사인데 그 점도 내게 영향을 미쳤을 것이다. 내 평판을 알고 싶다면 헐의 누구라도 좋으니 붙잡고 물어보면 된다. 이제 나와 우리 배 소개를 마쳤으니 본격적인 이야기를 시작해 보자.

우리는 초가을 어느 날, 스칸디나비아의 한 항구를 출발해 고향으로 향했다. 그 항구 이름은 굳이 밝히지 않겠다(검열에 걸릴 수도 있으니까). 전쟁이 터진 후 벌써 세 번이나 왕복한 여정이었다. 당시 호송 함대 체계는 아직 가동되지 않았고 선장과 나는 신경이 잔뜩 곤두선 상태였다. 우리 선원들이 쓸데없이 걱정이 많다고 생각하지는 말아 달라. 전시의 북해는 평화로운 장미 꽃밭과는 거리가 멀다.

우리가 출발하던 10월의 오후, 나는 그 어느 때보다도 기나긴 항해가 될 것이라는 예감이 들었고, 스칸디나비아인 도선사가 농담이랍시고 우리보다 여섯 시간 앞서 출발한 그림즈비 호가 침몰해 버렸다고 말할 때도 웃을 수가 없었다. 나치는 북해가 독일해라 불리게 될 것이라 주장하며 계속 방송을 내보내는 중이었지만 영국 선단은 마땅한 대처 방안이 없었다. 도선사야 우리와 함께 항해를 떠나지 않는 입장이니 문제 될 것 없었으리라. 그는 배를 떠나면서 신나게 손을 흔들었고 곧 그가 탄 보트는 멀어져 항구 초입에서 검은 점이 되었다. 우리는 공해로 나아갔다.

오후 3시 무렵이었고 바다는 회색빛으로 잔잔했으며 나는 유보트의 잠망경이 나타나면 곧 찾아낼 수 있을 거라고 계속 자신을 다독였다. 최소한 잠망경이 물속으로 사라지고 공격이 시작되기 전에 사전 경고는 받게 되는 셈이었다. 하지만 일어나지 않는 일에 대해 자꾸 생각하는 건 신경을 지치게 했다. 결국 일등기관사가 잠수함의 위험에 대해, 아무 조치도 취하지 못하는 해군성에 대해 떠들어 대기 시작했을 때 참지 못하고 쏘아붙이고 말았다.

"자네 임무는 우리 배가 최대 속도로 멋지게 귀향하도록 하는 것 아닌가? 윈스턴 처칠에게 자네 조언이 필요하다면 사람을 보낼 걸세." 일등기관사는 대꾸하지 않았고, 나는 파이프 담배에 불을 붙인 후 선장의 지시를 받기 위해 선교로 향했다.

나는 주변 사람들을 유난히 잘 관찰하는 유형은 아니다. 그래서 선장한테 뭔가 문제가 생겼다는 점을 전혀 눈치채지 못했고, 선장 역시 말이 많은 사람이 아니었다. 그가 바로 선장실로 들어가 버린 건 별 의미가 없었다. 선장실은 비상 상황이 발생하면 바로 보고할 수 있는 거리에 있었기 때문이다.

밤이 되자 몹시 추워졌고 나중에는 가늘게 비까지 내리기 시작했다. 파도가 강해지면서 배가 흔들렸다. 하늘은 비 때문에 흐렸고 별 하나 보이지 않았다. 북해의 가을밤은 늘 캄캄하지만 그날은 특히 더 그런 것 같았다. 나는 생각했다. 이런 상태라면 잠망경을 발견할 가능성은 거의 없군. 순간적으로 어뢰에 맞을 판이야. 유보트에 강력한 신형 어뢰가 실렸고 그걸 맞는 배는 즉각 침몰한다는 소문이 떠올랐다.

중앙부에 어뢰를 맞는다면 래번스윙 호는 3, 4분 안에 침몰할 것이고 우리는 적의 잠수함을 확인조차 못할 것이었다. 생존자를 건져 내는 수고 따위는 생략하고 어둠 속으로 사라질 테니까. 이 정도 어둠이라면 생존자가 아예 보이지 않을 수도 있었다. 나는 키를 잡은 선원을 흘깃 쳐다보았다. 카디프 출신의 자그마한 웨일스 사람으로, 몇 분마다 입안의 의치를 혀로 뽑아냈다가 다시 제자리에 넣는 장난이 특기였다. 선교에 나란히 선 그와 나는 생존 확률이 똑같을 것이었다. 순간적으로 나는 뒤를 돌아보았고, 선장실 입구에 나와 있는 선장을 보았다. 문틀을 붙잡고 선 선장은 얼굴이 붉게 달아오른 채 힘겹게 숨을 쉬고 있었다.

"무슨 일입니까, 선장님?" 내가 물었다.

"옆구리가 아파." 선장이 숨을 헐떡였다. "어제부터 시작됐는데 긴장해서인 것 같아. 지금은 통증이 두 배쯤 심해졌어. 아스피린 있나?" 아스피린은 무슨. 십중팔구 급성 맹장염 같았다. 나는 전에도 그런 증상을 보이는 환자를 본 적이 있었고, 그를 당장 병원으로 싣고 가 두 시간 동안 수술을 받게 했다. 주먹만 한 크기로 부풀어 오른 맹장이 잘려 나갔지.

"체온계 있습니까?" 내가 선장에게 물었다.

"있어. 근데 체온계는 왜? 열은 있지도 않아. 너무 긴장한 탓이라니까. 아스피린만 주면 돼."

체온을 재보니 40도였다. 선장의 이마에서 땀이 흘러내렸다. 그의 배 부분에 손을 대보니 벽돌처럼 딱딱했다. 나는 선장을 침상에 눕히고 담요를 덮어 주었다. 그러고는 브랜디 반 잔을 마시게 했다. 맹장염 치료로는 최악일지 모르지만 병원에서 150킬로미터나 떨어진, 게다가 전시의 북해 해상에서는 위험을 감수할 수밖에 없었다.

브랜디가 통증을 조금이라도 줄여 준다는 것, 당시는 그것만이 중요했다. 상황이 어떻게 되든 내게 확실한 건 하나였다. 지금부터는 내가 래번스윙 호를 지휘해야 했다. 즉 잠수함이 득실대는 바다를 통과해 고향으로 돌아가는 책임이 온전히 내게 있었다. 나 윌리엄 블런트가 그 일을 해내야 했다.

한참 후, 나는 찌르는 듯한 추위 속에 있었다. 손발은 이미 오래전에 감각을 잃어 둔한 통증만 느껴졌다. 묘하게도 그 통증은 내 것 같지 않았다. 누군가 다른 사람의 것, 어쩌면 48시간 전에 마지막으로 본 선장의 것인지도 몰랐다. 선장실에 누워 신음하고 있는 선장은 내 책임 범위가 아니었다. 내가 해줄 수 있는 일은 아무것도 없었다. 선원 하나가 붙어 브랜디와 아스피린으로 그를 돌보고 있었다. 아직 선장이 죽지 않았다는 것이 놀랍게 느껴질 정도로 나는 객관적인 입장을 견지하고 있었다.

"잠을 좀 주무셔야 합니다. 이렇게 계속 계실 수는 없어요. 어째서 쉬지 않으시죠?"

잠이라. 그게 문제였다. 왼쪽 귀로 들어온 그 소리에 감각이 되돌아오기까지 난 뭘 하고 있었던가? 의식이 오락가락하는 상태에서 배를 책임지기 위해 버티고 서 있을 뿐이었다. 이등항해사인 카터였다. 카터는 불안하고 창백한 얼굴이었다.

"이러다가 쓰러지시면 어쩝니까? 저는 어떡하라고요? 왜 제 생각은 안 하시는 거죠?"

나는 입 닥치라고 말하면서 조금이라도 더 감각을 되찾으려고 발을 굴렀다. 내가 거의 졸고 있었다는 걸 감추려 하면서.

"48시간 동안 선교에 서서 자네 생각 말고 뭘 했겠나? 지난번에 헐에서 자네가 예인선에 계류줄을 얼마나 솜씨 좋게 떨어뜨렸는지도 생각했지. 자, 입 다물고 나한테 차 한 잔하고 샌드위치나 갖다 줘."

그는 내 말에 안심했다는 듯 미소를 보이며 재빨리 계단을 내려갔다. 나는 선교에서 정면을 주시했다. 벌써 10만 번째 살펴보는 것 같은, 잔잔한 회색빛의 똑같은 바다를. 안개를 예고하는 냄새가 나면서, 비 같기도 하고 안개 같기도 한 낮은 구름이 서쪽에서 천천히 모여들었다. 나는 차를 마시고 허겁지겁 샌드위치를 씹었다. 48시간 전 선장이 아파서 누운 이후로 계속 의식해 왔던 상황이 마침내 벌어졌을 때는, 주머니에서 파이프와 성냥갑을 꺼내려는 참이었다.

"좌현에 물체 발견. 3/4에서 1마일 거리. 잠망경으로 판단됨."

앞 갑판에서 들어온 보고였다. 선교에서 다시 확인해 달라는 요청이었다. 망원경을 집어 드는 순간 배 옆에 도열해 있는 선원들의 얼굴이 눈에 들어왔다. 너나없이 제발 아니었으면 하는 간절함 반, 어디 한번 붙어 보자는 결연함 반이 뒤섞인 표정이었다.

그랬다. 정말 거기 있었다. 의심할 여지가 없었다. 바늘처럼 가는 회색 동체가 우리 배 좌현에서 잔물결을 일으키는 중이었다. 다시금 카터가 곁에 다가와 있었다. 망원경을 넘겨받는 그의 손이 가늘게 떨렸다. 긴장한 빛이 역력했다. 나는 항로를 바꾸라고 명령하고 다시 망원경을 들었다. 이제 잠망경은 배 바로 앞에 있었고, 그 가느다란 물체는 몇 분간 무심히 항해를 계속했다. 그러다가 두려워하던 일이 일어났다. 그것이 항로를 바꾸어 이번에는 우현 쪽에 나타난 것이다.

"우릴 봤군요." 카터가 말했다.

"그래." 내가 대답했다. 그는 나를 올려다보았다. 갈색 눈이 스패니얼 강아지 눈처럼 흔들렸다. 우리는 항로를 다시 바꾸고 속도도 높였다. 이번에는 선미가 회색 바늘을 향하도록 했다. 얼마 동안 잠수함과의 거리가 멀어졌고 드디어 따돌렸나 싶었지만, 어느새 다시 바짝 따라붙었다. 카터는 쉴 새 없이 욕설을 내뱉기 시작했다. 공포심을 달래려는 모양이었지만 별 소용은 없었다. 물에 빠진 사람이 그런 행동을 하는 법이라고 어렸을 때 아버지가 말씀해 주시던 일이 떠올랐다. 오래전에 잊어버렸던 과거를 기억하면서도 내 입은 다시 엔진실에 속도를 바꾸라고 지시하고 있었다.

아래쪽을 보니 이제 더 많은 선원들이 갑판에 모인 상태였다. 마치 최면에라도 걸린 듯 선원들은 배 옆에 줄지어 서서, 거침없이 거리를 좁혀

오는 회색 동체를 바라보고 있었다.

"떠오르려나 봅니다." 카터가 말했다. "물거품 좀 보세요."

잠망경이 우리 배와 직각 방향으로 움직이더니, 어느새 우리를 앞질러 좌현 뱃머리 쪽 1마일쯤 떨어진 곳에 있었다. 카터 말이 옳았다. 잠수함이 떠오르고 있었다. 잔잔하던 바다가 요동치면서 검은 민달팽이 같은 사령탑이 서서히 모습을 드러냈다. 잠망경에서 물이 쏟아져 내렸다.

"개새끼들," 카터가 중얼거렸다. "저 빌어먹을, 구역질 나는 놈들."

아래쪽에 모여 있는 선원들은 기이할 정도로 무심하게 잠수함을 지켜보았다. 자기와는 아무 상관 없는 것을 구경하는 이들처럼. 한 사람은 옆 동료에게 잠수함의 세부 구조를 손가락으로 가리키고는 담뱃불을 붙였다. 그 동료는 소리 내어 웃더니 바닷물에 침을 칵 뱉었다. 선원들 중에서 몇 명이나 수영을 할 수 있을지가 궁금했다.

나는 엔진실에 마지막 지시를 내린 후, 모든 선원에게 갑판 구명보트 근처로 모이라고 명령했다. 내 다음 명령은 잠수함 지휘관에게 달려 있었다.

"구명보트를 다 부숴 버릴 겁니다." 카터가 말했다. "우리가 도망치게 놔두지 않을 거예요."

"그건 하늘에 맡기자고." 창백해진 카터의 얼굴을 보니 걷잡을 수 없는 분노가 일었다. 그 순간 선미에서부터 짙은 안개가 다가오는 모습이 눈에 들어왔다. 카터의 어깨를 잡고 뒤로 돌렸다. "저길 봐. 저길 보라고." 카터가 입을 떡 벌리더니 히죽 웃었다. 좌우 각각의 가시거리는 벌써 200미터가 채 안 될 정도로 좁아져 있었다. 흘러오는 안개는 차가웠고 시큼한 냄새가 났다. 공기는 무겁고 축축했다. 순식간에 주변이 보이지 않게 되었다. 선원 하나가 가성으로 우스꽝스러운 노래를 시작하자,

동료들이 욕설로 제지했다. 우리 앞에는 시커먼 잠수함이 꼼짝 않고 버티고 있었다. 그 와중에 흰 안개가 몰려와 우리를 뒤덮은 것이다. 세상은 완전히 안개로 가려졌다.

한참이 지나 몸을 굽혀 손전등으로 시계를 비춰 보니, 자정 2분 전이었다. 잠수함을 처음 발견한 후, 그러니까 대략 여덟 시간 전부터 우리는 벨 소리 하나 내지 않고 있었다. 다시 가만히 기다렸다. 어둠이 안개와 함께 흘렀다. 배가 흔들리며 내는 끼익 소리, 파도가 배 측면에 부딪쳐 부서지는 소리만 빼고는 사방이 고요했다. 계속 기다렸다. 추위는 아까보다 덜했고, 공기 중에 축축한 습기는 여전했다. 선교 아래로 보이는 선원들은 속삭이며 이야기를 나누고 있었다. 그렇게 기다리던 중, 나는 딱 한 번 선장실에 들어가 누워 있는 선장 얼굴에 손전등을 비춰 보았다. 부어오른 얼굴은 여전히 붉었고 호흡은 무겁고 느렸다. 가끔씩 신음소리를 내며 자다 깨다 했는데, 눈을 떴을 때도 나를 알아보지는 못했다. 나는 그런 선장을 뒤로하고 선교로 되돌아왔다. 천천히 안개가 걷히기 시작했고 앞 갑판이 보였다. 나는 갑판으로 내려가 뱃전에 몸을 기댄 채 고개를 숙이고 바다의 흐름을 살폈다. 남쪽으로 강하게 흐르는 조류였다. 세 시간 전에 흐름이 바뀐 것이다. 나는 우리 배가 어디쯤 떠돌고 있는지 위치를 계산했다. 그 밤에만 네 번째 계산이었다. 사다리를 타고 선교로 올라가고 있는데 누군가가 갑판을 달려오는 발소리가 들렸다.

"선미에는 안개가 걷혔습니다." 그가 숨 가쁘게 보고했다. "그리고 우현 쪽으로 무언가가 다가오고 있습니다."

나는 다시 갑판으로 내려갔다. 선원들 몇이 모여서 떠들어 대는 중이었다. "다른 배가 틀림없습니다. 핀란드의 바크형 범선 같습니다. 돛이 보입니다."

나도 어둠 속을 뚫어져라 바라보았다. 그랬다. 100미터쯤 되는 거리에서 우리 쪽으로 다가오는 배가 있었다. 돛대가 세 개인 범선으로 돛을 높이 올린 상태였다. 곡물 수송선이 다니기에는 늦은 시기였다. 대체 전시에 저 배는 여기서 뭘 하는 걸까? 목재라도 운반하나? 우리를 보기는 했을까? 그게 문제였다. 빌어먹을 잠수함 때문에 불을 다 끄고 파도에 흔들리고 있는 상황인데, 설상가상으로 낡은 목재 운반선과 충돌할지 모르는 위험에 처하다니.

파도와 안개 덕분에 적 잠수함과의 거리가 몇 마일 이상 벌어졌다고 확신할 수만 있다면. 낡은 배는 빠른 속도로 다가왔다. 바람이 어떻게 불어 줄지는 신만이 알 뿐 내 소관 밖이었다. 지금 같은 속도로 우리를 지나쳐 간다면 기껏해야 50미터 정도 거리가 확보되겠군. 적 잠수함이 저 어둠 속에서 여전히 대기 중인 상태라면, 범선은 천국으로 직행할 판이었다.

"좋아. 우릴 봤어. 진로를 바꾸는군." 내가 말했다. 어둠 속에서 우리 배와 직각 방향으로 움직이는 상대 배의 윤곽이 간신히 보였다. 뱃전이 아주 높았다. 짐을 별로 싣지 않은 모양이었다. 범선의 후갑판이 그렇게 크다는 점이 새삼 놀라웠다. 내 기억 속 모습과 달리 돛대들도 깔끔한 상태가 아니었다. 밧줄과 쇠사슬 등이 잔뜩 감겨 있었는데 그건 두말할 필요 없이 돛을 묶기 위한 것이었다.

"지나쳐 가지 않을 모양입니다!" 누군가가 외쳤다. 돛줄이 부딪히고 사람들이 뛰어다니고 하는 소리가 들렸다. 아, 저 희미하게 높은 소리는 갑판장의 호각 소리가 아닐까? 하지만 다시금 안개가 흘러오면서 배는 보이지 않게 되었다. 우리는 어둠 속에서 눈을 부릅떴지만 아무것도 볼 수 없었다. 선교로 되돌아가려는 순간 건너편에서 목소리가 들렸다.

"어려움을 겪는 중인가?" 상대 배 국적이 핀란드든 아니든, 선장이 영어를 잘하든 못하든 상관없이 일단 반가웠다(사실 약간 어색한 영어이기는 했다). 하지만 조심스러운 마음에 나는 대답을 하지 않았다. 잠시 침묵이 흐른 후 다시 그 목소리가 들려왔다. "그쪽은 무슨 배인가? 어디로 가고 있나?"

그 순간 내가 제지하기도 전에 선원 한 명이 외쳤다. "반 마일 앞에 적 잠수함이 떠 있소!" 누군가가 그 멍청이의 입을 막았지만 이미 늦은 뒤였다. 배에 달려 있는 국기도 노출되어 있는 상태인데.

우리는 기다렸다. 누구도 손가락 하나 까딱하지 않았다. 사방이 정적에 휩싸였다. 이윽고 노 젓는 소리와 낮은 말소리가 들렸다. 정체불명의 범선에서 보트를 보내온 것이다. 기이한 일이었다. 덜컥 의심이 들었다. 기분이 좋지 않았다. 나는 주머니 속 권총이 잘 있는지 확인했다. 노 젓는 소리가 가까워졌다. 길고 납작한 보트 한 척이 모습을 나타냈다. 대여섯 명이 타고 있었다. 앞머리에 선 사람은 랜턴을 들고 있었고 맨 뒤에는 장교로 보이는 사람이 서 있었다. 너무 어두워 얼굴은 보이지 않았다. 보트가 우리 배 옆에 붙어 섰고 선원들은 노 젓기를 그쳤다.

"제군들, 선장님의 인사를 전하오. 호위를 원하시오?" 장교가 말했다.

"대체 무슨……" 우리 쪽 선원 하나가 말을 시작했지만 내가 입을 다물게 했다. 나는 상체를 바깥으로 기울이고 손바닥으로 랜턴 불빛을 막으며 보트를 내려다보았다.

"누구요?" 내가 물었다.

"아서 마일드메이 중위가 귀선의 요청을 받들고자 하오." 대답이 돌아왔다.

억양은 자연스러웠지만 단어가 낯설었다. 해군에서는 전혀 사용하지 않는 단어들이었다. 1차 대전 때 그랬듯이 해군성에서 핀란드 민간 선박을 사들여 무장을 시킨 걸까 싶기도 했지만 그럴 가능성은 낮았다.

"위장하고 있는 거요?" 다시 내가 물었다.

"무슨 말씀이오?" 상대가 놀라 되물었다. 생각했던 것보다는 영어가 유창하지 않은 셈이었다. 나는 다시 한 번 품속의 권총을 확인하고는 말했다. "혹시라도 우리를 놀리려는 게 아니냐고 물었소."

"그럴 생각은 전혀 없소. 우리 선장님께서 인사를 전하시오. 근처에 적선이 있다면 보호 조치를 취해 드리고자 하오. 우리는 상선을 발견하면 안전한 항구까지 호위하라는 명령을 받았소."

"누가 그런 명령을 내렸소?"

"그야 물론 대영제국의 조지 폐하시오."

처음으로 오싹하는 두려움을 느낀 것이 바로 그 순간이었다. 침을 삼키기도 힘들었다. 목구멍이 바짝 말라 나는 금방 대답할 수가 없었다. 주변의 선원들을 둘러보니 하나같이 어리둥절해하며 멍청한 표정을 짓고 있었다.

"조지 폐하가 보냈다고?" 내 옆의 선원이 이렇게 말했다가 자기 말소리가 멀리 퍼져 나가는 것을 듣고 즉시 입을 다물었다.

카터가 내 어깨를 두드리더니 속삭였다. "그냥 보내 버리는 편이 좋겠습니다. 뭔가 이상해요. 덫인지도 모릅니다."

보트 앞머리에 있는 사람이 랜턴을 내 얼굴에 비추었다. 젊은 중위가 보트 앞쪽으로 나와 랜턴을 넘겨받더니 말했다. "못 미더우면 직접 우리 배로 가서 선장님과 말씀을 나눠 보면 어떻겠소?"

랜턴 불빛에 눈이 부셔 중위의 얼굴이 제대로 보이지 않았지만 어깨에 두른 망토며 랜턴을 든 길고 가는 손은 보였다. 갑자기 빛 세례를 받은 눈이 아파서 잠시 동안 말할 수도 생각할 수도 없었지만, 다음 순간 나도 모르게 "좋소. 자리를 만들어 주시오"라고 대답하고 있었다.

카터가 내 팔을 잡았다. "제정신이세요. 배를 비우시면 안 됩니다."

나는 이유 모를 고집을 부리며 그를 뿌리쳤다. "자네가 잠깐 배를 이끌게, 카터. 오래 걸리진 않을 거야. 어서 팔 놓으라니까."

나는 뱃전에 사다리를 걸치라고 명령했다. 입을 떡 벌리고 나를 쳐다보기만 하는 멍청한 선원들을 보니 짜증이 확 치밀었다. 반쯤 취했을 때 찾아오는 치기 같은 것이 발동한 탓일 수도 있고, 48시간 동안 한숨도 못 잔 탓일 수도 있었다.

나는 보트로 내려가 중위 옆에 자리를 잡았다. 선원들이 노를 젓기 시작했고 보트는 범선을 향해 움직였다. 추위를 가리던 습기가 사라져 버려 귀가 떨어지는 것처럼 추웠다. 외투 깃을 세운 후 중위의 모습을 가까이에서 살펴보려 했지만, 보트 안이 완전히 캄캄해 아무것도 보이지 않았다.

내가 앉은 자리를 손으로 만져 보았다. 얼음처럼 차가웠다. 손을 주머니에 찔러 넣었다. 추위가 두터운 코트 안까지 스며들어 살갗을 찌르는 듯했다. 위아래 이빨이 부딪치면서 딱딱 소리를 냈는데 도무지 멈출 수가 없었다. 내 앞에서 노를 젓는 선원은 황소처럼 어깨가 떡 벌어졌는데, 소매를 걷어 올려 팔꿈치까지 맨살이 드러나 있었다. 그는 조용히 휘파람까지 불었다.

"춥지 않소?" 내가 물었다.

선원은 대답하지 않았다. 앞으로 몸을 굽혀 그의 얼굴을 보았다. 그는 마치 내가 거기 없다는 듯 앞을 주시하며 휘파람만 계속 불었다. 두 눈이 머리통 깊숙이 박혀 있었고, 광대뼈는 두드러지게 높았다. 그리고 까

많고 반들거리는 괴상한 실크해트를 쓰고 있었다.

"이봐." 내가 그의 무릎을 두드렸다. "난 바보 취급이나 당하려고 온 게 아니야. 잘 알아 두라고."

그때 옆에 있던 중위가 일어나더니 두 손을 입에 모으고 "어어이!" 라고 외쳤다. 위를 쳐다보자 벌써 범선의 높다란 측면이 보였다. 사다리 위쪽에 랜턴이 나타났고, 나는 그 선명한 노란빛에 다시금 잠시 눈이 멀었다.

중위가 먼저 사다리를 오르고 내가 뒤따랐다. 빠른 속도로 올라가느라 숨이 찼다. 숨을 헐떡거리자 차디찬 공기가 바로 목구멍으로 들어왔다. 갑판에 도착한 후 나는 옆구리가 결려 잠시 쉬어야 했다. 깜박이는 랜턴 불빛을 통해 나는 그 배가 목재나 곡식이 아니라 총을 잔뜩 실은 공격선임을 알아차렸다. 갑판은 작전을 위해 깨끗이 치워져 있었고, 선원들은 맡은 자리에서 준비 태세를 갖추었다. 시끌벅적했고 사람들이 바삐 오갔다. 가늘고 높은 목소리가 명령을 내리는 중이었다. 공기 중에는 짙은 안개와 시큼한 악취, 그리고 뭐라 설명할 수 없는 눅눅한 냉기가 서려 있었다.

"이게 뭐지? 이건 뭐하는 배요?" 아무도 대답하지 않았다. 선원들은 소리치고 웃으면서 내 곁을 스쳐 지나가곤 했다. 짤막한 푸른 상의에 긴 흰색 바지 차림의 남자들 열서너 명이 뛰어갔고, 아까 노를 저었던 선원처럼 체격이 크고 턱수염을 길게 기른 남자는 줄무늬 천 모자를 쓰고 총 위에 몸을 숙이고 있었다. 그 소란스러움을 뚫고 다시 한 번 갑판장의 호각 소리가 날카롭게 울렸다. 몸을 돌리자 후갑판을 향해 맨발로 뛰어가는 사람들이 보였다. 그들의 손에서 철로 만들어진 무언가가 번쩍거렸다.

"따라오시오. 선장님이 만나 주실 것이오." 중위가 말했다.

나는 한편 화도 나고 다른 한편 어리둥절한 상태로 뒤를 따랐다. 카터 말이 옳았다. 이 무슨 바보 같은 짓인가. 중위의 검은 그림자 아래로 불안한 걸음을 옮기면서 나는 갑판 사람들이 낯선 영어로 외치는 괴상한 욕설을 들었다.

후갑판의 문을 열고 들어가니 퀴퀴한 악취가 강하게 났다. 주변이 어두워 한참 눈을 깜박인 후에야 커다란 선실 입구임을 알 수 있었다. 흔들리는 랜턴 불빛이 조명의 전부였다. 선실 한가운데에 긴 탁자가 놓여 있고, 그 앞에 앉은 남자는 머리카락을 완전히 뒤로 빗어 넘긴 독특한 모습이었다. 그 뒤쪽으로 서너 명이 서 있었지만 랜턴 불빛은 앉아 있는 남자 얼굴만 비추었다. 아주 여위고 창백한 사람으로 머리카락은 희끗희끗했다. 오른쪽 눈은 보이지 않는 듯 검은 안대를 하고 있었지만, 왼쪽 눈은 냉정하고 날카롭게 나를 바라보았다. 해야 할 일은 지체 없이 해내고야 마는 그런 사람의 눈빛이었다.

"이름이 뭔가?" 그가 손으로 탁자를 두드리며 물었다.

"윌리엄 블런트입니다!" 나는 어느새 모자를 벗어 들고 차렷 자세로 서 있었다. 목구멍이 바짝 말랐고 마음속에는 오싹한 공포가 여전했다.

"가까이에 적선이 있다고?"

"네, 그렇습니다. 몇 시간 전 잠수함이 1마일 거리에서 떠올랐습니다. 그 이후 한 시간 반 동안 저희를 뒤쫓았습니다. 다행히 안개가 몰려와 저희를 숨겨 주었습니다. 그때가 오후 4시 30분이었고, 그 이후 저희 배는 엔진도 불도 끈 채 떠 있습니다."

그는 침묵한 채 내 말을 듣기만 했다. 뒤쪽 사람들도 움직이지 않았다. 아무런 움직임이 없으니 불안했다. 내 말이 아무 의미 없다고 판단한 것 같기도 하고, 내 말을 이해하지 못했거나 나를 믿지 못하는 것 같기도 했다.

"도움을 주고 싶군." 남자가 마침내 입을 열었다. 나는 모자를 만지작 거리며 어색하게 서 있었다. 그가 나를 놀리려는 게 아닌 것은 분명했지 만, 그의 범선이 대체 어떤 도움을 주겠다는 건지는 알 수 없었다.

"저는 잘 모르겠……" 나는 말을 시작했지만 그가 손을 들었다. "내 보 호를 받는 동안은 적이 그 배를 공격할 수 없네. 내 호위를 받아들인다 면 영국까지 안전하게 항해하도록 해주겠네. 안개는 걷혔고 바람도 순 풍이니."

나는 힘들게 침을 삼켰다. 뭐라고 말해야 할지 알 수 없었다.

"저희 배는 11노트 속도를 냅니다." 나는 말을 시작했으나, 대답이 없 자 잘 들리지 않는 것이라 판단하고 탁자 앞으로 다가섰다. "적선이 아 직 대기 중이라면요? 이쪽 배 둘 다 공격당할 겁니다. 범선은 성냥처럼 타버리고 말 테고요. 선장님 배가 저희 배보다 오히려 더 불리합니다."

탁자 앞에 앉은 남자가 의자에 등을 기댔다. 그가 미소 짓는 것이 보 였다. "난 아직 프랑스 놈들한테서 도망친 적은 없네."

다시 한 번 갑판장의 호각 소리가 들렸다. 머리 위 갑판에서 여러 사 람이 맨발로 뛰어가는 소리도 들렸다. 문이 열렸다 닫혔다 하는 바람에 랜턴이 흔들거렸다. 선실은 더 어두워지고 악취도 더 심해진 듯했다. 나 는 어지러웠다. 속이 메스껍고 구역질이 났다.

"그럼 호위를 부탁드립니다." 나는 더듬거리며 말했다. 어느새 자리에 서 일어난 그가 내 쪽으로 다가왔다. 빛바랜 푸른 옷과 옷을 가로지르 는 긴 띠가 보였다. 창백한 얼굴과 하나뿐인 푸른 눈도 보였다. 그가 미 소를 지으며 팔을 뻗어 내가 쓰러지지 않도록 붙잡아 주었다.

그 후 보트가 다시 나를 실어 보내 주었던 모양이다. 눈을 떠보니 뒷머리가 욱신거리며 아팠고, 나는 우리 배 측면 발판에 서 있었으며 선원들이 나를 끌어 올리는 중이었다. 범선으로 돌아가는 보트에서 철썩거리며 노 젓는 소리가 들렸다.

"무사히 돌아오셔서 다행입니다!" 카터가 반겼다. "그래 놈들이 어떻게 하던가요? 백짓장처럼 창백하십니다. 핀란드인이던가요 아니면 독일인이던가요?"

"둘 다 아니야." 나는 짧게 대답했다. "우리 동포인 영국인들이야. 선장을 만났고 호위를 부탁했네."

"아니, 정신이 돌아 버리기라도 하셨습니까?" 카터가 어리둥절해했다.

나는 대답하지 않고 선교로 올라가 출발 명령을 내렸다. 그렇다, 안개가 걷혔고 머리 위에서 별이 반짝였다. 다시 항해가 시작되면서 배는 웅웅거리는 익숙한 소리를 냈다. 스크루와 프로펠러가 힘차게 움직였다. 더 이상은 숨죽이며 멈춰 있지 않아도 되니, 선원들도 긴장을 풀고 다시금 농담을 주고받는 유쾌한 모습으로 돌아갔다. 추위도 가셔 얼음장 같던 손발에 온기가 돌아왔고, 오랫동안 내 몸과 마음을 옥죄던 피로도 나아졌다.

우리는 천천히 파도를 뚫고 나아갔다. 배 우현 몇백 미터 거리에서 우리를 호송하는 범선이 함께 움직였다. 바람이 부는 것 같지는 않았지만 범선의 흰 돛은 늘 한껏 부풀어 있었다. 옆에 있는 키잡이는 계속 범선 쪽을 힐끗거렸고, 내가 자신을 보지 않는다고 생각되면 손가락을 내밀고 바람의 방향을 가늠했다. 그러다가 나와 눈이 마주치면 얼른 휘파람을 불며 딴청을 피웠다. 카터와 마찬가지로 날 미친 사람으로 여기는 모양이었다. 나는 선장실에 들러 보았다. 선장 곁을 지키던 선원은 내가 들어서자 침상 옆 램프를 켰다.

"열이 내렸습니다. 마침내 편안히 주무십니다. 다행히 선장님을 잃을 일은 없을 것 같습니다."

"그럼, 괜찮아지실 거야." 내가 대답했다.

나는 아까 보트에서 들었던 노래를 흥얼거리며 선교로 돌아갔다. 뱃사람의 노래답게 가락이 경쾌했는데 제목은 알 수 없었다. 여전히 안개가 걷혀 있어 밤하늘에 반짝이는 별이 선명했다. 우리는 최고 속도로 운항했다. 그래도 우리를 호위하는 범선은 뒤처지지 않고 우현 쪽에서 동행했다. 심지어 우리 배를 약간 앞서는 경우도 있었다.

잠수함이 여전히 수면에 떠 있을지, 아니면 물속으로 들어갔는지는 더 이상 신경 쓰이지 않았다. 아까는 없던 자신감이 생겨난 덕분이었다. 내 자신감은 키잡이에게도 전염된 모양인지, 그는 고개를 까딱해 호위 범선을 가리킨 후 히죽 웃으며 그 이름 모를 경쾌한 곡을 휘파람으로 불었다. 카터만 냉정했다. 얼굴에 두려운 빛은 사라졌지만 여전히 근심 어린 표정이었다. 그 얼굴이 해도실 창문에 계속 버티고 있는 것이 부담스러워 아래로 내려가 있으라고 명령했다. 카터가 내려가자 새로운 해방감과 안도감이 느껴졌다.

그렇게 밤이 지났고, 호위 범선과 함께 나아가는 우리는 더 이상 잠망경이나 길쭉한 회색 동체를 보지 못했다. 마침내 동쪽에서부터 날이 밝기 시작했다. 수평선 위로 창백한 새벽빛이 가느다란 띠처럼 나타났다. 우리 배가 다섯 번 종을 치자, 앞쪽에서 속삭임처럼 가냘픈 갑판장의 호각 소리가 답을 해왔다. 그 소리는 나 혼자 들은 듯했다. 이어 선장이 나를 부르는 가는 목소리가 들렸다. 당장 선장실로 달려갔다. 선장은 베개를 등 뒤에 대고 앉아 있었다. 여전히 쥐 새끼처럼 허약해 보여도 체온은 정상으로 돌아온 듯했다.

"블런트, 지금 위치는 어딘가? 무슨 일이 있었지?"

"항구 사람들이 아침 식사를 하기 전에 안전하게 도착할 겁니다. 해안이 바로 앞입니다."

"오늘이 며칠이지?" 선장의 질문에 내가 답을 해주었다.

"제때에 돌아왔군." 선장이 그렇게 말해 나도 동의했다.

"블런트, 훌륭하게 일해 주었네. 선주에게 보고하지. 아마 승진하게 될 거야."

"제가 아니라 우현 쪽의 호위 범선한테 고맙다는 인사를 하셔야 할 겁니다."

"호위라고?" 선장이 나를 빤히 쳐다보았다. "무슨 호위 말인가? 호위선이 있단 말이야?"

나는 이야기를 시작했다. 잠수함에서부터 안개, 범선의 접근, 범선 선장과의 만남, 음산하고 축축하던 범선 분위기까지. 선장은 이야기를 들으면서 어리둥절한 표정이 되었다.

"그 범선 이름이 뭔가?" 내가 말을 마치자 선장이 천천히 물었다.

내가 무릎을 치며 말했다. "그걸 묻지 못했지 뭡니까." 이어 나는 보트에서 노를 젓던 선원이 부르던 노래를 흥얼거리기 시작했다.

"알 수 없는 일이군." 선장이 말했다. "영국군 범선은 이제 한 척도 없다는 걸 자네도 나만큼이나 잘 알지 않나."

나는 어깨를 으쓱해 보였다. 어째서 선장은 내가 그랬듯 호위 범선을 자연스럽게 받아들이지 않는 걸까?

"물 한 잔 주게. 그리고 그 망할 놈의 노래는 집어치우고."

나는 크게 웃으며 물컵을 건넸다.

"이 노래가 뭐 어때서요?"

"100년도 더 된 군가인 '릴리벌레로' 아닌가. 대체 왜 그걸 부르는 거지?"

나는 정색하고 선장을 마주 보았다. 더 이상 웃음이 나오지 않았다. "모르겠습니다. 저도 모르겠습니다."

선장은 꿀꺽꿀꺽 물을 마시고는 물컵 너머로 나를 보았다. "지금 그 호위 범선이 어디 있다고?"

"우현 앞쪽입니다." 나는 그렇게 대답한 후 다시 선교로 돌아가 우현 쪽을 살폈다.

커다란 붉은 공 같은 태양이 수평선에서 떠오르고 있었다. 밤에 보이던 구름은 서쪽으로 밀려나 있었다. 멀리 영국 해안이 보였다. 하지만 호위 범선은 없었다.

나는 키잡이에게 물었다. "어디로 간 거지?"

"무슨 말씀이십니까?"

"범선 말이야. 어디로 간 거지?"

키잡이는 놀란 표정으로 눈을 커다랗게 떴다. "범선은 보지 못했습니다. 구축함 한 척이 보이기는 합니다. 해가 뜬 다음에야 발견했습니다."

망원경을 들어 서쪽을 바라보았다. 키잡이 말대로였다. 구축함 한 척이 힘차게 물살을 헤치며 먼바다로 나가는 중이었다. 나는 한참 동안 말없이 그 모습을 보다가 망원경을 내려놓았다. 정면을 응시하고 있는 키잡이는 날이 밝으면서 완전히 다른 사람으로 변해 버린 듯, 더 이상 휘파람도 불지 않았다. 무뚝뚝한 뱃사람 그 자체였다.

"9시 30분이면 접안이 되겠군. 시간을 잘 맞췄네."

"네!"

벌써부터 저 앞쪽에서 검은 점과 가느다란 연기가 보였다. 예인선이 나오고 있었던 것이다. 카터는 본래 내 자리인 앞 갑판을 지키고 있었고, 다른 선원들은 자기 위치에 있었다. 그리고 나는 선장의 선교에서 배를 항구로 이끌 것이었다. 예인선과 만나기 5분 전, 갈매기들이 나타날 즈음에 선장이 나를 불렀다.

"블런트, 생각을 해봤네. 간밤에 범선으로 가서 선장을 만났고, 그 선장이 한쪽 눈에 검은 안대를 했다고 했지? 혹시 옷에 붙어 있는 한쪽 소매가 헐렁하지 않던가?"*

나는 대답하지 않았다. 선장과 나는 말없이 서로를 바라보았다. 갑자기 도선사 보트의 접근을 알리는 신호음이 울렸다. 멀리서 희미하게 들리는 메아리는 갑판장의 호각 소리 같았다.

---

*한쪽 눈의 검은 안대와 헐렁하게 속이 빈 한쪽 소매는 영국 해군의 영웅 허레이쇼 넬슨 제독(1758~1805)의 상징적 모습이다.

눈 깜짝할 사이
Split Second

엘리스 부인은 꼼꼼하고 단정한 사람이었다. 답장 안 한 편지, 지불 안 한 청구서, 뭐 하나 찾으려면 온통 뒤집어 놓아야 하는 지저분한 책상 따위는 딱 질색이었다. 오늘은 특히나 그러했다. 죽은 남편은 이런 때의 아내를 '정돈 태세'라 부르곤 했다. 아침에 일어나 아침을 먹는 동안에도 주변을 정돈해야 한다는 생각이 머릿속을 떠나지 않았다. 게다가 한 달이 시작되는 날이었다. 달력의 한 장을 뜯어내 1이라는 깔끔한 숫자와 대면하자 새로운 출발을 해야 할 것만 같았다.

앞으로 마주할 시간도 1이라는 숫자처럼 티 없이 깔끔해야 했다. 무엇 하나 지저분해서는 안 되었다.

부인은 먼저 침구를 점검했다. 선반 위에는 부드러운 흰 욧잇이 깔끔하게 접혀 줄 맞춰 놓여 있었고 옆에는 베갯잇이 있었다. 침구 한 벌은 아직 상점에서 사온 그대로 푸른 리본이 묶인 채 결코 오지 않을 손님을 기다리는 중이었다.

다음은 찬장이었다. 집에서 만든 잼 병들이 제조 날짜 라벨이 붙은 채 줄지어 선 모습이 마음에 들었다. 병조림 과일, 부인만의 조리법으로 만든 토마토니 과일 소스도 있었다. 부인은 이런 식품들을 넉넉히 만들어 수전이 집에 올 때를 대비해 간직했다. 그리고 그 보물들을 자랑스럽게 식탁에 올려놓았을 때는, 누가 그에 대해 아주 사소한 불평만 해도 크게 마음이 상하곤 했다. 어쨌든 그러고 나면 찬장 선반에 빈 자리가 생겼다.

찬장 문을 잠그고 열쇠를 감춘 후(가정부 그레이스를 절대 믿지 못하기 때문이다) 엘리스 부인은 거실로 가 책상에 앉았다. 정돈은 가차 없었다. 서랍 칸칸마다 검색을 당했다. 찢어지거나 구겨지지 않아 한 번 더 쓸 수 있겠다는 생각에(물론 친구는 아니고 상인을 상대할 때) 놓아두었던 낡은 봉투들이 쓰레기통으로 들어갔다. 대신 값싸지만 깔끔한 황갈색 새 봉투들을 구입할 것이다.

두 해 전에 만든 요리법 메모가 나왔다. 이제는 필요 없는 메모였다. 저쪽에 있는 것은 작년에 정리해서 묶어 둔 서류였다. 뻑뻑해서 잘 안 열리는 작은 서랍 안에는 다 쓴 수표책이 꽤나 공간을 차지하고 있었다. 부인은 그 서랍에 깔끔한 필체로 '보관해야 할 편지'라고 쓴 라벨을 붙였다. 그 서랍의 향후 용도가 정해진 것이다.

새 종이 묶음을 압지로 쓰겠다는 호사스러운 결정을 내린 후 부인은 펜 꽂는 곳의 먼지를 털고 새 연필을 날카롭게 깎았다. 끝에 붙은 고무 지우개가 다 닳았을 정도로 오래된 몽당연필은 쓰레기통에 던져 넣었다. 조금 가슴이 아프긴 했지만.

소파 옆 탁자 위에 놓인 잡지들을 가지런히 정돈하고, 벽난로 옆 책꽂이의 책들은 책등이 선반 앞쪽에 맞춰지도록 잡아당겼다(그레이스는 책을 선반 끝까지 밀어 넣는 고약한 습관을 갖고 있었다). 화병의 물도 깨끗이 갈았다. 그레이스가 고개를 들이밀고 '점심 가져왔어요!'라고 외칠 때까지 10분 정도가 남았다. 엘리스 부인은 벽난로 앞에 앉아 숨을 고르면서 편안하고 만족스러운 미소를 지었다. 오전 시간을 매우 충실히 보낸 것이다. 행복했다.

부인은 다시 한 번 찬찬히 거실을 둘러보며(그레이스는 거실을 계속 마루라고 불렀고 부인은 그때마다 고쳐 주곤 했다) 그곳이 얼마나 밝고 편안한 공간인지, 윌프레드가 죽기 몇 달 전에 이사하자고 했을 때 그 말을 듣지 않았던 것이 얼마나 잘한 일인지 생각했다. 윌프레드의 건강 문제와 채소는 매일 아침 수확한 신선한 것으로 먹어야 한다는 그의 주장 때문에 시골에 있는 집을 계약하기 직전의 상황에서, 다행히 (아니, 다행은 아니었다. 가장 끔찍하고 슬픈 일이었다) 윌프레드가 심장마비를 일으켜 세상을 떠났다. 그리하여 엘리스 부인은 자기가 알고 좋아하는 집, 10년 전 새색시로 처음 왔던 집에 계속 살게 되었다.

이 동네가 점점 망가지고 있다면서 외곽으로 나가는 편이 좋다고 하는 사람들도 있지만 그건 모르는 소리였다. 길 위쪽으로 들어서는 신축 주택들은 엘리스 부인 집 창문에서는 보이지 않았다. 마당을 중심으로 둥글게 늘어선 옛집들은 여전히 깔끔하고 고급스러웠다.

더욱이 부인은 그곳에서의 삶을 좋아했다. 아침이면 바구니를 팔에 걸고 상점가로 나가 장을 보았다. 부인을 알고 있는 상인들은 잘 대접해 주었다. 추운 아침에는 서점 맞은편 코지 카페에서 11시에 모닝커피를 마셨다(그레이스는 도무지 제대로 된 커피를 만들지 못했다). 여름이면 코지 카페에서 아이스크림을 팔았는데, 부인은 그걸 사서 종이봉투에 담아 서둘러 집으로 돌아와 점심으로 먹는 걸 좋아했다. 그렇게 먹고 나면 더 이상 단것 생각이 나지 않았다.

오후에는 가벼운 산책을 했는데, 집 바로 근처에 벌판이 있어 시골 못지않았다. 저녁에는 책을 읽거나 바느질을 하거나 수전에게 편지를 썼다.

자기 삶에 대해 깊이 생각해 보았다면(물론 깊은 생각은 불편하기 때문에 해본 적 없었지만) 아마 부인도 자기 삶이 딸 수전 위주로 짜여 있다는 것을 깨달았으리라. 아홉 살 수전은 부인의 하나뿐인 자식이었다.

수전이 어린 나이에 기숙학교에 가게 된 이유는 월프레드의 건강이 나빠지면서 짜증이 늘었기 때문이었다. 엘리스 부인은 며칠을 잠 못 자고 고민하다가 기숙학교로 보내기로 결정했다. 결국은 그게 수전에게 좋을 거라는 믿음에서. 건강하고 활발한 아이가 신경 날카로운 월프레드를 자극하지 않고 방 안에만 조용히 박혀 있는 것은 불가능했다. 그렇다고 아래층 부엌에서 그레이스와 함께 있게 하는 것도 안 될 일이었다.

부인은 집과 45킬로미터 정도 떨어져 있는 학교를 선택했다. 버스로 한 시간 반이면 갈 수 있는 곳이었다. 아이는 학교에 잘 적응해 행복해 보였다. 교장 선생님은 회색빛 머리의 다정한 노부인이었다. 학교 홍보 책자에 나온 대로 그곳은 '또 하나의 집'이었다.

수전을 보낸 첫날에는 안절부절 어찌할 바를 몰랐지만, 한 주 내내 교장 선생님과 전화 통화를 하면서 수전이 새로운 환경에 금방 익숙해졌다는 것을 확인할 수 있었다.

남편이 죽은 후에는 수전이 집에 돌아와 동네 학교를 다니고 싶어 할 줄 알았는데, 예상과 달리 눈물까지 보이며 싫다고 했다.

"난 우리 학교가 좋아요. 재미있는 활동이 많고 친구들도 많이 사귀었는걸요." 아이가 말했다.

"여기 학교에서도 친구를 사귈 수 있어. 엄마랑 저녁마다 함께 시간을 보낼 수도 있잖니."

"그건 그렇지만 엄마랑 뭘 해요?" 아이가 못마땅한 듯 되물었다.

엘리스 부인은 상처받았지만 수전에게는 내색하고 싶지 않았다. "그래, 네 생각대로 하자꾸나. 네가 그 학교에 만족하고 행복해하니까. 명절이나 방학 때 함께 지내면 되겠지."

그리하여 명절이나 방학은 액자의 화려한 장식 반짝이처럼 빛나면서 엘리스 부인의 일정 수첩에서 다른 어떤 날들보다도 두드러지게 되었다.

2월은 28일뿐인데도 어쩌나 지루한지 몰랐다. 3월은 코지 카페에서의 모닝커피, 도서관에서 빌려 온 책들, 친구들과 함께하는 영화관 나들이, 상점가에서의 근사한 마티니 한 잔이 전부인 우울하고 영영 끝나지 않을 것만 같은 나날이었다.

그런 후 4월이 오면 달력에도 꽃이 피었다. 부활절, 수선화, 봄바람에 볼이 빨갛게 된 수전을 다시 한 번 껴안는 기쁨, 꿀을 넣은 홍차, 그레이스가 구운 스콘, 벌판을 산책하는 오후, 앞서 가는 딸아이 모습만으로도 찬란하고 즐거운 그 시간. 5월은 고요했지만 6월은 활짝 열어 놓은 창문, 앞마당에 만개한 금붕어꽃 덕분에 즐거웠다. 어버이날에 맞춘 학교 연극 공연도 있었다. 수전은 눈을 빛내며 최고의 요정 연기를 해냈다. 스스로는 자기 연기가 마음에 들었다고 말하는 법이 없었지만.

7월은 24일까지 한없이 느릿느릿 흐르다가 바로 그날부터 9월 마지막 주까지 환희 속에 휙휙 지나갔다. 수전과 차를 마시고, 수전과 농장에 가고, 수전과 다트무어를 여행하고…… 그냥 집에서 창밖을 내다보며 아이스크림을 먹기만 해도 좋았다.

"우리 애는 나이에 비해 수영을 참 잘해요." 바닷가로 나간 부인은 옆에 앉은 사람에게 아무렇지도 않다는 듯 말했다. "물이 차가워도 계속 수영하겠다고 고집을 부린답니다."

그레이스에게는 이렇게 말했다. "수송아지들이 뛰어다니는 벌판을 지나가는 건 나도 질색인데, 수전은 전혀 개의치 않더라고. 동물 다루는 법을 잘 알거든."

샌들 속 맨발과 여기저기 긁힌 다리, 키가 커져 좀 껑충한 여름 원피스, 색깔이 바랜 햇빛 가리개 모자가 바닥을 차지하는 시절이 지나면 10월은 별로 생각할 거리가 없다. 물론 집안일은 늘 넘치도록 많지만 말이다. 비가 내리고 벌판에 흰 서리가 끼는 11월은 아예 말도 하지 않는 편이 나았다. 커튼을 내리고 벽난로 불을 피우고 부인 잡지나 청소년 패션 잡지 같은 읽을거리를 붙잡는 것이 고작이다. 크리스마스 때 수전이 입을 옷은 분홍이면 안 되지. 녹색 긴 셔츠에 넓은 허리띠를 매면 딱 어울릴 거야. 그리고 12월이, 크리스마스가 온다.

엘리스 부인의 집이 가장 즐겁고 행복한 시기였다. 꽃집 바깥에 처음으로 세워진 성탄 나무나 식료품상 진열창에 쌓인 대추야자 상자를 보자마자 엘리스 부인은 설렘으로 가슴이 벅찼다. 석 주만 기다리면 수전이 집에 오기 때문이었다. 그럼 함께 웃고 이야기 나누는 시간도, 서로 바라보며 고개를 끄덕이는 일도, 수수께끼 같은 미소를 나누는 일도 많을 것이었다. 부인은 몰래 선물을 준비해 포장도 해둬야 했다.

부인이 준비한 모든 것은 풍선이 터지듯 하루 만에 끝나곤 했다. 그러면 종이 리본, 새로 구운 크래커, 심지어는 고심하여 고른 선물까지 옆으로 밀려났다. 그래도 상관없었다. 그걸로 충분했다. 엘리스 부인은 인형을 안고 잠든 수전을 바라보다가 불을 끄고 살금살금 잠자리에 들었다. 지쳐서 기진맥진한 상태로. 수전이 학교에서 서둘러 꿰매 만든 삶은 달걀 덮개가 머리맡에 있었다. 엘리스 부인은 삶은 달걀을 먹는 법이 없었지만 그래도, 그레이스에게도 말했듯, 덮개의 암탉 눈 부분이 아주 예쁘게 잘 만들어진 것은 분명했다.

새해가 오면 서커스나 팬터마임 공연에 갔다. 엘리스 부인은 공연은 아랑곳 않고 수전만 바라보았다. 그러고는 돌아와서 말하곤 했다. "물개가 트럼펫을 불 때 수전이 얼마나 깔깔 웃었는지 너도 봐야 했는데. 그렇게 환하게 웃는 아이는 여태까지 본 적이 없어."

녹색 옷을 입고 푸른 눈을 빛내는 수전은 파티에서 너무나도 돋보였다. 다른 아이들은 하나같이 왜 그렇게 못났는지, 몸매가 엉망이거나 입만 모양 없이 큰 아이들뿐이었다. "글쎄 떠나면서 수전이 '정말 즐거웠어요. 고맙습니다'라고 인사를 하지 뭐야. 다른 아이들과 다르게 말이야. 참, 의자 앉기 놀이에서도 수전이 1등이었어."

물론 무서운 순간들도 있었다. 잠 못 이루는 밤, 붉은 반점, 부어오른 목, 40도에 육박하는 체온, 수화기를 붙잡은 떨리는 손, 의사의 침착한 목소리, 현관을 걸어 들어오는 의사의 발걸음 소리. "혹시 모르니 솜으로 한 번 닦아 줘야겠습니다." 솜으로 닦아 준다고? 그럼 디프테리아나 성홍열이라는 뜻인가? 이 어린아이를 담요에 싸서 구급차에 싣고 병원으로 가야 하나?

천만다행히도 인후염이라는 진단이 나왔다. 온갖 파티로 너무 피곤했기 때문이다. 아이를 며칠 동안 쉬게 해야겠다고 하니 네, 그렇게 하시면 됩니다, 라고 의사가 대답했다. 극도의 불안에서 벗어난 부인은 수전 곁에 앉아 쉬지 않고 이야기를 읽어 줬다. 무서운 이야기, 진부한 이야기들을. "그래서 할아버지는 보물을 다 잃어버리고 말았대요. 하지만 결국은 잘된 거지, 그렇지?"

'모든 일은 다 지나가는 거야. 기쁨과 고통도, 행복과 슬픔도. 사람들은 내가 너무 심심하게 산다고 할지 몰라도 난 감사하고 만족해. 윌프레드한테는 아내로서 최선을 다하지 못했을지 몰라도(그 사람 성질이 본래 까다로웠잖아. 수전이 안 닮았기에 망정이지) 적어도 수전한테는 행복한 가정을 만들어 주고 있어.' 부인은 그렇게 생각하며 새로 시작된 달의 첫날에 가구들 하나하나, 벽에 걸린 그림 하나하나, 벽난로 선반의 장식품 하나하나를 애정 어린 시선으로 바라보았다. 모두가 결혼 생활 10년 동안 자신이 모은 것들이었다. 부인에게는 그것들이 곧 자기 자신이고 자기 집이었다.

소파와 의자 두 개는 낡았지만 편안했다. 벽난로 옆 쿠션은 부인이 직접 커버를 씌운 것이었다. 벽난로 쇠 부분은 그레이스에게 더 반짝반짝 윤이 나게 닦으라고 해야 할 듯했다. 책장 뒤 어두운 구석에 걸린 초상화 속 윌프레드는 우울한 표정이긴 해도 점잖은 분위기였다. 꽃 그림은 초록 이파리가 스테퍼드서 부부 초상화의 녹색 옷과 아주 잘 어울리니 벽난로 선반 위로 옮기는 게 좋을 듯했다.

부인은 생각했다. '커버를 새로 만들어 씌워야겠군. 커튼은 조금만 미루고. 아니, 수전이 지난달에 아주 많이 자랐으니까 일단 수전 옷이 더 급해. 나이에 비해 키가 크다니까.'

그레이스가 고개를 들이밀었다. "점심 가져왔어요!"

'수백 번 일러 준 대로 좀 똑바로 걸어 들어오면 좋으련만. 점심 먹으러 온 손님이라도 있으면 어쩔 뻔했어. 저렇게 볼썽사납게 고개부터 들이밀다니……'

부인은 닭고기 요리와 사과 파이를 먹기 시작했다. 이번 학기에 수전이 우유를 추가로 받아야 한다는 걸 학교 사람들이 제대로 기억할지 걱정이 됐다. 비타민도 꼬박꼬박 먹여야 하는데.

갑자기 부인이 포크를 내려놓았다. 참을 수 없을 정도로 강한 슬픔이 일순간에 몰려왔다. 가슴이 답답하고 목이 메었다. 도저히 식사를 계속할 수 없었다.

'수전한테 무슨 일이 있는 거야. 수전이 나한테 신호를 보내고 있어.'

부인은 커피를 가져오라는 벨을 눌렀다. 창가에 서서 다른 집 뒤편을 바라보았다. 열린 창으로 꼴사납게 늘어진 빨간 커튼이 보였고, 창가에 박힌 못에는 화장실 청소용 솔이 걸려 있었다.

'동네가 점점 천박해져. 주변이 곧 셋집들로 바뀌겠군.'

부인은 커피를 마셨지만 불편하고 불안한 기분은 사라지지 않았다. 결국 수화기를 들고 학교로 전화를 걸었다.

비서가 받았다. 수전은 아무 일 없었고 막 점심을 잘 먹었고 감기 기운도 전혀 없으며 학교에 아픈 학생도 없다고 했다. "수전을 바꿔 드릴까요? 지금 운동장에서 다른 아이들과 놀고 있지만 필요하다면 불러올 수 있습니다."

"아니에요. 수전이 괜찮은지 괜히 걱정스러워서 그랬어요. 귀찮게 해드려서 죄송합니다."

부인은 전화를 끊고 침실로 가서 외출복을 입었다. 산책을 좀 하는 게 좋을 듯했다. 그녀는 탁자 위에 놓인 수전 사진을 흐뭇한 시선으로 바라보았다. 사진사가 아이의 눈 표정과 빛나는 머리카락을 완벽하게 포착한 사진이었다.

엘리스 부인은 잠시 망설였다. 산책이 정말로 필요할까? 조금 지쳐서 엉뚱한 생각이 드는 모양이니 그냥 쉬는 게 나을까? 침대의 포근한 깔개를 보니 눕고 싶었다. 세면대 옆에 걸려 있는 물주머니에는 금방이라도 뜨거운 물을 채울 수 있었다. 몸을 옥죄는 거들을 벗고 신발도 벗고 포근한 깔개 위에 누워 뜨거운 물주머니를 안고 한 시간쯤 누워 있는 게 어떨까. 아냐. 부인은 다시 마음을 다잡았다. 그리고 옷장으로 가서 낙타털 코트를 꺼내 입었다. 머리에 스카프를 두르고 장갑을 낀 후 아래층으로 내려갔다.

거실로 들어가 벽난로 불을 키우고 가림막을 세웠다. 그레이스는 벽난로 살피는 걸 늘 잊어버리곤 했다. 산책 후에 돌아왔을 때 방 공기가 너무 답답하지 않도록 위쪽 창문은 열어 두었다. 돌아와서 읽을 신문을 챙기고 도서관에서 빌려 온 책에 서표도 끼웠다.

"잠깐 나갔다 올게. 오래 걸리지 않을 거야." 아래층 그레이스에게 부인이 외쳤다.

"네, 다녀오세요!" 대답이 들렸다.

엘리스 부인은 담배 연기 냄새를 맡고 얼굴을 찡그렸다. 그레이스는 아래층에서 뭐든 하고 싶은 대로 할 수 있었지만 하녀가 담배를 피운다는 건 썩 적절한 행동이 아닌 듯싶었다.

부인은 등 뒤로 대문을 닫고 계단을 걸어 내려가 큰길로 나갔고 왼쪽으로 돌아 벌판으로 향했다. 회색빛의 음울한 날이었다. 계절에 비해서는 기온이 높았다. 늘 그랬듯 머지않아 런던 쪽에서 안개가 몰려와 신선한 공기를 억눌러 버릴 것이다.

엘리스 부인은 습관대로 '짧은 한 바퀴'를 돌았다. 동쪽으로 바이어덕트 연못까지 갔다가 원을 그리면서 돌아와 벌판을 통과하는 산책이었다.

기분 좋은 오후가 아니었고 산책도 그리 즐겁지 않았다. 부인은 그냥 집에서 뜨거운 물주머니를 안고 침대에 누워 있거나 거실의 벽난로 앞에 앉아 있는 것이 나았겠다고, 커튼을 내려 찌푸린 하늘을 보지 않는 편이 좋았겠다고 생각했다. 유모차를 끌고 나와 삼삼오오 이야기를 나누며 시간을 보내는 유모들을 빠른 걸음으로 지나쳤다. 연못 옆에서 개들이 짖었다. 비옷을 입은 남자들이 멍한 시선으로 앞을 보았다. 벤치에 앉은 할머니는 짹짹거리는 참새들에게 빵 조각을 던져 주었다. 하늘은 한층 더 어두워져 올리브색으로 변했다. 엘리스 부인은 걸음을 재촉했다. 벌판에 조성된 놀이터는 쓸쓸해 보였다. 겨울에는 운행하지 않는 회전목마가 캔버스 천에 싸여 있었다. 고양이 두 마리가 서로를 쫓아다니며 울타리 안팎을 오갔다. 우유병들을 수레에 실은 우유 배달부는 휘파람을 불며 조랑말을 재촉했다.

갑자기 이런 생각이 떠올랐다. '이번 생일에는 수전에게 자전거를 사 줘야겠어. 아홉 살 정도면 처음 자전거를 타기에 딱 좋은 나이지.'

부인은 점원에게 이것저것 물어보고 핸들도 만져 보면서 자전거 고르는 장면을 상상했다. 빨간색이 좋을 거야. 아니면 파랑도 괜찮지. 앞에 작은 바구니가 달린 것이 좋아. 좌석 뒤에는 가죽 가방을 매달아 줘야지. 브레이크는 잘 들어야 하지만 너무 빽빽하면 안 돼. 그랬다가는 급정거할 때 앞으로 고꾸라져 얼굴을 다칠 수 있으니.

요즘은 굴렁쇠를 아무도 안 한다는 것이 안타까웠다. 부인이 어렸을 때는 탄력 있는 좋은 굴렁쇠를 굴리는 것만큼 재미있는 놀이가 없었다. 작은 막대기로 요리조리 방향을 잡아 가며 굴렁쇠를 굴리고 달려가는 기분이란! 그건 대단한 기술이기도 했다. 수전이라면 굴렁쇠도 문제없이 굴릴 텐데.

엘리스 부인은 두 길이 교차하는 지점에 이르러 길을 건넜다. 새로 나온 길 끝으로 가면 부인 집이 있었다.

길을 건너고 있을 때 세탁소 차가 모퉁이를 회전해 달려왔다. 속도가 너무 빨라 끼익 브레이크 소리가 났다. 세탁소 배달원의 놀란 표정이 보였다. 부인은 생각했다. '다음번에 세탁물 배달하러 오면 한마디 해줘야겠어. 언제든 사고가 나고야 말걸.' 수전이 자전거를 타고 근처를 돌아다니게 될 것이라 생각하자 소름이 끼쳤다. 세탁소 주인한테 정식으로 편지를 보내는 것이 나을 것 같았다. '배달 차 운전수에게 적절하게 주의를 주시면 고맙겠습니다. 모퉁이에서 너무 빠른 속도로 회전을 하더군요'라고 써서. 발신인 이름은 쓰지 않을 것이다. 안 그러면 배달원이 부인 집의 무거운 세탁물 바구니를 옮길 때마다 불평을 해댈 테니.

부인은 집 앞에 다다랐다. 문을 밀어 보니 경첩 부분이 헐거워져 떨어지기 직전이었다. 세탁물을 가지러 온 배달부가 거칠게 여닫은 바람에 망가진 것이 분명했다. 세탁소 주인에게 더 강한 어조로 편지를 써야 할 것 같았다. 차를 마시자마자 편지를 쓰기로 했다. 이런 편지는 기억이 생생할 때 써야 하는 법이니까.

열쇠를 꺼내 대문 열쇠 구멍에 넣었다. 하지만 열쇠가 구멍에 꽉 끼어 버려 돌아가지 않았다. 이게 무슨 일이지. 초인종을 눌러야 했다. 하지만 그러면 그레이스가 위로 올라올 텐데, 그건 부인이 질색하는 일이었다. 아래층에 대고 소리를 질러 사정을 설명하는 편이 나을 듯했다. 부인은 계단 아래로 몸을 굽히고 부엌을 향해 외쳤다. "그레이스, 나 왔어! 열쇠가 구멍에 끼어 버렸어. 문 좀 열어 봐!"

부인은 기다렸다. 아무 대답이 없었다. 그레이스도 외출한 모양이었다. 이건 분명한 약속 위반이었다. 부인이 외출하면 그레이스가 집에 있기로 되어 있었던 것이다. 집에 사람이 아무도 없어서는 안 되었다. 때때로 부인은 그레이스가 제대로 약속을 지키고 있는지 의심하곤 했는데, 이제 증거를 잡은 셈이었다.

부인은 조금 더 날카로운 목소리로 한 번 더 불러 보았다. "그레이스?"

아래쪽에서 창문이 열리더니 한 남자가 부엌에서 고개를 내밀었다. 셔츠 바람에 면도도 하지 않은 사람이었다.

"거 뭣 때문에 시끄럽게 구는 거요?"

엘리스 부인은 너무 놀라 대답도 나오지 않았다. 자기를 속이고 이런 일을 벌이고 있었구나. 서른이 훨씬 넘은 그레이스가 남자를 집에 들이는 여자였다니. 부인은 침을 꿀꺽 삼키고 마음을 진정시켰다.

"그레이스한테 위로 올라와 문을 좀 열라고 전해 주시겠어요?"

비꼬는 말투는 제대로 전달되지 못했다. 남자는 눈을 껌벅이더니 되물었다. "그레이스라니, 누구 말이오?"

설상가상이군. 그레이스는 남자 앞에서 다른 이름을 사용하는 모양이었다. 뭔가 신비로운 이름, 예를 들어 셜리나 마를린 같은. 어떻게 된 상황인지 알 것 같았다. 그레이스는 남자에게 맥주를 사다 주려고 잠깐 외출한 것이다. 남자는 부엌에 늘어져 있고 말이다. 어쩌면 식품 저장실에도 손을 댈지 모른다. 이틀 전에 저장 고기가 너무 적다고 느꼈던 이유가 있었던 셈이다.

"그레이스가 외출했다면," 부인이 찬바람 도는 목소리로 말했다. "직접 문을 좀 열어 주시죠. 난 뒷문 출입은 좋아하지 않아서."

이렇게 말하면 남자도 부인이 누군지 알 터였다. 엘리스 부인은 분노로 몸을 떨었다. 본래 온화하고 침착한 성품이라 이렇게 화내는 경우는 극히 드물었다. 하지만 자기 집 부엌 창문으로 셔츠 바람의 술주정뱅이가 불쑥 튀어나오다니, 이건 도저히 참아 줄 수 없는 일이었다. 그레이스

와도 불유쾌한 대화를 나눠야 할 것이었다. 그레이스는 변명을 하겠지만 이건 어떤 이유로도 용납할 수 없는 종류의 사건이었다.

현관 복도를 따라 걸어오는 발소리가 들렸다. 남자가 지하에서 올라온 것이다. 남자는 문을 열고 서서 부인을 노려보았다.

"누굴 찾아온 거요?"

엘리스 부인은 거실 쪽에서 작은 개 한 마리가 요란하게 짖어 대는 소리를 들었다. 손님들이 와 있는 건가? 이건 정말 최악이었다. 이 얼마나 오싹하도록 끔찍한 일인지. 누군가 찾아왔고 그레이스가 안에 들인 것이다. 아마 이 셔츠 바람 남자가 그렇게 시켰겠지. 동네 사람들이 이 상황을 대체 어떻게 생각할까?

"거실에 누가 있죠?" 부인이 중얼거리듯 물었다.

"볼턴 부부가 있을 것 같은데 잘 모르겠소. 하여튼 개가 짖으니 있는 모양이오. 그 부부를 만나러 온 거요?"

볼턴 부부라니, 엘리스 부인은 모르는 사람들이었다. 부인은 거실 쪽으로 돌아서면서 코트를 벗고 장갑을 주머니에 넣었다.

"당신은 다시 지하로 가는 게 좋겠군요." 여전히 자기를 노려보는 남자에게 부인이 말했다. "벨을 울리기 전까지는 차를 가져오지 말라고 그레이스에게 전해 줘요."

남자는 어리둥절한 표정을 지으며 대답했다. "하여튼 난 내려가겠소. 또다시 볼턴 부부를 만나러 오게 되면 벨을 두 번 눌러요."

그는 쿵쾅거리며 계단을 내려갔다. 술에 취한 것이 분명해. 무례하게 굴려고 작정했군. 귀찮게 굴면 경찰에 신고해 버리는 게 좋겠어.

엘리스 부인은 현관에 코트를 걸었다. 손님들이 거실에 있다면 2층에 올라갈 시간이 없었다. 스위치를 올렸지만 전구가 들어오지 않았다. 이

146

건 또 무슨 일이람. 어떻든 거울에 자기 모습을 비춰 볼 수 없게 되었다.

걸음을 옮기던 부인은 무언가에 발이 걸려 넘어질 뻔했다. 허리를 굽히고 무엇인지 살펴보니 남자 부츠였다. 그 옆에 다른 신발도 있고 옷가방과 낡은 깔개도 있었다. 그레이스가 남자 물건들을 현관에 놓아두게 했나. 그렇다면 그레이스도 오늘 밤에 떠날 작정일까. 대체 무슨 상황이지? 긴급 상황인 건 분명한데.

엘리스 부인은 억지로라도 미소를 지으려 애쓰면서 거실 문을 열었다. 작은 개가 미친 듯 짖으면서 달려왔다.

"주디, 조용히 해." 벽난로 앞에 앉은 남자가 말했다. 회색빛 머리카락에 뿔테 안경을 쓰고 타자기를 두드리고 있었다.

거실에 무슨 일이 일어난 걸까. 사방이 책과 종이 천지였다. 온갖 잡동사니가 바닥을 가득 채웠다. 새장 속 앵무새가 횃대 위에서 깡충대며 환영 인사를 했다. 부인은 입을 열려 했지만 목소리가 나오지 않았다. 그레이스가 돌아 버린 게 분명하군. 지하실은 물론 거실에까지 남자를 들여 집을 완전히 엉망진창으로 만들다니. 방은 온통 뒤집어엎은 꼴이었다. 의도적으로 주도면밀하게 그녀의 집을 망가뜨린 것이다.

아니, 그게 아니지. 이건 엄청나게 조직적인 절도범들이야. 전에 갱들이 집으로 침입한 이야기를 들은 적이 있었다. 그레이스는 어쩌면 아무 죄가 없고 지하실에 꽁꽁 묶여 있을지도 몰랐다. 엘리스 부인은 불쌍한 그레이스 생각에 갑자기 마음이 아파졌다. 약간 어지럽기도 했다.

부인이 생각했다. '침착해야 해. 무슨 일이 있더라도 침착하자고. 전화로 경찰에 신고하자. 그게 유일한 희망이야. 이 남자한테는 내 속마음을 드러내 보이지 말아야 해.'

작은 개가 다가와 킁킁 부인 발 냄새를 맡았다. "죄송합니다만," 남자가 뿔테 안경을 이마 위로 밀어 올리며 말했다. "무슨 일이시죠? 제 아내는 위층에 있습니다만."

정말 사악한 도둑놈들 아닌가. 타자기를 무릎에 올리고 앉아 있는 이 남자는 얼마나 침착한가. 뒷마당으로 통하는 문으로 이 모든 물건을 들여놓은 게 분명해. 유리문이 살짝 열려 있었으니까. 엘리스 부인은 벽난로 가까이 가보았다. 걱정하던 대로였다. 스태퍼드셔 부부의 초상화도, 꽃 그림도 사라지고 없었다. 길가에 자동차, 아니 큰 짐차를 대놓은 거야⋯⋯ 부인의 생각이 바삐 움직였다. 이 남자는 내가 누군지 모르는 모양이야. 이 남자 앞에서 연극을 해야겠군. 부인은 아마추어 배우로 활동하던 시절이 떠올랐다. 경찰이 도착할 때까지 어떻게든 이 사람들을 잡아 둬야 해. 정말 일솜씨가 번개 같군. 내 책상도, 책장도, 흔들의자도 어느새 사라지고 없어. 부인의 시선은 계속 남자를 주시했다. 자기가 방을 둘러보았다는 걸 모르게 해야 했다.

"부인께서 위층에 계시다고요?" 엘리스 부인이 침착하게 물었다.

"네. 약속을 하고 오셨다면 올라가십시오. 지금 스튜디오에 있으니까요. 정면에 있는 방입니다."

엘리스 부인이 조용히 거실을 나섰다. 작은 개가 부인을 졸졸 따라왔다.

한 가지는 분명해. 남자는 내가 누구인지 알아차리지 못했어. 집 주인이 오후 내내 나가 있을 거라 생각했겠지. 여기 현관에 서서 심장박동을 억누르며 귀를 기울이고 있는 나는 방문객으로 여기고 약속이니 뭐니 하는 엉뚱한 말로 따돌리려는 거야.

부인은 거실 문 옆에 조용히 서 있었다. 남자는 다시 타자기를 두드렸다. 부인은 그 차분한 태도, 철저한 위장 행동에 감탄했다. 최근에는 대규모 절도단 관련 기사가 없었다. 그렇다면 이건 새로 등장한 교활한 작자들인 모양이다. 이 집을 선택한 것부터가 대단했다. 하녀 하나만 데리고 사는 과부 집이라는 걸 알고 있었던 게 분명했다. 현관에 있던 전화기도 벌써 치워져 그 자리에 빵 한 덩어리와 신문지에 싼 고기 같은 것만 놓여 있었다. 식량까지 준비하다니…… 어쩌면 2층 침실 전화는 아직 치우지 않았거나 선을 자르지 않았을 수도 있었다. 남자는 자기 아내는 위층에 있다고 했다. 그 역시 꾸며 낸 말일 수도 있고, 어쩌면 여자 공범이 있을 수도 있다. 그 여자가 옷장을 뒤져 값비싼 모피 코트를 훔쳐 내고 양식 진주 목걸이를 주머니에 넣는 중일지도 모른다.

엘리스 부인 귀에 침실을 돌아다니는 발자국 소리가 들리는 것만 같았다. 분노가 두려움을 억눌렀다. 부인은 남자를 상대해 싸울 자신은 없었지만 여자라면 가능할 것 같았다. 최악의 경우 창밖으로 고개를 내밀고 비명을 지르면 된다. 이웃집 사람들이 듣고 달려올 것이다. 아니면 길거리를 지나가던 사람이라도.

엘리스 부인은 조심스러운 걸음으로 2층에 올라갔다. 작은 개가 길을 인도했다. 자기 침실 문밖에서 걸음을 멈추었다. 분명 안에서 누가 움직이는 소리가 들렸다. 개는 부인을 바라보며 가만히 기다렸다.

그 순간 수전의 작은 침실 문이 열리더니 뚱뚱하고 나이 든 여자가 밖을 내다보았다. 얼굴이 붉었고 얼룩 고양이 한 마리를 한쪽 팔에 안고 있었다. 개는 고양이를 보자마자 미친 듯이 짖기 시작했다.

"또 이러는군요. 대체 왜 개를 2층에 데려오죠? 만나기만 하면 고양이와 싸우잖아요. 아직 우편배달부는 안 왔나요? 아, 미안합니다, 볼턴 부인인 줄 알고 그만." 여자는 다른 팔에 끼고 있던 빈 우유병을 문간에 놓았다. "오늘 저 계단 문제가 해결된다면 정말 좋을 텐데요. 누가 날 위해서 계단을 싹 없애야 해요. 바깥에 안개가 끼었나요?"

"아뇨." 엘리스 부인은 이렇게 대답하는 자신의 침착한 태도에 놀랐다. 그리고 여자의 시선을 느끼면서 안방으로 들어가야 할지, 아니면 계단을 다시 내려가야 할지 고민했다. 눈빛이 사악한 늙은 여자도 갱단의 일원일 테고, 언제 아래층 남자를 부를지 모를 일이었다.

"약속을 하셨나요?" 여자가 물었다. "미리 약속하지 않으면 만나 주지 않을 거예요."

엘리스 부인이 입술을 살짝 떨며 미소를 지어 보였다. "고맙습니다. 약속은 해두었답니다." 부인은 스스로도 놀랄 만큼 잘 대처하고 있었다. 런던의 연극배우라 해도 이보다 더 잘할 수는 없을 것이다.

늙은 여자는 눈을 찡긋해 보이고 가까이 다가와 소매를 잡았다. "어떻게 해달라고 할 생각이에요? 요즘 남자들은 환상적인 걸 좋아한다우. 내 말 뜻 알죠?" 여자는 부인을 살짝 밀며 다시 눈을 찡긋했다. "반지를 보니 결혼했구먼. 아무리 점잖은 남편이라도 환상적인 사진을 좋아하는 법이지. 이 늙은이 말 무시하지 말아요. 환상적인 걸로 해달라고 해요."

여자는 다시 수전 방으로 들어가 문을 닫았다.

부인이 다시 현기증을 느끼면서 생각했다. '정신병자들이 집단으로 탈출이라도 한 건가. 도둑질을 하거나 집을 망가뜨리려는 것이 아니라, 정신이상 때문에 여기가 정말로 자기 집이라고 생각하는지도 몰라.'

이 사실이 알려지면 모두들 얼마나 충격을 받을까. 신문 1면이 도배되고 내 사진이 사방에 실리겠지. 수전을 위해서는 절대 안 될 일이었다. 저 역겨운 노파가 수전 방에 있다니 이게 웬일이람.

엘리스 부인은 용기를 내 침실 문을 열었다. 흘깃 보기만 해도 최악이었다. 거의 텅 빈 상태였다. 여기저기 조명이 서 있고 삼각대 위에 카메라가 설치되어 있었다. 소파는 벽에 붙여 있었다. 곱슬머리 젊은 여자가 바닥에 앉아 종이를 정리하는 중이었다.

"누구시죠? 전 약속 없이는 사람을 만나지 않아요. 그러니 여기 들어오지 마세요."

엘리스 부인은 대꾸하지 않고, 단호한 표정으로 방 안을 둘러보았다. 위치가 바뀌긴 했지만 다행히 전화기는 여전히 방에 있었다. 전화기 앞으로 다가가 수화기를 들었다.

"제 전화로 뭘 하는 거죠?" 곱슬머리 여자가 비명을 지르며 무릎걸음으로 다가왔다.

"경찰을 불러 주세요." 엘리스 부인이 침착하게 교환원에게 말했다. "엘름허스트 거리 17번지로 당장 출동해 달라고요. 제가 큰 위험에 처했거든요. 당장 경찰에 알리세요."

옆으로 다가온 여자가 수화기를 빼앗았다. "대체 누가 보낸 거죠?" 얼굴이 창백했다. "이렇게 염탐질을 해봤자 소용없어요. 아무것도 찾아내지 못할 테니까. 경찰이든, 누구든요. 난 엄연히 등록을 하고 일하는 거라고요."

여자 목소리가 높아졌고 개도 거기 맞춰 높은 소리로 짖어 댔다. 여자는 문을 열고 아래쪽으로 소리쳤다. "해리, 이리 와서 이상한 여자 좀 쫓아 줘요!"

엘리스 부인은 조용히 서서 기다렸다. 두 손을 깍지 끼고 등을 벽에 기댔다. 곧 경찰이 도착할 것이다.

아래층에서 거실 문이 벌컥 열리는 소리와 짜증 섞인 남자 목소리가 올라왔다. "무슨 일이야! 나 바쁘다는 거 알잖아. 여자는 당신이 처리해. 뭔가 이상한 포즈를 원해서 그러는 거야?"

곱슬머리 여자가 눈을 가늘게 떴다. 그리고 엘리스 부인을 살펴보았다. "제 남편이 당신한테 뭐라고 했나요?"

엘리스 부인은 승리감에 차서 생각했다. 드디어 이 사람들이 겁을 먹는군. 생각했던 것만큼 쉬운 게임은 아니란 걸 이제야 알겠니? "당신 남편과는 아무 말도 하지 않았어요." 부인이 조용히 대답했다. "그저 2층으로 올라가면 당신이 있을 거라는 말만 들었죠. 이 방에요. 자, 더 이상은 허세 부릴 생각 말아요. 너무 늦었으니까. 난 당신이 무슨 짓을 하고 있는지 안다니까." 부인이 방 안을 손짓해 보였다.

여자가 부인을 노려보았다. "당신이야말로 엉뚱한 수작 부리지 마요. 내 스튜디오는 충분히 인정받는, 수준 높은 곳이에요. 아이들 사진을 주로 찍죠. 그걸 증명해 줄 고객들은 얼마든지 있어요. 다른 증거는 하나도 못 찾을걸요. 한번 반박을 해봐요, 내가 넘어갈 만한."

엘리스 부인은 얼마나 기다려야 경찰이 올지 궁금했다. 그동안은 적당히 게임을 이어 가야 한다. 나중에는 침실을 이렇게 뒤집어 놓고 자기가 사진사라고 믿고 있는 이 정신 나간 여자를 불쌍하게 여길지도 모르지만 지금은 침착, 또 침착해야 한다.

"경찰이 오면 무슨 말을 하려고요? 나한테 무슨 문제가 있다고 할 거죠?"

정신병자를 적대적으로 대해서는 안 된다. 엘리스 부인도 그 정도는 알고 있었다. 비위를 맞춰 줘야 한다. 경찰이 올 때까지는 곱슬머리 여자를 달래고 있어야 한다. "여기가 우리 집이라고 말해야죠. 그게 전부예요."

여자는 어이없다는 듯 부인을 쳐다보고 담뱃불을 붙였다. "그러니까 그게 당신이 원하는 포즈예요? 경찰 신고 전화는 허세였고요? 왜 처음부터 분명하게 말하지 않았나요?"

두 사람의 말소리가 수전 방에 있는 늙은 여자의 관심을 끈 모양이었다. 늙은 여자가 열린 문 앞에 와서 섰다.

"무슨 문제라도 있어요?" 늙은 여자가 곱슬머리에게 물었다.

"상관 말아요!" 곱슬머리가 신경질적으로 대답했다. "당신하고 상관없는 일이잖아요. 난 당신 일에 간섭 안 하니 당신도 나한테 간섭 말라고요."

"간섭하려는 게 아니에요. 그저 도와줄 일이 없나 하는 거지. 까다로운 손님인 거죠? 터무니없는 요구라도 하나요?"

"그 입 좀 다물라니까요!"

볼턴인가 하는 성을 가진 남편, 거실에 있던 그 뿔테 안경 남자가 올라와 방으로 들어왔다.

"무슨 일이야?"

곱슬머리 여자가 어깨를 으쓱하며 엘리스 부인 쪽을 눈짓했다. "나도 모르겠어. 무슨 협박범 같아."

"뭘 가지고 협박하는데?" 남자가 황급히 되물었다.

"모르겠어. 전에 본 적도 없는 사람이야."

"다른 손님한테서 뭔가 들었는지도 모르지." 지켜보던 늙은 여자가 끼어들었다.

세 사람은 일제히 엘리스 부인을 쳐다보았다. 부인은 기죽지 않았다. 충분히 상황을 장악한 입장이었다.

"우리 모두 좀 긴장한 것 같군요. 다 함께 아래층으로 내려가 벽난로 앞에서 조용히 앉아 담소를 나누면 어떨까요? 당신들 일에 대해 말을 해줘요. 세 분 모두 사진가인가요?"

이렇게 말하면서도 부인은 대체 이 사람들이 자기 물건을 어디에 숨겼는지 생각하고 있었다. 침대는 수전 방에 밀어 넣었을 것이다. 옷장은 두 부분으로 나눠지니 순식간에 옮겼을 테고. 하지만 옷이며 장신구며 하는 것들은? 대형 트럭에 감췄나? 집 바깥 길 어딘가에 자신의 물건이 가득 실린 트럭이 서 있을 것이다. 다른 길에 주차되어 있을 수도 있고, 또 다른 공범이 벌써 그 트럭을 몰고 어디론가 가고 있을 수도 있다. 경찰은 장물 추적을 금방 해낼 것이다. 게다가 모든 물건은 보험에 들어 있다. 하지만 온 집 안을 이렇게 난장판으로 만들다니, 이건 보험으로도 보상이 안 될 것이다. 정신병자들에게 입은 피해 보상 규정이 없는 한은. 천재지변으로도 분류가 안 될 것이고…… 부인의 생각이 바삐 돌아갔다. 이 혼란과 무질서라니, 그레이스와 함께 모든 것을 제대로 정돈하려면 대체 몇 날 며칠이 걸릴까?

불쌍한 그레이스. 어느 틈에 그레이스를 잊고 있었다. 꽁꽁 묶이고 입에 재갈까지 물린 채 그 무례한 셔츠 바람 남자의 감시를 받고 있겠지.

"자, 그럼," 엘리스 부인이 말을 이었다. "제가 제안한 대로 모두들 내려가실까요?" 부인이 몸을 돌려 앞장섰다. 놀랍게도 부부가 뒤를 따라왔다. 괴상한 늙은 여자는 2층에 남아 난간 사이로 일행을 내려다보았다.

"난 필요하면 불러요." 늙은 여자가 말했다.

엘리스 부인은 그 늙은 여자가 수전 물건에 손을 대는 장면을 상상조차 하기 싫었다. "함께 가시죠?" 부인이 정중하게 권했다. "아래층에서 이야기를 나누는 게 훨씬 즐거울 텐데요."

늙은 여자가 히죽 웃었다. "그건 볼턴 부부가 해야 할 말 같은데요. 어떻든 괜히 나서고 싶지 않아요."

엘리스 부인이 생각했다. '세 사람을 전부 거실에 몰아넣고, 문을 잠근 다음, 대화를 하면서 경찰이 올 때까지 딴생각 못하도록 해야 해. 거실에도 정원으로 나가는 문이 있긴 하지만 그 문을 지나 집을 탈출하려면 담장을 기어올라야 해. 최소한 저 늙은 여자한테는 불가능한 일이야.'

"자, 이제 자리에 앉으실까요." 어수선한 거실에 들어가 엘리스 부인이 몸을 돌리며 말했다. "이 사진들 이야기를 좀 해주시면 좋겠네요."

하지만 부인이 말을 마치기 무섭게 현관 초인종이 울렸고 문 두드리는 소리가 요란했다. 마음이 놓인 부인은 다시 현기증을 느끼면서 거실 문에 기대섰다. 경찰이었다. 남자는 무슨 일이냐고 묻는 시선으로 자기 아내를 보더니 말했다.

"들어오라고 하는 게 좋겠어. 어차피 저 여자한테 증거 따위는 없을 테니까." 그러고는 남자는 현관으로 나가 문을 열었다. "어서들 오십시오. 두 분이나 오셨군요."

"전화 신고를 받았습니다." 부인에게도 경찰의 말소리가 들렸다. "무슨 문제가 생겼다고요."

"뭔가 오해가 있는 것 같습니다." 남자가 대답했다. "사실은 손님이 오셨는데 좀 정상이 아닌 것 같습니다."

엘리스 부인이 현관으로 나갔다. 전에 본 적 없는 사람들이었다. 본래 이 구역을 담당하는 젊은 경찰관이면 좋았을걸. 하지만 뭐, 괜찮았다. 출동한 두 사람 모두 건장한 체구였다.

"전 지극히 정상이에요." 부인이 단호하게 말했다. "제가 교환을 통해 신고했습니다."

경찰이 수첩과 연필을 꺼냈다. "무슨 문제죠? 우선 성함과 주소부터 알려 주시죠."

엘리스 부인이 억지로 미소를 지었다. 이 경찰이 계속 멍청하게 굴지 않으면 좋겠다고 생각하면서. "그럴 필요는 전혀 없어 보입니다만, 어떻든 제 이름은 윌프레드 엘리스 부인이고 주소는 지금 이 집입니다."

"여기 세입자라고요?" 경찰이 물었다.

부인은 얼굴을 찡그렸다. "아니요, 여긴 제 집인걸요. 제가 사는 집이라고요." 순간 볼턴 부부가 시선을 주고받는 모습이 눈에 들어왔고 지금이야말로 사실을 밝힐 때라는 생각이 들었다. "경찰관님과 단둘이 말씀 나누고 싶은데요. 이건 아주 긴급한 상황이어서요. 약간 이해하기 힘드실지 모르겠지만."

"기소하실 건이 있다면 어느 경찰서에서든 처리해 드릴 겁니다." 경찰이 대답했다. "저희는 여기 17번지의 세입자 누군가가 위험에 처했다는 신고를 받았습니다. 교환에게 그렇게 신고한 분이 부인이십니까, 아니면 다른 사람인가요?"

엘리스 부인은 자제력을 잃기 시작했다.

"제가 신고한 거라니까요! 집에 돌아와 보니 도둑놈들, 그러니까 여기 있는 이 정신병자들이 제 집을 차지해 엉망으로 만들어 놨더군요. 뭐하는 놈들인지는 몰라도 제 물건을 다 치워 버리고 집 안을 난장판으로 만들어 놨다고요." 말이 어찌나 빠른지 제대로 알아듣기 어려울 지경이었다.

아래층에 있던 남자가 올라오더니, 경찰들을 보고 눈을 휘둥그레 뜨고는 말했다. "저 부인이 찾아온 걸 처음 본 사람이 접니다. 점잖은 사람인 줄 알았죠. 안 그랬다면 절대 들여놓지 않았을 겁니다."

경찰이 약간 짜증 나는 표정으로 그 남자를 보며 말했다. "당신은 누구요?"

"업쇼라고 합니다. 윌리엄 업쇼죠. 이 집 지하에 살고 있습니다."

"거짓말이에요!" 엘리스 부인이 외쳤다. "저 사람은 여기 사는 게 아니에요. 절도단의 일원이라고요. 여기 지하에는 우리 집 하녀 외에는 아무도 살지 않아요. 그레이스 잭슨이라는 사람이죠. 지하를 수색해 보면 저 악당이 묶어서 가둬 둔 하녀가 있을 거예요." 부인은 완전히 자제력을 잃은 상태였다. 평소 낮고 침착하던 목소리가 이제는 발작에 가까웠다.

"점잖은 줄 알았더니. 저 머리카락에 붙은 지푸라기 좀 보세요." 지하실 남자가 말했다.

"자, 조용히 하세요." 잠자코 있던 젊은 경찰이 선배 경찰 귀에 대고 무언가 속삭였다. "그래, 전화번호부는 여기 있어." 선배 경찰이 대답했다.

그가 전화번호부를 뒤지기 시작했다. 엘리스 부인은 흥분을 삭이며 그 모습을 지켜보았다. 이토록 멍청한 사람은 처음이었다. 경찰서에서는 왜 하필 이런 사람을 보낸 거지?

경찰이 뿔테 안경 남자를 바라보았다. "당신이 헨리 볼턴이오?" 그가 물었다.

"네. 접니다." 남자가 기다렸다는 듯 대답했다. "이쪽은 제 아내고요. 우리는 1층에 삽니다. 2층은 아내 스튜디오고요. 사진작가거든요."

계단 쪽에서 소리가 나더니 사악한 늙은 여자가 난간 끝에서 모습을 나타냈다. "내 이름은 백스터예요. 예전 배우 시절에는 빌리 백스터라고 불렸죠. 저는 여기 17번지 2층 뒤쪽 방에 살아요. 여기 이 손님은 꼬치꼬치 따지고 드는 사람이더군요. 볼턴 부인 스튜디오를 열쇠 구멍으로 엿보는 모습을 봤어요."

"그러니까 이 부인은 여기 세 든 분이 아니군요?" 경찰이 물었다. "전화번호부에도 이름이 없네요."

"처음 보는 분입니다, 경찰관님." 볼턴 씨가 말했다. "업쇼 씨가 실수로 문을 열어 준 바람에 집에 들어와서 제 아내의 스튜디오로 올라갔고, 아내를 협박한 후 경찰에 신고까지 한 겁니다."

경찰이 엘리스 부인을 보았다. "더 하실 말씀은?"

엘리스 부인이 침을 꿀꺽 삼켰다. 침착해야 해. 심장이 이렇게 미친 듯이 뛰면 안 돼. 당장이라도 목구멍에서 울음이 치솟을 것 같지만 그러면 안 돼.

"경찰관님, 큰 실수를 하고 계시네요. 이 지역을 처음 맡으셔서 그러시는 것 같아요. 저 젊은 분도 그렇고요. 하지만 경찰서에서 알아보시면 모두들 절 안다고 할 겁니다. 벌써 여러 해 동안 여기 살았거든요. 제 하녀 그레이스도 저와 함께 여기서 오래 살았고요. 제 가족은 남편과 딸 하나인데, 남편 윌프레드 엘리스는 2년 전에 세상을 떠났고 아홉 살짜리 딸은 기숙학교에 있습니다. 오늘 오후에 잠깐 산책을 나갔다 왔는데 그 사이에 이 사람들이 집에 침입해 물건을 다 빼내고 집을 엉망으로 만들어 놨어요. 당장 경찰서에 알아보시면……"

"자, 자, 알겠습니다." 경찰이 수첩을 집어넣으면서 말했다. "이제 경찰서로 가서 상황을 다시 정리해 봅시다. 여기 계신 분들 중에서 엘리스 부인을 주거침입죄로 고소할 분이 있나요?"

침묵이 흘렀다. 아무도 입을 열지 않았다.

"그렇게 빡빡하게 굴 생각은 없습니다." 볼턴 씨가 망설이듯 말했다. "저희 부부는 그냥 없던 일로 하고 지나갔으면 합니다."

"이 여자가 경찰서에 가서 저희에 대해 뭐라고 떠들든 그건 사실이 아니라는 점만 분명히 해둘게요." 볼턴 부인이 거들었다.

"알겠습니다. 필요하면 두 분께 연락을 드리겠습니다만, 그럴 일은 없을 듯합니다. 그럼 엘리스 부인," 경찰이 부인 쪽으로 돌아섰다. 위엄 있는 태도였다. "바깥에 차가 있으니 함께 경찰서로 가시죠. 거기서 말씀을 계속하시면 됩니다. 코트가 있으신가요?"

엘리스 부인은 현관문 쪽으로 돌아섰다. 경찰서가 어디인지는 잘 알고 있었다. 5분도 안 걸리는 거리였다. 당장 그리로 가는 게 낫겠어. 도대체 말이 안 통하는 이 바보 멍청이들 말고 다른 사람을 만나야지. 하지만 그동안 이 사람들은 원하는 대로 다 훔쳐 낼 거고, 나중에 경찰과 함께 돌아와 보면 도망친 후가 아닐까. 부인은 어두운 현관에서 부츠며 짐 가방에 발이 걸려 넘어질 뻔하면서 코트를 찾아냈다. "경찰관님, 여기 잠깐만 와보세요."

경찰이 다가왔다. "네."

"여기 있던 전구를 빼버렸어요." 부인이 낮은 소리로 속삭였다. "오늘 오후만 해도 멀쩡했는데 말이죠. 이 부츠며 짐 가방도 잠깐 사이에 가져다 놓은 거예요. 아마 이 짐 가방 안에 제 장신구들이 들어 있겠죠. 경찰 한 분은 여기 남으셔서 저 도둑놈들이 도망가지 못하게 지켜 주시면 좋겠어요."

"그건 걱정 마십시오, 엘리스 부인." 경찰이 말했다. "자, 이제 가실까요?"

두 경찰이 서로 눈짓을 주고받았다. 젊은 사람은 킥킥거리며 웃음을 참고 있었다. 그 모습을 보니 경찰 한 명이 남아 집을 지켜 주지 않을 것임을 알 수 있었다. 부인은 새로운 의심이 들었다. 이 두 경찰은 정말로 경찰일까? 혹시 절도범들과 같은 패거리는 아닐까? 낯선 얼굴이며 미숙한 일 처리를 보면 그럴 것도 같았다. 두 사람이 자신을 멀리 데려가 약을 먹이거나 죽여 버리지는 않을까.

"전 당신들과 함께 가지 않겠어요." 부인이 재빨리 말했다.

"자, 엘리스 부인, 말썽 일으키지 마십시오." 경찰이 말했다. "경찰서에서 차 한 잔 하신다고 생각하시면 됩니다. 아무도 부인을 괴롭히지 않을 거예요."

그가 부인의 팔을 잡았다. 부인은 팔을 비틀어 빼내려 했다. 젊은 경찰이 다가왔다.

"도와주세요! 제발 도와주세요!"

누군가가 달려와야 했다. 옆집 사람이라도, 물론 누군지 모르고 지내긴 했지만 목소리를 조금만 높인다면 오지 않을까……

"딱한 여자군." 셔츠 바람 남자가 말했다. "어쩌다가 저렇게까지 됐을까."

엘리스 부인은 남자가 불쌍한 눈빛으로 자기를 바라보는 것을 보면서 숨이 막힐 것만 같았다.

"감히, 네놈들이 감히!" 하지만 부인은 경찰들에게 이끌려 현관문 밖 계단을 내려갔고 정원을 지나 차에 올라타야 했다. 차 안에는 운전을 맡은 경찰이 한 명 더 있었다. 부인은 경찰에게 팔을 잡힌 채 뒷좌석에 앉았다. 차가 언덕길을 내려가고 벌판을 지났다. 부인은 창밖을 내다보며 차가 어디로 가는지 보려 했지만 경찰의 체구 때문에 자꾸만 시야가 가려졌다. 모퉁이를 돈 후 차가 멈췄다. 놀랍게도 경찰서 앞이었다. 그럼 이 사람들은 진짜 경찰이군. 절도단 일원이 아니야. 잠깐 착각하는 바람에 놀랐지만 다행히 안심해도 되겠어. 엘리스 부인은 비틀거리며 차에서 내렸고, 여전히 팔을 잡은 경찰의 안내를 받으며 안으로 들어갔다.

경찰서 내부는 낯설지 않았다. 몇 년 전 고양이를 잃어버렸을 때 와본 적이 있었다. 늘 그렇듯이 잡혀 와서 뭔가를 털어놓는 사람들이 있었다.

모든 것이 공식적이고 바삐 돌아가는 곳이었다. 부인은 자기도 그 사람들과 함께 대기하게 될 것이라 생각했지만, 경찰은 그녀를 안쪽에 있는 방으로 데리고 들어갔다. 커다란 책상 앞에 다른 경찰이 앉아 있었다. 계급이 더 높은 사람이었고 고맙게도 훨씬 똑똑해 보였다.

부인은 경찰이 입을 열기 전에 먼저 말을 시작했다. "커다란 오해가 있었습니다. 저는 엘름허스트 17번지에 사는 엘리스 부인입니다. 제 집에 도둑들이 침입했습니다. 떼로 몰려왔다니까요. 아주 치밀한 계획을 세운 것 같습니다. 경찰관 둘도 문제없이 속이더라고요."

책상 앞에 앉은 계급 높은 경찰은 부인 쪽으로는 눈길도 주지 않았다. 그저 부인을 데려온 경찰에게 눈썹을 치켜세울 뿐이었다. 경찰은 모자를 벗고 상사에게 다가갔다. 어느새 나타난 여경이 엘리스 부인 옆에 서서 팔을 붙잡았다.

경찰과 그 상관은 낮은 목소리로 이야기를 나누었다. 엘리스 부인에게는 무슨 말인지 들리지 않았다. 부인의 두 다리가 긴장으로 덜덜 떨렸다. 머리가 둥둥 떠다니는 기분이었다. 고맙게도 여경이 의자를 권해 주었고, 조금 후에는 차도 한 잔 갖고 왔다. 하지만 부인은 차를 마시고 싶지 않았다. 귀중한 시간을 낭비하고 있었기 때문이다.

"부탁드려요. 제 말을 좀 들어 주세요." 부인이 입을 열자 여경이 팔을 잡은 손에 힘을 주었다. 책상 앞에 앉은 경찰이 앞으로 데려오라는 손짓을 했다. 부인은 다른 의자로 옮겨 앉았다. 여경은 여전히 곁에 붙어 있었다.

"자, 무슨 말씀을 하고 싶으시죠?"

엘리스 부인이 두 손의 깍지를 꼈다. 이제 부인은 마주 앉은 계급 높은 경찰 역시 자신을 데려온 경찰처럼 바보 멍청이일 거라는 예감이 들었다.

"제 이름은 엘리스입니다. 윌프레드 엘리스 부인이죠. 엘름허스트 17 번지에 삽니다. 전화번호부를 보시면 제 이름이 있을 겁니다. 벌써 10년 이나 거기 살고 있고 동네 사람들도 저를 잘 압니다. 아홉 살짜리 딸이 있는데 지금 기숙학교에 있습니다. 요리와 가사를 돌보는 그레이스 잭슨 이라는 하녀도 같이 삽니다. 오늘 오후 잠깐 산책을 하러 나갔다 돌아 와 보니 침입자들이 있고 하녀는 사라졌더군요. 방마다 있던 제 물건들 도 다 사라지고 도둑놈들이 주인 행세를 하더군요. 여기 이 경찰도 속 아 넘어갈 정도로 당당했어요. 그래서 제가 교환을 통해 전화로 신고를 했습니다. 도둑들이 겁을 먹기에 제가 거실에 몰아넣었죠."

엘리스 부인이 숨을 고르기 위해 말을 멈췄다. 상대 경찰은 부인을 주 시하며 귀를 기울이고 있었다.

"알겠습니다. 말씀 잘 들었습니다, 엘리스 부인. 자, 혹시 부인 신분을 증명해 줄 뭔가를 갖고 계시나요?"

부인이 상대를 바라보았다. 신분증이라고? 물론 있고말고. 다만 지금 은 가지고 있지 않았다. 핸드백을 가지고 나오지 않았으니. 명함은 책상 에 있고 여권은 (그 여권으로 윌프레드와 함께 프랑스 디에프를 여행한 적이 있었다) 기억이 맞는다면 침실의 작은 책상 왼쪽 서랍에 들어 있 었다.

불현듯 뒤죽박죽이 되어 버린 집 안 꼴이 생각났다. 거기서 뭘 찾아낼 수 있을까⋯⋯

"참으로 안타깝습니다만," 부인이 경찰에게 말했다. "외출하면서 핸드 백을 두고 나왔어요. 침실 서랍장에 뒀어요. 명함은 거실 책상에 있고, 여권은 침실 책상 서랍에 있어요. 여행을 자주 다니지 않아 여권은 기한

만료된 것이긴 합니다만. 하지만 도둑들이 온 집 안을 뒤집어 놓았으니 어떻게 찾을 수 있을지 모르겠군요."

경찰이 종이에 메모를 했다. "그래서 신분을 증명할 것이 하나도 없다고요? 배급 통장도 없고요?"

"설명을 드렸잖아요." 엘리스 부인이 화를 가라앉히면서 말했다. "제 명함은 집 책상에 있다니까요. 배급 통장이라니 그건 또 무슨 말씀이신지."

경찰이 메모를 계속했다. 그는 여경에게 눈짓을 했고, 여경은 엘리스 부인의 주머니를 뒤지기 시작했다. 엘리스 부인은 연락을 취해 신분을 증명해 달라고 부탁할 만한 친구, 차를 몰고 바로 달려와 이 멍청이들을 바로잡아 줄 사람이 없는지 생각해 보았다. '침착해야 해.' 부인이 다시 생각했다. '침착해야 한다고.' 콜린스 부부가 제일 좋을 테지만 지금 해외에 나가 있다. 네타 드레이콧은 분명 집에 있겠지. 이 시간에는 아이들 때문에 늘 집에 있는 여자니까.

"그럼 이렇게 해주세요." 엘리스 부인이 말했다. "전화번호부에서 제 이름과 주소를 확인하세요. 그게 싫다면 하이 스트리트 은행에 연락해 저에 대해 알아보세요. 지난 토요일에 제가 수표를 현금으로 바꿨으니까요. 마지막으로 찰턴 코트 21번지에 사는 제 친구 드레이콧 부인에게 전화를 걸어 제 신원을 확인하시는 방법도 있습니다."

부인은 기진맥진해서 의자에 등을 기댔다. 이보다 더한 악몽, 더한 절망적인 고초가 또 있을까. 공교로운 일들이 겹치고 또 겹치는군. 핸드백만 들고 나왔더라면 명함이 있으니 다 해결됐을 텐데. 이러는 사이에도 못된 도둑놈들은 집을 계속 뒤져 귀중한 물건들을 내가고 있을 텐데……

"엘리스 부인, 말씀대로 확인을 해보았습니다. 그런데 소용이 없군요. 부인 성함은 전화번호부에 나와 있지 않습니다."

"그럴 리가 있나요." 부인이 발끈하며 말했다. "저한테 줘보세요. 찾아 드릴 테니."

여전히 뒤에 서 있던 경찰이 전화번호부를 가져다주었다. 부인은 손가락으로 엘리스라는 이름들을 죽 짚어 나갔다. 엘리스는 많았지만 그중 자신은 없었다. 자신의 주소도 보이지 않았다. 다시 찾아보니 엘름허스트 17번지에는 볼턴, 업쇼, 백스터라는 성만 나와 있었다. 부인은 전화번호부를 밀어 버렸다. 그리고 경찰을 노려보았다.

"이 전화번호부는 뭔가 잘못됐어요. 틀린 책이라고요. 저희 집에 있는 것과 달라요."

경찰은 대답하지 않았다. 그저 전화번호부를 덮어 버릴 뿐이었다. "엘리스 부인, 몹시 지치신 것 같습니다. 잠깐 쉬시는 게 좋겠군요. 그사이에 저희는 친구분과 연락을 취해 보겠습니다. 아마 곧 연락이 닿겠죠. 의사를 부를 테니 잠깐 이야기를 나누십시오. 진정제를 드시고 잠시 쉬시면 기분이 훨씬 좋아지실 겁니다."

여경이 엘리스 부인을 의자에서 일으켜 세우더니 말했다. "이쪽으로 오십시오."

"하지만 우리 집은 어쩌고요?" 부인이 말했다. "도둑놈들이 잔뜩인데. 하녀인 그레이스는 지하에 묶여 있을 테고요. 집에 적절한 조치를 해주시겠죠? 그놈들을 그대로 도망치게 놔둬서는 안 돼요. 지금도 귀중한 시간을 30분이나 낭비했는데……"

"걱정 마십시오, 엘리스 부인." 경찰이 말했다. "그 문제는 저희한테 맡겨 두시면 됩니다."

여전히 항의하는 말을 내뱉는 부인을 여경이 안내했다. 복도를 걸어가면서 여경은 "자, 안심하세요. 마음 편히 먹으세요. 아무도 부인을 괴롭히지 않을 테니" 하고 계속 말했다. 이윽고 침대가 놓인 작은 방이 나왔다. 죄수들을 가둬 두는 방이었다. 여경은 부인이 코트를 벗고 스카프를 풀도록 도와주었다. 엘리스 부인은 쓰러지기 일보 직전이었으므로 여경이 이끄는 대로 침대에 누워 딱딱한 작은 베개를 베고 거친 회색 담요를 덮었다.

부인이 여경의 손을 잡았다. 어떻든 여경의 얼굴은 친절했으니까. "제발 부탁이에요. 햄스테드 4072로 전화 걸어 보세요. 내 친구 드레이콧 부인 번호예요. 이리로 와달라고 해주세요. 남자 경찰은 제 말을 믿어 주지 않는군요."

"알겠습니다. 다 잘될 테니 걱정 마세요." 여경이 말했다.

누군가가 방으로 들어왔다. 깔끔하게 면도한 남자로 가방을 들고 있었다. 여경에게 인사를 하고 가방을 열어 청진기와 체온계를 꺼냈다. 이어 엘리스 부인에게 미소를 지으며 "약간 흥분하셨다면서요. 한번 봐드리겠습니다. 자, 손목을 주실까요?" 라고 말했다.

엘리스 부인은 딱딱하고 좁은 침대에서 일어나 앉아 담요를 턱까지 끌어당겼다. "선생님, 저는 정말이지 무엇에도 비할 수 없을 만큼 무서운 일을 겪고 있어요. 누구라도 제 입장이라면 흥분하지 않을 수 없을 거예요. 집에 절도범들이 침입했는데 아무도 제 이야기를 들어 주지 않아요. 저는 엘리스 부인이라고 해요. 부디 경찰들을 설득해 주시……" 의사는 부인의 말을 듣지 않고 있었다. 여경의 도움을 받아 부인의 체온을 쟀다. 어린아이에게 하듯 팔이 아니라 입에 체온계를 넣고서. 이어 맥박을 재고 눈꺼풀을 뒤집어 본 후 심장 소리를 들었다. 그동안 엘리스 부인은 쉴 새 없이 말했다.

"이런 검사는 늘 해야 하는 거고 선생님은 의무를 다하시는 거라는 걸 알아요. 하지만 미리 경고해 두죠. 절 이리로 데려온 후, 아니 경찰이 우리 집에 온 이후 제가 받은 대접은 대단히 치욕스럽군요. 전 하원 의원과 개인적으로 잘 아는 사이예요. 의원님이 이 상황을 알게 되면 분명 문제를 제기할 것이고 그럼 누군가 책임을 져야 할 거예요. 전 남편을 잃었고 가까운 친척도 없고 하나뿐인 딸은 멀리 기숙학교에 가 있는 상황이지만, 친한 친구인 콜린스 부부도 해외에 나가 있지만, 그래도 거래 은행에서는……"

의사는 부인의 팔을 톡톡 두드리더니 주사를 놓았다. 부인은 신음 소리를 내며 베개 위로 쓰러졌다. 의사는 계속 부인의 팔을 잡고 있었고 주사약이 혈관으로 들어가는 동안 부인은 머리가 빙빙 도는 듯 기묘하게 멍한 상태가 되었다. 눈물이 뺨을 타고 흘러내렸다. 부인은 저항할 수 없었다. 그러기에는 너무도 기운이 없었다.

"어떠신가요? 훨씬 낫죠?" 의사가 물었다.

부인의 입이 바짝 말랐다. 입안에 침 한 방울 없었다. 인체를 마비시키고 무력하게 하는 주사약이 들어가자 동시에 부인 마음속에서 끓어오르던 감정도 고요해졌다. 신경을 팽팽하게 잡아당기던 분노와 두려움, 불안감이 사라진 것이다. 부인은 자신이 경찰 앞에서 제대로 설명하지 못했다고 생각했다. 핸드백 없이 외출했던 경솔함도 문제였다. 게다가 절도범들은 유달리 치밀하고 노련했다. '침착하자. 침착해야 해. 일단 좀 쉬자.'

"이제 다시 말씀해 보시죠." 의사가 부인 손목을 놓았다. "엘리스 부인이시라고요?"

엘리스 부인은 한숨을 내쉬고 눈을 감았다. 또다시 이야기를 해야 한단 말인가? 경찰들이 모두 수첩에 받아쓰지 않았나? 똑같은 말을 계속하게 하다니 국가 조직은 왜 이렇게 비효율적일까? 전화번호부의 이름과 주소가 잘못 나온 것만 해도 그렇다. 경찰력이 핵심부까지 이렇게 썩었으니, 강도며 살인 등 온갖 범죄가 일어나는 게 놀랍지도 않다. 그 하원 의원 이름이 뭐더라? 생각날 듯 혀끝에서 이름이 맴돌았다. 포스터 사진에서 늘 진실한 표정을 짓고 있던 연갈색 머리카락 남자인데. 그 의원을 확실하게 지지하는 구역은 햄스테드다. 의원이 내 상황을 알게 된다면⋯⋯

"엘리스 부인, 이제 진짜 주소가 기억나시나요?" 의사가 물었다.

부인이 눈을 떴다. 지친 시선을 의사에게 고정한 채 부인이 대답했다. "전 엘름허스트 17번지에 살아요. 남편은 2년 전에 죽었고 아홉 살짜리 딸아이는 기숙학교에 있고요. 점심을 먹고 오후에 잠깐 산책을 하러 나갔어요. 집에 돌아와 보니⋯⋯"

의사가 말을 가로막았다. "좋습니다. 그다음은 이미 알고 있는 내용이군요. 산책한 후에 어떤 일이 일어났는지는 벌써 말씀하셨으니까요. 그전 이야기를 해주시죠."

"점심을 먹었어요. 닭 요리와 사과 파이였고 그다음에 커피를 마셨죠. 식사 후에 2층 침실로 올라가 낮잠을 자려고 했어요. 몸이 별로 좋지 않아서요. 하지만 바깥 공기를 쐬는 게 낫겠다고 생각했죠."

말을 하자마자 부인은 후회했다. 의사가 날카로운 눈빛을 던졌기 때문이다. "그렇군요!" 의사가 말했다. "몸이 별로 좋지 않으셨군요. 어디가 안 좋으셨나요?"

의사가 어떻게 나올지는 분명했다. 부인을 정신이상으로 몰아가려는 것이다. 두뇌에 무슨 병이 있고, 지금까지의 이야기는 모두 꾸며 낸 것이라고 말이다.

"아니, 많이 나쁜 건 아니었어요." 부인이 재빨리 말을 바꾸었다. "오전 동안 이것저것 일을 하다 보니 피곤했던 것뿐이에요. 침구를 정리하고 거실의 책상을 정돈했거든요. 시간이 걸리는 일들이죠."

"사시는 댁 구조를 좀 설명해 주시겠습니까, 엘리스 부인? 예를 들어 침실이나 거실의 가구에 대해서요." 의사가 물었다.

"그거야 쉬운 일이죠. 하지만 절도범들이 오늘 오후에 침입해 도저히 복구 불가능할 정도로 엉망으로 만들어 놨다는 걸 기억해 주세요. 모든 것을 어딘가에 숨겨 두었더군요. 방들은 쓰레기로 가득하고 위층 제 침실에는 젊은 여자가 사진사랍시고 앉아 있고요."

"아, 그건 일단 무시하십시오. 일단 가구에 대해 설명해 주시죠. 가구들이 어떻게 놓여 있었나요?"

의사의 태도는 부인이 처음에 생각했던 것보다 훨씬 동정적이었다. 엘리스 부인은 각 방의 구조를 설명하기 시작했다. 장식품들, 그림들, 의자와 테이블의 위치를 상세히 알려 주었다.

"하녀 이름이 그레이스 잭슨이라고요?"

"네. 벌써 몇 년 동안 저와 함께 지냈답니다. 오늘 오후에 제가 산책하러 나갈 때 그레이스는 지하에 있는 부엌에 있었어요. 나갔다 오겠다고 소리쳤을 때 분명 대답을 했어요. 정말 걱정돼요. 절도범들이 그레이스를 인질로 붙잡아 갈지도 몰라요. 납치할지도 모른다고요."

"저희가 알아보겠습니다. 지금까지 열심히 도와주셔서 고맙습니다. 정확하게 설명해 주셨으니 집을 곧 찾아낼 수 있을 겁니다. 일단 오늘 밤은 여기서 쉬십시오. 알아본 결과는 내일 아침에 알려 드릴 수 있을 겁니다. 따님이 기숙학교에 있다고요? 주소를 아시나요?"

"물론이죠. 전화번호도요. 하이 클로즈라는 학교고 해치워스의 비숍 레인에 있어요. 전화번호는 해치워스 202고요. 하지만 제 집을 찾아내 겠다니 무슨 말씀인지 모르겠군요."

"걱정하실 것 없습니다. 부인은 아프신 것도, 거짓말하시는 것도 아닙 니다. 전 분명히 압니다. 다만 일시적인 기억상실을 일으키신 겁니다. 모 두가 겪는 일이죠. 금방 지나갈 겁니다. 전에도 이런 일이 많았답니다." 의사가 미소 지으며 자리에서 일어나 가방을 챙겼다.

"하지만 그건 사실이 아니에요." 엘리스 부인이 일어나려고 애쓰며 말 했다. "제 기억은 멀쩡해요. 모든 걸 상세히 말씀드렸잖아요. 제 이름, 제 가 사는 곳, 집의 상세한 구조, 딸아이 학교 주소……"

"맞습니다. 이제 걱정 말고 좀 주무시죠. 친구분을 찾아 드리겠습니 다."

의사는 여경에게 뭔가 중얼거린 후 떠났다. 여경이 침대로 다가와 담 요를 덮어 주었다.

"자, 기운 내세요. 의사 선생님 말씀대로 좀 주무세요. 쉬고 나면 다 좋아질 테니까요."

잠을 자라고…… 하지만 어떻게? 쉬라고…… 무엇을 위해서? 지금도 집은 속속들이 강탈당하는 중이 아닌가. 절도범들은 전리품을 챙긴 후 흔적도 남기지 않고 사라질 것이다. 그레이스도 데려가겠지. 그레이스가 경찰서로 와서 내 신분을 증명해 주면 좋았는데. 옆집에 사는 퍼버 부부 도 충분히 호의를 베풀어 줄 것이다. 너무 귀찮은 일만 아니라면…… 엘 리스 부인은 진작 옆집을 자주 방문해 함께 차도 마시고 친하게 지내야 했다고 생각했다. 하지만 시골도 아닌 도시에서 요즘에 그렇게 교제하는 사람은 없다. 경찰이 드레이콧 부인을 찾지 못한다면 퍼버 부부를 만나 보라고 해야지……

엘리스 부인이 여경의 소매를 붙잡았다. "옆집, 그러니까 19번지의 퍼버 부부도 제 신분을 증명해 줄 거예요. 친구는 아니지만 평소에 봐서 알고 있죠. 거의 6년 동안 이웃으로 지냈거든요."

"알겠습니다. 이제 좀 주무세요."

아, 수전, 우리 수전, 이런 일이 명절이나 휴가 때 일어나지 않은 게 천만다행이야. 그랬다면 어쩔 뻔했어? 오후 산책을 하고 돌아오니 집에 절도범들이 가득하다면. 그 괴상한 사진작가 여자와 남편이 우리 예쁜 수전을 보고 납치할 마음을 품었을 수도…… 최소한 아이는 안전하고 아직 아무것도 모른다. 신문에 실리지 않는다면 절대 모르겠지. 어처구니없는 오해와 무례한 대접을 받으며 감옥에서 하룻밤을 보내다니 이 얼마나 치욕스러운 일인지……

"잘 주무셨군요." 여경이 찻잔을 건네주며 말했다.

"무슨 말씀이죠? 난 자지 않았어요." 부인이 대답했다.

"아니, 주무셨답니다. 모두들 자기는 안 잤다고 하지만요."

엘리스 부인은 눈을 깜박거리며 좁은 침대에서 일어나 앉았다. 방금 전까지 여경과 이야기를 나누지 않았던가. 머리가 깨질 듯 아팠다. 부인은 맛없는 차를 마셨다. 자신의 침대가 그리웠다. 그레이스가 소리 없이 들어와 커튼을 내려 주던 침실.

"이제 씻으시죠." 여경이 말했다. "머리를 빗겨 드릴게요. 그리고 다시 의사를 만나시면 됩니다."

엘리스 부인은 감시받으면서 세수를 하고 남의 손을 빌려 머리를 빗는 수모를 감당해 냈다. 코트와 스카프까지 돌려받은 후 부인은 감방을 나서 복도를 지나 전날 밤에 질문을 받고 대답했던 방으로 돌아갔다. 다른 경찰이 책상 앞에 앉아 있었지만 어제 집에 왔던 경찰과 의사도 방 안에 있었다.

의사가 어제처럼 미소를 띠고 다가왔다. "오늘은 기분이 어떠신가요? 진짜 자기에게 조금 더 가까워지셨나요?"

"정반대랍니다." 엘리스 부인이 대답했다. "기분이 몹시 좋지 않아요. 집에 무슨 일이 일어난 건지 알기 전까지는 계속 이럴 것 같군요. 지난 밤 이후 어떤 상황인지 누가 말씀해 주실 수 있나요? 제 재산을 보호하기 위한 조치가 취해졌나요?"

의사는 아무 대답도 하지 않고 부인을 책상 앞 의자에 앉게 했다. "자, 여기 이 경찰께서 신문에 실린 사진 한 장을 보여 드리고 싶어 하시는군요."

엘리스 부인이 의자에 앉았다. 경찰은 〈뉴스 오브 더 월드〉라는, 부인은 한 번도 본 적 없지만 그레이스가 일요일마다 읽곤 하는 신문을 건넸다. 스카프를 두르고 밝은 빛깔 코트를 입은 통통한 여자 사진이 실려 있었다. 그 아래쪽에는 '켄티시 타운, 앨버트 빌딩 105번지 집에서 실종된 36세의 과부 에이더 루이스를 찾습니다'라고 쓰여 있었다. 부인은 책상 너머로 신문을 되돌려 주었다. "죄송하지만 전 도움이 안 될 것 같군요. 모르는 사람이거든요."

"에이더 루이스라는 이름을 듣고 뭐 생각나시는 것 없습니까?" 경찰이 물었다. "앨버트 빌딩이라는 주소는요?"

"아니요, 전혀 모르겠군요." 부인은 문득 왜 그런 질문을 하는지 알아차렸다. 경찰은 자기를 이 실종 여성 에이더 루이스라고 생각하는 것이다. 그저 밝은 빛 코트를 입고 스카프를 둘렀다는 이유로 말이다. 부인은 의자에서 벌떡 일어났다.

"정말 터무니없는 일이군요. 전 제 이름과 주소를 분명히 말씀드렸어요. 그런데도 당신들은 제 말을 믿지 않는군요. 절 여기 붙잡아 두는 것도 말이 안 돼요. 변호사를 불러 주세요. 제 변호사는……" 아차, 윌프레드가 죽은 후로 변호사를 만난 적이 없었다. 변호사는 사무실을 옮겼거나 아니면 아예 다른 사람한테 사무실을 넘겼을지도 모른다. 이름은 말하지 않는 편이 좋겠어. 잘못되면 또다시 거짓말을 한다고 생각할 테니. 은행원 이름을 대는 편이 안전해……

"잠깐만요." 경찰이 부인 말을 가로막았다. 누가 방 안으로 들어온 것이다. 낡아 빠진 체크무늬 양복에 중절모를 손에 든 지저분한 남자였다. "이분이 여동생 에이더 루이스인가요?" 경찰이 남자에게 물었다.

남자가 앞으로 걸어 나와 자기 얼굴을 뜯어보자 엘리스 부인은 분노로 몸을 떨었다.

"아닙니다. 에이더가 아닙니다. 에이더는 이 정도로 통통하지 않습니다. 또 에이더는 틀니인데 이쪽은 아니군요. 처음 보는 여자입니다." 남자가 말했다.

"고맙습니다. 이만 가보셔도 됩니다. 동생분을 찾으면 다시 연락드리겠습니다." 경찰이 말했다.

지저분한 남자가 방을 나섰다. 엘리스 부인이 그것 보라는 표정으로 책상 앞 경찰을 바라보았다. "자, 이제 제 말을 믿으시겠어요?"

경찰이 잠시 부인을 바라보더니 이어 의사를 쳐다보았다. 그리고 뭔가 메모를 했다. "부인을 믿을 수 있다면 저도 좋겠습니다. 온갖 문제에서 해방될 수 있을 테니까요. 한데 그럴 수가 없군요. 말씀하신 점들 중에 뭐 하나 맞는 것이 없어서요. 아직까지는요."

"그게 무슨 말씀이시죠?"

"첫째, 부인 주소가 그렇습니다. 부인께서는 엘름허스트 17번지에 살고 계시지 않습니다. 그 집은 여러 세입자들이 들어가 사는 곳입니다. 충충마다 다른 사람들이 세 들어 있죠. 부인께서는 그곳의 세입자가 아닙니다."

엘리스 부인이 의자 손잡이를 움켜쥐었다. 경찰은 표정 없는 딱딱한 얼굴로 부인을 바라보았다. "잘못 아신 거예요." 부인이 조용히 말했다. "17번지는 셋집이 아니에요. 제 개인 주택이라니까요."

경찰이 다시 메모를 보았다. "19번지에는 퍼버 가족이 살고 있지 않습니다. 이 역시 셋집이군요. 당신 이름이라고 하는 엘리스는 전화번호부에 나오지 않습니다. 또 지난밤에 말씀하신 은행 지점 고객 명부에도 엘리스라는 이름은 없습니다. 또한 이 지역 어디에서도 그레이스 잭슨이라는 사람을 찾을 수 없었습니다."

엘리스 부인의 시선이 의사, 경찰, 여전히 곁에 서 있는 여경 사이를 오갔다. "무슨 음모라도 있는 건가요? 나한테 다들 왜 이러시죠? 대체 무슨 일인지 영문을 모르겠군요……" 목소리가 흔들렸다. 여기서 무너지면 안 돼. 마음을 굳게 먹어야 한다. 수전을 위해서라도 용기를 내. "찰턴 코트의 제 친구에게는 전화해 보셨나요? 주택 단지에 사는 드레이콧 부인 말이에요."

"드레이콧 부인은 찰턴 코트에 사시지 않습니다. 찰턴 코트라는 곳 자체가 이제 없습니다. 공습으로 무너졌거든요."

엘리스 부인은 경악한 표정으로 경찰을 바라보았다. 공습이라고? 이 무슨 끔찍한 소리지! 언제? 어떻게? 하룻밤 사이에? 재앙에 재앙이 겹치는군…… 대체 누가 그런 짓을 했을까? 무정부주의자? 파업 노동자? 실업자? 갱단? 어쩌면 지난밤에 내 집에 들어왔던 절도단이? 드레이콧 부부와 아이들은 불쌍해서 어쩐단 말인가. 엘리스 부인의 머릿속이 복잡했다……

"용서하세요." 부인이 정신을 수습하고 말했다. "그렇게 무서운 일이 일어났는지는 몰랐어요. 아마도 제 집에 들어온 사람들이 저지른 일……"

순간 부인은 입을 다물었다. 거짓말일지 모른다는 생각이 들었던 것이다. 모든 것이 거짓이다. 이 사람들은 경찰이 아니다. 건물을 탈취한 스파이들이다. 아니면 정부가 전복되었는지도 모른다. 그렇다면 왜 나를, 평범한 시민이자 누구한테도 피해를 입히지 않았던 나를 괴롭히는 걸까? 기관총을 들고 시가전을 벌이며 버킹엄 궁으로 행진해 가야지, 왜 여기 내 앞에서 이런 연극을 한단 말인가?

다른 경찰이 방으로 들어와 구둣발 소리를 내며 책상 앞으로 다가갔다. "반경 7킬로미터 이내의 모든 요양원과 정신병원을 조사했지만 실종자는 없다고 합니다."

"수고했어." 책상 앞 경찰이 대답하더니 부인 쪽은 보지도 않고 의사에게 말했다. "여기 계속 있게 할 수는 없습니다. 모어턴 힐 쪽으로 좀 연결을 시켜 주시죠. 일시적인 조치라고 설명하고 간곡히 부탁하시면 될 겁니다. 기억상실 증상이라고 하시고요."

"해보겠습니다." 의사가 대답했다.

모어턴 힐이라고. 그게 뭔지는 엘리스 부인도 잘 알고 있었다. 하이게이트 근처 정신병원으로, 환자들을 험악하게 다루기로 유명한 곳이었다.

"모어턴 힐에 절 집어넣겠다고요? 그 끔찍한 곳에, 간호사들도 못 견디고 떠나는 곳에요? 전 안 가겠어요. 변호사를 만나게 해주세요. 아니, 제 담당 의사인 고드버 선생을 불러 주세요. 파크웰 가든스에 사는 분

174

이에요."

경찰이 골똘히 생각에 잠겨 부인을 바라보았다. "이 지역 사람은 틀림없으시군요. 늘 제대로 지명과 인명을 대시니까요. 하지만 고드버 선생은 포츠머스로 옮겨 가셨습니다. 저도 고드버 선생을 기억해요."

"포츠머스로 가셨다면 며칠 전 일일 거예요. 그 누구보다 성실한 의사 선생님이시죠. 선생님이 안 계시다면 비서가 절 알 거예요. 지난 방학 때도 수전을 데려갔거든요."

하지만 아무도 부인 말을 듣지 않았다. 경찰은 다시 메모를 보는 중이었다. "다음으로 학교 이름도 정확히 대셨습니다. 전화번호는 틀렸지만요. 남녀공학이더군요. 지난밤에 통화를 했습니다."

"죄송하지만 엉뚱한 학교와 연락하신 것 같네요. 하이 클로즈는 남녀공학이 아니에요. 그랬다면 제가 수전을 보냈을 리가 없죠."

"하이 클로즈는," 경찰관이 메모를 보며 읽었다. "포스터 부부가 운영하는 남녀공학입니다."

"슬레이터 여사가 운영하는 학교예요. 힐다 슬레이터요."

"슬레이터 여사가 과거에 운영했다는 의미시겠죠. 슬레이터 여사는 은퇴하면서 포스터 부부에게 운영권을 넘겼습니다. 그리고 지금 그곳에 수전 엘리스라는 학생은 없습니다."

엘리스 부인은 의자에서 꼼짝하지 않고 모두의 얼굴을 번갈아 쳐다보기만 했다. 누구도 공격적이거나 적대적이지 않았다. 여경은 기운을 내라는 듯 미소를 보여 주었다. 모두들 부인을 뚫어지게 바라보기만 했다. 마침내 부인이 입을 열었다. "지금 모두들 의도적으로 저를 속이시는 건가요? 도대체 무슨 일이 일어나고 있는지 제가 절박하게 알고 싶어 한다는 걸 모르시겠어요? 지금 무슨 게임이나 고문을 하는 거라면 제가 알아들을 수 있도록 설명을 좀 해주세요."

의사가 부인 손을 잡았고, 경찰이 상체를 책상 쪽으로 굽혔다. "부인을 도와 드리려 하고 있습니다. 아는 분을 찾기 위해 최선을 다하고 있는 겁니다." 의사가 말했다.

엘리스 부인이 의사 손을 꼭 잡았다. 그 손이 피난처라도 되는 듯 느껴졌다. "대체 무슨 일인지 모르겠어요. 기억상실이라면 왜 모든 것이 이렇게 분명히 생각나는 걸까요? 이름, 주소, 아는 사람들, 학교까지…… 수전은 어디 있나요? 제 딸 수전은?"

누군가가 부인의 어깨를 두드려 주었다. 또 다른 누군가는 물 한 컵을 가져왔다.

"슬레이터 여사가 학교를 포스터 부부에게 넘겼다면 제가 그 사실을 알고 있어야 해요. 저한테 이야기를 했을 거라고요." 부인이 중얼거렸다. "바로 어제 학교에 전화를 했는걸요. 수전은 잘 있다고, 운동장에서 놀고 있다고 했어요."

"슬레이터 여사와 직접 통화를 하신 건가요?" 경찰이 물었다.

"아뇨, 비서가 받았죠. 전 어쩐지 수전에게 안 좋은 일이 생긴 것 같다는 예감에 전화를 했어요. 비서는 아이가 점심을 잘 먹고 놀고 있다고 안심시키더군요. 꾸며 낸 얘기가 아니에요. 바로 어제 일이라니까요. 슬레이터 여사가 은퇴할 생각이라면 비서가 제게 이야기를 하지 않았겠어요?"

엘리스 부인은 주변의 의혹 어린 시선들을 마주 보았다. 그러다가 순간적으로 책상 위 달력의 커다란 2라는 숫자에 눈길이 머물렀다.

"분명 어제 일이었어요. 오늘이 2일 맞잖아요? 달력을 한 장 떼어 냈던 일이 분명히 생각나요. 한 달이 시작되는 첫날이어서 오전 중에 책상도 청소하고 서류들도 정리했던 거예요."

경찰이 긴장을 풀며 미소를 지었다. "부인 말씀은 확실히 설득력이 있습니다. 그리고 가진 돈이 전혀 없고 구두가 깨끗한 것으로 보아 근처에 사시는 분이라는 것도 분명합니다. 멀리서 헤매다 오신 게 아니라는 뜻이죠. 하지만 부인이 엘름허스트 17번지에 사는 게 아니라는 점 또한 분명합니다. 어떤 이유에선지 그 주소가 부인 마음속에 박혀 버렸을 겁니다. 부인께서 맑은 정신을 되찾으실 수 있도록 최선을 다하겠습니다. 그러니 모어턴 힐로 가시는 걸 두려워하실 필요 없습니다. 그곳 사람들이 잘 보살펴 줄 겁니다."

엘리스 부인은 벌판 건너편 연못 위로 보이던 높은 회색빛 담장을 떠올리면서 그 안에 자신이 갇혀 버리는 광경을 상상했다. 그 근처를 지나갈 때마다 안에 갇힌 사람들을 얼마나 불쌍하게 여겼던가. 언젠가 그레이스는 직접 식료품을 사는 남자 이야기를 하면서 이렇게 말했었다. "그 사람 마누라가 정신이 돌아 모어턴 힐로 끌려갔다지 뭐예요." 일단 들어가면 다시는 나올 수 없을 것이다. 경찰은 더 이상 나한테 관심을 갖지 않을 것이다. 게다가 포스터 부부가 학교를 맡았다느니, 수전이라는 학생이 없다느니 하는 소리는 다 뭘까.

엘리스 부인은 몸을 앞으로 숙이고 두 손을 모았다. "전 여러분을 괴롭힐 생각이 전혀 없어요. 전 늘 조용하고 평화롭게 살아왔어요. 쉽게 흥분하거나 누구와 다투는 편이 아니죠. 제가 일시적으로 기억을 잃어버린 거라면 의사 선생님 말씀대로 약도 먹고 치료도 받겠어요. 하지만 슬레이터 여사가 은퇴하셨다는 말을 들으니 제 딸이 걱정돼서 죽겠어요. 하나만 좀 부탁을 드려도 될까요? 학교로 전화를 걸어 슬레이터 여사 연락처를 알아봐 주세요. 근처에서 몇 명의 학생들만 데리고 살고 계실지도 모르잖아요? 수전이 그중 하나일 테고요. 전화하셨을 때 받은 사람이 신참이어서 제대로 대답을 못해 준 것일 수도 있잖아요."

홍분이나 발작의 기미가 전혀 없는 차분한 목소리였고, 모두들 부인의 절박한 심정을 알아차릴 수 있었다.

경찰이 의사를 흘깃 보더니 마음을 정했다는 듯 입을 열었다. "잘 알겠습니다. 슬레이터 여사와 연락을 취해 보죠. 하지만 시간이 좀 걸릴 것 같으니 그동안 다른 방에서 기다리시는 게 좋겠습니다."

엘리스 부인이 여경의 부축을 받지 않고 자리에서 일어섰다. 자신이 신체적으로나 정신적으로나 괜찮다는 것, 남의 도움 없이도 일 처리를 할 수 있다는 것을 보여 주기로 작정한 것이다. 스카프가 아니라 제대로 모자를 쓰고 핸드백도 들고 집을 나섰어야 했다는 생각이 들었다. 다행히 장갑은 끼고 있었지만 그것만으로는 충분치 않았다. 부인은 경찰과 의사에게 가볍게 고개를 끄덕여 인사한 후 여경을 따라 대기실로 갔다. 그렇게 살풍경한 방은 아니었다. 또다시 차 한 잔이 건네졌다.

'늘 이런 식이군.' 부인이 생각했다. '일을 시작하기 전에 먼저 차부터 한 잔 마셔야 하나 봐.'

갑자기 네타 드레이콧 부인이 당했다는 끔찍한 참사가 떠올랐다. 그 가족은 아마 무사히 도망쳐 친구 집에 가 있겠지. 하지만 당장은 찾을 수 없게 되어 버린 셈이다. "조간신문은 온통 그 끔찍한 사고 얘기뿐이겠군요?" 부인이 여경에게 물었다.

"무슨 사고 말씀이죠?"

"찰턴 코트에 화재가 났다고 아까 경찰이 그랬잖아요."

여경이 눈을 동그랗게 뜨고 부인을 쳐다보았다. "저는 화재 이야기는 듣지 못한 것 같은데요."

"아니, 분명히 말했죠. 찰턴 코트가 무슨 폭탄인지 때문에 불이 나서 무너졌다고요. 거기 친구가 살고 있어서 깜짝 놀랐어요. 당연히 그 일 관련 기사가 조간신문에 실리지 않았겠어요?"

"아, 그거요." 여경의 얼굴이 밝아졌다. "경찰관님은 전쟁 중의 공습과 화재를 말씀하신 거랍니다."

"아니, 아니죠." 엘리스 부인이 초조하게 받아쳤다. "찰턴 코트는 전쟁이 끝나고 한참 후에 지어졌는걸요. 남편이랑 처음 햄스테드에 왔을 때 짓고 있는 모습을 봤어요. 그러니까 그 사고는 지난밤에 일어난 거죠."

여경이 어깨를 으쓱해 보였다. "뭔가 착각하신 모양이네요. 어떻든 신문에는 아무런 사고 소식도 없습니다."

이 바보 같은, 말귀도 못 알아듣는 아이 같으니라고. 이런 애가 어떻게 경찰 시험을 통과한 거지? 똑똑한 여자들만 경찰이 된다고 생각했는데. 부인은 조용히 차를 마셨다. 여경과 더 이상 대화를 나눠 봤자 소용없을 터였다. 한참을 기다렸다는 생각이 들었을 때 드디어 문이 열리고 의사가 문간에 나타나 미소를 지었다.

"자, 이제 조금씩 실마리가 잡히는군요. 슬레이터 여사와 연락이 닿았습니다."

엘리스 부인이 눈을 빛내며 벌떡 일어섰다. "아, 고마워라. 제 딸 소식도 있나요?"

"진정하십시오. 흥분하지 마세요. 잘못하면 또다시 어젯밤의 일을 반복해야 할지 모릅니다. 자, 따님 이름이 수전 엘리스가 맞습니까?"

"네, 네, 맞아요." 엘리스 부인이 재빨리 대답했다. "수전은 괜찮은가요? 지금 슬레이터 여사와 함께 있나요?"

"아니요, 슬레이터 여사와 함께 있진 않지만 괜찮은 것은 확실합니다.

제가 슬레이터 여사와 직접 통화를 했고 현재 살고 계신 주소도 받아 적었습니다." 의사가 윗주머니를 두드리며 다시 미소 지었다.

"제 딸이 슬레이터 여사와 함께 있는 게 아니라고요?" 엘리스 부인이 어리둥절해했다. "학교는 이미 다른 사람들이 운영하고 있다는데, 학교 가 이사를 간 건가요? 대체 무슨 일이 일어난 거죠?"

의사가 부인의 손을 잡고 의자에 앉혔다. "자, 침착하게 찬찬히 생각을 해보십시오. 절대 흥분하지 마시고요. 그러면 문제가 해결되고 모든 것 이 분명해질 겁니다. 지난밤에 하녀인 그레이스 잭슨 이야기를 하셨죠?"

"네, 선생님."

"자, 시간을 좀 드리겠습니다. 그레이스 잭슨에 대해 설명을 좀 해주십 시오."

"그레이스를 찾으셨나요? 집에 있던가요? 괜찮은가요?"

"그런 생각은 잠깐 접어 두시고요, 그레이스 잭슨에 대해 설명을 해보 세요."

엘리스 부인은 혹시 그레이스가 사체로 발견되어 신원 확인을 하려는 건가 싶어 소름이 끼쳤다. "체격이 큰 편이에요. 나이는 저랑 비슷하죠. 가슴이 크고 발목도 굵은 편이에요. 머리카락은 갈색이고 눈은 회색이 고요. 옷차림은, 글쎄요, 아마 절도범들이 들어왔을 때에도 앞치마에 머 릿수건을 쓰고 있을 거라고 생각해요. 오후 늦게야 옷을 갈아입거든 요. 저도 몇 번이나 잔소리를 했죠. 앞치마 차림으로 현관문을 여는 건 게으르고 지저분해 보인다고요. 치아가 좋고 표정이 밝아요. 하지만 뭔 가 일이 벌어졌다면 표정도……" 엘리스 부인이 말을 멈췄다. 살해당했 다면 웃는 표정일 리는 없을 것이다.

의사는 그 점에는 신경 쓰지 않는 것 같았다. 그는 주의 깊게 엘리스 부인을 살펴보았다. "지금 말씀하신 인상착의가 부인과 정확히 일치한다는 걸 아시겠습니까?"

"저하고요?"

"네. 체격, 머리카락과 눈 색깔 등등 모든 면에서요. 저희는 부인께서 기억상실로 자기가 누군지 잊어버렸고, 스스로를 엘리스 부인이라고 믿는 그레이스 잭슨이 아닐까 생각하고 있습니다. 그리고 그레이스 잭슨의 친척을 백방으로 찾는 중이고요."

이건 도를 넘은 발언이었다. 엘리스 부인은 침을 꿀꺽 삼켰다. 분노가 치솟았다. "선생님, 말씀이 지나치십니다. 전 제 하녀 그레이스 잭슨과 조금도 닮은 점이 없어요. 그레이스가 여기 올 수 있다면 그녀도 똑같은 말을 할 거예요. 그레이스는 7년 동안 저를 위해 일했어요. 본래는 스코틀랜드 출신이라 부모가 다 스코틀랜드인이죠. 명절이 되면 애버딘으로 가곤 했어요. 열심히 일하는 정직한 하녀이고 가끔은 저와 부딪칠 때도 있었지만, 그건 서로가 고집을 꺾지 않았기 때문일 뿐 심각한 문제는 아니었어요. 하지만……"

부인은 의사가 다 안다는 표정으로 저렇게 미소 짓지 않으면 좋겠다고 생각했다.

"거 보십시오. 그레이스 잭슨에 대해 너무도 잘 알고 계시지 않습니까?"

엘리스 부인은 의사를 한 대 때릴 수도 있었으리라. 그가 그녀를 그레이스 잭슨이라고 철두철미하게 확신하는 모습이었기 때문이다. '참아야 해. 흥분해선 절대 안 돼.' 부인은 생각했다. 그리고 큰 소리로 말했다. "그거야 7년 동안이나 하녀로 데리고 있었기 때문이죠. 그레이스가 어딜 다쳤다거나 하는 상태로 발견되면 경찰에게 책임을 묻겠어요. 제가 분명히 요청했는데도 어젯밤에 제 집을 제대로 지키지 않았으니까요. 그나마 제 딸아이는 찾아 주셨다니 다행입니다. 적어도 딸은 제 신분을 증명해 주겠죠."

엘리스 부인은 스스로가 아주 침착하고 자제력이 있다고 생각했다. 그런 어처구니없는 소리를 듣고도 잘 참아 낸 것이다.

"부인 나이가 서른다섯이라고 하셨죠?" 의사가 화제를 돌렸다. "그레이스 잭슨도 그 정도라고요?"

"전 지난 8월에 서른다섯이 되었어요. 그레이스는 아마 저보다 한 살 정도 어릴 거예요."

"확실히 부인은 그보다 나이 들어 보이지는 않으십니다." 의사가 미소를 지었다.

아니 이런 상황에서 웬 난데없는 칭찬이람?

"하지만 조금 전 제가 통화한 내용으로 미뤄 보면 지금 그레이스 잭슨은 최소한 55세나 56세는 됩니다."

"하녀로 일하는 그레이스 잭슨이라는 사람은 여러 명이겠죠. 하나씩 탐문하시려면 시간이 좀 걸리겠군요. 그건 그렇고 전 제 딸 수전이 어디 있는지, 잘 있는지가 제일 궁금해요."

의사의 태도가 누그러졌다. 부인은 그의 눈빛에서 그걸 알 수 있었다. "사실은 말입니다, 다행스럽게도 수전 양이 오늘 만날 수 있다고 하셨습니다. 전화 통화가 되었는데 여기서 가까운 세인트존스 우드에 있다는군요. 확신할 수는 없지만 직접 보면 그레이스 잭슨을 기억할 수 있을 것 같다고도 하더군요."

잠시 엘리스 부인은 할 말을 잃었다. 수전이 세인트존스 우드에서 대체 뭘 한다는 거지? 아이한테 전화를 받게 하고 그레이스에 대해 묻다니 무슨 난폭한 행동인가? 게다가 그레이스를 '기억할 수 있을 것 같다'니? 겨우 두 달 전에 학교로 떠나는 수전을 배웅해 준 그레이스를?

갑자기 동물원 생각이 났다. 학교에 이렇게 급작스러운 변화들이 여럿 일어난 상황에서 젊은 여선생이 아이들을 데리고 동물원이라도 간 모양이군.

"수전이 어디서 전화했는지 아시나요?" 엘리스 부인이 급히 물었다. "그러니까 제 말은, 누가 제대로 보살펴 주고 있는 상황인가요?"

"핼리팩스 거리 2a라고 하더군요. 누구의 보살핌을 필요로 하는 것 같지는 않았습니다. 충분히 자립적으로 보였고, 게다가 키스라는 어린 꼬마에게 조용히 하라고 외치는 소리도 전화기 너머로 들리더군요." 엘리스 부인 입가에 미소가 떠올랐다. 역시 우리 수전은 얼마나 똑똑한지. 정말 수전다워. 늘 또래보다 어른스러웠지. 하지만 꼬마라니…… 정말로 학교가 갑자기 남녀공학이라도 된 것일까. 그래서 남녀 학생이 다 함께 동물원에 가게 된 것일까. 동물원 근처 핼리팩스 거리에 슬레이터 여사나 포스터라는 부부의 친척이라도 있어 점심을 먹는 모양이군. 그렇지만 아이들이 학교를 떠나 동물원에 갔는데, 어쩜 부모들한테 전혀 알리지 않은 걸까. 학교 측에 강하게 항의하는 편지를 써야겠어. 학교 운영자가 바뀌고 게다가 남녀공학이 되었다면 학기 말에 당장 수전을 전학시켜야겠군.

"선생님, 전 당장에라도 핼리팩스 거리로 가고 싶어요. 경찰이 허락만 한다면요."

"좋습니다. 저는 함께 가지 못할 상황이라 죄송합니다만, 상황을 다 아는 헨더슨 수녀님이 동행하시기로 했습니다."

의사가 여경에게 고개를 끄덕여 보였다. 여경이 문을 열자 수녀복을 입은 중년 여인이 들어왔다. 엘리스 부인은 아무 말 없이 입술을 굳게 다물었다. 헨더슨 수녀라는 사람은 분명 모어턴 힐에서 나왔을 것이다.

"자, 수녀님, 바로 이분입니다." 의사가 명랑한 목소리로 말했다. "어디로 모셔 가서 어떻게 해야 하는지 잘 아시겠죠. 아마 핼리팩스 거리에서 볼일은 몇 분 안 걸릴 겁니다. 그다음 일도 잘 부탁드립니다."

"알겠습니다." 수녀는 대답하며 전문가다운 눈길로 엘리스 부인을 살펴보았다.

엘리스 부인은 생각했다. '모자를 썼더라면, 이 보기 싫은 스카프 말고 다른 걸 쓰고 나왔더라면 좋았을걸. 헝클어진 머리카락에 화장도 제대로 안 한 꼴이라니. 남들 눈에 얼마나 단정치 못하고 볼썽사납겠어……'

부인은 어깨를 활짝 폈다. 그러고는 주머니에 손을 집어넣고 싶은 마음을 억누르고 곧은 걸음으로 열린 문을 향했다. 의사, 수녀, 그리고 여경이 부인을 안내해 차에 태웠다. 제복을 입은 운전수가 모는 차였다. 먼저 부인이 타고 다음으로 수녀가 탔다.

하룻밤 신세 진 비용을 치러야 하나, 하는 생각이 퍼뜩 떠올랐다. 차도 몇 잔 마셨는데 여경한테 팁을 줘야 하는 건가? 어떻든 지금은 수중에 돈이 한 푼도 없으니 불가능한 일이었다. 부인은 여경에게 밝은 표정으로 고개를 끄덕여 보였다. 의사에게는 마음이 덜 내켜 차갑게 고개 숙여 인사를 했다. 차가 출발했다.

엘리스 부인은 옆에 버티고 앉은 수녀와 이야기를 나눠야 하는 건가 싶어 잠시 망설였다. 아니, 안 그러는 게 좋겠어. 무슨 말을 하든 정신 질환의 증거로 받아들여질 것 같았다. 부인은 장갑을 깔끔하게 포개 무릎 위에 놓고 앞만 바라보았다. 지금껏 본 적 없을 정도로 교통 정체가 심했다. 자동차 박람회라도 있는 모양이군. 길거리에는 미국 차들이 무수히 많았다. 무슨 경주 대회라도 열리는 걸까.

도착할 때까지 부인은 핼리팩스 거리에 대해 별생각을 하지 못했다. 허름한 집들이 늘어선 거리였다. 유리창이 깨진 창문도 많이 보였다. 차는 기둥에 2a라고 쓰인 작은 집 앞에 멈췄다. 아이들이 모여 점심을 먹기에는 적당하지 않은 장소군. 멋진 카페가 훨씬 좋았을 텐데.

수녀가 차에서 내려 엘리스 부인이 내리는 것을 도와주었다. "오래 걸리지 않을 거예요." 수녀가 운전수에게 말했다.

'그거야 당신 생각이지.' 엘리스 부인이 생각했다. '난 원하는 만큼 충분히 오랫동안 수전과 함께 있을 거야.'

두 사람은 작은 앞마당을 지나 현관문으로 걸어갔다. 수녀가 초인종을 눌렀다. 거실 쪽 유리창에서 얼굴 하나가 밖을 내다보다가 바로 커튼 뒤로 사라지는 것이 보였다. 맙소사, 저건 윌프레드의 여동생 도러시잖아. 버밍엄에서 학교 선생을 하고 있는 시누이…… 모든 것이 분명해졌다. 포스터 부부는 도러시와 아는 사이인 것이다. 교편을 잡은 사람들은 서로 알게 마련이니. 하지만 이 얼마나 불편한 상황인가. 엘리스 부인과 도러시는 제대로 연락조차 하지 않는 사이였다. 남편이 죽었을 때 시누이가 책상은 자기 것이라는 둥, 좋은 보석은 엄마가 새언니한테 준 것들이 분명할 거라는 둥 몹시 기분 나쁘게 굴었기 때문이다. 장례식 다음 날 오후 내내 그렇게 불쾌한 언쟁이 오갔다. 그래서 도러시가 보석과 책상은 물론 자기와는 아무 상관 없는 고급 카펫까지 챙겨서 떠났을 때, 부인은 떠나 주는 것이 그저 고마울 정도였다. 도러시는 두 번 다시 만나고 싶지 않은 사람이었다. 게다가 수녀를 대동하고, 모자나 가방도 없는 단정치 못한 모습인 이런 상황에서는 더욱 만나고 싶지 않았다.

하지만 곧바로 현관문이 열리는 바람에 어떻게 해볼 도리가 없었다. 아, 아니군, 도러시가 아니야. 하지만 참 이상해. 어쩌면 저렇게 비슷할까. 코 생김새와 약간 짜증스러운 표정까지도. 키가 약간 더 크고 머리카락 색깔이 약간 더 밝을 뿐이야. 정말 놀랄 정도로 닮은 사람인걸.

"드루 부인이신가요?" 수녀가 물었다.

"네." 젊은 여자가 대답했다. 집 안쪽에서 아이가 불렀는지 여자가 어깨 너머로 뒤돌아보며 재빨리 외쳤다. "조용히 해, 키스. 잠깐이라도 말 좀 들어!"

바퀴 달린 장난감을 질질 끌면서 다섯 살쯤 되어 보이는 사내아이가 현관 쪽으로 걸어 나왔다. '귀여운 꼬마군.' 엘리스 부인은 생각했다. '엄마를 퍽도 괴롭히겠어. 근데 아이들은 다 어디 있는 거지? 수전은 어디 있고.'

"확인해 주셨으면 하는 분이 바로 이분입니다." 수녀가 말했다.

"안으로 들어오시는 게 좋겠어요." 드루 부인이 망설이는 투로 권했다. "집 안이 엉망이어서 죄송해요. 도와주는 사람 없이 아이를 키우다 보니 이렇군요."

불안과 긴장이 높아지기 시작한 엘리스 부인은 문간에 놓인 고장 난 장난감을 밟을 뻔하면서 안으로 들어섰다. 거실인 듯싶은 공간은 그야말로 난장판이었다. 아침 식사를 한 상이 아직 치워지지 않았고(어쩌면 점심 식사인지도 몰랐다) 사방에 장난감이 놓였으며 창가 탁자에는 천 조각이 흩어져 있었다.

드루 부인이 겸연쩍게 웃었다. "키스 장난감이랑 제가 재봉일하는 재료예요. 저녁때 남편이 집에 오면 밥을 또 차려야 할 텐데…… 하기야 원래 사는 게 다 그렇죠." 목소리조차 도러시와 똑같았다. 엘리스 부인은 드루 부인에게서 시선을 떼지 못했다. 불평하는 어조까지 꼭 닮아 있었다.

"시간을 많이 뺏고 싶진 않습니다." 수녀가 정중하게 말했다. "이분이 그레이스 잭슨인지 아닌지만 말해 주시면 됩니다."

드루 부인이 엘리스 부인을 유심히 살펴보더니 말했다. "아니요, 그레이스가 아니에요. 몇 년 동안, 그러니까 결혼한 이후로는 그레이스를 보지 못했지만, 그 전에는 햄스테드에서 가끔 만났죠. 그레이스는 이분과는 전혀 다르게 생겼어요. 더 체격이 크고 피부가 검고 나이도 많죠."

"고맙습니다. 그럼 이분과는 전에 만나신 적이 없으신 건가요?"

"네, 없어요." 드루 부인이 대답했다.

"잘 알겠습니다. 그럼 더 이상 귀찮게 할 필요가 없군요."

수녀는 이제 가자는 듯 몸을 돌렸다. 하지만 엘리스 부인은 영문을 알 수 없는 놀음에 그냥 넘어가지 않았다.

"죄송합니다만," 엘리스 부인이 드루 부인에게 말했다. "뭔가 이것저것 오해가 많은 듯하지만, 어떻든 오늘 아침 햄스테드 경찰서의 의사가 이곳에 계신 분과 통화한 것으로 압니다. 하이 클로즈 학교 학생들이 여기 있다면서요? 그중에 우리 아이도 있을 거예요. 아직도 학생들이 머물고 있나요? 학생들을 인솔한 사람은 어디 있죠?"

수녀가 참견하려 했지만, 드루 부인은 어린 아들이 또다시 장난감을 끌고 방으로 들어오는 바람에 수녀에게 신경을 쓰지 못했다. "키스, 바깥에서 놀라고 했지!"

엘리스 부인이 꼬마에게 미소를 지어 보였다. 그녀는 워낙 아이들을 좋아했다. "정말 귀여운 아이구나." 부인이 아이에게 손을 내밀었다. 아이는 그 손을 꼭 쥐었다.

"보통은 처음 보는 사람한테 곁을 안 줘요. 많이 수줍어해서요. 가끔은 말을 안 하고 고개만 흔드는 통에 제가 아주 미친답니다." 드루 부인이 아이의 반응에 신기해하며 이렇게 말했다.

"저도 어릴 때 수줍음을 많이 탔어요. 그래서 그 마음을 알죠." 엘리스 부인이 말했다.

키스는 신뢰하는 눈빛으로 엘리스 부인을 올려다보았다. 부인의 마음이 따뜻해졌다. 하지만 그렇다고 수전을 잊어버릴 수는 없었다. "하이 클로즈 학생들에 대해 이야기하던 중이었죠."

"네." 드루 부인이 말했다. "그 경찰이 뭔가 멍청한 실수를 저지른 모양이에요. 결혼하기 전에 제 이름이 수전 엘리스였어요. 하이 클로즈 기숙학교에 다녔고요. 거기서 착오가 생긴 모양이에요. 여기 그 학교 학생들은 없어요."

"이 무슨 기막힌 우연의 일치일까요." 엘리스 부인이 미소 지으며 말했다. "제 이름도 엘리스거든요. 제 딸은 수전이고요. 더군다나 당신은 제 죽은 남편의 여동생과 꼭 닮았어요."

"그래요? 하지만 워낙 흔한 이름이잖아요. 저 아랫길 고깃간 주인도 엘리스랍니다."

엘리스 부인의 얼굴이 붉어졌다. 썩 재치 있는 대답은 아니지 않는가. 수녀가 다가와 금방이라도 팔을 잡고 끌어낼 것처럼 몸을 굽히자 부인은 한층 더 신경이 날카로워졌다. 부인은 이 집을 떠나지 않기로 결심했다. 어떻든 저 수녀와 같이 떠나지는 않을 작정이었다.

"하이 클로즈는 가정처럼 따뜻한 학교라고 늘 생각했답니다." 엘리스 부인이 빠르게 말했다. "최근 여러 변화가 있었다는 걸 알고 놀랐어요. 좀 있다가는 완전히 다른 학교가 돼버릴 것 같아요."

"그렇게 많이 변하지는 않은 것 같은데요." 드루 부인이 말을 받았다. "어린아이들은 다들 작은 괴물이죠. 부모와 너무 오래 함께 지내지 않도록 하는 것, 그리고 여러 유형과 섞여 잘 어울리도록 하는 것이 꼭 필요해요."

"전 그 말씀에는 동의할 수 없군요." 엘리스 부인이 반박했다. 저 말투, 저 표정은 정말로 도러시와 판박이었다.

"물론 전 슬레이터 여사에게 감사하지 않을 수 없는 입장이랍니다. 나이가 많이시긴 해도 마음은 비단결 같으세요. 저한테는 최선을 다해 주셨고요. 어머니가 교통사고로 돌아가신 후에는 방학 때마다 절 보살펴 주셨죠."

"가슴 아픈 일을 겪으셨군요. 그래도 슬레이터 여사가 보살펴 주셨다니 다행입니다."

"네. 꽤 힘들었죠. 그래서 그때 일은 기억하지 않으려 해요. 어머니가 아주 다정하고 아름다운 분이셨다는 건 기억하죠. 키스는 어머니를 닮은 것 같아요."

꼬마는 엘리스 부인의 손을 놓으려 하지 않았다.

"자, 이제 가야 할 시간이에요." 수녀가 말했다. "드루 부인, 여러모로 도와주셔서 고맙습니다."

"전 가고 싶지 않아요." 엘리스 부인이 조용히 말했다. "그리고 당신한텐 날 끌고 갈 권리가 없어요."

수녀가 드루 부인과 눈짓을 주고받았다. "미안합니다만," 수녀가 낮은 목소리로 속삭였다. "운전수를 불러와야겠어요. 처음부터 간호사를 동행시켜 달라고 했는데 그렇게 안 해주더라고요."

"괜찮아요. 요즘 정신병자가 어디 한둘인가요. 우선 전 키스를 부엌으로 데려가야겠어요. 혹시 납치할 마음을 품을지도 모르잖아요."

키스는 싫다고 몸을 비틀면서 끌려갔다.

다시 한 번 수녀가 엘리스 부인을 바라보았다. "이제 가시죠. 이성적으로 행동하세요."

"싫어요." 엘리스 부인은 이렇게 대답하면서 자신도 놀랄 만큼 민첩한 동작으로 드루 부인의 작업 테이블로 가서 가위를 집었다. "더 가까이 오면 찌르겠어요."

수녀가 뒤돌아서더니 빠른 걸음으로 운전수를 부르러 갔다. 다음 몇 분은 순식간에 흘러갔다. 하지만 부인 스스로가 탐정소설 주인공 못지 않게 훌륭히 대처했다고 깨닫기에는 충분했다. 부인은 침실로 들어가 뒷마당으로 통하는 문을 열었다. 열려 있는 침실 창문을 통해 운전수가 외치는 소리가 들렸다.

"뒷문이 열려 있어요! 그쪽으로 도망칠 거예요."

'헷갈리게 만들어 드리지.' 엘리스 부인이 침대에 기대앉으며 생각했다. '열심히 쫓아가 보라고. 덕분에 수녀 몸무게는 좀 줄어들겠군. 모어턴 힐에서는 생전 뛸 일이 없을 테니. 늘 차를 마시고 달콤한 비스킷이나 먹지 않겠어? 환자들한테는 빵과 물만 주면서.'

얼마간 시간이 흘렀다. 전화 통화 소리가 들렸다. 침대에 기대어 꾸벅꾸벅 졸기 시작한 순간 차가 멀리 떠나는 소리가 났다. 모든 것이 조용해졌다. 꼬마가 복도에서 노는 소리만 들렸다. 문간으로 가 다시 한 번 귀를 기울였다. 바퀴 달린 장난감이 복도 앞뒤로 굴러가는 소리였다. 다른 소리도 들려왔다. 거실 재봉틀이 빠른 속도로 돌아가는 소리였다. 드루 부인이 작업을 시작한 것이다.

수녀와 운전수는 가버렸다. 두 사람이 가버린 지 한두 시간은 흘렀을 것이다. 벽난로 위 시계를 보았다. 2시였다. 그건 그렇고 이 얼마나 어수선한 방인지. 한가운데 신발이 놓여 있고 코트는 의자 등받이에 걸쳐져 있고 아이 키스의 침대도 자고 일어난 그대로였다.

'여자가 제대로 교육을 못 받았어.' 엘리스 부인은 생각했다. '그 공손치 못한 태도를 봐도 알 수 있지. 하지만 어머니가 돌아가셨다니 불쌍하군……'

부인은 방을 둘러보다가 달력에 인쇄되어 있는 연도를 보고, 달력마저 제대로가 아님을 알아차렸다. 1932년이 아니라 1952년 달력이었다. 정말 부주의한 사람들이야……

부인은 발뒤꿈치를 들고 살금살금 걸어 나왔다. 닫힌 거실 문 안에서 쉴 새 없이 재봉틀 소리가 울렸다. '생활이 어려운 모양이야. 아내가 재봉 일을 하다니 남편은 대체 뭘 하는 사람일까.' 부인은 소리 없이 복도를 지났다. 설사 소리를 냈다 해도 재봉틀 소리에 묻혔을 것이다. 거실을 지나는데 문이 열렸다. 꼬마가 서서 부인을 쳐다보았다. 아무 말 없이 미소만 지으면서. 부인도 마주 보며 미소를 지어 보였다. 꼬마는 자기편이 되어 줄 거라는 확신이 들었다.

"키스, 어서 문 닫아." 거실 안쪽에서 엄마가 말했다. 문이 닫혔다. 재봉틀 소리가 작아졌다. 엘리스 부인은 그 집을 나와 멀리 사라져 갔다. 냄새로 방향을 찾는 동물처럼 북쪽으로 향했다. 북쪽이 집 방향이기 때문이었다.

부인의 모습은 곧 차량에 파묻혔다. 핀츨리 거리에 이르자 속도를 높인 버스들이 휙휙 곁을 지나쳤다. 다리가 아파 왔고 피곤했다. 하지만 돈이 없었으므로 버스를 탈 수도, 택시를 잡을 수도 없었다. 아무도 부인을 쳐다보지도, 상관하지도 않았다. 모두들 직장으로 혹은 집으로 가기 바빴다. 햄스테드로 이어지는 언덕길을 힘겹게 오르면서 엘리스 부인은 난생처음으로 자신이 친구 하나 없이 외롭다고 느꼈다. 집이 그리웠다. 자기가 만들어 낸 편안한 공간에 어서 들어가고 싶었다. 난데없이 망가져 버린 일상을 되찾고 싶었다. 바로잡을 일이 한두 가지가 아니었다. 어디서부터 시작해야 할지, 누구한테 도움을 청해야 할지도 알 수 없었다.

엘리스 부인은 생각했다. '모든 것이 어제 산책하러 나가기 전 모습이면 좋겠어.' 등이 아프고 다리가 뻣뻣했다. '집에 가고 싶어. 우리 딸이 보고 싶어.'

다시 벌판이 나왔다. 이제 교차로를 건너기 직전이었다. 어제 했던 생각도 떠올랐다. 수전에게 빨간 자전거를 사줄 계획을 세우고 있었지. 가볍지만 튼튼한 걸로 골라야 해.

자전거 생각을 하자 걱정도, 고통도 잊어버렸다. 이 혼란이 끝나고 나면 수전에게 빨간 자전거를 사줘야지.

그런데 왜 또다시 끼익하는 브레이크 소리가 들리고 세탁소 배달원의 놀란 표정이 보이는 걸까?

낯선 당신, 다시 입 맞춰 줘요
Kiss Me Again, Stranger

제대 후 얼마간 이곳저곳 돌아다니던 나는 런던의 하버스톡 힐 거리 남단 햄스테드에 있는 자동차 정비소에 취직했다. 본래 엔진 등 기계 만지는 걸 좋아했고 정비 부대에서도 그런 일을 했었다.

엔진 시동을 거는 소리, 휘파람을 불며 연장 덜그럭거리는 소리가 시끌벅적한 가운데, 기름때 묻은 작업복 차림으로 자동차나 트럭 아래로 들어가 낡은 볼트나 너트를 돌리는 시간이 내게는 가장 즐거웠다. 기름 냄새나 흙먼지가 싫었던 적은 한 번도 없었다. 어릴 때 내가 윤활유 깡통을 가지고 놀면 어머니는 "아이한테 해될 건 없을 거야. 지저분하게 보여도 깨끗하거든" 하고 말씀하시곤 했는데, 그건 기름 냄새나 흙먼지도 마찬가지였다.

느긋하고 유쾌한 호인인 정비소 사장은 내 능력을 인정해 주었다. 사장은 기계 다루는 데 별 재주가 없었으므로 실제 일은 주로 내 몫이었고 나는 그게 좋았다.

어머니와 함께 살지는 않았다. 어머니 집은 정비소에서 너무 멀었고 하루의 절반을 출퇴근으로 보내고 싶은 생각은 없었다. 나는 가까운 곳에 거처를 구하고 싶어 정비소에서 걸어서 10분 거리인 톰슨 부부 집에 방을 하나 얻었다. 톰슨 부부는 좋은 사람들이었다. 남편은 구두 수선 일을 했고 부인은 요리를 하고 가사를 돌보았다. 나는 아침과 저녁 식사를 늘 그 부부와 함께 먹으며 가족 같은 대접을 받았다.

나는 규칙적인 사람이다. 일에 열중하다가 하루 일과가 끝나면 신문과 담배 한 개비, 라디오 음악과 함께 시간을 보낸 후 일찍 잠자리에 든다. 여자가 필요했던 적은 한 번도 없었다. 군 생활을 하면서 이집트 포트사이드나 중동 지역에 파견되었을 때조차.

톰슨 부부와 함께 지내는 삶, 매일매일 똑같이 흘러가는 그 삶이 내게는 충분히 행복했다. 어느 날 밤에 그 일이 일어나기 전까지는 말이다. 그다음에는 모든 것이 달라져 버렸다. 앞으로도 아마 계속 그럴 것이다……

그날 톰슨 부부는 결혼한 딸네 집에 다니러 갔다. 내게도 함께 가자고 권했지만 굳이 끼고 싶지 않았다. 정비소 일을 마친 후 집에서 혼자 시간을 보내는 대신 영화관으로 향했다. 카우보이가 인디언 배에 칼을 찔러 넣는 포스터가 마음에 들어서(나는 서부영화 팬이다) 12페니를 내고 표 한 장을 사서 안으로 들어갔다. 안내원에게 표를 건네며 "마지막 줄 자리를 주세요"라고 말했다. 제일 뒷줄에 앉으면 머리를 기댈 수 있어 좋았기 때문이다.

그때 그녀를 보았다. 영화관은 어째서인지 여직원들을 예의 바른 남자처럼 모자부터 옷까지 모두 벨벳으로 입힌다. 그래 봤자 남자로 보이지도 않는데 말이다. 그녀의 구릿빛 머리카락은 안으로 말려 있었다. 근시 같지만 시력이 그리 나쁘지는 않은 듯한 푸른 눈은 밤이 되어 색이 더 짙어져 있었다. 입은 완전히 지쳤다는 듯 축 처져 있었는데 그 입을 미소 짓게 하려면 온 세상을 다 바치기라도 해야 할 것 같았다. 얼굴에 주근깨는 없었지만 그렇다고 우윳빛 피부도 아니었다. 그보다는 복숭아색이랄까, 조금 더 따뜻하고 자연스러웠다. 키가 작고 마른 체형에 파란 벨벳 코트가 딱 달라붙어 있었다. 모자를 뒤쪽으로 써서 구릿빛 머리카락이 드러났다.

나는 팸플릿을 샀다. 커튼 안쪽 캄캄한 곳으로 들어가는 시간을 늦추기 위해서였다. 그리고 그녀에게 물었다. "이 영화 어때요?"

그녀는 나를 쳐다보지 않았다. 반대쪽 벽을 멍하니 바라볼 뿐이었다. "칼잡이가 별로예요. 덕분에 잠자기엔 좋죠."

나는 웃음을 참을 수가 없었다. 하지만 그녀는 진지한 모습이었다. 농담을 한 것이 아니기 때문이었다.

"그래서야 홍보가 되겠어요? 지배인이 들으면 어쩌려고요?"

그 순간 그녀가 나를 보았다. 푸른 눈을 내 쪽으로 돌린 것이다. 여전히 피곤에 지친 무관심한 눈이었지만, 그 속에는 내가 전에는 물론이고 이후에도 본 적 없는 무언가가 담겨 있었다. 긴 잠에서 깨어나 상대를 보고 반가워하는 일종의 게으름이라고나 할까. 주인이 토닥여 주면 고양이들이 가끔 그런 눈빛을 한다. 가르릉 소리를 내고 몸을 둥글게 말면서 주인이 원하는 대로 하게 내버려 둘 때. 그녀는 잠시 그렇게 나를 바라보더니 보일 듯 말 듯한 미소를 띠고 내 표를 받아 반으로 찢었다. "전 홍보하는 사람이 아니에요. 이렇게 입고 당신을 안으로 끌어들이라고

돈을 받는 거지."

그녀는 커튼을 걷고 어둠 속에 손전등을 비춰 주었다. 하지만 나는 아무것도 볼 수 없었다. 완벽한 암흑이었다. 점차 눈이 어둠에 익숙해져야 주변 윤곽이 드러나지 않는가. 화면에서는 한 사람이 상대에게 "바른 대로 대지 않으면 총알 맛을 보여 주지" 하고 위협했고, 또 다른 사람은 유리창을 부수어 여자가 비명을 지르게 했다.

"영화가 괜찮을 것 같은데요." 나는 그렇게 말하고는 더듬거리며 좌석을 찾았다.

"저건 당신이 볼 영화가 아니라 다음 주 상영작 예고편이에요." 그녀가 그렇게 설명하면서 손전등을 켜 마지막 줄의 내 자리를 비춰 주었다.

광고와 뉴스가 나온 후 웬 남자가 무대에 오르더니 오르간을 연주했다. 화면 위 커튼 색이 보라색에서 금색으로, 다시 초록색으로 바뀌었다. 영화관은 돈값을 해야 한다고 생각하는 모양이었다. 주변을 둘러보니 객석 절반은 비어 있었다. 그녀 말대로 별 볼 일 없는 영화 같았다.

다시 어두워지기 직전에 그녀가 통로에 등장했다. 아이스크림 통을 메고 있었지만 팔 생각은 그리 없어 보였다. 꿈을 꾸는 듯한 걸음걸이였다. 나는 손짓하며 그녀를 불렀다.

"6페니짜리 있나요?"

그녀가 내 쪽을 보았다. 벌레처럼 그녀 발에 밟혀 죽기라도 해야 내 존재를 인식해 줄 모양이었다. 어렴풋한 미소와 예의 게으른 눈빛으로 그녀가 내 좌석 뒤쪽으로 다가왔다.

"샌드요, 콘이요?" 그녀가 물었다.

사실 둘 다 별로였다. 그저 그녀한테서 뭔가 사면서 계속 그 말소리를 듣고 싶었을 뿐이다.

"어떤 쪽이 좋을까요?" 나는 되물었다.

그녀가 어깨를 으쓱했다. "콘이 오래 먹기 좋아요." 그러면서 내게 대답할 시간도 주지 않고 콘을 건넸다.

"그쪽은 뭘 먹을래요?"

"전 사양할게요. 만드는 모습을 봤거든요."

그녀는 멀어졌고 영화관 안은 어두워졌다. 나는 커다란 아이스크림콘을 들고 바보 같은 모습으로 앉아 있었다. 빌어먹을 아이스크림이 사방으로 흘러내리더니 셔츠에 떨어졌다. 나는 무릎까지 흥건해질지 모른다는 생각에 최대한 서둘러 그 차가운 덩어리를 입안에 쑤셔 넣어야 했다. 누군가가 들어와서 통로 옆 빈 좌석에 앉았으므로 나는 구석으로 몸을 돌려 앉았다.

마침내 아이스크림을 다 먹고 손수건으로 얼굴과 손을 닦은 후 나는 화면에서 펼쳐지는 이야기에 집중했다. 덜컹거리며 대초원을 가로지르는 마차, 금을 가득 실은 열차 납치와 돈 요구, 승마 바지 차림이다가 다음 장면에서는 드레스를 차려입은 여주인공에 이르기까지 전형적인 서부영화였다. 영화 속에서는 응당 그래야 하지만 현실과는 전혀 다른 이야기. 영화를 보는 내내 나는 공기 중에서 어떤 향기를 맡았다. 무슨 향기인지, 어디서 오는지 알 수 없었지만 계속 느껴졌다. 내 오른쪽에는 남자가 한 명 앉았고 왼쪽 두 자리는 비어 있었다. 앞쪽 사람들에게서 오는 향기는 분명 아니었다. 나는 두리번거리며 향기를 맡았다.

나는 향수를 좋아하는 부류가 아니다. 형편없는 싸구려 향수가 너무 많기 때문인데 그 향기는 달랐다. 역하거나 지독하지 않았다. 번화가인 웨스트엔드의 커다란 꽃집에서 파는 (돈 많은 사람들이 배우를 위해 산다고 하는) 꽃 냄새와 비슷했다. 담배 연기 자욱한 낡고 어두운 영화관에서 그런 좋은 향기를 맡게 되니 정신을 차릴 수가 없었다.

마침내 의자에서 오른쪽으로 몸을 돌렸을 때 향기의 출처를 찾아냈다. 바로 그녀였다. 내 뒤쪽 칸막이에 팔을 얹고 기대서 있었던 것이다.

"가만히 좀 계세요. 지금 12페니를 낭비하고 있잖아요. 영화에 집중해요."

나한테만 들릴 만한 목소리였다. 나만을 위한 속삭임이었다. 나는 킥킥 웃었다. 저 배짱이라니! 향기의 출처를 알게 되니 영화 관람도 더 즐거웠다. 마치 그녀가 내 옆 빈자리에 앉아 함께 영화를 보는 듯했다.

영화가 끝나고 불이 켜졌을 때에야 나는 내가 본 영화가 오늘의 마지막 회이며 10시가 다 된 시간임을 깨달았다. 모두들 밖으로 나가는 중이었다. 그대로 조금 기다리자 그녀가 손전등을 들고 나타나 누가 장갑이나 지갑을 떨어뜨리지는 않았는지 살피기 시작했다. 자리를 지키고 있는 나한테는 전혀 신경을 쓰지 않았다.

나는 마지막 줄에서 일어섰다. 남은 관객은 나 혼자뿐이었다. 그녀가 다가오더니 말했다. "저쪽으로 가세요. 통로 막지 마시고요." 그러고는 손전등으로 앞쪽을 비췄지만 다음 날 아침 청소부가 치워야 할 담뱃갑이 하나 보일 뿐이었다. 그녀는 허리를 펴고 나를 위아래로 쳐다보더니 뒤통수에 매달려 있던 모자를 벗어 부채질을 했다. "오늘 여기서 주무실 작정인가 보죠?" 그러고는 휘파람 소리를 내며 커튼 밖으로 사라져 버렸다.

그야말로 정신이 나갈 지경이었다. 내 평생 그렇게 한 여자에게 빠져들기는 처음이었다. 바로 뒤따라갔지만 그녀는 매표소 뒤쪽 문으로 들어가 버렸고 수위가 뒤에서 그 문을 잠갔다. 하는 수 없이 나는 길거리로 나와 기다렸다. 아마도 그녀는 다른 여직원들과 어울려 우르르 나올 테니 기다려 봤자 아무 소용 없겠지만. 표 파는 여직원, 위쪽 발코니석의 안내 여직원, 거기에 외투 보관소 여직원까지 낄낄거리며 몰려나올 때 그녀에게 말을 걸 용기는 없었다.

하지만 몇 분 후 영화관을 나서는 그녀는 뜻밖에도 혼자였다. 비옷에 벨트를 매고 두 손을 주머니에 찔러 넣은 채였다. 모자는 쓰고 있지 않았다. 그녀는 주변에는 눈길도 주지 않고 곧장 거리를 걸어갔다. 나는 뒤쫓았다. 혹시나 돌아보면 어쩌나 싶었지만, 그녀는 빠른 걸음으로 앞만 보며 걸었다. 끝이 안쪽으로 말린 구릿빛 머리카락이 어깨에서 찰랑였다.

잠깐 망설이는가 싶더니 그녀는 길을 건너 버스 정류장에 섰다. 벌써 네다섯 명이 서 있는 그곳에 내가 끼어드는 것을 그녀는 보지 못했다. 버스가 도착하자 그녀는 가장 먼저 올라탔고 나도 뒤따라 탔다. 어디로 가는지 짐작도 할 수 없었지만 상관없었다. 2층 버스 위층으로 올라가 뒷자리에 앉은 그녀는 하품을 하더니 눈을 감았다.

나는 새끼 고양이처럼 조심스럽게 그 옆에 앉았다. 그런 일이 처음이라 어떤 결과로 이어질지 알 수 없었다. 차장이 왔을 때는 "6페니짜리 두 장이요" 하고 말했다. 종점까지 갈 것 같진 않았지만 6페니짜리를 사야 안심이 될 것 같았다.

차장은 눈썹을 치켜세우며(굳이 아는 척하는 부류 같았다) "운전수가 기어를 바꿀 때 덜컹거릴 수 있어요. 면허 딴 지 얼마 안 돼서 말이에요"라고 말하더니 키득거리며 1층으로 내려갔다. 자기 유머 감각이 자랑스러운 모양이었다.

차장 목소리에 그녀가 잠을 깨고는 졸린 눈으로 내 쪽을, 내 손에 들린 표 두 장을 보았다. 표 색깔로 6페니짜리임을 알아보았을 것이다. 그녀는 미소를, 그날 저녁 처음으로 진짜 미소를 짓더니 태연하게 말했다.

"낯선 당신, 안녕!"

나는 마음을 진정하려고 담배를 꺼냈고 그녀에게도 권하려 했지만 그녀는 어느새 다시 눈을 감고 잠든 모습이었다. 저 앞쪽에서 신문을 읽는 공군 한 명을 빼고는 버스 2층에 우리 둘뿐이었으므로, 나는 팔을 뻗어 그녀의 머리를 내 어깨에 편히 기대게 하고 다정히 감싸 안았다. 당장 뿌리치고 욕을 퍼부을지도 모른다고 생각했지만 그녀는 그러지 않았다. 입가에 미소를 띠고 마치 안락의자에라도 앉은 듯 편안한 자세로 말했다. "공짜 버스에 공짜 베개는 매일 생기는 게 아니죠. 공동묘지 전 언덕 아래에서 깨워 줘요."

어느 공동묘지이고 어느 언덕인지 알 수 없었다. 어떻든 깨우지는 않을 작정이었다. 6페니 표를 샀으니 최대한 그만큼은 타고 가기로 했다.

그리하여 우리는 흔들리는 버스 안에서 딱 붙어 앉아 편안한 여행을 했다. 침대에 앉아 축구 관련 기사를 읽거나 톰슨 부부 딸네 집에서 저녁을 보내는 것보다 훨씬 재미있었다.

나는 조금씩 더 대담해져서 그녀의 머리 위에 내 머리를 기댔고 그녀를 감싸 안은 팔에도 조금 더 힘을 주었다. 너무 티 나지 않을 정도로 살짝 말이다. 그때 누군가가 2층으로 올라왔다면 틀림없이 우리를 연인으로 보았을 것이다.

차비가 4페니쯤 되는 곳을 지난 후부터는 조금 불안해졌다. 이 낡은 버스는 6페니 거리까지 다 가서 종점에 닿으면, 시내로 되돌아가지 않고 거기서 밤새 멈춰 있을 것이다. 그럼 우리 역시 거기 덩그러니 남을 것이다. 시간이 늦어 돌아갈 버스가 없으니. 그런데 내 주머니에는 잔돈 몇 푼뿐이었다. 택시비는커녕 기사 팁도 안 될 금액이었다. 아니, 지나가는 택시도 없겠지.

바보같이 돈도 없이 나오다니! 하긴 처음부터 충동적으로 움직인 탓이었다. 어떤 일이 벌어질지 알았다면 지갑을 두둑하게 채워서 나왔을 것이다. 여자와 데이트하는 일은 드물었지만 나는 하면 제대로 하자는 주의였다. 돈만 있다면 코너 하우스에서 맛있고 푸짐한 식사를 한 후, 지금처럼 늦은 시간만 아니라면, 또 여자 쪽에서 커피나 오렌지에이드보다 술을 좋아한다면 집 근처 술집에 갈 수도 있으리라. 정비소 사장이 가는 술집인데, 진 한 병을 사서 보관해 두고 언제든 마음 내킬 때 들르면 되는 곳이었다. 웨스트사이드에도 그렇게 운영되는 나이트클럽이 있다고 들었지만 터무니없이 비쌀 것이다.

어떻든 나는 버스를 타고 알지 못할 곳으로 가는 중이었고, 나의 그녀(정말 연인이라도 된 것처럼 이렇게 생각했다)는 곁에 있었다. 그녀를 집에 데려다 줄 돈만 있다면! 나는 안절부절못하기 시작했고, 혹시라도 넣어 두고 잊어버린 동전이나 지폐가 없는지 이 주머니 저 주머니를 뒤졌다. 그것이 방해가 된 모양인지 갑자기 그녀가 내 귀를 잡아당기며 "가만히 좀 있어요" 하고 말했다. 친구처럼 다정한, 아니 그보다 한층 더 친밀한 분위기로.

"저기요, 정말 미안하지만 제가 바보 같은 짓을 했어요. 그쪽 옆에 앉아 있고 싶어서 종점까지 가는 표를 샀는데, 종점에서 내리고 나면 돈이 없는 상황이에요."

"다리가 멀쩡하잖아요."

"다리가 멀쩡하다니, 무슨 말씀인지?"

"다리는 걸으라고 있는 거죠. 내 다리는 그런데."

그제야 나는 돈은 중요하지 않다는 것을, 그녀가 화나지 않았으니 그날 밤이 순조로울 것임을 깨달았다. 나는 신이 나서 그녀를 꼭 껴안았다(다른 여자였다면 날 가만두지 않았을 것이다). "아직 공동묘지를 지나친 것 같진 않습니다만 혹시라도 지나쳤다면 어쩌죠?"

"다른 묘지가 또 나올 거예요. 특별히 정해 둔 건 아니에요."

나는 어리둥절해졌다. 집에서 가까운 정류장이 공동묘지여서 거기서 내리려고 한 것이 아니란 말인가. 잠시 후 내가 말했다. "다른 묘지가 또 나올 거라니요? 버스 길에서 공동묘지는 자주 나오지 않을 텐데요."

"그냥 대충 말한 거예요. 이제 입 다물어요. 난 그쪽이 조용한 게 좋아요."

무안을 주는 말투는 아니었다. 나는 그녀의 말뜻을 알 것 같았다. 톰슨 부부와 저녁을 먹으면서 하루 동안 있었던 일을 이야기하는 것은 즐겁다. 한 사람은 신문을 읽고 다른 사람은 또 다른 화제를 꺼내고 하다가 결국 하품을 시작하고 잠자러 가는 일상 말이다. 한가한 오전이나 오후 3시 무렵, 사장과 마주 앉아 "내 생각 좀 들어 보겠나. 관리들이 일을 엉망으로 하고 있어. 지난 정부보다 나을 것이 없다고" 하는 말을 듣다가 손님이 찾아오면 뚝 끊기고 마는 그런 대화도 좋았다. 어머니를 만나러 가서 내가 어렸을 때 엉덩이를 맞았던 일화를 듣고 과일 껍질을 벗기면서 과일 쿠키 굽는 일을 돕는 것도 좋았다. 대화는 그런 것이었다.

하지만 나의 그녀에게는 이야기를 하고 싶지 않았다. 그저 내 팔로 감싸고 그 머리에 내 얼굴을 댄 채 앉아 있고 싶었다. 내가 조용한 게 좋다는 그녀 말도 그 뜻이었다. 나도 그게 좋았다.

한 가지 남은 고민은 버스가 종점에 도착해 내리기 전에 그녀에게 입을 맞춰도 될까 하는 것이었다. 팔로 감싸 안는 것과 입을 맞추는 것은 차원이 다르지 않나. 입맞춤에는 사전 준비가 필요한 법이다. 일찌감치

만나 전시회나 음악회를 보고 무언가 먹고 마시며 가까워진 후에 헤어
지면서 입 맞추고 포옹하는 게 여자들의 희망 사항이다. 솔직히 말하면
내겐 입맞춤과 관련해 좋은 기억이 별로 없었다. 입대 전에 고향에서 데
이트하던 여자가 있었다. 꽤 괜찮은 여자라서 마음에 들었다. 다만 약간
뻐드렁니였는데, 키스를 할 때 아무리 눈을 감고 그 사실을 잊어버리려
해도 기분이 나지 않았다. 결국 그녀는 그저 옆집의 오랜 친구 도리스로
남았다. 다른 경험은 더 끔찍했다. 군복을 입고 있으면 다짜고짜 붙잡고
잡아먹을 듯 달려들어 옷매무새를 엉망으로 만들어 버리는 여자를 많
이 만나게 된다. 남자가 먼저 움직일 때까지 기다리지 못하는 열정적인
유형을. 그런 여자는 딱 질색이다. 몸이 돌처럼 굳어 버리고 만다. 내가
좀 까다로운지도 모르겠다.

하지만 그때, 그날 밤 버스 안에서는 모든 것이 전혀 달랐다. 도무지
알 수가 없었다. 졸린 눈, 구릿빛 머리카락, 내가 있든 없든 상관 안 하는
것 같으면서도 동시에 나를 좋아하는 듯한 느낌까지, 한 번도 본 적 없
는 유형이었다. 그리하여 나는 '용기를 내볼까, 아니면 그냥 기다릴까?'
고민을 거듭했다. 버스의 움직임으로 보나 아래층에서 차장이 손님들에
게 던지는 밤 인사로 보나 종점이 가까웠다는 건 분명했다. 외투 아래서
심장이 요동쳤고 목깃 아래 목이 붉게 달아올랐다. 멍청하기는, 입맞춤
한 번에 그녀가 날 죽이기야 하겠어…… 나는 '지금이야!'라고 속으로
외치고는 마치 다이빙대에서 뛰어내리는 기분으로 그녀 쪽으로 몸을 돌
려, 손으로 그 얼굴을 받쳐 들고 입을 맞추었다.

내가 시적 감수성이 풍부한 사람이라면 그 순간에 계시가 일어났다
고 표현할 것이다. 하지만 난 그런 사람이 못 된다. 다만 그녀가 다시 내
게 아주 오래 입을 맞춰 주었고, 그 입맞춤은 도리스 때와 전혀 달랐다

고 말할 수 있을 뿐이다.

곧이어 버스가 끼익 멈춰 섰고 차장이 "다 내리세요!" 하고 외쳤다. 솔직히 차장 목을 비틀어 버리고 싶은 기분이었다.

그녀가 내 발목을 가볍게 찼다. "뭐해요, 내려야죠." 나는 엉거주춤 일어나 아래로 내려갔고 그녀가 뒤따라왔다. 어느새 우리는 길거리에 서 있었다. 비까지 내리기 시작했다. 세찬 비는 아니었지만 코트 깃을 올리기는 해야 할 정도였다. 불 꺼진 상점들이 양옆에 늘어선 대로의 끝이었는데, 내 눈엔 세상의 끝처럼 보였다. 왼쪽으로 언덕이, 언덕 아래에는 묘지가 보였다. 묘지 울타리와 흰 비석들이 언덕 중턱까지 서 있었다.

"이런, 여기가 목적지였군요?"

"그럴 수도요." 그녀가 흘낏 뒤돌아보더니 내 팔을 잡았다. "우선 커피나 한 잔 마실까요?"

우선……? 집까지 긴 길을 걸어가기 전이라는 뜻인지, 아니면 여기가 집이라는 건지 알 수 없었다. 어떻든 그건 중요하지 않았다. 11시가 조금 넘은 시간이었다. 내 수중의 잔돈으로도 커피 한 잔에 샌드위치 하나는 살 수 있었다. 길 건너편에 아직 영업 중인 가게가 하나 보였다.

우리는 그쪽으로 걸어갔다. 버스 운전사도, 차장도, 앞쪽에 있던 공군도 다들 그리로 가 홍차와 샌드위치를 주문하고 있었다. 우리는 홍차 대신 커피를 달라고 했다. 샌드위치는 두꺼운 흰 빵 사이에 햄을 넉넉히 넣은 것이었고 커피도 갓 뽑아낸 뜨거운 것이 가득 따라져 나와, 속으로 '값에 비해 아주 훌륭하군' 하고 생각했다.

나의 그녀는 공군 남자를 바라보고 있었다. 전에 본 적 있다는 듯 생각에 잠긴 시선이었다. 공군 남자도 그녀를 마주 보았다. 나는 기분 나쁘거나 거슬리지 않았다. 내가 데이트하고 있는 여자를 다른 남자들이 쳐다보는 건 뿌듯한 일 아닌가. 나의 그녀는 그만큼 눈에 띄는 존재였다.

그녀는 공군에게서 등을 돌리고 탁자에 팔꿈치를 댄 채 뜨거운 커피를 마셨다. 나도 그 옆에서 커피를 마셨다. 우리는 주변 사람들에게 가볍게 목례를 했고, 내가 일행인 만큼 어떤 남자도 그녀를 건드리지 않았다. 나는 그게 좋았다. 우습지만 보호 본능이 발동하는 듯도 했다. 집에 돌아가는 젊은 부부로 보일 수도 있을 것 같았다.

점원과 손님들이 이야기를 나누기 시작했지만 우리는 끼어들지 않았다.

"군복 차림이니 조심하쇼." 운전수가 공군에게 말했다. "다른 사람들처럼 당할지 모르잖소. 늦은 시간에 이렇게 혼자 다니니."

모두들 웃기 시작했다. 나는 영문을 모른 채 무슨 농담이려니 생각했다.

"전 늘 정신 바짝 차리고 있죠. 나쁜 놈들은 보면 바로 안다니까요." 공군이 대답했다.

"다른 사람들도 그런 말을 했을 거요. 하지만 결국 당하지 않았소? 오싹한 일이오. 한데 왜 하필이면 공군만 고르는 건지."

"군복 색깔 때문이 아닐까요. 어둠 속에서도 바로 눈에 띄니까." 공군이 말했다.

사람들은 계속 웃어 댔다. 나는 담배에 불을 붙였다. 나의 그녀는 담배를 집어 들지 않았다.

"전쟁 때문에 여자들이 다 이상해졌어요." 점원이 커피 잔을 씻어 뒤쪽에 걸면서 말했다. "제정신 아닌 여자들이 많다니까요. 옳고 그른 걸 구분 못해요."

"아니야, 문제는 운동이야. 괜히 운동을 해서 필요도 없는 근육을 키우거든." 차장이 말을 받았다. "내 딸들도 운동을 해. 남자 하나쯤은 너끈히 때려눕힐걸."

"맞아." 운전수가 맞장구쳤다. "그걸 두고 성 평등이라 하겠지? 투표권을 준 탓이야. 여자들한테는 투표권을 주지 말았어야 해."

"아니죠. 투표권을 줘서 여자들이 이상해진 건 아니에요." 공군이 반박했다. "사실 여자들이란 늘 그랬어요. 동양에선 여자를 제대로 다룰 줄 알죠. 입을 다물게 하거든요. 그게 답입니다. 여자들이 입을 열지 못해야 문제가 없어요."

"우리 마누라한테 입 다물라고 하면 어떻게 나올지 궁금하군." 운전수가 말했다. 다시금 왁자지껄 웃음이 터졌다.

나의 그녀가 소매를 잡아당겼다. 커피 잔이 비어 있었다. 그녀는 고개를 까딱하며 나가자는 신호를 했다.

"집으로 가려고?" 내가 물었다.

바보 같은 말이었지만, 그렇게 해서라도 사람들이 우리가 같이 집으로 가는 사이라고 믿기를 바랐다. 그녀는 대답하지 않고 비옷 주머니에 손을 찔러 넣고 걸어 나갔다. 나는 사람들에게 인사를 하고 뒤따라 나갔다. 공군이 찻잔 너머로 그녀를 바라보는 모습이 눈에 들어왔다.

그녀는 길을 따라 걸었다. 여전히 비가 내렸다. 벽난로 앞에 앉아 있고 싶은 날씨였다. 그녀가 길을 건너더니 공동묘지 울타리에 멈춰서 나를 보며 미소 지었다.

"이제 어떡하죠?" 내가 물었다.

"묘비는 납작해요. 다 그렇진 않아도."

"납작하면요?" 나는 어리둥절해 되물었다.

"그 위에 누울 수 있죠."

그녀는 몸을 돌려 울타리를 살피며 걸었다. 울타리가 구부러지고 부러진 곳에 이르자 다시 나를 돌아보며 미소 지었다.

"늘 이래요. 잘 살펴보면 틈이 있기 마련이죠."

그녀는 재빨리 그 틈으로 들어갔다. 순간 정신이 아득했다.

"이봐요. 기다려요. 난 당신보다 체격이 크단 말이에요."

하지만 그녀는 벌써 멀리 무덤 사이를 걸어가고 있었다. 나는 간신히 울타리 틈을 빠져나갔고 숨을 헐떡이며 주변을 둘러보았다. 그녀가 길고 납작한 묘비에 누워 눈을 감고 팔베개를 하고 있지만 않았더라도 그렇게 놀라지는 않았을 것이다.

나는 그때 특별한 것을 기대하고 있었던 게 아니었다. 그저 그녀가 무사히 집에 돌아갔으면 하는 마음뿐이었다. 데이트야 다음 날 밤에 하면 되었다. 물론 이렇게 늦은 시간이니 함께 그녀의 집 현관까지 가서 거기서 잠시 머무를 수는 있으리라 생각했다. 그녀가 곧장 집으로 들어가 버릴 필요는 없으니까. 그런데 묘비 위에 누워 있는 그녀를 보다니, 그건 정말 생각지도 못한 일이었다.

나는 그녀 옆에 앉아 손을 잡았다.

"거기 누워 있으면 젖어 버려요." 하나 마나 한 소리였지만 달리 뭐라 말해야 할지 몰랐다.

"익숙한걸요."

그녀가 눈을 뜨고 나를 보았다. 울타리 바깥 가로등 덕분에 완전히 깜깜하지는 않았다. 비 내리는 밤치고는 덜 어두웠다. 그녀의 눈을 뭐라 묘사할 수 있다면 좋겠지만 그런 재주는 없다. 어둠 속에서 야광시계가 어떻게 반짝이는지 아는가. 내게도 그런 시계가 하나 있었다. 밤에 깨어나면 그 시계가 친구처럼 손목을 지키고 있었다. 그녀의 눈도 바로 그렇게 빛났다. 하지만 훨씬 사랑스러웠다. 게으른 고양이 같은 눈빛은 이제 없었다. 부드러우면서도 동시에 슬픈 눈빛이었다.

"빗속에 누워 있는 게 익숙하다고요?" 내가 물었다.

"그렇게 자랐어요." 그녀가 대답했다. "피난민 수용소에선 우리 같은 애들을 부랑아라고 불렀죠. 전쟁 때 얘기예요."

"수용소를 떠날 수 없었나요?"

"전 그랬어요. 어디서도 정착을 못하고 다시 수용소로 되돌아갔죠."

"부모님은요?"

"안 계세요. 집에 폭탄이 떨어졌을 때 다 돌아가셨죠." 아무렇지도 않은 말투였다.

"운이 나빴군요."

그녀는 대답하지 않았다. 나는 그녀를 집에 데려다 주고 싶다고 생각하며 그녀의 손을 잡고 거기 앉아 있었다.

"영화관에서는 얼마 동안 일한 거죠?" 내가 물었다.

"3주쯤이요. 어디서든 오래 머물진 않아요. 곧 떠날 작정을 하죠."

"왜 그렇죠?"

"편히 머물 수가 없어요."

그녀가 갑자기 팔을 뻗어 내 얼굴을 만졌다. 부드러운 손길이었다.

"당신 얼굴은 친절하네요. 마음에 들어요."

이상했다. 그 말투는 나를 순진하고 다정하게 만들었다. 버스에서 느꼈던 흥분은 사라졌다. 나는 속으로 그래 이거야, 드디어 진정으로 원하는 여자를 찾아낸 거야, 라고 생각했다. 물론 하룻저녁 만나고 헤어지는 사이가 아니라 오래 사귈 사이로 말이다.

"남자 친구 있나요?" 내가 물었다.

"아뇨."

"그러니까 꾸준히 만나는 사람 말입니다."

"없어요. 한 번도 없었어요."

공동묘지에서, 게다가 오래된 묘비 위에 조각처럼 누운 여자와 그런 대화를 주고받다니 우스운 일이었다.

"저도 여자 친구가 없습니다. 남들처럼 연애하겠다는 생각도 안 해봤죠. 제가 좀 별난 모양입니다. 정비소에서 일하는데 제 일이 좋습니다. 자동차며 뭐 그런 움직이는 걸 수리하죠. 보수도 괜찮아요. 어머니께 보내 드리는 걸 빼고도 조금씩 저축할 정도니까요. 지금은 하숙집에 삽니다. 톰슨 부부라고, 좋은 사람들이죠. 정비소 사장도 사람이 좋고요. 그래서 외롭다고 느낀 적이 없었는데, 그쪽을 보고 나니 생각이 좀 바뀌는군요. 앞으로는 예전 같지 않을 것 같아요."

그녀는 한 번도 끼어들지 않았다. 그러다 보니 마치 내 머릿속 생각을 소리 내어 말하고 있는 것만 같았다.

"톰슨 부부 집으로 돌아갈 때면 기분이 좋아요. 아마 그보다 더 좋은 사람들은 찾기 어려울 거예요. 음식도 맛있고요. 저녁을 먹고 나면 이야기를 좀 나누고 라디오를 듣습니다. 그런데 이제는 다른 걸 하고 싶네요. 영화관으로 가 당신을 만나는 거죠. 영화가 끝나고 사람들이 나가면 당신은 내게 눈을 찡긋하며 옷 갈아입고 나가겠다고 신호를 보내는 겁니다. 전 당신을 기다리고요. 당신이 밖으로 나오면 오늘처럼 혼자가 아니라 제 팔을 잡고 함께 걷겠죠. 코트를 입기 싫다면 제가 들어 줄 테고요. 가방이든 뭐든 다른 것도요. 그리고 우리는 코너 하우스나 뭐 그런 곳에 가서 저녁을 먹는 겁니다. 미리 예약을 해둔 식당이고, 그곳 사람들은 우리를 잘 알아서 특별히 대접해 주고요."

그 모든 상황이 선명하게 그려졌다. '예약석'이라고 표시된 테이블. 우리를 보고 고개를 끄덕이며 '오늘은 계란 카레 요리입니다'라고 말해 주는 종업원. 뷔페식당이니 우리는 각자의 음식을 담으러 가고, 그녀가 마치 날 모른다는 듯 장난을 치면 나는 웃음을 터뜨린다.

"제 말뜻을 아시겠어요?" 내가 말했다. "그냥 친구가 아닌 그 이상의 사이가 되자는 겁니다."

그녀가 듣고 있는지 아닌지는 알 수 없었다. 그녀는 그대로 누워 나를 바라보면서 내 귀며 뺨을 어루만질 뿐이었다. 내가 안쓰럽다는 듯이.

"제가 선물도 사드리고 싶어요. 때로는 꽃을 사드리죠. 여자들이 드레스에 꽃 한 송이를 꽂고 있으면 보기 좋더군요. 생일이나 성탄절처럼 특별한 날이면, 당신이 진열창 밖에서 구경만 하고 들어가서 가격조차 묻지 못했던 걸 사드리죠. 브로치나 팔찌, 뭐 그런 예쁜 것들을요. 당신과 함께 있지 않을 때 제가 가게 안으로 들어가 사버리는 겁니다. 제가 한주 내내 버는 돈보다 더 비싸다 해도 개의치 않고요."

선물 상자를 열 때 그녀가 지을 표정이 눈에 보였다. 내가 사준 브로치나 팔찌를 하고 우리는 함께 외출을 한다. 그녀는 맵시 있는 차림이다. 너무 두드러지지 않으면서도 사람들의 시선을 끄는 그런 옷차림.

"모든 것이 불확실한 요즘 같은 때 결혼 얘길 꺼내는 건 적절치 않죠." 내가 말을 이었다. "남자는 몰라도 여자들은 불확실한 걸 싫어하니까요. 방 두 칸에 살면서 배급 줄이나 서고 해야 하니까. 여자들은 묶이지 않는 자유와 일자리를 원하죠. 남자들하고 똑같이요. 아까 가게에서 사람들이 떠들던 소리는 다 말도 안 돼요. 여자들이 예전 같지 않다느니, 전쟁 때문이니 하는 소리요. 동양에서 여자들을 다루는 방법은 제가 직접 봤죠. 그 군인은 그저 농담을 한 겁니다. 공군들이 워낙 그렇거든요."

그녀는 두 손을 내려놓고 눈을 감았다. 묘비에는 벌써 물이 홍건했다.

그녀가 걱정스러웠다. 비옷을 입고 있긴 했지만 스타킹 신은 다리나 구두는 축축하게 젖어 있었다.

"공군에 있었던 건 아니죠?" 그녀가 물었다.

이상했다. 목소리가 딱딱하게 굳어 있었다. 아까와 전혀 다르게 날카로웠다. 무언가 불안한 듯, 더 나아가 두려운 듯했다.

"아닙니다. 정비 부대에서 근무했죠. 우리 쪽 사람들은 괜찮아요. 말안 되는 소릴 떠들지 않거든요."

"다행이에요. 당신은 착하고 친절하군요."

혹시라도 어느 공군이 그녀에게 상처를 준 건 아닌지 궁금했다. 공군은 거친 사람들이라 그런 일을 당했을 수도 있었다. 가게에서 커피를 마시면서 그녀가 공군을 바라보던 것도 생각났다. 뭔가 과거를 떠올리는 듯한 시선이었다. 그녀 말대로 부모 없이 수용소에서 자랐다면 이런저런 사람을 겪어 보았을 것이다. 그렇지만 누군가에게 상처를 입은 건 아니었으면 싶었다.

"공군이 왜요? 혹시 공군이 당신한테 무슨 짓이라도 했나요?"

"저희 집을 무너뜨렸어요."

"그건 독일 공군 짓이지 우리 공군이 아니에요."

"마찬가지예요. 공군은 살인자 아닌가요?"

나는 묘비에 누운 그녀를 내려다보았다. 혹시 공군에 있었냐고 묻던 딱딱한 목소리는 이제 사라졌지만 지치고 서글픈, 그리고 유난히 외로운 느낌이 가득했다. 불현듯 멍청한 충동이 일었다. 그녀를 하숙집으로 데려가 톰슨 부인에게(워낙 선량한 사람이라 이해할 것 같았다) '제 애인이에요. 좀 보살펴 주세요'라고 말하고 싶었다. 그럼 그녀는 아무 일 없이 안전하게, 누구에게도 상처받지 않고 지낼 수 있을 테니까. 누군가가 나의 그녀에게 상처를 입힐까 봐 걱정스러웠다.

나는 허리를 굽히고 두 팔로 그녀를 안아 일으켰다.

"자, 비가 많이 내려요. 제가 집에 데려다 줄게요. 이 차가운 돌 위에 누워 있다가는 죽을 수도 있어요."

"싫어요." 그녀가 내 어깨에 손을 올리며 말했다. "난 집에 가지 않아요. 당신은 당신이 속한 곳으로 돌아가요."

"당신을 여기 두고 갈 순 없어요."

"아니, 그렇게 해줘요. 거절한다면 화내겠어요. 당신도 그건 싫죠?"

나는 어쩔 줄 모르고 그녀를 보았다. 희미한 불빛 아래서 그녀의 얼굴은 창백했지만 아름다웠다. 너무도 아름다웠다. 그 말밖에는 표현할 방법이 없다.

"제가 어떻게 하면 좋을까요?"

"절 내버려 두고 가세요. 뒤돌아보지도 말고요. 몽유병 환자처럼 빗속을 걸어 돌아가는 거예요. 몇 시간 걸리겠지만 괜찮아요. 당신은 젊고 튼튼하니까. 다리도 길고요. 당신 방으로 돌아가 침대에 누워 자면 돼요. 아침에 일어나서는 늘 그랬듯 식사를 하고 출근하세요."

"당신은요?"

"전 상관하지 말고 가라니까요."

"내일 밤에 당신을 데려다 주러 영화관에 가도 될까요? 아까도 말했지만, 계속 만나고 싶어서요."

그녀는 대답하지 않고 그저 미소만 지었다. 조용히 앉아 내 얼굴을 바라보던 그녀가 다시 눈을 감고 고개를 뒤로 젖히고는 말했다. "낯선 당신, 다시 입 맞춰 줘요."

나는 그녀가 시키는 대로 돌아섰다. 뒤돌아보지도 않았다. 묘지 울타리를 넘어 길로 나왔다. 주변에는 아무도 없었고 버스 정류장 앞 커피 가게 문은 닫혀 있었다.

나는 버스가 왔던 길을 되짚어 걷기 시작했다. 길은 끝없이 곧게 뻗어 있었다. 양쪽에 상점이 늘어선 그 런던 북동쪽 거리는 하이 스트리트 같았다. 처음 가보는, 전혀 모르는 곳이지만 상관없었다. 그녀 말대로 몽유병 환자가 된 느낌이었다.

걷는 내내 그녀 생각을 했다. 눈앞에 그녀 얼굴만 떠올랐다. 군대에서는 그런 말들을 했다. 여자한테 사로잡히면 제대로 보고 듣지도 못하고 무슨 행동을 하는지도 모르게 된다고. 말도 안 되는 헛소리라고, 술에나 취하면 그렇게 되는 거라고 여겼지만 이제 그게 맞는 말임을, 내게 바로 그런 일이 일어났음을 알 수 있었다. 그녀가 어떻게 집까지 갈지는 걱정하지 않기로 했다. 그녀가 걱정하지 말라고 했으니까. 아마 그 근처에 살고 있겠지. 아니라면 그렇게 멀리까지 버스를 타고 갔을 리가 없다. 직장에서 그렇게 멀리 산다는 게 이상했지만, 뭐 차차 설명을 들으면 되겠지. 한 가지는 분명했다. 밤에 다시 영화관에 가야 한다는 것. 그건 확고히 정해진, 절대 바꿀 수 없는 일이었다. 다시 밤 10시가 되기까지 남은 시간은 공백에 불과했다.

나는 빗속을 걷다가 트럭 한 대를 만났다. 엄지손가락을 세워 보였더니 운전수가 상당한 거리를 태워 주었다. 갈림길에서 내린 후 나는 다시 걸었고 새벽 3시쯤 집에 도착했다.

보통 때라면 그 시간에 톰슨 씨를 깨우는 것이 미안했을 것이다. 처음 있는 일이기도 했다. 하지만 사랑으로 들떠 버린 마음에 다른 생각은 끼어들지 않았다. 한참 벨을 울린 후에야 톰슨 씨가 나와 문을 열어 주었다. 구겨진 잠옷 차림에 자다 깬 얼굴이었다.

"대체 무슨 일인가? 얼마나 걱정했는지 몰라. 어디서 차에 치여 쓰러져 있는 건 아닌가 생각했네. 돌아와 보니 집이 텅 비어 있고 자네 먹으라고 차려 놓은 저녁은 손도 안 댄 상태라서."

"영화를 보러 갔습니다."

"영화?" 현관에 선 톰슨 씨가 나를 쳐다보았다. "영화관은 10시면 문을 닫잖아."

"그건 그런데, 끝나고 산책을 했습니다. 죄송합니다. 안녕히 주무세요."

톰슨 씨가 투덜거리며 문을 쾅 닫는 사이 나는 2층 내 방으로 올라갔다. 침실에서 톰슨 부인이 "무슨 일이에요? 윗방 청년이에요? 들어온 거예요?" 하고 묻는 소리가 들렸다.

걱정을 끼쳤으니 내려가 사과하는 것이 마땅했지만 그러지 않았다. 굳이 그럴 일인가 싶었다. 나는 방문을 닫고 옷을 벗은 후 침대로 들어갔다. 어둠 속에서 나의 그녀가 함께 있는 듯 느껴졌다.

다음 날 아침 식탁에서 톰슨 부부는 입을 열지 않았다. 내 쪽을 쳐다보지도 않았다. 톰슨 부인은 말없이 연어 접시를 건넸고 톰슨 씨는 신문만 쳐다보았다.

나는 아침을 먹으면서 "어제 따님 댁에서는 즐겁게 지내셨어요?" 하고 물었다. 톰슨 부인이 뾰로통한 표정으로 "아주 즐거웠어요. 10시쯤 돌아왔죠" 하고 대답하더니 남편 잔에 차를 더 따랐다.

우리는 다시 침묵했다. 얼마 후 부인이 "오늘 밤에 집에서 저녁 식사를 할 건가요?" 하고 물었고 나는 "아니요, 친구랑 약속이 있어서요" 하고 대답했다. 톰슨 씨가 안경 너머로 나를 흘낏 보았다.

"늦을 것 같으면 따로 열쇠를 줘야겠군."

톰슨 씨는 다시 신문을 읽기 시작했다. 지난밤에 무슨 일이 있었는지

내가 얘기하지 않는 탓에 부부 모두 기분이 상해 있었다.

출근해 보니 그날따라 끊임없이 일이 이어지며 바빴다. 평소라면 괜찮았을 것이다. 나는 늘 시간을 꽉 채워 일했고 연장 근무도 마다하지 않는 사람이니까. 하지만 그날은 상점에 다녀오고 싶었다. 일단 그렇게 작정하고 나니 머릿속이 온통 그 생각뿐이었다.

4시 반이 됐을 때 사장이 다가왔다. "오늘 저녁에 의사 선생 차를 손봐 놓겠다고 약속했네. 자네라면 7시 반까지 끝낼 거라고 말이야. 가능하겠지?"

가슴이 쿵 내려앉았다. 일찍 퇴근해야 하는데. 재빨리 머리를 굴려 보니 지금 바로 나가 상점에 들렀다가 다시 돌아와 의사 선생 차를 수리하면 문제없을 것 같았다. "초과 근무는 괜찮은데 지금 한 30분 나갔다 오고 싶습니다. 상점 문 닫기 전에 살 것이 있어서요."

사장은 그러라고 했다. 나는 작업복을 벗고 세수를 한 뒤 코트를 걸치고 하버스톡 힐 거리 상점가로 나갔다. 갈 곳은 정해 두었다. 톰슨 씨가 시계 수리를 위해 늘 들르는 곳, 싸구려가 아니라 꽤 좋은 물건을 파는 보석상이었다.

반지도 있고 멋진 팔찌도 있었지만 별로 마음에 들지 않았다. 군인 공제 상점의 여점원들이 다들 끼고 있는 흔한 디자인이었다. 진열창을 여기저기 살피던 나는 안쪽에서 딱 알맞은 것을 찾아냈다.

브로치였다. 엄지손톱만 하게 작았지만 멋진 푸른 보석이었고 심장 모양이었다. 그 모양이 마음에 들었다. 잠시 브로치를 바라보았다. 가격표가 없는 것으로 보아 비쌀 것 같았다. 나는 안으로 들어가 그 브로치를 보여 달라고 했다. 주인이 진열창에서 브로치를 꺼내 천으로 한 번 문지른 후 이리저리 돌려 가며 보여 주었다. 나의 그녀가 드레스나 외투 위에 그 브로치를 단 모습이 그려졌다.

"그걸로 하죠." 나는 그렇게 말하고 가격을 물었다.

가격을 듣고 침을 한 번 꿀꺽 삼키긴 했지만 지갑을 꺼내 지폐를 셌다. 주인은 심장 브로치를 솜으로 조심스레 싸서 상자에 넣고는 끈으로 깔끔하게 묶어 포장해 주었다. 그날 퇴근하기 전에 사장에게 월급 가불을 부탁해야 할 상황이었다. 아마도 사장은 분명 이해하고 그렇게 해줄 것이다.

나의 그녀에게 줄 선물을 윗주머니에 소중히 넣은 다음 보석상을 나섰을 때, 교회 종이 4시 45분을 알렸다. 잠깐 영화관에 들러 오늘 밤에 내가 오겠다고 한 말을 그녀가 기억하는지 확인하고 싶었다. 그런 다음에 정비소로 돌아가도 약속 시간까지 의사 선생의 자동차 수리를 마칠 수 있을 듯했다.

영화관에 도착하자 심장이 얼마나 쿵쾅거리는지 침을 삼키기도 어려웠다. 벨벳 재킷에 모자를 뒤쪽으로 쓰고 상영관 출입구 커튼 옆에 서 있을 그녀의 모습만 머릿속에 가득했다.

영화관 앞에 사람들이 줄을 서 있었다. 상영작이 바뀌어 있었다. 카우보이가 인디언에게 칼을 꽂는 포스터 대신 춤추는 여자들과 지팡이 든 남자들이 서 있는 뮤지컬 포스터가 붙어 있었다.

안으로 들어가 곧바로 커튼 쪽을 살폈다. 안내원이 있었지만 나의 그녀는 아니었다. 키가 크고 멍청해 보이는 여자가 입장하는 관객들의 표를 찢는 일과 손전등 비춰 주는 일을 한꺼번에 하느라 쩔쩔매는 중이었다.

나는 기다렸다. 근무 위치를 교대하느라 나의 그녀는 위층으로 간 듯했다. 관객들이 우르르 상영관으로 들어가 안내원이 잠시 한가해진 틈을 타서 그녀에게 다가가 물었다. "죄송합니다만, 다른 안내원을 만나려면 어디로 가야 하죠?"

여자가 나를 쳐다보았다. "다른 안내원 누구요?"

"어젯밤에 근무했던 구릿빛 머리 안내원요."

여자는 수상쩍다는 시선으로 나를 훑어보았다. "오늘 안 나왔어요. 그래서 제가 대신 하는 거예요."

"안 나왔다고요?"

"네, 그런데 웬일인지 모르겠군요. 그 여자에 대해 당신만 물어본 게 아니에요. 조금 전에는 경찰도 와서 그 여자 문제로 지배인을 만나고 갔어요. 아마도 무슨 문제가 생긴 모양이에요."

심장이 다시 뛰었다. 아까의 설렘과 달리 불길한 박동이었다. 누가 갑자기 아파서 병원에 실려 갔을 때처럼.

"경찰이요? 대체 경찰이 왜요?"

"전 모른다고 했잖아요. 어쨌든 그 여자랑 관계된 일이에요. 지배인이 경찰서에 갔는데 아직 안 왔어요. 손님, 이쪽입니다. 2층은 왼쪽, 1층은 오른쪽으로 들어가세요."

나는 어찌할 바를 모르고 서 있었다. 바닥이 그대로 꺼져 버리는 기분이었다.

키 큰 안내원은 입장객들의 표를 찢었고, 그러고 나서 어깨 너머로 나를 보며 말했다. "혹시 아는 사이세요?"

"조금요." 어떻게 대답해야 할지 몰랐다.

"사실 정신이 좀 이상한 것 같았어요. 자살한 사체로 발견된다 해도 전 놀라지 않을 거예요. 손님, 아닙니다, 아이스크림은 뉴스가 끝난 후에 판매할 겁니다."

나는 영화관을 나섰다. 값싼 좌석을 사려는 줄이 점점 길어졌다. 신이 나서 떠들어 대는 아이들이 보였다. 나는 그 옆을 지나 걷기 시작했다. 속이 불편했다. 나의 그녀에게 무슨 일이 일어났다. 이제야 분명해졌다. 지난밤에 날 보내려 한 것, 집에 가는 모습을 보여 주지 않은 것이 다 이유가 있었다. 묘지에서 스스로 목숨을 끊을 작정이었던 것이다. 창백한 얼굴로 이상한 말을 늘어놓았던 것도 이유가 있었다. 그리고 이제 울타리 옆 묘비에 누운 시체로 발견된 것이다.

내가 그녀를 버려두고 돌아오지 않았다면 괜찮았을 것이다. 5분만 그녀 곁에 더 머물며 달래 주었다면, 그리고 잘 설득해 집에 데려다 주었다면 지금 아무 일 없이 영화관에 출근해 입장객들의 자리를 안내해 주고 있었을 텐데.

어쩌면 최악의 상황은 아닌지도 모른다. 그저 기억을 잃고 배회하는 그녀를 경찰이 발견해 신분을 확인하려는 것뿐일 수도 있다. 경찰서에 찾아가 물어보면 상황을 알 수 있을까. 경찰한테 그녀가 내 연인이라고 말하고 데리고 나오면 어떨까. 그녀가 설사 날 못 알아본다 해도 상관없다. 그렇지만 일단 사장과 약속한 대로 의사 선생의 자동차 정비부터 끝내야 했다. 그다음에 바로 경찰서로 가야지.

나는 반쯤 넋이 나간 채 정비소로 돌아갔고, 처음으로 기름이며 윤활유 냄새에 속이 뒤집히는 경험을 했다. 한 남자가 차를 빼내 가면서 요란한 엔진 소리를 내자 고약한 냄새와 함께 배출된 가스가 정비소를 가득 채웠다.

나는 작업복으로 갈아입고 연장을 챙겨 정비를 시작했다. 머릿속에는 나의 그녀에게 무슨 일이 일어났는지, 지금 경찰서에서 영문 모른 채 앉아 있는지 아니면 어딘가에 쓰러져 죽어 있는지 하는 걱정만 가득했다. 계속 그녀의 얼굴이 눈앞에 떠올랐다.

불과 한 시간 반 만에 정비를 마치고 차에 휘발유까지 가득 채워 주인이 바로 빼갈 수 있도록 해놓았다. 그러고 나니 몸은 완전히 지쳐 있었고 얼굴은 온통 땀범벅이었다. 나는 대충 씻고 코트를 입었다. 윗주머니의 선물 상자를 꺼내 잠시 바라보다가 다시 집어넣었다. 뒤돌아서 있느라 사장이 들어오는 것도 미처 보지 못했다.

"사겠다고 하던 건 샀나?" 사장이 유쾌한 미소를 지었다.

그는 한 번도 화낸 적 없는 호인이었고 나와 사이가 좋았다.

"네."

대답은 했지만 그 이야기를 하고 싶지는 않았다. 나는 일을 끝냈다고 말한 후 초과 근무를 기록하기 위해 사장과 함께 사무실로 들어갔다. 사장이 책상 위 석간신문 옆에 놓인 담뱃갑에서 담배 한 개비를 꺼내 주었다.

"오늘 드디어 레이디 럭이 이겼어. 이번 주에 그 말한테 2파운드를 걸었는데 말이야."

사장은 급료 계산을 위한 장부에 내 초과 근무를 기입했다.

"잘됐네요."

"더 많이 걸었어야 했어. 25배 배당이라는군."

나는 대답하지 않았다. 술을 좋아하는 편은 아니었지만 그 순간에는 술 생각이 간절했다. 손으로 이마를 닦았다. 사장이 어서 계산을 끝내고 나를 보내 주었으면 하는 생각뿐이었다.

"또 한 명이 당했다네. 3주 동안 벌써 세 번째야. 바로 복부를 찔렀다는군. 오늘 아침에 병원에서 죽었대. 공군이 무슨 수난인지 모르겠어."

"무슨 말씀이죠? 제트기 사고라도 났나요?"

"제트기는 무슨, 살인 사건 말일세. 복부가 너덜너덜해졌다는군. 신문

안 읽었나? 지난 3주 동안 세 명이 똑같은 방식으로 죽었어. 다들 공군이었고 포도밭이나 공동묘지 근처에서 발견됐지. 방금 주유하러 온 손님한테도 한 얘기지만 요즘은 남자들뿐 아니라 여자들도 성도착자가 되는 판이니 원. 그래도 범인이 곧 잡힐 모양이야. 신문 기사에 따르면 금방 체포될 거라고 하는군. 또 다른 희생자가 나오기 전에 어서 잡아야지." 사장이 장부를 덮고 볼펜을 귀 뒤에 끼웠다.

"한잔하겠나? 찬장에 진이 한 병 있어."

"아닙니다. 말씀은 감사한데 제가…… 데이트가 있어서요."

"그렇군. 그럼 잘하게."

나는 걸어가면서 석간신문을 샀다. 사장이 말한 대로였다. 1면에 살인 사건 기사가 실려 있었다. 새벽 2시쯤 런던 동북부에서 젊은 공군이 살해당한 사건이. 그 군인은 칼을 맞고도 공중전화 부스까지 가서 신고를 했고, 경찰이 도착했을 때는 부스 안에 쓰러져 있었다고 한다.

죽기 전에 그가 구급차에서 남긴 말도 실려 있었다. 젊은 여자가 유혹하기에 따라나섰는데, 그 조금 전에 그 여자가 다른 남자와 커피를 마시는 모습을 보았기에 그 남자를 차버리고 자기를 유혹하는 거라고 생각했다고. 그런데 여자가 곧바로 칼을 휘둘렀다고.

피해자는 여자의 인상착의를 경찰에 설명했으며, 경찰은 어제저녁 여자와 함께 있었던 다른 남자가 경찰에 출두해 정보를 제공하기를 기다린다는 내용도 있었다.

더 이상은 읽고 싶지 않았다. 신문을 던져 버리고 지칠 때까지 거리를 배회했다. 톰슨 부부가 잠자리에 들었을 즈음에 집으로 가서 우편함 속에 매달아 둔 열쇠로 문을 열고 들어가 내 방으로 올라갔다.

톰슨 부인이 침대를 말끔히 정리한 후 뜨거운 차를 넣은 보온병과 야

간판 신문까지 가져다 둔 상태였다.

그 신문을 보니, 오후 3시경에 그녀가 잡혔다고 했다. 나는 더는 기사를 읽지 않았고 이름도 확인하지 않았다. 그저 침대에 앉아 1면에서 나를 바라보는 그녀의 사진을 바라보았다.

코트 주머니에서 선물 상자를 꺼내 열었다. 멋진 포장지와 끈을 던져 버리고, 그 작은 푸른색 심장을 손바닥에 놓고 하염없이 쳐다보았다.

푸른 렌즈
The Blue Lenses

붕대를 제거하고 푸른 렌즈를 끼우기로 한 바로 그날이 되었다. 마다 웨스트는 눈가에 손을 올려 안대와 그 아래 겹겹이 감긴 붕대를 만져 보았다. 그동안의 인내가 마침내 보상을 받게 된 것이다. 수술 후 몇 주가 흐르는 동안 특별한 신체적 고통은 없었으나 암흑 속에서 주변 세상과 삶이 자기만 빼놓고 흘러가는 느낌이 낯설었다. 수술 후 처음 며칠 동안은 찌르는 듯 아팠지만 다행히 약으로 가라앉힐 수 있었다. 그다음에는 지독한 피로감이 찾아왔다. 쇼크 반응이라고들 했다. 수술 자체는 성공적이었다. 백 퍼센트 성공이라고 했다.

"이전 어느 때보다도 선명하게 보게 되실 겁니다." 의사가 말했다.

"어떻게 그렇게 확신하시죠?" 마다는 가느다란 믿음을 더 강하게 만들고 싶어 일부러 물어보았다.

"마취에서 깨어나시기 전에 눈을 검사했거든요. 저희는 거짓말하지 않는답니다, 웨스트 부인."

하루에 두세 번씩 그런 확인이 오갔고 그러면서 마다는 인내심을 굳건히 했다. 나중에는 하루에 한 번 정도만 물어보았고 결국은 당연하게 믿어 버리는 단계에 이르렀다. "장미꽃 버리지 마세요. 제가 직접 봐야 하니까." 마다가 그렇게 말하면 낮 담당 간호사가 깜짝 놀라 "이건 보시기 전에 다 시들어 버릴 텐데요" 하고 대답하곤 했다. 그건 그 주에는 앞을 볼 수 없다는 뜻이었다.

구체적인 날짜는 누구도 말해 주지 않았다. '14일부터 앞을 보실 수 있습니다'라고 말해 주는 사람은 없었다. 아무렇지도 않은 척, 얼마든지 기다릴 수 있는 척을 계속해야 했다. 남편 짐조차 이제는 병원 편이 되어 버려 속마음을 털어놓을 수 없었다.

오래전에는, 그리고 수술 전까지도 그와 작은 불안이나 의혹까지 다 나누곤 했다. 아플 것이 두렵고, 수술 후 얼마 동안 앞을 보지 못하고 지내야 한다는 것이 무서웠던 마다는 남편을 붙잡고 "영영 보지 못하게 되면 어떻게 하지?" 하고 걱정했다. 짐은 아내 못지않게 불안해하면서 "어떤 일이 닥치든 함께 헤쳐 나가면 돼"라고 대답해 주었다.

하지만 이제는 어쩐지 남편과 수술 이야기를 하기가 조심스러웠다. 앞이 보이지 않다 보니 좀 예민해진 모양이었다. 남편의 손길이나 입맞춤, 따뜻한 목소리는 전과 똑같았지만 어쩐지 병원의 다른 직원들이 그렇듯 너무 친절하다는 느낌이었다. 무언가 숨길 것이 있을 때 나오게 되는 그런 친절함이었다. 그리하여 남편이 와 있던 저녁에 의사가 "내일 렌즈를 끼우겠습니다"라고 말했을 때, 기쁨보다는 놀라움이 더 컸다. 너무 놀라 아무 말도 하지 못하는 사이에 의사는 병실을 나갔다. 정말이구나.

괴로움이 끝나는구나. 한참 얼떨떨해하다가 낮 담당 간호사 근무가 끝나기 전에야 간신히 물어보았다. "렌즈에 익숙해지려면 시간이 좀 걸리겠죠? 처음엔 아프기도 하겠죠?" 인내의 날들 동안 늘 다정했던 간호사는 "렌즈를 끼고 있다는 것도 못 느끼실 겁니다"라고 대답해 주었다.

부드럽고 차분한 목소리, 베개를 받치거나 입술에 컵을 대주는 손길, 자기를 씻겨 줄 때 쓰는 비누 향이 살짝 섞인 체취 등이 마다를 안심시켰다. 이 간호사라면 거짓말을 할 리 없었다.

"내일이면 간호사님 얼굴을 볼 수 있군요." 마다는 이렇게 말했고, 간호사는 간혹 복도 바깥에서 들려오곤 하던 그 유쾌한 웃음소리와 함께 대답했다. "네. 충격을 받지는 않으셔야 할 텐데요."

병원에 들어올 때의 기억은 신기하게도 거의 사라졌다. 입원하면서 만났던 직원들은 그림자로 남았고 배정받은 병실은 나무 상자처럼 느껴졌다. 곧바로 수술해야 한다고 권했던 냉철한 의사는 두 차례 면담까지 했음에도 모습이 아닌 목소리만 남았다. 의사는 지시를 내렸고 그 지시는 틀림없이 이행되었다. 자기 말에 따르라고 요구하면서 마다의 눈 속 조직에 기적을 일으키는 사람 앞에서, 한낱 환자가 무어라 의견을 내기는 힘들었다.

"설레지 않으세요?" 이 낮고 부드러운 목소리는 밤 담당 간호사였다. 마다가 무엇을 어떻게 견뎌 왔는지 다른 누구보다 잘 아는 사람. 반면 낮 담당인 브랜드 간호사는 낮 시간에 맞게 밝고 쾌활했다. 나름의 독창적인 표현으로 바깥 날씨를 알려 주곤 했는데 창문을 활짝 열면서 "몽땅 태워 버리겠다는 듯 이글거리는군요"라고 말하는 식이었다. 그러면 환자는 차가운 간호사복이나 풀 먹인 캡에서 열기를 가라앉히는 청량감을 느꼈다. 비가 쏟아지고 한기가 느껴지는 날씨에는 "정원사들이 반가워하겠네요. 하지만 강으로 소풍 가려던 사람의 계획은 깨지겠는데요"라는 평이 나왔다.

식사 때도 그랬다. 아무리 평범한 메뉴라도 브랜드 간호사의 소개를 받으면 최고의 맛이 되었다. "가자미 버터 요리 드셔야죠?" 즐거운 목소리로 이렇게 말하는 소리를 들으면 아무리 입맛이 없어도 간호사를 실망시키지 않기 위해 맛없는 생선을 입에 넣을 수밖에 없었다. "사과 파이예요. 분명 두 쪽은 드실 거라 믿어요." 뻣뻣하고 축축한 빵 조각을 바삭하고 달콤하게 바꿔 놓는 말투였다. 브랜드 간호사의 명랑한 낙관주의는 불만을 허락하지 않았다. 그 앞에서 '그냥 누워 있게 내버려 둬요. 아무것도 안 먹을 테니'라고 말하는 건 차마 할 수 없는 일이었다.

밤이 오면 평안함과 앤설 간호사가 찾아왔다. 앤설 간호사는 용기를 요구하지 않았다. 처음에 통증이 있을 때 약을 준 이도, 베개 위치를 바꿔 주고 바짝 마른 입술에 물컵을 대준 이도, 몇 주가 흘러가는 동안 부드러운 목소리로 "곧 지나갈 거예요. 기다리는 게 가장 힘든 거랍니다"라고 조용히 용기를 북돋워 준 이도 앤설 간호사였다. 밤에 호출 벨을 누르기만 하면 즉시 앤설 간호사가 달려왔다. "잠이 안 오세요? 얼마나 힘드실지 잘 알아요. 자, 이것 두 알 반만 드세요. 밤이 금방 지나갈 거예요."

얼마나 따뜻하고 부드러운 목소리인지. 강요된 휴식과 게으름 속에서도 앤설 간호사와 함께 있으면 그곳이 병원이 아닌 휴가지처럼 여겨졌다. 해외 휴가지에서 짐은 다른 남자와 짝을 이뤄 골프를 치러 가고 마다는 앤설 간호사와 산책을 하는 것이다. 앤설 간호사는 한 치 오류도 없이 능숙하게 역할을 해냈다. 밤 시간 동안 친밀감을 나누고 난 앤설 간호사는 아침 8시 5분 전이 되면 "오늘 저녁에 다시 올게요" 하고 속삭인다. 저녁 8시가 기다리기만 하면 당연히 오는 시간이 아니라 특별한 약속이기라도 하다는 듯이.

앤설 간호사는 환자의 불평을 이해하는 사람이었다. 마다가 "하루가 정말 길었어요"라고 하면 자신의 하루도 지루하게 길었다는 듯, 숙소에서 잠을 이루려 뒤척이면서 저녁 근무 시간만 기다렸다는 듯 "정말 그랬죠?" 하고 답하는 것이다.

손님이 찾아왔다는 걸 알릴 때도 뭔가 특별한 배려가 있었다. "기다리시던 분이 평소보다 조금 일찍 오셨네요"라고 말하는 앤설 간호사의 어조는, 10년을 함께 산 남편 짐이 아니라 비밀의 정원에서 만든 꽃다발을 바치려고 발코니로 찾아온 연인을 소개하는 듯했다. "정말 대단한 백합이에요!"라는 그녀의 탄성 섞인 말을 들으면, 마다는 그 아름다운 꽃잎이 하늘까지 닿을 듯 뻗어 있고 여사제인 앤설 간호사가 그 앞에 무릎 꿇고 앉은 장면을 상상했다. 다음으로는 수줍게 중얼거리는 소리가 들렸다. "어서 오세요, 웨스트 씨. 사모님께서 목 빠지게 기다리셨답니다." 병실 문이 부드럽게 닫히는 소리, 화병에 담긴 백합을 가만히 들고 와서 놓는 소리, 온 방을 채우는 꽃향기.

5주째쯤이었을 것이다. 마다는 처음에는 앤설 간호사에게 다음에는 남편에게, 퇴원하고 첫 주 동안은 집에 간호사가 있으면 좋겠다고 말했다. 마침 앤설 간호사가 그때에 맞춰 휴가를 낼 수 있다고 했다. 일주일 휴가. 집에 돌아간 마다가 일상에 적응하기에 충분한 기간이었다.

"제가 그렇게 해드릴까요?" 침착하면서도 얼마든지 가능하다고 말하는 듯한 앤설 간호사의 목소리.

"그래 주시면 좋겠어요. 집에 돌아가서 처음에는 힘들 것 같아서요." 무엇이 힘들지는 모르겠지만 어쨌든 새 렌즈를 끼워 넣어도 여전히 자신은 무력한 존재일 것만 같다고 생각하며, 또한 앤설 간호사의 도움과 보호가 꼭 필요할 것이라 확신하며 마다가 말했다. "짐, 당신도 괜찮죠?"

남편은 놀라면서 원하는 대로 하라고 허락했다. 아내가 담당 간호사를 그렇게 친밀하게 여기고 있다는 것에 놀라며, 아픈 부인의 청을 들어준 것이다. 적어도 마다에게는 그렇게 여겨졌다. 나중에 남편이 밤마다 병실에 오지 않고 집에서 잠을 자게 되었을 때, 마다는 앤설 간호사에게 말했다. "퇴원 후에 간호사 도움을 받는 걸 남편이 좋아할지 어떨지 모르겠어요."

대답은 조용했지만 확신을 안겨 주었다. "걱정 마세요. 웨스트 씨도 좋다고 하실 테니."

뭘 좋다고 한단 말인가? 일상의 변화를? 세 사람이 식탁에 둘러앉아 나누는 대화를? 손님이지만 보수를 받고 안주인을 돌봐 주는 독특한 존재를? (보수에 대해서는 아무도 굳이 언급하지 않았지만 마지막 날 봉투가 전달될 것이었다.)

"설레지 않으세요?" 머리맡에서 붕대를 만져 주는 앤설 간호사의 따뜻한 목소리. 이제 몇 시간만 지나면 새 세상이 열리게 된다는, 그동안의 불안과 우려를 다 날려 버리는 확신에 찬 어조. 수술은 실패하지 않았다. 내일이면 다시 앞을 볼 수 있다.

"그렇죠. 다시 태어나는 것 같아요. 세상이 어떻게 보였는지 다 잊어버렸답니다." 마다가 대답했다.

"세상은 정말 멋지죠. 그동안 잘 참으셨어요." 앤설 간호사가 속삭였다.

그 다정한 손길은 그동안 꼭 붕대를 하고 있어야 한다고 윽박지르던 모든 사람들을 비난하는 듯했다. 앤설 간호사가 전체 과정을 지휘했다면 치료를 받는 것이 좀 더 수월했을 텐데.

"내일이면 간호사님은 더 이상 목소리뿐이 아닌 사람으로 다가오겠죠. 이상한 기분이에요."

"지금은 제가 사람이 아닌가요?"

짐짓 나무라는 듯 가볍게 달래는 그런 말투가 두 사람이 나누는 대화의 특징이었고, 이는 마다의 기분을 북돋아 주었다. 시력이 돌아오면 이런 대화는 사라지겠지.

"물론 사람이지만, 그래도 좀 다르잖아요."

"전 왜 그런지 모르겠는데요."

키 작은 흑인이라는 건 앤설 간호사 본인이 말해 주어 알고 있었지만 처음 보게 되면 놀랄지도 모른다. 머리가 약간 기울었거나 눈이 비뚤거나 입이 너무 크거나 치아가 너무 많을지도 모른다고 마다는 미리 마음의 준비를 했다.

"자, 그럼 손으로 느껴 보세요." 앤설 간호사는 마다의 손을 잡고 자기 얼굴을 쓸어 보게 했다. 그런 일이 사실 처음도 아니었지만 그때마다 당황스러웠다. 마다는 손을 잡아 빼면서 웃었다. "그래 봤자 전 하나도 모르겠다니까요."

"이제 주무세요. 내일은 금방 올 거예요." 손 닿는 곳에 호출 벨을 가져다 두고 물 한 잔과 약을 건넨 후 간호사가 저녁 인사를 했다. "안녕히 주무세요, 웨스트 부인. 필요한 것이 있으면 벨을 누르시고요."

"고마워요."

병실 문이 닫히고 간호사가 멀어지면 상실감과 외로움이 살짝 느껴지곤 했다. 똑같이 다정하게 대우받을 다른 환자들에게 질투심도 생겼다. 새벽에 잠 못 들고 있을 때면 집에 혼자 있을 짬이 아니라 누군가의 머리맡에 앉아 그를 보살펴 주는 앤설 간호사의 모습을 상상했다. 그리고는 참지 못하고 호출 벨을 누르고는 말했다. "혹시 졸고 계셨나요?"

"전 근무 시간에는 절대 자지 않아요."

그렇게 대답한 후 앤설 간호사는 복도 한가운데 있는 간호사실에 앉아 차를 마시거나 진료 차트를 정리했을 것이다. 아니면 지금 마다 곁에 있듯 다른 환자를 보살폈을 테고.

"손수건을 못 찾겠어요."

"여기, 베개 아래 있어요. 늘 거기 두잖아요."

어깨를 두드려 주고 몇 분 동안 대화를 나눈 후 간호사는 가버린다. 다른 환자의 호출 벨이 울려서, 혹은 다른 업무를 처리하기 위해서.

* * * * *

"와, 도저히 불평의 말을 할 수 없는 날씨예요!" 낮 시간이 되었고 브랜드 간호사가 아침의 첫 산들바람처럼 들어왔다. "마음의 준비가 되셨나요? 어서 준비를 마치고 저녁에는 제일 예쁜 잠옷을 입고 남편을 맞으셔야죠."

수술 때와 반대로 진행되는 과정이 시작되었다. 다만 환자 이동용 침대에 누울 필요는 없었다. 브랜드 간호사의 도움을 받으며 의사가 능숙하게 손을 움직였다. 우선 안대를 제거하고, 붕대를 들어 올리고, 둔한 통증이 느껴지는 주사를 놓았다. 이어 눈꺼풀에 뭔가 처치를 했는데 그건 아프지 않았다. 붕대가 감겨 있던 곳에 하는 처치는 뭐든 차갑다. 덕분에 진정 효과가 있긴 하지만.

"자, 실망하지 마세요." 의사가 말했다. "처음 30분 정도는 제대로 보이지 않을 겁니다. 모든 것이 그림자처럼 뿌옇죠. 그러다가 서서히 형체가 분명해집니다. 잠깐 동안 가만히 누워 계십시오."

"알겠습니다. 움직이지 않을게요."

오래 기다렸던 순간이 갑자기 순간적으로 찾아오면 안 되고말고. 지금 눈에 끼운 짙은 색 렌즈는 며칠 동안 임시로 넣는 것이고 이후 다른 렌즈로 바꾼다고 했다.

"얼마나 보일까요?" 마침내 참지 못하고 물었다.

"전부 다 보이십니다. 처음에는 색깔이 없을 겁니다. 햇살 밝은 날 선글라스를 낀 상태랑 같죠. 기분 좋은 느낌이 드실 겁니다."

의사의 유쾌한 웃음이 마다를 안심시켰다. 의사와 브랜드 간호사가 나간 후 마다는 다시 누워 안개가 걷히기를, 선글라스 낀 여름날 풍경이 펼쳐지기를 기다렸다.

차츰차츰 안개가 걷혔다. 첫 번째로 눈에 들어온 것은 네모난 옷장이었다. 다음으로 의자가 보였다. 고개를 돌리자 창문 모양, 창턱에 놓인 꽃병, 짐이 사다 준 꽃이 모습을 드러냈다. 창문 바깥에서 들려오는 거리의 소음이 눈앞 풍경과 어우러지니 전에는 날카롭게만 여겨지던 소리도 조화로웠다. '울어도 괜찮을까?' 마다는 생각했다. '혹시라도 렌즈에 막혀 눈물이 나오지 않을지도 몰라.' 하지만 다시 시력을 되찾았다는 감격에 저절로 눈물이 흘러나왔다. 부끄러울 것은 없었다. 금방 쓱 닦아 버리면 되니까.

이제 모든 것이 분명한 형태로 보였다. 꽃, 세면대, 온도계가 든 유리 케이스, 잠옷. 안도감과 신기함이 너무 커서 다른 생각을 할 수 없었다. '의사 말은 거짓이 아니었어. 정말 이렇게 되는군. 얼마나 다행이야.'

자기가 덮고 있는 보드라운 담요의 표면을 이제 볼 수 있었다. 색깔은 중요하지 않았다. 푸른 렌즈의 흐릿한 빛 속에서 세상은 더 매력적이

고 부드러웠다. 형태가 보이는 것만으로도 충분히 행복했으므로 색깔은
아쉽지 않았다. 앞으로 색깔을 즐길 시간은 충분히 있다. 푸른색 사물
만으로도 대만족이었다. 보는 것과 느끼는 것, 두 가지를 동시에 감각할
수 있다니 그야말로 새로 탄생한 것 같았고 오래 잊고 있던 세상을 재발
견하는 기분이었다.

이제 서두를 필요는 없었다. 작은 병실을 둘러보고 하나하나 살펴보
는 일만으로도 바빴다. 병실을 바라보고 느끼는 데, 창가까지 걸어가 맞
은편 건물을 바라보는 데 몇 시간도 부족할 것 같았다.

마다는 생각했다. '감옥에 갇힌 죄수라 해도 눈이 보이지 않다가 시력
을 되찾으면 분명 감방 안에서도 편안함을 느낄 거야.'

바깥에서 브랜드 간호사의 목소리가 들렸다. 마다는 문 쪽으로 고개
를 돌렸다.

"자, 이제 행복해지셨죠?"

웃음 띤 얼굴의 마다는 간호사복을 입고 우유 잔을 쟁반에 받쳐 들
고 다가오는 형체를 바라보았다. 그런데 아니, 이게 어찌 된 일이지? 간
호사 캡을 쓴 머리는 사람이 아니었다. 마다를 내려다보는 것은 여자 몸
에 붙은 소 대가리였다. 뿔 사이에 간호사 캡이 올려져 있었다. 커다랗
고 다정한 두 눈도 소의 눈이었다. 콧구멍도 넓고 축축했다. 간호사가
서서 숨 쉬는 모습은 영락없이 초원에서 한가로이 풀을 뜯는 한 마리
소였다.

"약간 낯선 느낌인가요?"

웃음소리는 여자 간호사의 그것이었다. 브랜드 간호사는 침대 옆 탁
자에 쟁반을 놓았다. 마다는 아무 말도 하지 않았다. 눈을 감았다가 다
시 떠보았다. 간호사복을 입은 소가 여전히 곁에 있었다.

"제 말이 맞죠? 색깔만 아니라면 렌즈를 끼고 있다는 것도 못 느끼시겠죠?"

시간을 좀 벌어야 했다. 마다는 조심스레 손을 뻗어 우유 잔을 잡았고 천천히 마셨다. 무슨 목적이 있어 가면을 쓴 게 분명했다. 렌즈 장착과 관련해 일종의 실험이 진행되는 모양이었다. 이유는 상상도 할 수 없지만. 눈 수술을 받은 심약한 환자라면 가면을 보고 깜짝 놀라 버릴 텐데 이건 너무 가혹한 실험이 아닌가?

"잘 보여요." 머뭇거리다가 마다가 말했다. "제 생각엔 그렇습니다."

브랜드 간호사가 팔짱을 끼고 서 있었다. 간호사복을 입은 통통한 체형은 마다가 상상하던 대로였지만 갸우뚱한 소 대가리며 뿔 사이에 올라앉은 캡이라니…… 정말로 가면이라면 어디서 그 머리가 몸통과 연결되는 거지?

"별로 자신 없는 목소린데요. 수술 결과가 마음에 들지 않으시는 건 아니겠죠?"

평소처럼 유쾌한 웃음이 뒤따랐다. 하지만 소 주둥이는 풀이라도 씹는 듯 좌우로 천천히 움직이고 있었다.

"자신이 없긴요. 다만 어리둥절해서요. 이건 무슨 게임인가요?"

"게임이라니요?"

"그러니까, 간호사님 얼굴…… 얼굴이 좀 묘하게 보여서……"

푸른 렌즈를 통해서도 표정 변화는 읽혔다. 소 주둥이가 아래로 축 처졌다.

"어쩌면 그런 말씀을!" 다정한 웃음소리는 사라졌다. 충격받은 것이 분명한 말투였다. "전 신이 만들어 주신 그대로의 모습에 만족해요. 제 얼굴이 실패작이라고는 추호도 생각하지 않아요."

소 대가리를 한 간호사가 창가로 가서 커튼을 활짝 열어 햇살이 완전히 쏟아져 들어오게 했다. 가면의 경계 따위는 없었다. 소 대가리는 몸통에 완전히 연결된 상태였다. 소는 대가리를 숙여 뿔을 내보였다.

"죄송해요. 기분 상하게 하려는 건 아니었는데 정말로 좀 이상하게도……"

마다가 말을 맺기 전에 병실 문이 열리고 의사가 들어왔다. "안녕하세요? 어떠신가요?" 익숙한 목소리였다. 흰 가운과 바지 차림은 의사다웠다. 하지만 몸통 위는 테리어 종 개 대가리가 아닌가? 귀가 쫑긋 서고 눈빛은 호기심에 차 주변을 탐색하는…… 금방이라도 멍멍 짓고 꼬리를 흔들 것만 같았다.

이번에는 마다가 웃음을 터뜨렸다. 너무도 어처구니가 없었다. 뭔가 장난치는 것이 분명했다. 어째서 이렇게 힘들여 장난을 치는지, 무엇을 얻고자 하는지 알 수 없었지만 말이다. 테리어 대가리가 소 대가리 쪽을 돌아보며 소리 없이 대화를 나누는 장면에 마다가 갑자기 웃음을 멈췄다. 소가 우람한 어깨를 으쓱해 보였다.

"웨스트 부인께선 우리가 게임을 한다고 생각하십니다." 간호사의 목소리는 그리 유쾌하지 않았다.

"그런 것 같군. 최소한 환자분이 우리를 싫어하지는 않으시는 모양이지?"

이어 의사가 가까이 다가와 상체를 굽히고 환자의 눈을 살폈다. 마다는 가만히 누워 있었다. 테리어 대가리 역시 가면이 아니었다. 대가리와 몸통이 붙어 있었다. 귀가 쫑긋했고 날카로운 코가 킁킁거리며 움직였다. 한쪽 귀는 검고 다른 쪽 귀는 하얀색이었다. 마다는 테리어 개가 여우 굴 앞에서 냄새를 맡고 훈련받은 대로 구멍을 파는 모습을 상상했다.

"잭 러셀 테리어군요." 마다가 자기도 모르게 소리 내어 말했다.

"뭐라고요?"

의사는 상체를 똑바로 하고 침대 옆에 섰다. 밝은 빛 눈이 꿰뚫을 듯 마다를 보았다.

"아니, 그러니까," 마다는 급히 할 말을 궁리했다. "잭 러셀이라는 이름이 어울리실 것 같아서요."

"제임스 러셀이라는 사람은 압니다. 그 사람은 정형외과 의사라 부인 뼈를 부러뜨릴 수도 있죠. 혹시 제가 그러기라도 한 거라고 생각하시나요?"

브랜드 간호사가 그랬듯 의사도 놀란 기색이었다. 수술 결과에 감탄하고 감사하는 반응이 나오지 않았기 때문이다.

"아니, 그건 전혀 아니죠. 아무것도 부러지지 않았고 고통도 없습니다. 앞이 잘 보입니다. 사실, 지나치게 잘 보이는 것 같군요."

"본래 그렇답니다." 의사가 대답했다. 뒤따른 웃음소리는 짧게 짖는 소리와 비슷했다.

"자, 간호사, 환자분은 렌즈를 빼는 것 말고는 뭐든 마음대로 하실 수 있습니다. 미리 설명을 해주시죠."

"네. 안 그래도 그러려던 참이었습니다."

테리어 대가리가 마다 쪽을 보았다.

"목요일에 다시 와서 렌즈를 바꿔 드리겠습니다. 그동안은 하루 세 번씩 용액을 넣어 렌즈를 세척하게 될 겁니다. 손으로 렌즈를 만지지 마십시오. 함부로 만졌다가 결국 실명하고 만 환자도 있었답니다."

테리어는 이렇게 말하려는 듯했다. '그런 짓을 했다가는 혼날 줄 알아. 아예 생각도 말라고. 내 이빨은 충분히 날카로우니까.'

"알겠습니다." 마다가 천천히 대답했다. 기회는 사라졌다. 설명을 요구할 수 없게 되었다. 그런 짓은 하지 않는 게 좋겠다는 본능적인 느낌이 들었다. 테리어는 소에게 무언가 지시를 내렸다. 날카로운 스타카토 문장이 이어지고 멍청한 소 대가리가 위아래로 끄덕였다. 뜨거운 여름날에는 파리가 소를 괴롭히겠지. 간호사 캡이 벌레 쫓는 데 도움이 되려나?

의사와 간호사가 병실 문 쪽으로 움직이기 시작했을 때 마다가 마지막으로 질문을 시도했다.

"영구 렌즈를 넣어도 지금과 똑같을까요?"

"완벽하게 똑같습니다." 의사가 짖어 댔다. "다만 색이 들어 있지 않아 자연색을 그대로 보실 수 있죠. 그럼 목요일에 뵙겠습니다."

두 사람은 가버렸다. 문밖에서 중얼거리는 소리가 들렸다. 무슨 일일까? 이게 정말로 실험이라면 의사와 간호사가 밖에 나가서는 바로 가면을 벗었을까? 이건 꼭 확인해야 하는 중대한 일이었다. 이런 장난은 공정하지 않았다. 환자의 신뢰를 이용하다니. 마다는 침대에서 빠져나와 문 앞으로 갔다. 의사가 "한 알 반 주세요. 환자가 약간 긴장 상태입니다. 물론 정상 반응이지만"이라고 말하는 중이었다.

마다는 용감하게 문을 활짝 열었다. 복도에 선 의사와 간호사는 여전히 가면을 쓴 상태였다. 테리어의 날카로운 눈과 소의 깊은 눈이 동시에 마다를 돌아보았다.

"뭐 원하는 것이 있으신가요?" 브랜드 간호사가 물었다.

마다는 두 사람 뒤의 복도 풍경을 바라보았다. 모두가 마찬가지였다. 옆 병실에서 빗자루를 들고 나오는 청소부는 작은 몸 위에 족제비 대가리를, 반대편에서 걸어오는 간호사는 곱슬곱슬한 털 위에 앙증맞게 캡을 올린 거만한 고양이 대가리를, 그 옆에 선 의사는 위엄 있는 사자 대가리를 하고 있었다. 마침 그 순간 엘리베이터에서 내리는 수위 또한 어깨 위가 돼지 대가리였고 꿀꿀 소리를 내면서 짐을 옮기는 중이었다.

마다는 처음으로 오싹한 공포에 휩싸였다. 자기가 그 순간에 문을 열 줄 알고 모두가 가면을 썼다고는 볼 수 없었다. 자기를 담당하지 않는 의사와 간호사, 옆 병실에서 나오는 청소부와 엘리베이터에서 내리는 수위까지 다 함께 그럴 수는 없는 일이었다. 경악스러운 표정이 얼굴에 나타났는지 소 대가리를 한 브랜드 간호사가 마다를 부축해 병실로 들어갔다.

"괜찮으세요, 마다 부인?" 간호사의 목소리에 염려가 묻어났다.

마다는 천천히 침대에 앉았다. 이게 음모라면 목적이 뭐지? 다른 환자들도 나처럼 음모의 대상일까?

"좀 피곤해요. 자야겠어요."

"그게 좋겠군요. 좀 흥분하셨어요."

소 대가리가 물컵에 무슨 약을 섞었다. 컵을 받아 드는 마다의 손이 떨렸다. 소가 제대로 약을 줄 수 있을까? 실수로 준 약이면 어쩌지?

"무슨 약이죠?"

"진정제예요."

미나리아재비와 데이지와 녹색 초지. 진정제를 탄 물에서 그 세 가지 맛이 다 느껴져 마다는 몸을 떨었다. 침대에 눕자 간호사가 커튼을 내렸다.

"이제 쉬세요. 자고 일어나면 훨씬 기분 좋아지실 거예요." 거대한 소 대가리가 앞쪽으로 기울어졌다. 곧 주둥이를 열고 음매 소리를 낼 것 같았다.

진정제가 효과를 발휘했다. 팔다리에 노곤한 기운이 돌았다.

곧 평화로운 어둠이 찾아왔고, 얼마간 시간이 흐른 후 마다는 무슨 소리를 듣고 깨어났다. 고양이 간호사가 점심을 들고 들어오는 소리였다. 브랜드 간호사는 조퇴를 했다고 했다.

"언제까지 이러실 건가요?" 마다가 물었다. 이제 음모에 거의 항복한 상태였다. 꿈도 꾸지 않고 곤히 자고 난 후라 조금 기운이 났다. 시력 회복을 위해 필요한 조치라면, 아니 이유는 알 수 없어도 병원에서 결정한 일이라면 승복하는 수밖에.

"무슨 말씀이시죠?" 고양이가 미소 지으며 되물었다. 대가리 위의 캡을 만지작거리고 목에서는 가르릉 소리가 나는 변덕쟁이 고양이였다.

"제 눈에 대한 실험요." 마다는 점심으로 나온 닭고기 요리를 고양이에게 뺏기지 않으려고 손으로 가리면서 말했다. "대체 목적이 뭔지 모르겠어요. 그렇게 위장하는 목적이요."

고양이는 심각한 표정으로 마다를 응시했다. "죄송합니다만, 무슨 말씀이신지 모르겠습니다. 제대로 눈이 보이지 않는다고 브랜드 간호사에게 말씀하셨나요?"

"눈이 안 보이는 게 아니에요. 완벽하게 잘 보입니다. 의자는 의자로 보이고 탁자는 탁자로 보이고요. 이제 점심으로 닭고기를 먹을 참이죠. 하지만 어째서 간호사님이 고양이로, 얼룩 고양이로 보이는 걸까요?"

마다의 말투가 공격적으로 느껴진 모양이었다. 평온하게 말할 상황이 아니기도 했다. 고양이 간호사는 뒤로 몇 걸음 물러섰다.

"어쩜 이러실 수가 있나요. 고양이라고 불리긴 처음이군요."

"모욕하려는 게 아니에요. 보이는 대로 볼 뿐이죠. 간호사님은 고양이고 브랜드 간호사는 소군요."

두 번째로 고양이라는 말을 듣자 본격적으로 화가 났는지 고양이 수염이 빳빳하게 곤두섰다.

"식사나 하시죠. 필요하면 호출 벨을 누르시고요."

고양이 간호사가 거만한 걸음으로 나갔다. 꼬리가 있었다면 살랑거리지 않고 바짝 서 있었으리라.

아니, 그들은 가면을 쓴 게 아니었다. 고양이가 놀라고 화내는 반응은 진짜였다. 병원 사람들이 모두 한 환자를 위해 연극을 할 수는 없었다. 그건 너무 비용이 큰 실험이다. 그렇다면 렌즈가 잘못된 것이 틀림없었다. 어째서인지는 몰라도 렌즈가 사람 얼굴을 달리 보이도록 만드는 것이리라.

갑자기 머리를 스치고 지나가는 생각에 마다는 식사 테이블을 옆으로 젖히고 침대에서 뛰어내려 화장대 앞으로 갔다. 거울 속에서 익숙한 얼굴이 자기를 바라보았다. 최소한 자기 얼굴은 멀쩡하게 보이는 셈이었다.

"정말 다행이군." 마다는 일단 안심했지만 또다시 머릿속이 복잡해졌다. 자기 얼굴이 멀쩡하게 보인다면 다른 사람들 모두가 가면을 쓰고 있다는 처음 생각이 옳은 걸까? 하지만 왜? 그렇게 해서 얻는 게 뭐지? 날 실성하게 만들려는 음모인가? 아니, 그건 너무 터무니없는 생각이었다. 런던의 이름 있는 이 병원이, 의사도 로열티를 받고 수술하는 이곳이 그럴 리는 없었다. 또한 그녀를 실성하게 만들려면, 더 나아가 죽게 만들려면 약을 쓰는 편이 훨씬 간단했다. 수술할 때 마취제를 과다 투여해 죽일 수도 있었다. 의사들과 간호사들이 모두 동물 가면을 쓰도록 하는 이런 복잡한 일을 벌일 리가 없었다.

다른 증거를 잡고 싶었다. 마다는 창문 앞으로 가 커튼 뒤에 숨은 채 행인들을 바라보았다. 잠시 동안은 아무도 지나다니지 않았다. 점심시간이라 차량 통행도 뜸했다. 그러다가 길 끝에 택시가 지나갔지만 운전사 머리를 확인하기에는 너무 멀었다. 기다렸다. 수위가 병원 밖 계단에 나와 섰다. 돼지 대가리가 뚜렷하게 보였다. 하지만 수위는 음모에 참여했을 테니 무시하기로 했다. 차 한 대가 다가왔다. 아직은 운전사 얼굴을 구별할 수 없었다…… 그래, 속도를 줄이면서 병원 앞까지 와서 얼굴을 밖으로 내미는군. 그건, 개구리 대가리였다. 두 눈이 툭 튀어나와 있었다.

심장이 미친 듯이 뛰었다. 마다는 다시 침대로 돌아왔다. 더 이상 식욕이 없어 접시를 밀어 버렸다. 호출 벨도 누르지 않았다. 얼마 후 병실 문이 열리더니 족제비 대가리를 한 청소부가 들어왔다.

"후식으로 자두 파이나 아이스크림을 드실 수 있습니다만……"

마다 웨스트는 눈을 반쯤 감고 고개를 저었다. 족제비는 조심스럽게 다가와 쟁반을 치우며 다시 물었다. "그럼 바로 커피를 드릴까요?"

족제비 머리는 작은 몸에 자연스럽게 붙어 있었다. 가면이 아니었다. 어떤 천재가 이런 가면을 만들 수 있다는 말인가.

"네, 커피 주세요."

족제비가 사라졌다. 문 두드리는 소리가 나더니 고양이가 등을 둥글게 만 상태로 들어왔다. 말 한마디 없이 커피를 내려놓았다. 화를 내야 할 사람은 자기라는 생각에 불쾌해진 마다가 "밥그릇에 우유라도 좀 부어 줄까요?" 하고 쏘아붙였다.

고양이 간호사가 돌아보았다. "계속 그러시는군요. 전 농담은 얼마든지 받을 수 있지만 모욕은 얘기가 다릅니다."

"야옹." 마다가 되받았다.

고양이가 방을 나갔다. 아무도 커피 잔을 치우러 들어오지 않았다. 버려진 기분이었지만 마다는 개의치 않았다. 병원 사람들이 이 게임에서 이길 수 있다고 생각했다면 그건 실수였다는 걸 보여 주지. 다시 창가로 갔다. 지팡이를 짚은 대구 대가리 노인이 수위의 도움을 받아 가며 차에 올라타는 중이었다. 그들은 마다가 지켜보고 있다는 것을 알 리가 없었다. 마다는 수화기를 들고 교환원에게 남편 사무실 번호를 댔다. 다음 순간에야 지금이 점심시간임이 생각이 났다. 어떻든 잭이 전화를 받았다.

"여보, 당신이야?"

"응. 왜?"

다정하고 익숙한 목소리를 들으니 마음이 놓였다. 수화기를 귀에 댄 마다는 침대에 등을 기댔다.

"여보, 언제 올 거야?"

"저녁때 전엔 안 되겠어. 정신없이 바쁜 날이네. 하나 해결하면 바로 다음 일이 터지고. 그래, 어때? 괜찮아?"

"완전히 괜찮은 건 아니야."

"그게 무슨 말이야? 앞이 잘 안 보여? 설마 의사들이 제대로 못한 거야?"

지금 일어나고 있는 일을 어떻게 설명할 수 있을까? 전화로 말하면 헛소리라고만 여기겠지.

"아니, 앞은 보여. 잘 보여. 그런데…… 간호사들이 동물로 보여. 의사도 테리어 개로 보이고. 여우 굴 사냥에 쓰는 잭 러셀 테리어 말이야."

"대체 무슨 소릴 하는 거야?"

짐은 통화하면서 동시에 비서에게 무슨 약속에 대해 이야기하는 중이었다. 지금 무척, 무척 바쁜 게 분명했다. 최악의 시간에 전화를 건 셈이다. "그래, 잭 러셀이 어떻다고?" 다시 남편이 물었다.

지금은 말해 봤자 소용없었다. 남편이 올 때까지 기다려야 했다. 그때 모든 것을 다 설명하고 남편도 눈으로 확인하게 해야지.

"아니, 신경 쓰지 마. 이따 이야기해."

"미안해. 지금은 도무지 정신을 차릴 수가 없어서. 렌즈에 문제가 있으면 병원에 얘길 해. 간호사한테."

"알았어. 그럴게."

마다는 전화를 끊고 잡지를 집어 들었다. 언제 짐이 놓고 간 모양이었다. 글자를 읽어도 눈이 아프지 않아 다행이었다. 인쇄된 사람 얼굴은 정상적으로 보였다. 연예인들의 결혼 기사, 연예계 사건 기사, 신인 배우 관련 기사 등 모든 지면에서 사람 얼굴을 확인할 수 있었다. 그렇다면 오직 이곳, 병원과 병원 바깥 거리에서만 달리 보이는 셈이었다.

늦은 오후에 수간호사가 병실에 들렀다. 옷차림을 보고 수간호사라는 것을 알 수 있었지만 역시 양 대가리를 하고 있었다.

"웨스트 부인, 불편한 점은 없으신가요?"

정중한 목소리였다. 아니, 매― 하는 울음소리인가?

"네. 고마워요."

마다가 경계하며 대답했다. 괜히 수간호사 기분을 건드릴 필요는 없었다. 이 모든 상황이 미리 짜인 연극이라면 더더욱 그랬다.

"렌즈는 잘 맞으시고요?"

"잘 맞네요."

"다행입니다. 위험한 수술이었지만 워낙 인내심이 좋으셔서 결과도 좋군요."

그렇군. 일단 칭찬으로 환심을 사려는 거야. 이 역시 게임의 일부겠지.

"며칠만 지나면 영구 렌즈로 바꿔 넣게 됩니다."

"네. 저도 들었어요."

"색깔이 제대로 구분되지 않아 실망하신 건 아니죠?"

"지금 상태에선 그게 오히려 다행이죠."

자기도 모르는 사이에 쏘아붙이는 말이 튀어나와 버렸다. 수간호사는 괜히 옷을 만지작거렸다. 눈을 내리깐 이 양 대가리 꼴을 당신 스스로도 볼 수 있다면 내 말뜻을 알 텐데.

"웨스트 부인," 수간호사는 마다의 시선을 피하며 어색하게 입을 열었다. "제 말에 기분 상하지 않으시면 좋겠습니다. 저희 병원 간호사들은 모두 유능한 전문가들입니다. 오랜 시간 힘들게 일하고 있고요. 그런 간호사들을 모욕하는 행동은 아무리 장난이라 해도 썩 훌륭하다고는 볼 수 없군요."

매ㅡ, 매ㅡ. 마다는 입술을 꽉 다물었다가 말했다.

"제가 간호사를 고양이라고 부른 일 때문에 이러시는 건가요?"

"뭐라고 부르셨는지는 모르지만 그 간호사가 상처를 받았습니다. 울음을 터뜨리기 직전이더군요."

울음이라니, 발톱을 세워 할퀸 거겠지. 그 유능한 작은 손이 실은 고양이 발이라니.

"다시는 그런 일 없을 거예요."

마다는 그 일에 대해 더 이상은 말하지 않기로 했다. 자기 잘못은 아니니까. 사람 얼굴이 뒤틀려 보이는 렌즈를 끼워 달라고 부탁한 적은 없으니까.

"이런 병원을 운영하는 데는 돈이 아주 많이 들겠죠?" 마다가 물었다.

"물론입니다." 양 대가리가 대답했다. "그리고 우수한 직원들과 환자들 모두의 협조가 있어야 병원이 제대로 운영되죠."

정곡을 찌르는 말이었다. 양이라도 머리는 좋군.

"수간호사님, 돌려 말하시지 마세요. 대체 이 모든 것의 목적이 무엇인 가요?"

"목적이라니요?"

"이 바보 같은 장난의 목적 말이에요." 마다는 수간호사의 캡을 가리 켰다. "어째서 괴상한 가면을 쓰신 건가요? 우습지도 않은데요."

침묵이 흘렀다. 수간호사는 대화를 이어 가겠다는 마음을 버린 듯 천 천히 문 쪽으로 걸어갔다.

"이곳에서 일하는 간호사들은 모두 자기 캡에 자부심을 가지고 있습 니다. 웨스트 부인, 다음번에 다시 만나게 될 때는 지금보다 조금 더 예 의를 지켜 주시기 바랍니다."

수간호사는 병실을 나가 버렸다. 마다는 다시 잡지를 집어 들었지만 읽을 기분은 나지 않았다. 두 눈을 꼭 감았다가 떴다. 그리고 다시 한 번 감았다 떠보았다. 의자가 버섯으로 보이고 탁자가 건초 더미로 보인다면 렌즈 탓이라 할 수 있었다. 하지만 어째서 사람들 얼굴만 달리 보인단 말인가? 이 사람들에게 무슨 문제라도 있는 걸까? 마다는 오후의 홍차 가 들어오고 "꽃 선물이 왔습니다"라는 목소리가 들릴 때에도 두 눈을 감고 있다가 혼자 남았을 때야 눈을 떴다. 짐이 보낸 카네이션과 카드가 있었다. '기운 내. 생각만큼 나쁘진 않다고'라고 쓰여 있었다.

마다는 미소를 지으며 꽃에 얼굴을 파묻었다. 꽃은 이상하게 보이지 않았다. 향기도 그대로였다. 카네이션은 아름답고 향기로운 카네이션 그 대로였다. 화병에 물을 담아 와서 꽃을 꽂아 주는 간호사의 망아지 대 가리도 크게 거슬리지 않았다. 털을 다듬은 작은 망아지로, 이마에 흰 별무늬가 있었다. "고마워요." 마다가 미소를 지었다.

괴상한 낮 시간이 이어지는 동안 마다는 애타게 저녁 8시를 기다렸다. 세수하고 잠옷을 입은 후 머리를 빗었다. 커튼을 치고 침대 옆 은은한 조명을 밝혀 두었다. 묘하게 신경이 곤두섰다. 낮 시간 동안 앤설 간호사 생각을 한 번도 하지 못했다는 걸 그때서야 떠올렸다. 늘 위로가 되어 주는 다정한 앤설 간호사를 말이다. 8시부터 밤 근무를 시작할 앤설 간호사도 음모에 가담했을까? 만약 그렇다면 따지고 들겠다. 앤설 간호사는 거짓말을 하지 않을 테니. 다가서서 두 손을 그 어깨에 올리고 가면을 벗겨 버려야지. '자, 이제 벗어 버려요. 날 속일 수는 없으니'라고 말하면서. 하지만 렌즈 탓이라면, 문제는 오로지 렌즈라면 뭐라고 말해야 할까?

마다는 화장대에 앉아 얼굴에 크림을 바르느라 문 열리는 소리를 듣지 못했다. 달래는 듯 부드러운, 낯익은 목소리가 들렸다. "시간이 좀 이르지만 궁금해서 기다릴 수가 있어야죠. 제가 바보 같죠?" 눈앞의 거울에 천천히 모습을 드러낸 것은 길쭉한 뱀 대가리였다. 목이 이리저리 구부러지면서 뾰족한 혓바닥이 빠른 속도로 들락날락했다.

마다는 움직이지 않았다. 크림을 바르는 손만 기계적으로 움직였다. 뱀은 잠시도 가만있지 않고 대가리를 돌리고 비틀었다. 크림 통과 크림 냄새를 검사라도 하려는 듯이.

"자기 모습을 다시 보게 되니 어떠세요?"

뱀 대가리를 통해 나오는 앤설 간호사 목소리는 기괴하고 무서웠다. 끝부분이 둘로 갈라진 혀를 날름거리며 말하는 모습에 몸이 얼어붙는 듯했다. 마다는 속이 거북해졌고 구역질이 났다. 간호사의 익숙한 손길이 마다를 부축해 침대에 눕혔다. 눈을 감고 있으니 구역질이 가라앉았다.

"이런, 뭐가 잘못됐을까요? 진정제 탓일까요? 제가 차트를 살펴보죠."

환자를 온전히 이해하는 사람만이 낼 수 있는 다정하고 고요한 목소리. 마다는 눈을 뜨지 않았다. 도저히 그럴 수 없었다. 그저 누운 채 기다렸다.

"첫날은 충분히 쉬셔야 하는데 그러지 못한 모양이네요. 손님이 왔나요?"

"아뇨."

"어떻든 쉬셔야겠어요. 얼굴이 창백해요. 남편분께 이런 모습을 보여도 괜찮겠어요? 내일쯤 오시라고 전화드릴까요?"

"아니, 그러지 마세요. 남편을 꼭 만나야 해요."

두려운 마음에 눈을 뜨자 아까보다 더 길어 보이는 뱀 대가리가 간호사복 위에서 이리저리 구부러지는 광경이 보였다. 독기 품은 눈동자도 눈에 들어왔다. 마다는 손으로 입을 막고 당장 터질 듯한 비명을 억눌렀다.

앤설 간호사가 불안한 듯 말했다.

"무엇 때문에 이렇게 안 좋으신 걸까요. 진정제 탓은 아닌 것 같아요. 전에도 여러 번 드셨으니까. 저녁 식사는 뭐였죠?"

"생선이요. 많이 먹진 않았어요."

"생선이 혹시 문제였는지 모르겠군요. 다른 환자들도 이런지 알아보고 올게요. 그동안 가만히 누워 진정하고 계세요."

병실 문이 가볍게 열렸다가 닫혔다. 마다는 지시에 따르지 않고 침대를 빠져나와 손톱 가위를 찾아 쥐었다. 무기였다. 다시 침대로 돌아와 가위를 침대 아래 감추고 누웠다. 심장이 쿵쾅거렸다. 공포감이 엄습했다. 뱀 앞에서 스스로를 지켜 내야 했다. 이제 모든 것이 연극이 아닌 진실임이 명백해졌다. 어떤 사악한 기운이 병원을 휘감아 의사고 간호사고

246

몽땅 변모시켜 버린 것이다. 이유는 알 수 없지만 말이다. 무슨 까닭인지 마다 혼자만 동물로 변하지 않고 사람으로 남았다.

한 가지는 분명했다. 자기가 안다는 걸 드러내서는 안 된다는 것. 이전처럼 앤설 간호사 앞에서 태연하게 행동해야 했다. 한 번만 삐끗해도 어떻게 될지 모른다. 나아진 척하자. 계속 안 좋은 모습을 보이면 앤설 간호사의 뱀 대가리와 갈라진 혓바닥이 눈앞에 다가올 테니.

다시 병실 문이 열렸다. 마다는 침대 아래 손톱 가위를 움켜쥐고 억지로 미소를 지었다.

"제가 참 별난 환자죠? 좀 어지러웠나 봐요. 이젠 괜찮아요."

뱀 대가리가 손에 병을 들고 있었다. 세면대로 가서 컵을 가져와 병에 든 액체 세 방울을 따랐다. "이걸 드시면 다 해결될 거예요."

마다는 다시금 공포에 사로잡혔다. 해결되다니, 뭐가 해결된다는 걸까? 나를 해결해 버리겠다고? 그 액체는 색깔이 없었다. 무엇인지 모를 일이었다. 마다는 컵을 받아 들고 속임수를 썼다.

"저기 서랍에서 손수건 좀 가져다주시겠어요?"

"물론이죠."

뱀 대가리가 방향을 바꾼 동안 마다는 컵의 약을 쏟아 버렸다. 그리고 끊임없이 움직이는 뱀 대가리가 서랍 안을 이리저리 살펴 손수건을 찾아 꺼내는 모습을 지켜보았다. 다시 침대로 다가오는 뱀 대가리 목 부분을 살펴보니 처음 생각했던 것처럼 매끈한 것이 아니라 켜켜이 비늘이 돋아 있었다. 고양이, 양, 소 대가리 간호사들과 달리 뱀 대가리의 캡은 크기가 딱 들어맞았다.

"저를 너무 빤히 쳐다보시니 당황스럽군요." 뱀 대가리가 말했다. "마치 제 생각을 읽으시려는 것 같아요."

마다는 대답하지 않았다. 떠보는 질문일지도 몰랐다.

"어떠신가요, 실망하셨어요? 제 모습이 상상했던 것과 많이 다른가요?"

또다시 떠보는 질문이다. 조심해야 한다. "아니 그렇지 않아요." 마다는 천천히 대답했다. "그렇지만 그 간호사 캡 때문에 머리카락이 안 보이네요."

앤설 간호사가 웃었다. 앞이 보이지 않은 채 보내야 했던 몇 주 동안 크나큰 위로가 되어 준 바로 그 웃음이었다. 간호사가 손을 올려 캡을 벗자 뱀 대가리가 온전한 모습을 드러냈다. 위쪽이 편평하고 넓었다. "이제 충분한가요?"

마다는 베개에 등을 기댔고, 한 번 더 억지 미소를 지어 보였다.

"아름다우세요. 정말 아름다우세요."

뱀 대가리가 목을 흔들며 캡을 썼다. 그러고는 마다에게서 컵을 받아 제자리에 두었다. 약을 쏟아 버린 건 알아채지 못했다.

"함께 댁으로 가서는 굳이 간호사복을 입을 필요가 없겠죠. 원하시는 대로 할게요. 한 주 동안은 환자분만을 위한 간호사가 될 테니까요."

갑자기 한기가 느껴졌다. 혼란의 하루를 보내면서 잊고 있었다. 그래, 앤설 간호사가 함께 집으로 가서 한 주를 보내기로 했었지. 두려움을 드러내서는 안 되었다. 아직은 아무 말도 하면 안 된다. 짐이 오면 다 털어놔야지. 짐에게는 뱀 대가리가 보이지 않는다면, 동물 머리가 온전히 렌즈 탓이라면 그때는 어떻게든 설득해야 한다. 더 이상 앤설 간호사를 신뢰할 수 없으니 집에 오지 못하게 해야 한다고. 보살펴 줄 사람은 필요하지 않았다. 남편과 둘이서만 집에 있고 싶었다.

전화벨이 울렸다. 마다는 구세주라도 만난 듯 수화기를 낚아챘다. 짐이었다.

"늦어서 미안해. 이제 택시를 잡아탔어. 곧 갈게. 변호사와 얘기가 길어져서."

"변호사?"

"그래. 포브스 법률 회사 말이야."

잊고 있었다. 수술 전에 돈 문제로 논의가 있었다. 변호사마다 다른 얘기를 했고, 결국 포브스라는 법률 회사에 일을 맡기기로 했었다.

"얘기는 잘된 거야?"

"그런 것 같아. 만나서 알려 줄게."

남편이 전화를 끊었다. 뱀 대가리가 마다를 바라보고 있었다. 분명 우리가 나눈 이야기가 궁금하겠지.

"웨스트 씨가 오셨을 때 너무 흥분하거나 하시면 안 돼요." 앤설 간호사가 병실을 나서려 하면서 주의를 주었다.

"그럴 일 없어요. 그냥 남편을 보고 싶을 뿐이에요."

"얼굴이 좀 상기됐어요."

"병실이 더워서요."

구불거리는 목이 위쪽으로 길어지더니 창문 방향으로 돌았다. 마다는 뱀 대가리가 평온하지 않다는 걸 처음 깨달았다. 긴장이 느껴졌다. 자신과 환자의 관계가 뭔가 달라졌다는 걸 안 것이다.

"위쪽 창문만 약간 열어 두죠."

온몸이 다 뱀이라면 창문으로 밀어 버릴 텐데. 아니, 그러면 내 목을 감고 졸라 버리겠지?

창문이 열렸다. 감사 인사라도 기대하는 듯 뱀 대가리가 잠시 침대 끝에서 주춤하더니 매끄러운 몸놀림으로 병실을 나갔다.

마다는 택시 멈추는 소리를 초조하게 기다렸다. 남편이 병실에서 하루 자고 가게끔 하고 싶었지만 뭐라고 말해야 할지 알 수 없었다. 자기가 느끼는 경악과 공포를 설명하면 될까. 아니, 호출 벨을 눌러 앤설 간호사를 부르기만 하면 된다. 남편의 표정과 목소리를 살피면, 남편 눈에도 간호사가 뱀으로 보이는지 금방 알 수 있겠지.

마침내 병원 앞에 택시가 끼익 서는 소리가 들렸다. 차 문이 열렸다가 닫혔다. 짐은 엘리베이터를 타고 올라오겠지. 심장이 두근거렸다. 남편의 발소리와 목소리가 들렸다. 뱀 대가리에게 뭐라고 말하는 듯했다. 그렇다면 바로 표정을 확인할 수 있겠군. 방금 본 것을 믿을 수 없다는 듯 충격받은 표정일까, 아니면 한바탕 장난을 목격했다며 껄껄 웃을까? 마다는 병실 문을 주시했다. 어째서 빨리 들어오지 않는 걸까? 남편과 간호사는 무슨 이야기를 저리 하고 있을까?

병실 문이 열리고 익숙한 우산과 모자가 보이기 시작했다. 건장한 몸 위에 붙은 것은, 오, 안 돼, 이럴 수가, 짐까지도 이 악마들의 가면 놀이에 끼어들었단 말인가. 남편은 독수리 대가리를 하고 있었다. 아니, 잘못 본 것이 아니다. 우울한 눈, 끝에 피가 묻은 부리, 축 늘어져 접힌 살까지…… 독수리 대가리는 구석에 우산을 세워 두고 모자를 벗었다.

"상태가 썩 좋은 건 아니라고?" 독수리 대가리가 마다를 응시했다. "구역질이 난다면서? 나더러 오래 있지 말라는군. 밤에 푹 쉬어야 괜찮아진다고."

마다는 대답할 힘도 없었다. 가만히 누워 있으니 독수리 대가리가 다가와 입을 맞추었다. 부리 끝이 날카로웠다.

"앤설 간호사 말이 갑자기 앞이 보이게 된 충격으로 인한 반응이래. 사람마다 반응이 다르게 나타난대. 집으로 돌아가 잘 보살펴 주면 나아질 거래."

집으로 돌아가 앤설 간호사의 보살핌을 받는다고? 아직도 그 계획은 여전하군.

"잘 모르겠어. 앤설 간호사가 집으로 함께 가는 편이 좋을까?"

"그게 무슨 소리야?" 놀란 목소리였다. "당신이 그렇게 하자고 했잖아. 갑자기 마음이 바뀐 거야?"

대답 대신 마다는 호출 벨을 눌렀고 곧바로 앤설 간호사가 나타났다. "안녕하세요, 웨스트 씨. 커피 한 잔 드릴까요?" 저녁마다 나누던 대화였다. 하지만 오늘만은 부자연스럽게 들렸다.

"고마워요. 커피 한 잔 주시면 좋죠. 그런데 저희 집에 같이 가실 수 없게라도 된 건가요?" 독수리가 뱀 쪽으로 대가리를 돌렸고 뱀 대가리가 꿈틀거렸다. 그 모습을 지켜보던 마다는 앤설 간호사를 집으로 데려가자는 것이 자기 생각이 아니었음을 기억해 냈다. 처음 말을 꺼낸 것은 앤설 간호사 자신이었다. 회복기에 전문적인 도움이 필요하다고 말이다. 짐이 눈에 붕대를 감은 아내를 웃게 만들면서 하룻밤을 병실에서 보낸 다음에 나온 말이었다. 뱀과 독수리의 다정한 모습을 보자 어째서 앤설 간호사가 함께 집에 가고 싶어 했는지, 남편은 어째서 반대 없이 단번에 받아들였는지 알 수 있었다.

독수리가 핏자국 난 부리를 열었다. "두 사람이 설마 다투기라도 한 건 아니죠?"

"그럴 리가요." 뱀이 몸을 비틀며 옆눈으로 독수리를 바라보았다. "부인께서 오늘 밤 조금 예민하신 것 같아요. 첫날이니 좀 힘드신 것도 당연하죠. 그렇죠?"

뭐라고 대답해야 할까? 아무도 눈치채지 못하게 행동해야 한다. 독수리도, 뱀도, 주변의 짐승들 누구도 자기 생각을 추측조차 하지 못하게 해야 한다.

"전 괜찮아요. 약간 혼란스러울 뿐이에요. 내일 아침이면 괜찮아질 거예요."

독수리와 뱀은 침묵 속에서 대화를 나누었다. 그게 다른 무엇보다도 공포스러웠다. 조류나 파충류는 소리 내어 말할 필요가 없다. 서로를 보기만 해도 생각을 다 아는 것이다. 하지만 그렇다고 마다를 굴복시키지는 못할 것이다. 공포에 사로잡히긴 했어도 살려는 의지가 충분하니까.

"오늘은 서류 따위로 괴롭히지 않을게. 뭐 특별히 서두를 필요도 없고. 나중에 퇴원해서 서명해도 돼." 독수리가 말했다.

"서류라니?"

눈을 내리깔면 독수리 대가리를 보지 않을 수 있었다. 믿음직한 남편 목소리만 들렸다.

"포브스 법률 회사에서 받아 온 서류 말이야. 내가 재산 공동 관리자가 되는 게 좋겠다고 하는군."

수술 몇 주 전의 희미한 기억이 되살아났다. 마다의 눈과 관련된 일이었다. 수술이 성공하지 못하면 서명하기가 어려울 거라는 얘길 했었지.

"아니 왜?" 마다의 목소리가 흔들렸다. "그건 내 돈이잖아."

짐이 웃었다. 고개를 들자 독수리 부리가 벌어져 있었다. 덫처럼 보였다.

"물론 당신 돈이지. 당신이 아프거나 무슨 일이 있으면 내가 대신 처리하겠다는 것뿐이야."

마다는 뱀 쪽을 쳐다보았다. 시선을 의식한 뱀은 대가리를 움츠리고 문 쪽으로 미끄러져 갔다. "너무 오래 머물지는 마세요. 환자가 오늘 밤에는 푹 쉬어야 하거든요."

이제 병실에는 마다와 남편, 아니 독수리 대가리 둘만 남았다.

"내가 아프거나 무슨 일이 있지는 않을 거야."

"물론 그래야지. 그냥 법적 안전장치일 뿐이야. 어쨌든 오늘 그 얘기는 그만두자고."

목소리가 너무 평온하지 않나? 서류를 코트 주머니에 쑤셔 넣는 손은 발톱이 아닌가? 앞으로 더 무서운 일이 벌어질 수 있다. 대가리뿐 아니라 몸통까지 바뀌는 일이. 손발은 날개, 앞발, 발톱이 되겠지. 주변 누구도 인간의 모습이 아니게 된다면 어쩌나. 마지막으로 사라질 것은 목소리일 테지. 인간의 목소리가 사라지고 나면 희망이 없다. 오만 가지 동물 외침과 우짖음 소리가 정글을 이루고 말 것이다.

"그런데 앤설 간호사가 정말로 함께 가지 않는 게 좋겠어?" 짐이 물었다.

마다는 독수리가 발톱 가는 모습을 가만히 지켜보았다. 남편은 늘 주머니에 줄칼을 넣어 다니곤 했다. 그건 만년필이나 파이프처럼 그의 필수품이었다. 이제야 왜 줄칼이 필요했는지 알 것 같았다. 희생자를 공격하려면 발톱이 늘 날카로워야 했던 것이다.

"모르겠어. 다시 앞이 보이는데 굳이 간호사를 고용하는 것이 좀 우스워 보여서."

남편은 잠시 뜸을 들였다. 대가리를 어깨 사이에 깊이 파묻었다. 짙은 색 정장이 커다란 새의 깃털처럼 여겨졌다. "앤설 간호사는 유능한 사람이야. 처음에 힘들 때 큰 도움이 될 거야. 난 계획대로 했으면 싶은데. 한 주를 다 채우지 않아도 언제든 내보낼 수도 있고."

"그거야 그렇지."

마다는 믿을 수 있는 사람이 누가 있을지 생각해 보았다. 가족이라고는 오빠뿐인데 멀리 남아프리카에 살고 있었다. 런던에 있는 친구들은 이런 일에 도움을 주고받을 정도로 친한 사이가 아니었다. 간호사가 뱀으로, 남편은 독수리로 변했다고 털어놓을 상대는 아무도 없었다. 무력하기 짝이 없는 상황이었다. 지옥이었다. 주변의 미움과 증오가 분명히 느껴지는 가운데 마다는 철저히 혼자였다.

"오늘 저녁에는 뭐할 거야?" 남편에게 조용히 물었다.

"클럽에서 저녁을 먹을 것 같은데. 그것도 이제 지겨워. 한 이틀만 참으면 드디어 당신이 집에 돌아오겠군."

그렇지. 하지만 독수리와 뱀과 함께 돌아가면 지금 병원에서보다 더더욱 둘의 자비에 운명을 맡겨야 하는 꼴이 아닌가?

"확실히 목요일이면 퇴원할 수 있대?"

"오늘 아침에 의사랑 통화할 때 들었어. 그때는 색깔이 보이는 다른 렌즈를 끼게 된다는군."

몸통까지 제대로 동물로 보이는 렌즈겠지. 그렇다, 푸른 렌즈는 대가리만 보여 주는 1차 테스트다. 의사도 당연히 음모에 가담해 있다. 아니, 가담 정도가 아니라 지휘하는지도 모른다. 대가를 받았겠지. 대체 누구였지? 누가 애초에 수술을 권했던 거지? 주치의가 짐과 이야기를 나눈 후 다가와서 수술이 눈을 살리는 유일한 기회라고 하지 않았나? 몇 달 전, 아니 몇 년 전부터 작전이 진행되었으리라. 하지만 대체 무엇을 위해? 마다는 자기를 겨냥한 이 음모의 단서가 될 만한 시선, 신호, 말 한마디를 찾기 위해 기억을 더듬었다.

"당신 얼굴이 창백하군. 앤설 간호사를 부를까?"

"싫어!" 비명에 가까운 소리가 터져 나왔다.

크고 건장한 몸이 의자에서 일어났다. 마다는 작별의 입맞춤을 위해 두 눈을 감았다. "잘 자, 여보. 마음 편하게 먹고."

마다는 남편 손을 꽉 움켜쥐었다.

"왜 그래?"

입맞춤은 익숙했지만 핏자국 있는 뾰족한 독수리 부리는 여전히 느껴졌다. 남편이 나간 후 마다는 베개에 얼굴을 파묻고 울음을 터뜨렸다.

"어떡하지? 어떻게 해야 하지?"

다시 병실 문이 열렸고 마다는 손으로 입을 틀어막았다. 울음소리를 듣게 해서는 안 되었다. 우는 모습을 보이지 말아야 했다. 마다는 어마어마한 노력으로 몸을 일으켰다.

"기분이 어떠세요, 웨스트 부인?"

뱀 대가리가 침대 옆에 서 있었다. 내과 의사도 왔다. 마다가 좋아하는 젊고 유쾌한 내과 의사였다. 동물 대가리를 했어도 내과 의사는 무섭지 않았다. 스코티시 테리어 개의 갈색 눈동자가 마다를 내려다보았다. 오래전 어렸을 때 스코티시 테리어를 키운 적이 있었다.

"의사 선생님하고 단둘이 이야기해도 될까요?"

"물론이죠. 간호사님, 괜찮으시죠?" 스코티시 테리어가 문 쪽을 가리키자 간호사가 나갔다. 마다는 침대에 앉아 두 손을 모아 쥐었다.

"제가 바보 같다고 생각하시겠죠. 하지만 렌즈 탓이에요. 도저히 익숙해지지가 않아요."

충실한 눈빛의 스코티시 테리어 대가리가 다 이해한다는 듯 고개를 젖혔다.

"힘드시다니 마음이 아픕니다. 통증이 있나요?"

"아뇨. 렌즈를 끼었다는 느낌도 없어요. 다만 모든 사람이 이상하게 보일 뿐이에요."

"색깔이 보이지 않으니 그럴 수밖에 없습니다." 용기를 북돋는 목소리였다. "그렇게 오랫동안 눈에 붕대를 감고 계셨으니 처음에는 충격이 있는 게 당연합니다. 시신경은 아직 취약한 상태랍니다."

"그렇군요." 마다는 내과 의사의 목소리에 힘을 얻었다. "전에도 이 수술을 받은 환자들을 보셨죠?"

"그럼요. 며칠만 지나면 아무 문제 없을 겁니다." 의사가 어깨를 토닥여 주었다. 옛날에 키우던 개와 똑같이 다정하고 충실하군. "좋은 소식도 알려 드리죠. 과거에 비해 시력도 좋아지실 겁니다. 선명하게 보시게 되는 거죠. 한 환자분은 평생 안경을 끼셨는데 이 수술 후 비로소 친구와 가족을 제대로 보게 되었다고 기뻐했답니다."

"제대로 보게 되었다고요?" 마다가 의사의 말을 반복했다.

"그렇죠. 전에는 시력이 나빴으니까요. 남편 머리카락이 갈색인 줄 알았는데 실은 밝은 빨간색이었답니다. 처음에는 충격을 받기도 했지만 곧 행복해하시더군요."

스코티시 테리어가 의사 가운 주머니 속 청진기를 두드리며 고개를 끄덕여 보였다. "집도의가 대단히 수술을 잘했습니다. 그 점은 분명합니다. 지금까지 제대로 작동하지 않았던 신경을 튼튼하게 살려 낸 겁니다. 웨스트 부인, 부인께서 의료 역사를 새로 쓰실지도 모릅니다. 지금은 일단 푹 주무십시오. 내일 아침에 다시 오겠습니다." 스코티시 테리어가 종종걸음으로 병실을 나갔다. 앤설 간호사와 인사를 나누고 복도를 지나가는 소리가 들렸다.

위로의 말로 음모 따위는 없다고 생각하게 만들려는 거야. 앞서 수술받은 환자는 세상을 새로 보게 되었다고? 친구와 가족을 제대로 보게 됐다고 했지. 그럼 지금 보이는 모습이 제대로라는 얘기군. 내가 믿고 사랑했던 이들이 실은 독수리와 뱀이었다니……

병실 문이 열리면서 앤설 간호사가 진정제를 가지고 들어왔다.

"잠잘 준비가 되셨나요?"

"네."

음모는 정말 없는지도 모른다. 하지만 신뢰와 믿음은 이미 깨지고 말았다.

"약은 물컵 옆에 놔주세요. 나중에 먹을 테니."

뱀이 침대 옆에 물컵을 놓았다. 침대를 매만지던 뱀이 목을 마구 꿈틀거리더니 베개 밑에서 손톱 가위를 찾아냈다.

"왜 이걸 여기 두신 거죠?"

끝이 갈라진 혀가 날름댔다. "혹시 다치실지 모르니 제가 치워도 괜찮겠죠?"

마다의 유일한 무기가 간호사복 주머니 속으로 들어가고 말았다. 손톱 가위를 굳이 주머니에 집어넣는 앤설 간호사를 보면 마다의 생각을 다 읽는 듯했다. 자신을 철저히 무력화시키려는 것이다.

"자, 필요한 게 있으면 호출 벨을 누르시고요."

"알았어요."

다정하다고만 여겼던 목소리는 가식적이었다. 마다는 생각했다. 우리 청각은 얼마나 불완전한가. 그리고 자신에게 거짓과 진실, 악과 선을 구분할 수 있는 힘이 있다는 것을 처음으로 깨달았다.

"그럼 안녕히 주무세요, 웨스트 부인."

"네. 고마워요."

시곗바늘이 째깍거리며 돌아가는 소리, 창밖 찻길에서 들려오는 소음을 들으며 마다는 계획을 짰다. 모든 환자들이 누워 잠드는 11시까지 기다리기로 했다. 뱀이 안을 들여다보더라도 자고 있다고 생각하게끔 병실 불을 다 껐다. 그리고 침대를 빠져나와 환자복을 벗고 자기 옷으로 갈아입었다. 코트를 입고 신발을 신은 후 스카프까지 둘렀다. 준비를 마치고 가만히 문을 열었다. 복도가 온통 고요했다. 잠시 서 있다가 문밖으로 한 걸음을 내밀고 왼쪽을 보았다. 간호사실 쪽이었다. 뱀이 앉아서 책을 읽고 있었다. 천장 조명이 뱀 대가리를 비췄다. 깔끔한 흰색 간호사복 위로 구불거리는 목과 길고 평평한 대가리가 보였다.

마다는 기다렸다. 몇 시간이라도 기다릴 작정이었다. 얼마 지나지 않아 기다리던 소리가 울렸다. 환자의 호출 벨 소리였다. 뱀이 고개를 들고 벽에 붙은 표시등을 살폈다. 그리고 복도를 걸어 누군가의 병실로 들어갔다. 뱀이 사라지자마자 마다는 계단 쪽으로 갔다. 쥐 죽은 듯 조용했다. 소리 없이 계단을 내려갔다. 층마다 간호사들이 앉아 있었지만 계단은 간호사 시선이 닿지 않는 영역이었다.

로비 층으로 내려오자 조명이 어두웠다. 지켜보는 사람이 없는지 확인하느라 잠시 지체했다. 야간 수위의 뒷모습이 보였다. 책상 위로 숙이고 있던 고개를 들자 넓적한 물고기 대가리가 보였다. 뭐 이제 와서 놀랄 것은 없었다. 마다는 당당한 걸음으로 로비를 가로질렀다. 물고기가 그 모습을 지켜보더니 물었다. "뭐 도와 드릴 일이라도?"

예상대로 멍청하군. 마다는 고개를 저었다.

"전 이제 나갑니다. 안녕히 계세요." 마다는 회전문을 통과해 계단을 내려가 거리로 나갔다. 곧바로 왼쪽으로 돌았더니 멀리 택시가 보였다. 손을 들었다. 택시가 천천히 다가왔다. 차 문을 열려고 하자 운전수의 원숭이 대가리가 보였다. 히죽 웃고 있었다. 마다는 본능적으로 위험을 느끼고 택시를 타지 않기로 했다.

"미안해요. 실수했네요."

원숭이 대가리에서 미소가 사라졌다. "이랬다 저랬다 하면 안 되죠!" 택시가 요란한 소리를 내며 출발했다.

마다는 거리를 따라 걸어갔다. 오른쪽으로, 왼쪽으로 돌고 다시 오른쪽으로 돌았다. 멀리서 옥스퍼드 거리 불빛이 보였다. 걸음을 재촉했다. 앞의 풍경이 자석처럼 마다를 끌어당겼다. 옥스퍼드 거리에 다다른 마다는 멈춰 서서 어디로 가야 할지, 누구에게 도움을 청해야 할지 망설였다. 그러다가 갑자기 주변에 사람이라고는 한 명도 없다는 걸 알아차렸다. 지나가는 남녀 한 쌍은 두꺼비 대가리와 판다 대가리여서 도움을 줄 수 있을 것 같지 않았다. 모퉁이에 선 경찰은 유인원 대가리였고 경찰과 이야기를 나누는 여자는 돼지였다. 사람이라곤 없었고 믿고 의지할 존재도 없었다. 뒤쪽에서 따라오는 남자는 남편처럼 독수리 대가리를 하고 있었다. 건너편에도 다른 독수리들이 보였다. 웃으면서 다가오는 것은 자칼 대가리였다.

마다는 돌아서서 뛰기 시작했다. 자칼, 하이에나, 독수리, 개와 부딪히면서 뛰었다. 세상은 동물들 차지였고 사람은 아무도 없었다. 동물들은 마다를 가리키며 소리 지르는가 싶더니 뒤를 쫓아왔다. 옥스퍼드 거리를 달려가는 마다 뒤로 동물들이 따라 달렸다. 사방이 캄캄했다. 동물 세상에 홀로 남겨진 마다에게 빛은 없었다.

"가만히 누워 계세요, 웨스트 부인. 살짝 따끔할지 모릅니다."

수술을 집도한 의사 목소리였다. 다시 붙잡혔군, 마다는 생각했다. 병원으로 돌아온 것이다. 뭐, 어디 있든 상관없었다. 오히려 아는 동물들이 모여 있는 병원이 다른 곳보다 나을 터였다.

마다 눈 위에 붕대가 감겨 있었다. 고마운 일이었다. 사악함을 감춰 주는 고마운 암흑이여.

"자, 이제 고생은 끝입니다. 이 렌즈는 고통도 혼란도 없을 테니까요. 세상은 다시 색깔을 되찾았습니다."

붕대가 한 겹씩 벗겨졌다. 갑자기 모든 것이 눈에 들어왔다. 아침 시간이었고 의사의 얼굴에는 미소가 떠올라 있었다. 그 옆에는 둥근 얼굴의 명랑한 간호사가 서 있었다.

"가면은 어떻게 했죠?" 마다가 물었다.

"가면은 필요하지 않습니다. 임시 렌즈를 빼냈을 뿐이죠. 자, 훨씬 잘 보이시죠?"

마다가 병실을 둘러보았다. 이제 모든 것이 정상으로 돌아왔다. 옷장, 화장대, 꽃병이 보였다. 흐릿한 형체는 없었고 모든 것이 나름의 색깔을 지니고 있었다. 하지만 얼렁뚱땅 넘어갈 수는 없었다. 병실을 탈출하기 전에 둘렀던 스카프가 의자에 걸쳐져 있었다.

"저한테 무슨 일이 있었죠? 제가 도망치려 했어요."

간호사가 의사 쪽을 흘깃 보았다. 의사가 고개를 끄덕였다.

"그래요. 그러셨습니다. 하지만 괜찮습니다. 비난받아야 하는 사람은 저니까요. 어제 삽입했던 렌즈가 미세 신경을 압박해 시각 균형을 깨뜨렸어요. 이제 다 바로잡았습니다."

의사가 믿음직한 미소를 지어 보였다. 그 옆에 있는, 아마도 브랜드 간호사인 듯한 사람도 따뜻한 눈길을 보내 주었다.

"정말 끔찍했어요. 어떻게 설명하면 좋을지 모를 정도로요."

"설명하실 필요 없습니다. 다시는 그런 일 없을 테니까요." 의사가 말했다.

병실 문이 열리더니 젊은 내과 의사가 들어왔다. 역시 미소 짓는 얼굴이었다. "환자가 기운을 회복했나요?" "그런 것 같네. 그렇죠, 웨스트 부인?"

마다는 세 사람을 번갈아 쳐다보았다. 대체 신경이 어떻게 손상되면 이 사람들이 다 동물로 보일 수 있다는 걸까?

"선생님들이 개라고 생각했어요. 잭 러셀 테리어와 스코티시 테리어라고요."

내과 의사가 큰 소리로 웃었다. "전 스코티시 테리어로 유명한 애버딘 출신이랍니다. 그러니까 부인 판단이 완전히 틀린 건 아니네요."

마다는 함께 웃지 않았다.

"두 선생님은 괜찮다 하실지 몰라도 다른 분들은 기분이 나쁠 거예요." 마다가 브랜드 간호사를 보았다. "간호사님은 소라고 생각했어요. 친절한 소지만 뿔이 날카로웠어요."

이번에는 집도의가 웃음을 터뜨렸다. "내가 늘 하던 얘기군요. 우리 간호사는 초원으로 나가 데이지 꽃을 먹고 싶어 한다니까요."

브랜드 간호사도 화를 내는 대신 온화한 미소를 지으며 마다의 베개를 바로잡았다. "그런 장난은 환자들이 종종 친답니다. 익숙한 일이죠."

의사들이 웃으며 병실 문 쪽으로 걸어갔고 마다는 마음을 놓으며 물었다. "누가 절 발견했죠? 어떻게 절 다시 데리고 왔나요?"

집도의가 슬쩍 뒤돌아보았다. "멀리 가지 못하셨습니다. 다행이죠. 아니라면 영영 돌아오지 못했을 수도 있으니까요. 수위가 부인 뒤를 따라갔습니다."

"자, 이제 다 지나간 일입니다. 다시 안전하게 침대에 누워 계시니 잘

된 거죠. 앤설 간호사가 제일 충격을 받았습니다. 부인 침대가 비어 있는 걸 보고요."

앤설 간호사라고…… 간밤의 일은 쉽게 잊지 못하리라. "설마 우리 최고 미녀 간호사까지 동물이 된 건 아니겠죠?" 내과 의사가 미소 지었다. 마다는 얼굴을 붉히며 거짓 대답을 했다. "물론 그건 아니랍니다."

"앤설 간호사는 지금 병원에 있어요. 교대 시간이 지났지만 마음이 안 놓인다고 남았답니다. 이야기 나눠 보시겠어요?"

불안한 마음이 들었다. 무슨 말을 할 수 있을까? 대답도 하기 전에 내과 의사가 병실 문을 열더니 간호사실 쪽에 외쳤다. "웨스트 부인이 만나신다는군요!"

집도의와 브랜드 간호사가 병실을 나섰다. 내과 의사는 벽 쪽으로 물러서 앤설 간호사가 들어오게 한 후 나갔다. 마다는 앤설 간호사를 쳐다본 후 미소 지으며 손을 내밀었다.

"미안해요. 용서해 주세요."

어떻게 앤설 간호사를 뱀으로 볼 수 있었을까! 갈색 눈동자, 올리브색의 맑은 피부, 말끔하게 다듬은 검은 머리카락, 그리고 다 이해한다는 미소까지 지닌 사람을.

"용서하라고요? 용서할 일이 뭐가 있겠어요? 부인께서 그런 시련을 겪으셨는데요."

환자와 간호사가 손을 맞잡고 서로를 바라보며 미소 지었다. 아, 고마워라, 이렇게 안도하고 감사할 수 있으니. 의혹과 불안은 새로 얻은 시력과 지식 앞에서 말끔하게 쓸려 나갔다. 남은 것은 안도감과 감사였다.

"대체 무슨 일이었는지 아직도 모르겠어요." 마다가 간호사에게 말했다. "집도의 선생님이 설명하시기로는 무슨 신경 문제였다고 하네요."

앤설 간호사는 문 쪽을 힐끗거리면서 속삭였다. "선생님도 확실히는 모르세요. 곤란해서 자세한 말씀은 안 하시고 렌즈를 너무 깊이 넣었다고만 하세요. 하여튼 고생 많으셨어요."

앤설 간호사가 마다를 내려다보며 눈웃음을 지었다. 참으로 예쁘고 다정한 사람이었다. "이제 그 생각은 마세요. 앞으로는 행복해지는 일만 남았으니까요. 그렇죠?"

"그럴게요."

전화벨이 울렸고 앤설 간호사는 마다가 손을 뻗어 수화기를 잡도록 도와주었다. "누가 전화했는지 아시겠죠? 남편분이랍니다."

"짐, 당신이야?"

남편 목소리가 불안하게 울렸다. "당신 괜찮은 거야? 수간호사한테서 두 번이나 전화가 왔었는데 무슨 상황인지 설명은 안 해주는군. 대체 무슨 일이 있었던 거야?"

마다는 미소 지으며 수화기를 간호사에게 넘겼다.

"간호사님이 말해 줘요."

앤설 간호사가 전화를 받았다. 손도 올리브색이었고 손톱은 밝은 분홍색으로 반짝거렸다.

"웨스트 씨세요? 환자가 참으로 우리를 놀라게 하죠?" 간호사는 마다를 보며 미소 짓고 고개를 끄덕였다. "이제는 걱정 안 하셔도 됩니다. 렌즈를 바꿔 넣었거든요. 처음 렌즈가 신경을 너무 압박했답니다. 지금은 괜찮습니다. 완벽하게 잘 보이신다고 하고요. 네, 내일 퇴원할 수 있다고 하셨습니다."

목소리와 눈빛이 모두 다정했다. 다시 마다가 수화기를 넘겨받았다.

"짐, 어젯밤은 정말 무서웠어. 이제야 상황이 이해되기 시작해. 뇌의 신경이……."

"그래, 알았어. 지금이라도 알아냈으니 다행이지. 그 의사 양반은 제대로 일을 못하는군."

"이제는 그럴 일 없어. 제대로 된 렌즈가 들어갔으니까."

"안 그러면 그 의사를 고소해 버릴 거야. 기분은 어때?"

"아주 좋아. 약간 얼떨떨하긴 해도 최고야."

"그래야지. 너무 흥분하거나 하지 말고 쉬어. 이따가 갈게."

통화가 끝났다. 마다는 수화기를 간호사에게 건네 제자리에 놓게 했다.

"정말로 내일 퇴원할 수 있다고 의사 선생님이 말씀하셨나요?"

"네. 상태만 좋다면요." 앤설 간호사가 미소 지으며 마다 손을 톡톡 두드렸다. "제가 함께 댁으로 갔으면 하시나요?"

"그럼요. 다 정해진 일이잖아요."

마다가 침대에서 몸을 일으켜 앉았다. 창으로 들어온 햇살이 장미, 백합, 키 큰 아이리스에 쏟아지고 있었다. 거리의 차량 소음도 친숙하게 들렸다. 집에서 자기 손길을 기다리고 있을 정원과 침실, 그리고 물건들이 생각났다. 이제 시력이 회복되었으니 다시 일상이 시작되겠지. 지난 몇 달 동안의 불안과 공포는 영원히 사라지는 것이다.

"앞을 볼 줄 안다는 건 세상에서 가장 귀중한 일이에요. 이제 그걸 알아요. 잃어버릴 뻔했으니까요." 마다가 간호사에게 말했다.

"이제 저는 숙소로 가서 좀 쉬어야겠어요. 드디어 안심하고 잘 수 있겠네요. 제가 가기 전에 뭐 해드릴 일이 있나요?"

"크림하고 파우더, 립스틱과 빗 좀 갖다 줘요."

앤설 간호사가 화장대에 놓인 것들을 침대 옆에 가져다 놓았다. 손거울, 향수병도 가져왔다. 간호사는 향수병에 코를 대고는 미소를 지었다.

"정말 좋은데요. 웨스트 씨의 선물이겠죠?"

마다는 앤설 간호사가 사용하게 될 손님방에 꽃을 꽂고 적당한 책을 옮겨 두고 혹시라도 저녁에 심심할까 봐 휴대용 라디오까지 챙기는 자기 모습을 상상했다.

"그럼 저녁 8시에 다시 올게요."

오랫동안 아침마다 들었던 인사말이 노래처럼 울렸다. 마침내 환자와 간호사는 서로의 미소와 다정한 눈빛을 나눌 수 있는 사람으로 만난 것이다.

"저녁에 만나요."

문이 닫혔다. 앤설 간호사는 갔다. 간밤의 사건으로 잠시 깨졌던 병원의 일상이 다시 돌아왔다. 어둠 대신 빛이, 절망 대신 삶이 찾아왔다.

마다는 향수병을 들고 귀 뒤에 뿌렸다. 향기가 밝고 따뜻한 날의 일부로 섞여 들었다. 손거울을 들어 들여다보았다. 방 안에는 변한 것이 없었다. 거리의 소음이 새어 들어왔고, 어제 족제비 대가리를 하고 있던 청소부가 청소를 하러 들어왔다. 청소부는 "안녕하세요" 하고 인사를 건넸지만 환자는 대답이 없었다. 피곤하신 모양이군, 청소부는 그렇게 생각하고 청소를 시작했다.

마다는 다시 거울을 들어 살펴보았다. 아니, 잘못 본 것이 아니었다. 거울 속에서 자신을 바라보는 것은 사슴의 눈이었다. 희생당하기에 앞서 경계하는 눈빛이었다. 사슴 대가리는 소심하게 앞으로 숙여진 채였다.

성모상

La Sainte-Vierge

후덥지근한 날씨였다. 바람도 활기도 한 점 찾아볼 수 없는 짓누르는 듯한 더위. 나무들은 꼼짝하지 않았고 늘어진 나뭇잎들은 여름 먼지에 제 빛깔을 잃어버렸다. 웅덩이에서는 말라 죽은 양치식물과 오래전부터 물기라고는 사라져 버린 진흙 냄새가 풍겼다. 들판의 풀잎들은 갈색으로 시들시들했다. 마을은 잠든 것처럼 보였다. 창문 하나 없는 비뚤배뚤한 오두막집들이 혼자 있기 무섭다는 듯 옹기종기 모여 있는 언덕배기에는, 사람 하나 보이지 않았다.

벌판에도 부주의한 일꾼이 아무렇게나 쌓아 둔 빛바랜 옥수수 더미만 보일 뿐 적막하기 짝이 없었다. 나무 한 그루 없어 벌들과 도마뱀들이 주인 노릇을 하는 언덕에는 헤더 꽃들이 미동도 없이 피어 있었다. 그 언덕 너머 아래쪽은 드넓은 바다였는데 햇살을 받아 은빛으로 빛나는 모습이 마치 영원히 이어지는 얼음 벌판 같았다.

언덕에서 오두막집들 쪽으로 가느다란 진흙 길이 나 있었다. 얼핏 보면 먼 마을이나 아무도 모르는 해변으로 이어지는 매력적인 숨은 길 같지만, 곧 키 큰 잡초들 속에서 사라져 버리는 길이었다. 그 길 한옆 웅덩이에서 마리가 빨래를 하는 중이었다.

비눗물은 우유를 쏟아 놓은 듯 희었고 젖은 빨랫감은 미끄러운 돌 위에 놓여 있었다. 검은 머리카락을 당겨 묶은 마리는 더위에 투덜거리면서 빨랫감을 박박 비벼 빨았다. 이마를 타고 흘러내리는 땀을 신경질적인 손짓으로 연신 닦아 내면서.

아이처럼 작은 마리의 얼굴은 소박하고 애처로워 보였다. 스물셋이었지만 기껏해야 열일곱으로 보였다. 쌓인 피로로 두 눈 아래에 주름이 잡혀 있고 손은 거칠기 짝이 없었다. 마리는 고된 노동으로 어린 시절의 아름다움을 순식간에 잃어버리고 마는 전형적인 브르타뉴 농민이었다. 브르타뉴 사람들은 또한 남 보는 앞에서 눈물을 보이느니 차라리 죽어 버릴 정도로 내성적이었다. 그래서 마리도 가슴속 고통을 겉으로는 전혀 드러내지 않았다.

마리는 남편 장을 생각하고 있었다. 마리의 삶은 오로지 장을 위한 것이었다. 딱 한 번 사랑하고 그 상대에게 모든 것을 다 바치는 부류였기에, 마리의 몸과 마음은 한 점 남김 없이 장의 것이었다. 남편 장의 행복 외에는 아무것도 생각지 않았고 아무런 바람도 없었다. 남편은 마리의 연인이자 아들이었다. 물론 남편에게 그런 말을 한 적은 없었다. 어쩌면 마리 스스로도 모르고 있는지 몰랐다. 배우지 못한 무식한 여자였으니 말이다. 그저 마음으로 느낄 뿐이었다.

'장이 떠나려 해.' 마리가 생각했다. '배를 타고 저 무서운 바다로 나가려 해. 무더위 다음에 찾아온 돌풍으로 오빠가 바다에 빠져 죽은 지 겨우 한 해가 지났을 뿐인데. 무서워, 너무 무서워. 장은 이런 나를 부끄럽게 여겨. 어부의 아내답지 않다고. 하지만 나도 어쩔 수 없어. 바다는 위험해. 브르타뉴 그 어느 곳보다 위험해. 폭풍우와 안개도 있고 해류도 변덕스러워. 성미 급하고 위험한 걸 좋아하는 장은 그런 것들을 전혀 무서워하지 않아. 그가 무사히 돌아온다면 난 뼈가 가루가 되도록 일해도 좋아.'

몇 달에 한 번씩 장은 다른 어부들과 함께 바다로 나가 육지가 보이지 않는 물 위에서 열흘씩 머물렀고, 마리는 그때마다 이런 고통을 겪어야 했다. 날씨가 고르지 않고 폭풍우도 잦았다. 거대한 바다에서 고깃배는 너무도 허술하고 보잘것없었다. '내가 무서워한다는 걸 남편이 모르게 해야 해. 어차피 이해도 못 하면서 짜증만 낼 테니.'

마리는 일손을 놓고 털썩 주저앉았다. 입안이 바짝 마르고 명치가 아팠다. 남편 없이 혼자 보내는 시간은 얼마나 끔찍할까. 전보다 더 힘들 거야. 무슨 일이 일어날 것만 같았다. 이런 느낌만 없다면 얼마나 좋을까. 머리 위로 내리쬐는 따가운 햇살 속에서 마리는 극도로 지쳐 있었다.

근처에는 아무도 없었고, 나무들 사이로 보이는 먼지투성이 마을은 생기라곤 없었다. 빨랫감은 아무렇게나 쌓여 있었다. 빨래가 깨끗하게 되든 말든 무슨 상관이란 말인가?

마리는 두 눈을 감고는 도저히 감당할 수 없는 크나큰 외로움에 몸을 떨었다. "장." 마리가 중얼거렸다. "장."

들판 너머에서 시간을 알리는 예배당 종소리가 들려왔다. 마리는 그대로 앉아 그 소리를 들었다. 얼굴 위로 기묘한 미소, 희망과 부끄러움이 뒤섞인 미소가 떠올랐다. 갑자기 예배당 성모상이 떠오른 것이다. 아기 예수를 품에 안은 성모상이 보이는 듯했다.

'오늘 저녁때 가야겠어.' 마리가 생각했다. '어두워지면 성모상을 찾아가 내 고통을 말씀드려야지. 바다에 나간 장을 잘 돌봐 주십사 청해야해.' 마리는 벌떡 일어나 빨랫감을 바구니에 담기 시작했다.

예배당을 떠올리자 명치의 고통도 사라졌다. 벌판을 지나 마을로 향하면서 마리는 피곤하다는 생각뿐이었다. 마리는 오두막집에 빨래 바구니를 놓아두고 언덕을 내려가 항구로 갔다. 혹시 남편을 보게 될지도 몰랐다.

낡은 그물과 버려진 돛이 쌓인 부둣가에 남자들이 무리 지어 서 있었다. 장도 그 속에서 웃고 떠드는 중이었다. 남편을 바라보자 자랑스러운 마음이 되었다. 남들보다 머리 하나가 더 컸고 어깨가 떡 벌어졌으며 검은 머리카락도 풍성했기 때문이다.

마리는 달려가면서 손을 흔들었다. 아내를 본 장이 눈을 가늘게 뜨더니 욕설을 내뱉었다. "입들 다물어. 저기 계집년이 오니까." 동료들에게 하는 말이었다. 남자들은 어색하게 껄껄 웃었고 일부는 자리를 떴다.

"여긴 뭐하러 온 거야?" 장이 물었다.

"이제 떠날 준비가 된 거야?" 마리가 숨을 헐떡거리며 말했다. "언제 출발이야?"

"자정에. 그래야 물때가 맞아. 하지만 일찍 저녁을 먹어야 해. 할 일이 많거든. 자크가 배를 좀 봐달라고 했어."

장이 옆에 선 젊은 어부에게 눈을 찡긋해 보였다. 그 어부는 마리의 시선을 피하며 말했다.

"그래, 그러기로 했어." 어부는 겨우 그 말만 하고 해안 쪽으로 걸어갔다. 마리는 아무것도 눈치채지 못했지만 다시금 명치가 아팠다.

"가자. 할 말이 있어." 마리가 장에게 말했다. 장은 마지못해 마리를 뒤따라 언덕을 올랐다.

절반쯤 갔을 때 두 사람은 걸음을 멈추고 뒤돌아 바다를 쳐다보았다. 오후의 열기는 누그러졌고 이제 네 시간 정도 지나면 해가 지평선 너머로 떨어질 것이다. 바다는 은빛으로 빛났고 서쪽으로는 붉은 구름이 점차 자줏빛으로 변해 가는 중이었다. 아래쪽 만에서는 아이들이 물을 텀벙거리며 놀았다. 먹이를 찾는 갈매기들이 울음소리를 내며 항구 위를 날아다녔다.

마리는 몸을 돌려 마을로 올라갔다. 장과 함께 본 그 바다의 모습을 생생하게 마음에 담은 후였다. 마음속에 그 바다가 신성하게 새겨진 것이다. 장은 씹던 담배를 퉤 뱉었다. 그의 머릿속에는 아무 생각이 없었다.

두 사람의 집은 마을 끝에 있었다. 마리는 곧장 저녁 식탁을 차렸다. 몇 시간 후면 남편이 떠난다는 슬픔 때문에 뭘 하는지도 모르고 기계적으로 움직였다.

장이 문간에 기대섰다. "나한테 할 말이 뭐야?" 마리는 금방 대답하지 못했다. 남편에 대한 사랑이 너무도 커서 입만 열어도 숨이 막힐 것만 같았다. 남편 앞에 무릎을 꿇고 떠나지 말라고 애원하고 싶었다. 남편을 위해 자기가 무엇이든 참아 낼 수 있다는 걸 보여 줄 수만 있다면. 남편에 대한 사무치는 감정이 마리를 사로잡았다. 하지만 정작 겉으로는 말한마디, 표정 하나 드러내지 못했다.

"뭔데 그래?" 장이 다시 물었다.

"아무것도 아니야. 아무것도." 마리가 천천히 말했다. "신부님이 들르셨어. 떠나기 전에 만나러 오면 좋겠다고 하시네."

마리는 속마음을 털어놓지 못하고 접시만 만지작거렸다. 장은 절대 내 맘을 모르겠지, 라고 생각하면서.

"알았어. 시간이 있을지 모르겠어. 자크의 배랑 그물을 봐줘야 해서."

다음 몇 시간이 쏜살같이 지나갔다. 저녁을 먹은 후 마리는 설거지를 하고 옷가지를 정리했다. 바느질도 했다. 마리가 하는 일은 대부분 장을 위한 것이었다.

너무 어두워져 제대로 일감이 보이지 않을 때까지 마리의 일은 이어 졌다. 절약을 위해 램프는 사용하지 않았다. 10시가 되자 장이 작별 인 사를 했다.

"나도 따라가서 일을 도우면 안 돼?"

"안 돼. 당신은 방해만 된단 말이야." 장이 딱 잘라 거절했다. "일하면 서 말까지 할 수는 없어."

"한마디도 안 할게."

"아니. 내가 불편해서 싫어. 당신도 피곤하잖아. 당신이 집에서 쉬고 있 어야 내 마음도 편해."

장은 마리를 끌어안고 가볍게 입을 맞추었다. 마리는 두 눈을 감았다. 결국 이게 마지막이구나 생각하면서. "조심해. 다시 나한테 돌아올 거 지?" 마리가 아이처럼 남편에게 매달렸다.

"이런, 정신이 나가기라도 했어?" 장은 큰 소리로 웃으면서 집을 나섰 다. 몇 분 동안 마리는 방 한가운데 꼼짝 않고 서 있었다. 이어 창가로 가서 밖을 내다보았지만 장은 벌써 보이지 않았다. 보름달이 떠 아주 밝 고 아름다운 밤이었다.

마리는 창가에 앉아 무릎에 손을 모았다. 꿈이라도 꾸는 듯했다. '병 이 나려는 모양이야. 이런 기분은 처음인걸.' 마리가 생각했다.

눈물은 흐르지 않았다. 그저 눈빛에 깊은 그늘이 드리웠을 뿐이다. 천천히 자리에서 일어난 마리는 머리와 어깨를 숄로 감싸고 밖으로 나갔다. 지나다니는 사람은 하나도 없었고 모든 것이 고요했다. 마리는 마당을 지나 길을 건넜다. 몇 분 후 벌판을 가로질러 예배당에 도착했다.

예배당은 아주 낡은 건물이었고 공식적으로 사용되는 일은 없었다. 그래도 늘 열려 있어 누구든 원할 때 들어가 기도할 수 있었다. 마을 끝에 새로 지은 성당은 어쩐지 마음이 편하지 않았다.

마리는 삐걱거리는 문을 밀고 들어갔다. 예배당 안은 황량했다. 제단 옆 창문으로 달빛이 들어왔다. 며칠 동안 아무도 오지 않은 모양이었다. 날아 들어온 나뭇잎 몇 개가 거친 돌바닥 위에서 굴러다녔다. 흰 벽은 때가 묻어 지저분했고 천장에는 커다란 거미줄이 매달려 있었다.

제단 양쪽 벽에는 거칠게 깎은 배 모형과 밝은색으로 칠한 공, 유리구슬 등이 걸려 있었다. 기도하러 온 사람들이 놓고 간 것들인데 몇 년 동안 아무도 손을 대지 않은 듯 먼지가 두껍게 쌓여 있었다. 오래전에 신부들이 받았던 결혼식 꽃다발도 퇴색한 채 벽에 걸려 있었다. 연필로 쓴 기도문이 나머지 벽을 가득 채웠다. '마리아님, 우리를 위해 빌어 주소서.' '바다로 나간 우리 아들을 보살펴 주소서.'

마리는 천천히 앞으로 나아가 무릎을 꿇었다. 제단에는 꽃이 없었다. 한가운데 성모상만 덜렁 서 있었다. 비뚤어진 금빛 왕관 위로 거미줄이 가득했다. 오른팔은 떨어져 나갔고 왼팔로 아기 예수를 안고 있었다. 본래 푸른색이었던 성모 마리아의 옷은 오래전에 변색되어 지저분한 갈색이었다. 커다란 푸른 눈은 멍하니 앞을 응시하고 있었고, 입술 부분은 살짝 깨진 데다가 누군가 엉망으로 색칠을 해놓은 바람에 우스꽝스러운 미소를 짓는 듯이 보였다. 목에는 어느 어부가 바친 유리 목걸이가 걸려 있고, 아기 예수 머리에는 누군가 화환을 올려놓아 얼굴이 반쯤 가려져 있었다.

마리는 무릎을 꿇은 채 성모 마리아를 올려다보았다. 마리가 아는 가장 아름답고 신성한 형상이었다. 먼지도, 우스꽝스럽게 색칠된 입술도 중요하지 않았다. 마리에게 성모 마리아는 모든 기도를 들어주는 분, 어부들의 성스러운 어머니였다. 마리는 입을 열지 않고 기도했다. 그 마음속의 간절한 바람은 오로지 장의 안전, 하나뿐이었다.

'성모 마리아님, 장을 너무 많이 사랑하는 것이 죄라면 저를 벌하세요. 하지만 장은 무사히 돌아오게 해주세요. 그는 젊고 용감하지만 아이처럼 나약합니다. 죽음을 이해하지도 못한답니다. 제 가슴이 찢어져도, 그가 더 이상 저를 사랑하지 않고 학대한다 해도 괜찮습니다. 그저 그가 행복하도록, 고통이나 고난을 겪지 않도록 해주세요.'

파리 한 마리가 성모 마리아 코 위에 앉았다.

'성모 마리아님을 믿습니다. 장이 바다에 나가 있을 때 굽어보고 계신 것을 압니다. 파도가 높아져 배가 위험하다 해도 성모 마리아님께서 보살펴 주신다면 저는 두렵지 않습니다. 매일 아침 향기로운 꽃을 바치겠어요. 낮에 일할 때에는 기도 대신 즐거운 노래를 부르고요. 오, 성모 마리아님, 다 괜찮을 거라는 걸 보여 주세요.'

지붕에서 물 한 방울이 떨어졌고 그 바람에 성모상의 왼쪽 눈가에 더러운 얼룩이 졌다.

이제 완전히 어두웠다. 벌판 너머에서 아이를 부르는 어머니 목소리가 들렸다. 미풍이 나무를 흔들었고 멀리서 파도가 조약돌 해변을 때렸다.

마리는 지쳐서 눈꺼풀이 제대로 올라가지 않을 때까지, 모든 형체가 희미하게 낯설어질 때까지 성모상을 응시했다. 예배당 벽이 그림자에 가려졌다. 제단조차도 제대로 보이지 않았다. 남은 것은 오로지 성모상뿐이었다. 한 줄기 달빛에 그 얼굴이 빛났다. 깨지고 색칠된 그 미소가 세상에서 최고로 아름다운 것으로 보였고, 인형처럼 멍한 그 시선이 자애롭게 자신을 내려다보고 있었다. 왕관이 어둠 속에서 반짝였고 마리는 경이로움에 사로잡혔다.

그저 달빛 때문에 그렇게 보인다는 걸 모르는 마리는 두 팔을 높이 들고 말했다. "자애로우신 성모 마리아님, 제 기도를 들으셨다는 신호를 보내 주세요." 그리고 눈을 감은 채 기다렸다. 머리를 숙이고 무릎을 꿇은 채 하염없이 기다렸다.

성스러운 존재가 보살피기라도 하는 듯 서서히 커다란 평화와 안도의 느낌이 찾아왔다. 눈을 뜨면 그분을 볼 수 있을 것만 같았다. 하지만 눈을 뜨기는 두려웠다. 그 아름다움에 눈이 멀 수도 있는 일이니까. 눈을 뜨고 싶은 마음이 점점 커지다가 더 이상 버티지 못하게 되었을 때에야 마리는 두 눈을 떴다. 자기가 어디 있는지, 무엇을 하고 있는지조차 의식하지 못하는 상태였다. 제단 옆 낮은 창문으로 창백한 달빛이 가득 들어왔고 그 바깥으로 환영이 보였다.

장이 무언가를 바라보며 잔디 위에 무릎 꿇고 있었다. 미소 띤 얼굴이었다. 땅에서 누군지 알 수 없는 그림자가 천천히 몸을 일으켰다. 여자였다. 여자는 축복을 내리듯 장의 어깨에 두 손을 얹었고, 장은 여자 옷에 고개를 묻었다. 다음 순간 구름이 몰려와 달을 가려 예배당은 다시 캄캄해졌다.

마리는 두 눈을 감고 바닥에 엎드려 절을 했다. 성모 마리아께서 은혜로운 환영을 보여 주신 것이다. 기도를 들으셨다는 신호였다. 성모 마리아께서 나타나 직접 장을 축복하시고 사랑과 보호를 약속하신 것이다.

마리의 마음에 더 이상 두려움은 없었다. 두 번 다시 두렵지 않을 것이었다. 성모 마리아께 온 마음을 바쳤고 기도의 응답을 들었으니 말이다.

마리는 비틀거리며 몸을 일으켜 출구로 향했다. 마지막으로 뒤돌아 제단 위 성모상을 보았다. 성상은 그늘에 잠겨 있고 왕관도 더 이상 황금빛이 아니었다. 마리는 미소 지으며 절을 했다. 자기가 본 것은 누구도 볼 수 없을 터였다. 성모상은 우스꽝스러운 미소를 지으며 푸른 눈으로 멍하니 허공을 응시하고 있었고, 아기 예수의 빛바랜 화환은 귀까지 미끄러져 내려와 있었다.

마리는 저녁 공기 속으로 걸어 나왔다. 곧 쓰러질 듯 고단해 눈앞의 길도 제대로 보이지 않았지만, 마음만은 커다란 평화와 행복으로 가득했다.

예배당 창문 아래 좁은 구석에서 장은 친구 자크의 여동생과 욕망을 속삭이고 있었다.

경솔한 말
Indiscretion

순간적인 말실수로 얼마나 많은 삶이 망가졌을까? 잘못된 시점에 나온 잘못된 말 한마디는 모든 꿈을 깨뜨리고 만다. 후회는 때늦다. 뱉어버린 말을 주워 담을 길은 없다. 말해진 것은 말해진 것으로 남는다.

나는 경솔하게 입을 여는 바람에 고통받게 된 사람을 세 명 알고 있다. 그중 한 명은 바로 나다. 경솔한 말로 나는 직장을 잃었다. 또 한 명은 환상을 잃었다. 그리고 마지막 한 명인 여자는…… 글쎄, 어차피 그 여자는 별로 잃을 것이 없었을 것 같다. 안전하게 살 수 있는 기회를 잃었다고나 할까. 그날 이후 나는 두 사람을 보지 못했다. 남자는 일주일 후 내게 타자로 친 무뚝뚝한 편지를 보냈고, 나는 바로 짐을 싸서 런던을 떠났다. 내 이력은 그곳 휴지통에 갈기갈기 찢긴 채 버려졌다. 그로부터 3개월이 채 못 되었을 때 나는 주간지에서 그가 이혼 소송을 제기했다는 기사를 읽었다. 사실 그 모든 일은 일어나지 않을 수도 있었다. 내가 뱉은 한마디, 그 여자가 뱉은 한마디만 없었다면. 그 모든 일은 런던 웨스트엔드의 섀프츠베리 거리와 레스터 광장을 잇는 좁은 거리에서 일어났다.

우리, 그러니까 그와 나는 사무실 출입문 옆에 서 있었다. 12월이었고 영하의 추운 날씨였다. 나는 감기 기운으로 머리가 아팠고 성탄 따위는 생각도 하고 싶지 않았다. 그는 사무실을 나서면서 내 어깨를 다정하게 툭 쳤다.

"성탄이 금방인데 얼굴이 왜 그런가. 나가서 점심이나 함께하지."

고마웠다. 사장이 그렇게 식사에 초대하는 건 매일 있는 일도, 매년 성탄 즈음에 있는 일도 아니었기 때문이다. 우리는 사장이 좋아하는 스트랜드 지역의 한 식당으로 갔다. 큰 소리로 웃으며 웨이터와 친밀한 대화를 나누는 사장을 보자, 그리고 내 앞에 놓인 푸짐한 소고기 요리를 보자 기분이 훨씬 나아졌다. 사장은 성탄 장식인 호랑가시나무 가지를 셔츠 단춧구멍에 끼웠다.

내가 말했다. "사장님, 좋은 생각이 났습니다. 성탄 파티에서 아이들을 위해 산타클로스 역할을 해주시겠어요?"

사장은 입가에 그레이비소스를 묻힌 채 큰 소리로 웃으며 말했다.

"안 되겠는걸. 결혼할 예정이거든."

나는 늘 그랬듯 장난으로 응수했지만 이번에는 상황이 달랐다.

"농담 아니라니까. 진짜야. 다른 직원들은 다 알고 있어. 좀 전에 내가 말해 줬거든. 혹시 몰라 지금까지 비밀로 하고 있었다네. 자, 어서 축하해 주게."

나는 사장의 의기양양한 얼굴을 쳐다보았다.

"아니, 제가 여자에 대해 어떻게 생각하는지 다 아시면서 축하해 달라고 그러세요?"

사장은 또 큰 소리로 웃으며 말했다. "이번엔 다르네. 진짜 여자를 마침내 찾아낸 거라고. 자, 자네는 내가 정말 좋아하는 사람이니 어서 축하 인사를 해주게."

나는 마지못해 몇 마디 중얼거렸다.

"물론 갑작스러운 일이긴 해. 하지만 확신이 든다네. 이미 다 결정했어. 우리는 오늘 오후에 관청에서 간략하게 식을 올리고 저녁에 파리로 떠날 거야." 사장이 시간을 확인했다. "정확히 한 시간이 지나면 난 기혼남이 되는 걸세."

"신부는 어디 계신데요?"

"짐 꾸리고 있지." 사장이 바보스러운 미소를 지었다. "사실 어제저녁에 결정한 여행이야. 자네가 성탄 직전까지 혼자서 업무에 시달리게 될 것이 미안하군."

그러더니 몸을 굽히고 비밀이라는 듯 입을 열었다. "난 자네를 아주 신뢰하고 있어. 최근 몇 달 동안 죽 지켜봤지. 앞으로 더 큰 일들을 맡길 작정이야. 그러니까……" 누가 엿듣기라도 한다는 듯 목소리가 한층 낮아졌다. "그러니까 자네한테 더 많은 것을 기대게 될 거라는 말일세. 승진도 해야 하지 않겠나? 결혼할 생각도 들지 모르고 말이야."

나는 아무 감정 없는 시선으로 그를 마주 보았다. '사소한 일로 온 세상 사람과 친구가 된다'는 속담이 딱 맞는 상황 같았다. "사장님께는 무척 좋은 일인 것 같지만 저는 결혼하지 않을 작정입니다."

"자네는 냉소적이야. 환상이 없군. 세상 모든 여자들이 똑같다고 생각하지. 난 자네보다 두 배나 더 오래 살았네만 자, 어떤가, 최고로 행복한 사람 아닌가."

"아마 제가 운이 없었던 모양입니다. 나쁜 경우를 당한 거죠."

"아! 잘못된 선택을 했다는 말이군. 난······" 사장이 포크 가득 들어 올린 음식을 입에 넣었다. "난 괜찮은 선택을 했고 말이야. 자네같이 젊은 사람들은 인생을 부정적으로만 봐. 로맨스가 없는 거지."

로맨스라고! 불현듯 비가 추적추적 내리던 어두운 밤이 떠올랐다. 모자를 눌러쓰고 울면서 나를 바라보던 작은 얼굴, 엠파이어 극장을 떠나던 마지막 택시, 우산을 받쳐 쓰고 서둘러 걸음을 옮기던 야회복 차림의 사람들도.

"로맨스라고요? 우스운 일이죠." 나는 금방이라도 입 밖에 나올 것 같은 더 심한 말을 꿀꺽 삼켰다.

그리고 잠시 생각에 잠겼다. "그 단어를 저한테 마지막으로 말한 사람은 여자였습니다. 그 기억은 금방 사라질 것 같지 않군요."

사장이 궁금하다는 시선을 던졌다.

"무슨 일이 있었던 건가? 좀 말해 보게. 도대체가 자네는 자기 얘기를 하지 않는 사람이니."

"뭐, 시시한 얘기예요. 들을 가치도 없죠. 게다가 사장님은 한 시간 후에 결혼하러 가셔야 하고요."

"어서 해봐. 다 털어놓으라니까."

나는 어깨를 으쓱해 보이고 살짝 하품을 한 뒤 담배를 집어 들었다.

"워더 가에서 우연히 마주친 여자가 있었어요. 거긴 모험과는 안 어울리는 곳이지만 저한테는 그렇지도 않아요. 전 외출하는 일이 거의 없으니까요. 사람들을 만나고 어쩌고 하는 일이 싫거든요. 극장에 가본 일도 없고 파티도 참석한 적 없어요. 뭐, 돈도 별로 없고요. 사무실과 켄징

턴의 하숙방을 오가는 것이 생활의 전부고 시간 나면 책을 읽고 토요일이면 박물관이나 가는 거죠. 한마디로 지루한 놈이라 할까요. 하여튼 핵심은 제가 웨스트엔드 지역을 거의 모른다는 겁니다. 그러니 워더 가도 낯선 곳이죠. 6개월쯤 전 어느 날, 저는 완전히 지친 모습으로 사무실을 나섰어요. 왜 인생이 다 싫고 귀찮은 그런 날 있잖아요.

하숙방에 가기도 싫었어요. 주인아주머니가 불쑥 들어와 임신 중인 여동생 이야기를 또 시작할 것 같아서요. 그러다가 불현듯 웨스트엔드 쪽에 가보면 기분이 나아지지 않을까 하는 생각이 들었어요. 그래서 지하철을 타고 레스터 광장까지 갔어요.

어쩐지 감상적이 되는 날이 있죠. 그런 때면 극장에서 보는 영화도 꼭 그런 면을 자극하곤 하고요. 그날 밤 제가 바로 그런 상태였어요. 금발의 여주인공을 클로즈업한 화면을 바라보자니 꼭 그 여자가 절 응시하는 듯 느껴졌어요. 내용은 평범했어요. 사랑스럽고 순결한 여자가 잘생긴 남주인공과 사랑에 빠지고 불한당이 등장해 여자를 파멸시키려 하죠. 과연 여자가 파멸되느냐 아니냐가 궁금해 계속 보게 되는 그런 영화였죠. 그때는 불한당의 시도가 실패로 돌아가 여자는 남주인공과 맺어지더군요. 영화를 다 봐도 기분이 좋아지지 않았어요. 그대로 앉아 두 번을 연속으로 본 후 여전히 영화 속 세상에 빠진 채 일어선 시간이 12시쯤이었어요.

밖으로 나오니 비가 내리고 있었어요. 안개 속에서 사람들이 우산을 펼치고 택시를 잡고 난리였죠. 제 마음은 여전히 금발 여주인공에 빠져 있어서 멍하니 사람들 모습을 지켜보았죠. 그러다가 옷깃을 세우고 고개를 숙인 채 걷기 시작했어요.

어느새 워더 가를 걷고 있더군요. 모퉁이 표지판을 보고 알았죠. 몇 분 후 누군가가 제게 쿵 부딪혔어요. 젊은 여자였죠. 옷이 얇았고 우산도 없었어요.

'죄송합니다.' 제가 먼저 말했어요. 눈썹 위까지 모자를 눌러쓴 작고 하얀 얼굴이 저를 올려다봤어요. 그러고는 당황스럽게도 울음을 터뜨리더군요. '아, 정말 죄송합니다. 혹시 제가 아프게 했나요? 어떻게 도와 드릴까요?' 제가 이렇게 말하자 여자는 '아, 괜찮아요. 제가 바보 같아서 그랬어요'라고 대답하고는 손으로 눈물을 닦으며 지나쳐 갔어요. 하지만 몇 걸음 못 가 왼쪽 오른쪽을 번갈아 보며 인도 끝에 멈춰 서더군요. 어디로 가야 할지 망설이는 기색이 역력했죠. 비는 세차게 내렸고 여자의 검은 코트는 몸에 찰싹 달라붙어 있었어요. 무의식중에 저는 영화 속 금발 여주인공을 떠올렸답니다. 여자의 뺨 위로 빗물이 흘러내렸어요.

'이런, 참 애처로운 모습이군. 저런 사람도 있는데 난 쓸데없이 내 인생이 싫다고 투덜거리기나 하고.' 저는 충동적으로 여자의 팔을 잡았어요. '이봐요, 제가 간섭할 일은 아니지만, 또 감히 끼어들 권리도 없지만, 대체 무슨 일입니까? 제가 어떻게 도와 드릴 수 있을까요? 날씨도 이렇게 고약한데……'

'전 어떻게 해야 할지 모르겠어요. 정말 모르겠어요.' 여자가 다시 울기 시작했어요. '런던은 처음이어서요. 결혼식을 올리려 슈롭셔에서 여기까지 왔답니다. 그런데 그이가 절 버렸어요. 전 어디로 가야 할지 모르겠어요. 게다가 어떤 남자가 뒤따라오지 않겠어요.' 여자는 수줍게 말하며 등 뒤를 돌아보더군요. '저한테 두 번이나 말을 걸었어요. 전 무서워요……'

'세상에 이럴 수가!' 전 놀랐어요. 여자는 간신히 아이 티를 벗은 모습이었거든요.

'여기 이렇게 서 계시면 안 됩니다. 어디 아는 곳이나 아는 사람 없어요? 찾아갈 수 있는 집은요?' 여자는 고개를 저었어요. 입술이 가늘게 떨렸죠. '어서 가보세요. 전 괜찮아요.' 그럴 수는 없었어요. 겁에 질린 눈빛을 한 여자를 쏟아지는 빗속에 내버려 둘 수는 없잖아요.

'잠시 동안만 절 믿고 따라오시겠어요? 우선 비를 피하고 뭘 좀 먹은 다음에 당신이 갈 곳을 찾아봅시다.' 여자는 잠시 제 눈을 똑바로 쳐다보더니 진지한 표정으로 고개를 끄덕였어요. '네. 당신은 믿을 수 있을 것 같아요.' 그 말투가, 뭐랄까, 제 심장에 곧바로 꽂히는 느낌이었답니다. 갑자기 제가 나이 많고 지혜로운 사람이 된 것 같았고 어린 여자를 보살펴 주어야 할 것 같았어요.

여자는 여전히 두려움이 남은 모습이었지만 제 팔을 잡더군요. 저는 미소를 지으며 말했어요. '그렇게 하시면 됩니다.' 우리 둘은 워더 가로 되돌아갔어요. 카페에 손님이 꽤 많더군요. 여자는 낯선 사람들이 두려운 듯 제 팔을 더 꼭 잡았어요. 커피와 계란 베이컨 요리를 시켜 줬더니 굶은 사람처럼 허겁지겁 먹더군요.

'오늘 처음 하는 식사인가요?' 제가 그렇게 묻자, 여자는 얼굴을 붉히고 부끄러워하면서 '네'라고 대답하더군요. 정말이지 제 혀를 잘라 버리고 싶었어요.

'자, 이제 무슨 일인지 이야기를 해보세요.'

먹고 나니 기운이 생긴 듯 여자는 더 이상 울거나 하지 않고 말을 이어 갔어요.

'결혼 약속을 했어요. 고향 슈롭셔에서 그 사람이 저와 어머니를 잘 보살펴 주었죠. 정말 신사였어요. 전 어머니, 여동생과 함께 작은 목장에 살아요. 큰 도시에서 멀리 떨어진 조용한 곳이죠. 장날이면 톤스베리로 나가곤 했는데 거기서 그 사람을 만났어요. 런던의 회사에서 출장을 왔다고 하더군요. 작은 자동차도 있었어요. 늘 말끔하고 부유해 보이는 미남이었죠. 만난 지 얼마 안 되어 제게 청혼을 했고 어머니께 허락을 구한 후 결혼식 날짜를 정했어요.

지난 일요일에 그 사람이 평소처럼 저희 집에 와서 즐거운 시간을 보냈답니다. 곧 우리 집이 생긴다고 했어요. 출장 다니는 일은 다른 사람에게 넘기고 회사에서 근무하게 되어 런던에 살아야 한다고 했어요. 어머니랑 동생은 농장을 비울 수 없는데 그 사람이 결혼식은 꼭 런던에서 하자고 하는 바람에 좀 속이 상했어요.

그리고 어제가 바로 결혼식 날이었어요.'

여자는 또다시 울음을 터뜨리려 했어요. 전 탁자 건너편으로 팔을 뻗어 여자의 손을 토닥거려 주었죠.

'자, 자, 괜찮아요.' 저는 바보 같은 말로 위로했습니다.

'화요일에 그 사람 차를 타고 출발해서 어제 런던에 도착했어요. 호텔에 방을 잡았죠.' 여자가 잠시 입을 다물더니 자기 접시만 물끄러미 내려다보더군요.

'그 불한당이 당신을 버렸군요.' 제가 부드러운 소리로 말했습니다.

'결혼하게 될 거라고만 생각했어요.' 여자는 그렇게 속삭이며 눈물을 흘리더군요. '그 사람은 오늘 아침 일찍, 제가 일어나기도 전에 떠나 버렸어요. 호텔 사람들은 아주 무례하더군요. 그제야 질 나쁜 호텔이라는 걸 알았죠.' 여자가 손수건을 찾는 듯 주머니를 뒤지기에 제 손수건을 건네줬습니다.

'그런 호텔로는 돌아갈 수가 없었어요. 돌아간다고 해도 뭘 부탁할 수도 없을 거고요. 그래서 아무 소용 없다는 걸 알면서도 하루 종일 그 사람을 찾아 돌아다녔어요. 제가 어떻게 집에 돌아갈 수 있겠어요? 동네 사람들이 뭐라고 생각하겠어요?' 여자가 두 손으로 얼굴을 가렸어요. 어찌나 불쌍하던지! 저는 최대한 부드러운 소리로 말했죠.

'돈은 좀 있나요?'

'78페니뿐이에요. 그 사람이 돈은 필요 없을 거라고 했거든요.'

저는 어떻게 그런 일이 있을 수 있을까 황당했습니다. 게다가 여자는 제 앞에 앉아 눈물을 흘리며 제가 어떻게 해주기를 기다리는 판이었고요.

실제적인 방법을 내놓아야 하는 입장이었죠. 그래서 말했습니다. '일단 오늘 밤은 제 하숙집으로 가시는 게 좋겠습니다. 내일 아침에 슈롭셔로 가는 표를 사드리죠.'

'어떻게 그럴 수 있나요. 전 당신을 모르는걸요.'

'안심하셔도 됩니다. 저와 계시면 완벽하게 안전할 겁니다.'

잠시 입씨름을 벌이다가 결국 제가 설득을 해냈습니다.

피곤해하기에 택시를 불러 타고 집으로 갔죠. 제 어깨에 기대자마자 잠이 들더군요. 하숙집 아주머니는 자고 있었고 아무도 우리 둘을 보지 못했어요. 여자는 꺼져 가는 난롯불 앞에 웅크리고 손을 녹였어요. 전 여자를 내려다보며 다음 날 아침에 하숙집 아주머니에게 뭐라고 설명해야 하나 고민했죠.

그 순간 여자가 고개를 들어 절 보더니 처음으로 활짝 미소를 지었어요. '제가 이런 처지만 아니라면 우리 만남이 로맨스가 되겠죠?'라고 말하면서요.

로맨스라니! 기가 막힌 일이죠. 조금 전에 사장님이 로맨스라는 단어를 꺼내는 바람에 이 얘기가 기억난 겁니다."

나는 재떨이에 담배를 비벼 껐다.

"그다음은 어떻게 된 건가? 아직 끝이 안 났잖아?"

"그게 로맨스의 끝입니다."

"무슨 소린가? 여자가 슈롭셔로 돌아가 버린 건가?"

나는 큰 소리로 웃었다. "그 여자는 평생 슈롭셔에 한 번 가본 적도 없을 겁니다. 다음 날 아침 일어나 보니 여자가 사라졌더군요. 제 지갑이며 값나가는 물건들을 다 챙겨서요."

사장이 놀란 눈으로 나를 보더니 휘파람을 불었다. "맙소사. 그러니까 그 여자가 내내 계획적으로 자네를 속인 건가? 전부 다 거짓말이었다고?"

"전부 다요."

"어째서 경찰에 신고하지 않았나? 무슨 조치를 취했어야지."

내가 고개를 저었다. "여자를 찾았어도 제 물건을 돌려받을 가능성은 거의 없었을 겁니다."

"카페를 나서면서도 뭔가 수상한 낌새를 못 챈 건가?"

"조금도 의심하지 못했습니다."

"이해가 안 가는군. 경찰에 신고를 했어야지."

나는 한숨을 내쉬었다. "글쎄요, 밤새도록 거리를 헤매야 했던 것도 아니고 거실 소파에서 새우잠을 자야 했던 것도 아니어서……"

몇 분 동안 우리는 말없이 앉아 있었다. 사장은 생각에 잠긴 표정으로 자기 뺨을 손가락으로 톡톡 쳤다. "자네는 정말 바보군. 그게 결론이야. 그래 워더 가에는 다시 가보았나?"

"아뇨. 그 전에도, 그 후에도 간 적 없습니다. 딱 한 번이었어요."

"그렇게 쉽게 속아 넘어갔다는 게 이상해. 나라면 그런 여자는 1킬로

미터 밖에서도 금방 알아봤을 거야. 어떻든 그런 경험을 했다면 여자를 만날 생각이 없겠구먼. 그래도 가끔은 정말로 젊고 순수한 아가씨가 있게 마련이라네. 불한당한테 당해 무일푼 신세라 해도 말이야."

"예를 들면요?" 내가 물었다.

"내가 만난 아가씨만 해도 그렇지. 오늘 오후에 내 아내가 되기로 약속해 준 아가씨 말일세. 6주 전에 처음 만났을 때 런던에 처음 왔다고 하더군. 갑자기 돈 한 푼 없는 고아 신세가 되긴 했지만 좋은 가문 출신이야. 사진이며 편지를 보여 주더군. 버밍엄에서 타자수로 일하면서 근근이 살았는데 직장 상사가 치근대는 바람에 도망쳐 왔다. 그러다가 우연히 날 만난 거지. 무언가가 우리 둘을 엮어 준 거야. 처음 보았을 때 그 아가씨는 피커딜리 지하철역 에스컬레이터에서 발목을 삐어 쩔쩔매고 있더군. 뭐, 그 얘긴 이 정도로 하세." 갑자기 사장이 이야기를 중단하고 웨이터에게 계산서를 달라고 했다. "자네도 보면 놀랄 거야. 세상에서 제일 사랑스러운 아가씨거든."

아직 누구를 사랑해 본 적 없지만 오늘 밤 자정쯤이면 사랑을 이루게 될 남자의 두 눈이 아련한 빛을 띠었다.

"난 세상에서 최고로 행복한 남잘세. 과분한 신부를 만났거든." 계산을 끝내고 우리는 자리에서 일어섰다.

"4시에 빅토리아 역으로 와서 우릴 전송해 주지 않겠나? 성탄 선물로 말이야. 어때?"

별 할 일도 없고 지루하던 차였으므로 그러기로 했다. "그럼 그때 가겠습니다."

그날 오후 지하철에는 자리가 없었고 나는 손잡이를 잡은 채 좌우로 흔들리며 빅토리아 역까지 갔다.

줄을 서서 환송객 입장권을 샀고 사방에서 밀어 대는 승객들 틈을 뚫고 플랫폼으로 내려가 일등칸 창문마다 들여다보았다. 대체 왜 오겠다고 했는지 후회가 되었다. 그 순간 유쾌하게 웃고 있는 사장의 크고 붉은 얼굴이 보였다. 최고급 침대칸이었다. 그가 손을 들어 흔들며 뭐라고 외쳤지만 유리창에 가로막혀 들리지 않았다. 사장이 일어나 객차 출입구로 나왔다.

"못 보는 줄 알았네. 이렇게 나와 줘서 고맙군."

사장이 괜히 큰 소리로 웃으며 자랑스럽게 옆에 있는 아가씨를 소개했다.

"이쪽이 신부라네. 두 사람은 좋은 친구가 될 것 같아. 자, 인사들 하지."

나는 모자를 벗어 들고 "즐거운 성탄 보내세요"라고 인사를 하다가 그자리에 얼어붙었다. 아가씨는 창문 밖으로 머리를 내밀고 나를 보고 있었다.

사장이 살짝 얼굴을 찌푸리며 우리 둘을 번갈아 보았다. "두 사람이 전에 만난 적이 있는 모양이지?"

여자가 사랑스러운 미소를 지으며 두 팔로 사장 목을 얼싸안더니 별생각 없이 경솔한 말을 내뱉었다. 때마침 신호수가 초록 깃발을 들어 올렸다.

"아는 얼굴이군요. 워더 가에서 한 번 만난 적이 있지 않나요?"

몬테베리타
Monte Verità

나중에 듣기로는 아무것도 찾지 못했다고 했다. 산 사람이고 죽은 사람이고 흔적이 없었다고. 분노에 미쳐, 그리고 내 생각에는 두려움에 사로잡혀 마침내 사람들은 그 오랜 세월 동안 감히 접근하지 못한 비밀의 벽을 부수고 들어갔지만 정적과 마주했을 뿐이라고. 그 텅 빈 방들과 황량한 안뜰을 보게 된 계곡 사람들은 놀라고 무서운 마음에 가장 원시적으로 대처했다고 한다. 수세기 동안 수많은 농민들이 써온 방법, 불을 질러 다 파괴하는 방법 말이다.

이해할 수 없는 무언가에 당면한 상황에서 그것은 유일한 해결책이었을 것이다. 그렇게 분노를 쏟아 낸 후에는 정작 무엇 하나 파괴하지 못했다는 걸 깨달았겠지만. 별이 총총한 추운 새벽에 검게 그을린 벽을 바라보며 결국 갈피를 잡지 못했을지도 모른다.

물론 수색대가 여러 차례 꾸려졌다. 산 정상의 험한 바위 따위 두려워하지 않는 최고의 등반가들이 북에서 남으로, 동에서 서로 산마루 전체를 훑었지만 아무것도 찾아내지 못했다.

그것이 이야기의 끝이다. 그 이상은 아무것도 알려진 바 없다.

마을 남자 둘이 빅터의 시신을 골짜기로 옮기는 일을 도와주었다. 빅터는 몬테베리타 산기슭에 묻혔다. 나는 그곳에서 평화를 찾은 빅터가 부러웠다. 그는 꿈을 간직할 수 있었으니까.

이제 나도 여생이 얼마 남지 않았다. 2차 대전으로 세상이 한 번 더 뒤집힌 이후 이제 칠십을 바라보는 나이가 되니, 내 마음에 남은 환상은 거의 없다. 그럼에도 나는 종종 몬테베리타를 떠올리며 마지막 답이 무엇이었는지 궁금해하곤 한다.

내가 생각해 낸 가능성은 세 가지다. 물론 셋 다 틀렸을 수도 있지만.

가장 환상적인 첫 번째 가능성은 몬테베리타 사람들이 결국 불사의 경지에 이르러 때가 되자 하늘로 올라가 버렸다는 것, 즉 빅터의 믿음이 옳았다는 것이다. 고대 그리스인들의 신에 대한 믿음처럼, 유대인들과 기독교도들의 절대자에 대한 믿음처럼, 성스러운 능력을 얻으면 죽음을 뛰어넘을 수 있다는 믿음은 종교와 신앙의 역사에서 계속 반복된다. 동방과 아프리카에도 이런 믿음이 존재한다. 눈에 보이는 사물, 피와 살을 지닌 사람이 사라지는 일은 불가능하다는 건, 얕팍한 지식을 자랑하는 서구인들의 시각일 뿐이다.

아마 선과 악을 구분하는 종교 지도자들도 이 첫 번째 가능성에 반대할 것이다. 한쪽에서 기적으로 보이는 것이 다른 쪽에는 흑마술일 뿐이니까. 하지만 선지자가 돌로 변했듯 주술사도 돌로 변할 수 있다. 한 시대의 신성모독이 다음 시대에는 거룩한 말씀이 되고 오늘의 이단이 내일의 교리가 되는 것이다.

나는 위대한 사상가가 아니다. 그랬던 적도 없다. 하지만 등산에 몰두했던 시절의 경험으로 한 가지는 알고 있다. 우리가 운명을 결정하는 절대자에게 가장 가까이 다가가게 되는 것은 산에서라는 것을. 고대의 위대한 말씀은 산꼭대기에서 내려왔고 예언자들은 예외 없이 산에 올랐으며 성자나 메시아도 구름 위에서 신과 만나곤 하지 않았나. 때문에 그날 밤 몬테베리타에 마법의 손길이 미쳐 그 영혼들을 안전하게 구해 냈을 거라는 가능성이, 내게는 충분히 그럴듯하게 여겨진다.

나는 몬테베리타를 찬란하게 비추던 보름달 빛을, 또한 한낮의 태양빛을 직접 보았다. 내가 보고 듣고 느낀 것은 이 세상의 것이 아니었다. 지금도 거대한 바위와 그 위를 비추던 달빛이 보인다. 금지된 벽 안쪽에서 울리던 노랫소리가 들린다. 두 봉우리 사이 깊디깊은 크레바스가 보인다. 웃음소리가 들린다. 태양을 향해 뻗은 구릿빛 맨팔이 보인다.

이 모든 것을 떠올리다 보면 영생을 믿지 않을 수 없다……

더 이상 산에 오르지 않게 되고 산의 마법이 기억 속에서 희미해진 탓이겠지만, 나중에는 몬테베리타 최후의 날에 내가 본 것이 정말로 살아 숨 쉬는 사람의 눈이었는지, 내가 잡은 것이 정말로 사람 손이었는지 간혹 의문스럽기도 했다.

하지만 말소리까지 들었으니 사람이 아닐 리 없다. "저희 걱정은 마세요. 어떻게 해야 하는지 잘 아니까요"라고 말했지. "빅터는 꿈을 간직할 수 있게 해주세요"라는 비극적인 최후의 말까지 들었다.

여기서 두 번째 가능성이 생겨난다. 내가 빅터에게 되돌아가고 계곡 사람들이 공격을 위해 모이던 그 밤에, 진리를 추구하던 몬테베리타 사람들이 두 봉우리 사이의 크레바스로 몸을 던져 버렸을 가능성. 별이 총총했던 그 밤에 자신과 남들을 위해 가장 현명한 길을 선택할 수 있는 용감한 영혼들은 충분히 그러고도 남았으리라.

세 번째 가능성은 외롭고 냉소적인 기분일 때, 예를 들어 썩 친하지도 않은 이들과 거창한 식사를 함께하고 뉴욕의 아파트로 돌아왔을 때 떠오르곤 한다. 창밖으로 펼쳐지는 번쩍이는 빛과 색의 향연, 내가 갈구하는 평화나 이해 따위는 전혀 없는 그 거칠고 시끄러운 동화 세상을 지켜보노라면, 몬테베리타 사람들이 오래전부터 떠날 준비를 하고 있다가 결정적 순간이 되자 영생도 죽음도 아닌 속세를 선택했을지 모른다는 생각이 드는 것이다. 아무도 모르게 계곡으로 내려와 세상 사람들 속에 섞여 들었으리라. 아파트 창밖으로 거리를 내려다보면서 혹시 혼잡한 거리와 지하철에 몬테베리타 사람이 있지는 않을까, 밖으로 뛰어나가 행인들 얼굴을 유심히 살피면 정말로 그들 중 누군가를 알아볼 수 있지 않을까 생각한다.

여행을 다닐 때면 혹시라도 고갯짓이나 눈빛이 독특한 누군가를 만날 수 있지 않을까 기대하곤 한다. 그리고 그런 사람을 보면 붙잡고 이야기를 나누고 싶어지는데, 아마도 이 역시 내 상상이겠지만, 상대는 본능적으로 경계심을 느끼는 듯했다. 내가 잠시 머뭇거리는 사이에 금방 사라져 버리니 말이다. 기차 안에서든, 인파가 북적대는 도심에서든, 지상의 아름다움과 인간적 품위를 뛰어넘는 무언가를 가진 사람과 마주치게 되면 나는 손을 내밀고 부드럽게 묻는다. "혹시 몬테베리타에서 만났던 분인가요?" 하지만 대답을 들을 시간은 없다. 상대는 금방 사라져 버리고 나 혼자 남게 되니까. 그리하여 세 번째 가능성의 사실 여부는 아직 확인하지 못했다.

칠십을 바라보는 내가 더 나이를 먹는다면 기억이 더 희미해져서 몬테베리타에서의 일이 정말로 있었던 일인지 의아해지고 말 것이다. 때문에 나는 기억이 사라지기 전에 기록을 남겨야 한다는 생각을 하게 되었다. 이 글을 읽는 누군가는 한때 내가 그랬듯 산을 사랑할 수 있고 이 이야기를 나름대로 이해하거나 해석할 수도 있으리라.

한 가지 해둘 말은, 유럽에는 무수히 많은 산이 있고 몬테베리타라는 이름의 산도 수없이 많다는 것이다. 스위스에도, 프랑스에도, 스페인에도, 이탈리아에도, 티롤에도 있을 수 있다. 내 몬테베리타가 있는 곳의 정확한 지명은 밝히지 않겠다. 두 차례의 세계대전이 지나간 오늘날 오를 수 없는 산은 없다. 제대로 대비만 한다면 어느 산이든 위험하지 않게 오를 수 있다. 사람들이 내 몬테베리타를 꺼렸던 것은 산이 너무 높거나 설빙이 심해서가 아니었다. 누구든 정상으로 이어지는 길을 심지어 늦가을에도 오를 수 있다. 그러니 위험해서가 아니라 외경심 때문에 오르지 못하는 산이었다.

오늘날에는 내 몬테베리타도 수많은 다른 몬테베리타와 함께 지도에 올라 있을 것이다. 정상 근처에 캠프장이 생기고 동쪽 능선에는 호텔이 들어서고 쌍둥이 봉우리까지 케이블카가 연결되었을지도 모른다. 하지만 그렇다 해도 보름달이 뜬 한밤중의 몬테베리타는 여전히 변함없을 것이라고, 눈과 얼음이 산을 뒤덮고 강풍과 짙은 구름으로 등산이 불가능한 겨울이 되면 몬테베리타의 커다란 바위, 해를 향해 솟아오른 쌍둥이 봉우리는 여전히 침묵과 공감의 시선으로 눈먼 세상을 내려다볼 것이라고 나는 생각하고 싶다.

빅터와 나는 어린 시절을 함께 보낸 친구였다. 말버러 기숙학교를 같이 다니고 같은 해 케임브리지에 입학했다. 대학 졸업 후에는 서로 다른 공간에서 지내다 보니 자주 만나지 못했다. 나는 일 때문에 주로 해외에 나가 있었고 빅터는 슈롭셔의 영지를 관리하느라 바빴다. 하지만 간혹 만날 때면 멀어졌다는 느낌이 전혀 없을 정도로 여전히 가까운 사이였다.

나는 나대로, 빅터는 빅터대로 몹시 바빴지만 공통의 취미 생활인 등산에는 충분한 돈과 시간을 할애하곤 했다. 장비와 지식으로 무장한 오늘날의 등반가들 눈에는 1차 대전이 일어나기 전에 우리가 하던 산행이 무모한 아마추어의 도전으로 보일지 모른다. 사실 그런 면이 없지 않았다. 컴벌랜드며 웨일스의 뾰족한 바위산들을, 그리고 조금 경험이 쌓인 후에는 남유럽의 더 위험한 산들을 오로지 손발로만 오르는 두 젊은이의 모습을 떠올려 보면 말이다.

시간이 흐르면서 우리는 무모한 시도를 덜 하고 날씨에 맞춰 행동하게 되었다. 그리고 산을, 정복해야 할 적이 아닌 협력해야 하는 동료로서 존중하는 법을 배웠다. 빅터와 나는 위험을 즐기기 위해서 혹은 정복한 산의 개수를 늘리기 위해서가 아니라 산에 오르는 그 자체를 사랑했기에 산을 찾았다.

산은 어느 여성 못지않게 감정이 풍부하고 기복도 심하다. 그리하여 기쁨과 공포, 크나큰 위안 등을 안겨 준다. 산을 오르려는 마음은 어떻게 설명할 수가 없다. 과거에는 별들에 조금이라도 다가가기 위함이었을 수도 있다. 하지만 오늘날에는 비행기 표만 끊으면 하늘의 주인이 된 기분을 느끼게 되지 않는가. 물론 비행기에서는 발로 바위를 밟고 얼굴에 바람을 맞을 수도, 봉우리만이 안겨 주는 침묵을 알 수도 없지만.

내 삶에서 최고의 시간은 젊을 때 산에서 보낸 시간이었다. 모든 에너지와 모든 생각을 남김없이 쏟아 내고 하늘 아래서 아무것도 아닌 존재가 되고 싶은 충동을 빅터와 나는 산앓이라 불렀다. 빅터는 산앓이에서 나보다 훨씬 빨리 회복되곤 했다. 내가 경이로움에 넋을 잃고 있는 동안 그는 주위를 꼼꼼히 살피며 하산길을 계획하는 것이었다. 끈기를 발휘해 정상에 올랐어도 나는 무언가 미진하다고 느꼈다. 무어라 꼬집어 말할 수 없는 그 무언가가 늘 나를 비켜 갔고 문제는 나한테 있는 것 같았다. 어떻든 그래도 그건 내 인생 최고의 날들, 내가 아는 최고의 순간이었다……

어느 여름, 캐나다 출장에서 돌아오자마자 빅터의 편지를 받았다. 들뜬 어조로 결혼 소식을 알리고 있었다. 약혼을 했고 곧 결혼한다고 했다. 가장 사랑스러운 아가씨를 만났다며 내게 들러리를 부탁했다. 나는 그런 경우에 누구나 그러듯, 나도 기쁘며 최고의 행복을 기원한다고 답장을 보냈다. 독신으로 살 작정이었던 나는 또 한 명의 친한 친구를 잃어버리는구나 생각했다.

신붓감은 웨일스 출신으로 슈롭셔의 빅터 영지 근처에 산다고 했다. 두 번째 편지에는 '너는 아마 믿기지 않겠지만, 애나는 스노든 산에도 한 번 올라간 적이 없다는군. 그래서 내가 등반을 가르치려 해'라고 쓰여 있었다. 처음으로 산에 오르는 아가씨를 데리고 하는 산행이라니, 내 생각에 그건 최악이 아닐 수 없었다.

세 번째 편지에서 빅터는 신붓감과 함께 결혼 준비를 위해 런던에 온다는 소식을 알렸다. 나는 두 사람을 점심 식사에 초대했다. 키가 작고 다부진 체구에 가무잡잡한 피부를 예상했지만, 눈앞에 나타나 손을 내밀며 "애나라고 합니다"라고 말하는 아가씨는 엄청난 미인이었다.

1차 대전 이전만 해도 젊은 여자들은 화장을 하지 않았다. 애나는 립스틱조차 바르지 않았고 금발 머리는 귀 위에서 구불거렸다. 나는 그 아름다운 모습에서 눈을 떼지 못했고, 빅터는 "내가 뭐라고 했어?" 라며 뿌듯한 웃음을 감추지 않았다. 우리는 함께 앉아 편안하게 이야기를 나누며 식사를 했다. 애나는 내성적이었지만 빅터의 가장 친한 친구인 내게 호감을 보여 주었다.

나는 생각했다. 빅터는 정말 운이 좋은 녀석이군. 저런 아가씨라면 나도 분명 청혼했을 거야. 점심 식사가 반쯤 끝났을 때 빅터와 나는 늘 그러듯 산 이야기를 시작했다.

"등반이 취미인 남자와 결혼하시게 되었는데 정작 집 근처의 스노든 산도 올라가신 적이 없다고요." 내가 애나에게 말했다.

"네. 산에는 오른 적이 없어요."

어딘지 약간 주저하는 목소리였다. 아름다운 두 눈 사이 미간이 살짝 찌푸려진 것도 같았다.

"아니 왜요? 웨일스 출신이면서 산을 모른다니 그건 거의 죄악이군요."

빅터가 끼어들었다. "애나는 무서운 모양이야. 내가 산에 가자고 할 때마다 핑계를 대는군."

애나가 빅터를 보았다. "아니에요. 그건 아니에요. 당신은 이해하지 못하는군요. 전 산이 무섭지 않아요."

"그럼 무엇 때문에 그러는 거야?"

그는 팔을 뻗어 식탁 위 애나의 손을 잡았다. 빅터가 얼마나 애나를 사랑하는지, 두 사람이 얼마나 행복하게 잘 살지 한눈에 보여 주는 장면이었다. 애나가 내 얼굴을 보았다. 그 눈길로 나는 애나가 말하려는 것을 바로 알아차렸다.

"산은 요구가 많아요. 모든 것을 다 줘야 하죠. 그러니 저 같은 사람은 산을 멀리하는 편이 좋아요."

나는 그 말을 이해했다. 최소한 그 순간에는 그렇게 생각했다. 그래도 빅터와 애나가 사랑하는 사이인 만큼 두 사람이 공통 취미를 가지면 좋을 것 같았다.

"등반에 대해 정확하게 이해하고 계시는군요. 물론 모든 것을 줘야 하는 건 사실입니다. 하지만 두 사람이 함께라면 가능할 겁니다. 빅터는 당신이 무리하지 않도록 할 녀석입니다. 저보다 훨씬 신중하거든요."

애나는 미소를 짓고는 빅터 손에서 자기 손을 빼냈다.

"두 분 다 자기 생각이 확고하시네요. 제 말을 이해하지 못하시고요. 전 산에서 태어났어요. 그래서 산을 안답니다."

그 순간 빅터와 나를 모두 아는 친구가 우리 식탁에 다가왔고, 그로 인해 산에 대한 대화는 끝났다.

두 사람은 6주 뒤 결혼했다. 애나는 내가 본 가장 아름다운 신부였다. 빅터는 긴장되는지 얼굴이 창백했다. 그런 미녀를 늘 행복하게 해주어야 하는 책임을 맡았으니, 긴장되는 것도 당연했으리라.

결혼 전 6주 동안 나는 애나를 자주 만났고, 빅터는 꿈에도 몰랐겠지만 애나를 깊이 사랑하게 되었다. 자연스러운 매력 때문만도, 아름다움 때문만도 아니었다. 그 두 가지가 어우러지면서 내뿜는 내면의 광채 때문이었다. 애나와 달리 빅터는 밝고 쾌활하고 활력 넘치는 편이었고, 애나가 그 점을 불편하게 여기지 않을까 걱정스러웠다. 애나의 부모님이 모두 돌아가신 탓에 이모님이 마련해 주신 결혼식 피로연을 끝내고 돌아가는 부부의 모습은 완벽한 한 쌍이었다. 나는 슈롭셔의 부부를 방문할 일이며 첫아이의 대부가 될 일이 기다려졌다.

결혼식 직후 나는 출장을 떠났고 12월이 되어서야 성탄을 보내러 오라는 빅터의 편지를 받았다. 나는 기꺼이 그러기로 했다.

벌써 결혼 8개월째였다. 빅터는 행복하고 건강해 보였고 애나도 그 어느 때보다 아름다웠다. 나는 애나에게서 눈길을 떼지 못했다. 대환영을 받으며 나는 빅터의 고풍스러운 저택에서 한 주를 묵었다. 두 사람의 결혼은 완벽한 성공으로 보였다. 아직 아이는 생기지 않았지만 급할 것도 없었다.

우리는 영지를 산책하고 사냥도 했으며 저녁에는 책을 읽으며 평화롭고 즐거운 시간을 보냈다.

빅터는 애나의 조용한 성품에 적응한 듯 보였다. 조용하다는 말은 썩 적합한 표현은 아니지만, 어떻든 애나의 깊숙한 내면에서 나온 그 조용함은 저택 전체에 퍼져 있었다. 예전에도 천장이 높고 창문에 문살이 있는 그 저택은 늘 편안한 공간이었지만, 애나가 온 후로는 평화로운 분위기가 한층 더 깊어지고 방마다 고요함이 흘러넘쳤다.

그해 성탄을 돌이켜보면 이상하게도 성탄다운 행사는 하나도 기억나지 않는다. 무엇을 먹고 마셨는지, 성당에 갔는지 아닌지도 모르겠다. 빅터가 지역 유지니 성당에는 분명히 갔을 텐데 말이다. 그저 저녁마다 덧문을 닫고 넓은 거실의 벽난로 앞에 앉아 누리던 형언할 수 없는 평화로움만 떠오를 뿐이다. 거듭되는 출장으로 생각보다 훨씬 지쳐 있었는지, 빅터와 애나의 집에서 나는 그저 그 축복받은 침묵에 편안하게 몸을 맡기고만 싶었다.

그 저택에 일어난 또 다른 변화는 도착한 지 며칠이 지난 후에야 깨달았다. 집 안이 전보다 훨씬 휑해져 있었다. 빅터의 선조들 때부터 내려온 가구들과 장식품들이 보이지 않았다. 큰 방들은 황량했고 우리가 앉은 넓은 거실에도 가구라고는 긴 탁자 하나와 벽난로 앞 의자 몇 개가 전부였다. 충분히 그럴 수 있는 일이긴 했지만 새색시들이 흔히 새 커튼과 카펫을 사들이고 신혼집을 꾸미는 모습과는 퍽 달랐다. 나는 슬그머니 빅터에게 그 말을 했다.

"아, 우리가 많이 치웠어." 빅터는 괜히 주변을 둘러보며 말했다. "애나가 그러자고 해서. 물건을 가지고 있기 싫다고 하더군. 팔거나 그러지는 않고 필요하다는 사람들한테 줘버렸어."

내가 묵는 방은 전에도 늘 묵었던 방이었는데, 그 방만은 전과 다름없는 모습이었다. 뜨거운 물 주전자, 홍차, 비스킷이 침대 옆에 놓였고 담뱃갑도 꽉 차 있었다. 안주인의 배려가 느껴졌다.

어느 날 긴 복도를 지나가다가 대개는 닫혀 있는 애나 방의 문이 열려 있는 것을 보았다. 예전에 빅터 어머니가 쓰시던 그 방은 기둥이 네 개 달린 오래된 침대와 육중한 가구들로 채워져 고택의 분위기를 물씬 풍기는 곳이었다. 호기심에 슬쩍 들여다보니 방은 거의 비어 있다시피 했다. 창문 커튼도, 바닥 카펫도 없었다. 나무 벽도 텅 비어 있었다. 탁자하나, 의자 하나, 그리고 커버도 없이 달랑 담요 하나만 놓인 간이침대 하나가 전부였다. 활짝 열린 창문으로 어두워지기 시작한 바깥 풍경이 보였다. 몸을 돌려 계단을 내려오다가 빅터와 마주쳤다. 내가 애나 방을 들여다보는 모습을 보았을 것이 분명했고, 나는 오해받기 싫어 먼저 말을 꺼냈다.

"용서해라. 문이 열렸기에 보게 되었는데 어머니가 계셨을 때와는 방이 많이 달라졌군."

"그래." 빅터가 짧게 대답했다. "애나가 장식을 싫어해서. 저녁 먹어야지? 애나가 널 데려오라고 하네."

우리는 입을 다물고 계단을 내려갔다. 그 텅 빈 방이 내가 묵고 있는 화려한 손님방과 대조되면서 계속 머릿속에 남았다. 내가 애나에게는 하등 필요 없는 사치스러움과 편안함에 집착하는 사람으로 여겨졌다.

그날 저녁 나는 벽난로 앞에 앉아 애나를 바라보았다. 빅터는 손님이 와서 잠깐 자리를 비워 애나와 나 둘뿐이었다. 애나가 있는 것만으로도 나는 고요함을 느꼈고 분주한 일상과는 전혀 다른, 마치 다른 세상의 것 같은 평화로움에 휩싸였다. 애나에게 그 말을 하고 싶었지만 적당한 표현을 찾을 수 없었다. 마침내 내가 입을 열었다. "당신은 이 저택을 바꾸어 놓았군요. 어떻게 이렇게 바꾼 건지는 모르겠지만."

"모르신다고요? 당신은 알고 있어요. 우리 둘 다 같은 대답을 찾는 사람들이니까요." 애나가 대답했다.

왠지 모르게 두려웠다. 고요함이 한층 강해지면서 나를 압도하는 것만 같았다.

"그런가요? 전 제가 무엇을 찾는지 모릅니다."

내 말은 무의미하게 허공에서 사라졌다. 벽난로 불을 바라보던 내 시선이 마치 끌리듯 애나에게 향했다.

"그러신가요?"

그 순간 크나큰 서글픔이 몰려왔다. 처음으로 나 자신이 무가치하고 미력한 존재로 여겨졌다. 목적 없이 세상 곳곳을 떠돌며 나만큼이나 무가치한 사람들과 일하면서 그저 죽을 때까지 적당히 편안하게 먹고 입고 자려고만 하는 존재로.

웨스트민스터에 장만한 내 작은 집을 떠올렸다. 심사숙고 끝에 선택해 구입한 집, 고심하며 가구를 들여놓고 꾸민 집을. 책, 그림, 수집한 도자기, 그리고 내가 언제 가도 쉴 수 있게 집을 관리해 주는 두 하인들. 그때까지 큰 기쁨이던 그 집이 이제는 아무 가치도 없는 듯했다.

"전 어떻게 해야 할까요?" 나도 모르게 애나에게 던진 질문이었다. "가진 것을 다 팔아 버리고 일을 그만두어야 하나요? 그다음에는?"

애나와 나는 그 짧은 대화를 돌이켜 보면 그런 갑작스러운 질문을 던질 이유가 없었다. 애나는 그저 내가 무언가 찾고 있다고만 했는데, 가타부타 대답하는 대신 나는 모든 것을 포기해야 하냐고 물은 것이다. 그때는 그 말이 얼마나 중요한 것인지 알지 못했다. 그저 마음이 몹시 흔들렸다는 것, 조금 전까지 누리던 평화가 깨지고 고통을 느끼게 되었다는 것만 알아차렸다.

"어쩌면 당신이 찾는 대답과 내가 찾는 대답이 다를지도 모르죠. 아니, 아직은 저도 무슨 답을 찾는지 몰라요. 언젠가는 알게 되겠죠."

그때 나는 그토록 아름답고 조용하며 현명한 애나는 분명 답을 찾았으리라 생각했다. 아직 아이는 없지만, 부족한 것 없는 애나가 찾은 답이 대체 무엇인지 궁금해하면서.

빅터가 거실로 들어오자, 거실 분위기가 더 따뜻하고 편안해졌다. 빅터의 소박한 옷차림도 익숙하고 마음 편하게 느껴졌다.

"무척 춥군. 밖에 나가 보고 오는 길이야." 빅터가 말했다. "기온이 영하로 내려갔어. 그래도 보름달이 뜬 멋진 밤이야." 그는 벽난로 앞 의자에 앉으면서 애나에게 애정 어린 미소를 보냈다. "우리가 스노든에 갔을 때만큼 추워. 그날 일은 쉽게 잊지 못할 거야." 이어 빅터는 나를 바라보며 덧붙였다. "결국 애나랑 산에 올랐던 얘기를 아직 안 했지?"

"그랬어? 애나는 절대 가지 않을 것 같더니만." 나는 놀라서 대꾸했다.

애나를 쳐다보니 두 눈에 표정이 없었다. 그 이야기를 굳이 하고 싶지 않은 기색이 역력했다. 하지만 빅터는 아무 낌새도 채지 못한 채 말을 이었다.

"이 사람 대단하더군. 너나 나 못지않게 등반에 훤하다니까. 내가 계속 뒤처지다가 결국 놓쳤을 정도야."

빅터는 웃다가 진지해지다가 하면서 그 이야기를 상세히 들려주었다. 산행하기에는 너무 늦은 시기여서 위험했다고 했다.

아침에 출발할 때는 날씨가 좋았지만 오후가 되면서 비바람이 불다가 눈보라까지 몰아치는 바람에 하산길에 밤이 되어 버렸고, 결국 산에서 밤을 보내게 되었다는 설명이었다.

"이 사람을 어떻게 놓친 건지 아직도 모르겠어. 내 옆에 있다가 갑자기 안 보이더라고. 어둠과 추위 속에서 애나를 찾느라 세 시간 동안 톡톡히 고생을 했어."

애나는 한마디도 하지 않았다. 대화에 끼어들 생각이 전혀 없어 보였다. 꼼짝 않고 자리만 지키는 애나 때문에 나는 마음이 불안하고 불편했다. 빅터가 그만 중단했으면 싶었다.

"어떻든 잘 내려왔으면 된 거지. 그렇잖아." 내가 서둘러 이야기를 마무리하려 했다.

"그건 그래. 그런데 말이야, 새벽 5시쯤에 완전히 젖은 채 갈팡질팡하는 내 앞에 애나가 멀쩡한 모습으로 나타나는 거야. 바위 아래에서 몸을 피하고 있었을 뿐이라나. 나는 목이 부러지지 않은 것만도 다행이었는데 말이야. 다음번 산행 때는 당신이 앞장서라고 애나에게 말했어."

"다음번 산행은 무슨, 한 번이면 충분하지." 내가 애나 얼굴을 슬쩍 보면서 말했다.

"아냐. 내년 여름에도 산에 가기로 했어. 알프스나 돌로미테, 아니면 피레네 어딘가로 가보려고. 너도 함께 가. 그럼 정말 좋을 거야."

나는 안타까워하며 고개를 저었다.

"그럴 수 있다면 좋겠는데 불가능해. 5월에 뉴욕에 갔다가 9월은 돼야 돌아올 거야."

"아직 시간 많잖아. 상황이 어떻게 변할지 모르니 다음번에 다시 의논해 보자구."

여전히 애나는 말이 없었고, 나는 어째서 빅터가 애나의 침묵을 눈치 채지 못하는지 의아했다. 갑자기 애나가 취침 인사를 하고 위층으로 올라갔다. 등반 이야기에 마음이 상한 것이 분명해 보였다. 나는 빅터에게 말했다.

"내년 산행 계획은 다시 생각해 봐. 애나는 생각이 없는 모양인데."

"생각이 없다고? 그건 온전히 애나가 내놓은 계획이야."

나는 빅터를 응시했다.

"정말이야?"

"그렇다니까. 애나는 산을 정말 좋아해. 웨일스 혈통이어서인지 산을 숭배할 정도야. 사실 이제야 마음이 좀 편해져서 스노든의 그 밤 이야기를 하는 거지만, 애나의 용기와 끈기는 정말 대단했어. 난 눈보라며 애나 걱정 때문에 아침에는 거의 초주검 상태였는데, 애나는 마치 딴 세상에서 내려온 천사처럼 안개 속에서 걸어 나오더라니까. 그런 모습은 처음 봤어. 그 험한 하산길에도 놀러 나온 사람처럼 걸음이 가벼웠어. 난 어린애처럼 겨우겨우 몸을 움직였는데 말이야. 대단한 사람이야. 안 그래?"

"그렇군." 나는 천천히 대답했다. "그래, 애나는 대단한 사람이야."

우리는 곧 위층으로 올라가 잠자리에 들었다. 나는 옷을 벗고 벽난로 불 앞에 두어 따뜻해진 잠옷으로 갈아입었다. 침대 옆 보온병에는 잠이 안 올 때 마실 따뜻한 우유도 준비되어 있었다. 나는 슬리퍼를 신고 카펫 깔린 바닥을 이리저리 오갔다. 애나의 텅 빈 침실과 좁은 간이침대를 다시 떠올렸다. 나는 담요 위의 두꺼운 공단 이불을 걷어 버리고 창문도 활짝 연 채 침대에 누웠다.

하지만 쉽게 잠이 오지 않았다. 벽난로 불이 사그라지면서 차가운 공기가 방을 채웠다. 낡은 여행용 시계가 째깍거리는 소리도 들렸다. 4시가 되었을 때 나는 더 참지 못하고 일어나 앉았고 보온병의 우유를 생각해 냈다. 우유를 마시기 전에 창문부터 닫기로 했다.

침대에서 내려와 벌벌 떨면서 방을 가로질러 창가로 갔다. 빅터 말대로 영하의 날씨였고 흰 서리가 땅을 뒤덮고 있었다. 만월이었다. 열린 창 앞에 서자, 나무 그림자 밖으로 누군가가 걸어 나와 잔디밭에 멈춰 서는 것이 보였다. 침입자나 도둑이라고 하기에는 너무 당당했다. 그 사람은 명상이라도 하듯 고개를 보름달 쪽으로 들어 올린 채 꼼짝하지 않았다.

애나였다. 가운 위에 허리띠를 매고 머리는 늘어뜨린 모습이었다. 서리 내린 풀밭에서 애나는 아무 소리도 내지 않았다. 놀랍게도 맨발이었다. 나는 잠시 애나를 바라보다가 갑자기 비밀스러운 무언가를 엿본다는 느낌이 들어 창문을 닫고 침대로 돌아갔다. 빅터나 애나에게는 아무 얘기 하지 말아야 할 것만 같았다. 그 본능적 느낌 때문에 마음 한구석이 불편했다.

다음 날 아침 우리는 개들을 끌고 산책에 나섰다. 애나와 빅터가 둘 다 평소처럼 즐거운 모습이어서, 나는 전날 괜히 긴장했다고 생각했다. 애나가 잠깐 동안 맨발로 산책했기로서니 뭐 어떻단 말인가. 훔쳐본 내가 문제지. 남은 날들은 아무 일 없이 만족스럽게 흘러갔고, 나는 그들과 아쉬운 작별을 했다.

몇 달 후 미국으로 떠나기 전에 잠깐 빅터 부부를 보았다. 대서양 횡

단 여행 때 읽을 책을 사기 위해 제임스 가의 서점에 들렀는데(타이태닉
호의 비극적 침몰 사건이 기억에 생생하던 시절이라 마음 편하게 느껴
지는 여행이 아니었다), 거기서 세계지도를 들여다보고 있는 빅터와 애
나를 발견한 것이다.

제대로 이야기를 나눌 시간은 없었다. 나도 빅터 부부도 종일 다른 약
속이 있어서 가볍게 인사만 나누었다.

"여름휴가 계획을 세우느라 바빠. 일정은 다 짰어. 지금이라도 마음을
바꿔 자네도 합류하지그래."

"불가능한 상황이야. 일이 잘되면 9월쯤 돌아올 거야. 오자마자 연락
할게. 그래, 어디로 갈 거야?"

"애나가 정했어. 몇 주 동안 고민하더니 도무지 접근할 수 없을 것 같
은 곳을 고르는군. 자네도 나도 안 가본 곳이야."

빅터는 앞에 펼쳐져 있는 대축척 지도의 어느 부분을 손가락으로 가
리켰다. 그 손가락을 따라가 보니 애나가 표시해 둔 산 이름이 보였다.

"몬테베리타." 내가 산 이름을 읽었다.

고개를 드니 애나가 나를 바라보고 있었다.

"한 번도 들어 본 적이 없는 미지의 땅이군요." 내가 말했다. "출발 전
에 이것저것 알아보셔야겠습니다. 안내인도 찾으셔야겠네요. 하필 왜
이 산을 선택하신 거죠?"

애나가 미소를 지었다. 그 미소 앞에서 내가 하찮은 존재가 되어 버린
것 같아 부끄러웠다.

"진실의 산이거든요. 함께 가세요."

나는 고개를 저었고, 곧 부부와 헤어졌다.

다음 몇 달 동안 나는 빅터 부부를 떠올리며 부러워했다. 두 사람이

등반하는 동안 골치 아픈 일에나 매달려 있어야 하다니. 일 따위 집어치우고 문명사회의 거짓 기쁨에 등을 돌린 채 두 친구와 함께 진실을 찾아 떠날 수 있는 용기가 있었으면 싶었다. 성공적인 경력을 만들고 있다는 느낌, 여기서 중단하면 바보라는 생각 때문에 나는 용기를 내지 못했다. 내 삶의 경로는 이미 정해져 있고 바꾸기에는 너무 늦었다고 여겼다.

9월에 영국으로 돌아오니 우편물이 가득 쌓여 있었지만, 놀랍게도 빅터의 편지는 없었다. 분명 편지로 모든 소식을 알려 주겠다고 약속했는데 말이다. 전화 연결이 되지 않았으므로 나는 빅터에게 짧은 편지를 보냈다.

며칠 뒤 클럽에서 나오는 길에 빅터와 나를 모두 아는 친구와 마주쳤다. 내 출장에 대해 이것저것 이야기를 나눈 후 돌아서는 등 뒤에 대고 그 친구가 "빅터 녀석은 참 안됐어. 만나러 갈 거야?" 하고 말했다.

"무슨 말이야? 무슨 사고라도 있었어?"

"지금 요양원에 들어가 있어. 신경쇠약이라더군. 그 친구 아내가 떠났다는 걸 몰랐어?"

"세상에. 전혀 몰랐어."

"다 그 여자 탓이야. 빅터는 완전히 망가졌어. 그 여자를 얼마나 사랑했는데."

나는 충격으로 얼굴이 하얗게 질린 채 친구를 멍하니 바라보았다.

"그러니까, 그녀가 빅터를 버리고 다른 남자랑 떠났다는 거야?"

"그건 나도 몰라. 정확한 정황은 아무도 몰라. 빅터는 벌써 몇 주째 신경쇠약으로 입원 중이고."

나는 요양원 주소를 물어보고는 당장 택시를 잡아탔다.

처음에는 빅터가 누구도 만나지 않는다는 대답을 들었다. 나는 명함을 꺼내 한 줄 휘갈겨 쓴 후 전해 달라고 부탁했다. 설마 나까지 만나지 않을 것 같지는 않았다. 잠시 후 나는 간호사의 안내를 받아 2층 병실로 올라갔다.

"이 친구야, 5분 전에야 자네가 여기 있다는 소식을 들었어." 내가 병실에 들어가면서 말했다.

간호사가 문을 닫고 나가자 우리 둘만 남게 되었다.

빅터의 두 눈에 눈물이 고였다.

"괜찮아." 내가 달랬다. "울고 싶으면 실컷 울어. 다 이해하니까."

빅터는 입이 안 떨어지는 모양이었다. 잠옷 차림으로 침대 위에 웅크린 채 하염없이 눈물만 흘렸다. 그 모습을 보니 가슴이 찢어질 것 같았다. 나는 침대 옆 의자에 앉아 기다렸다. 빅터가 말하고 싶어 하지 않으면 억지로 입을 열게 할 생각은 없었다. 그저 친구의 마음이 편해지기를 바랐다.

마침내 그가 입을 열었다. 목소리가 완전히 달라져 있었다.

"애나가 떠났어. 자네도 들었어? 애나가 떠났다고."

나는 고개를 끄덕이고는, 서른을 넘긴 친구가 아니라 어린아이를 대하듯 빅터의 무릎에 내 손을 올려놓았다.

"들었어. 다 괜찮아질 거야. 애나는 돌아올 거야. 자네도 그렇게 믿잖아."

빅터는 고개를 저었다. 그토록 크나큰 절망, 그리고 그토록 크나큰 확신은 처음 보는 것이었다.

"아니, 애나는 돌아오지 않아. 난 애나를 잘 알아. 애나는 원하는 것을 찾았거든."

평소 그토록 강하고 자신감 있던 빅터가 자포자기하는 모습은 참으로 딱했다.

"대체 누구야? 애나가 누구를 만나 떠나 버린 거야?"

빅터는 묻는 듯한 시선을 던졌다.

"무슨 소리야? 애나는 다른 남자를 따라간 게 아니야. 그런 게 아니라고. 그랬다면 차라리 쉬울 거야……"

그는 말을 멈추고 두 손을 무력하게 들어 보였다. 그러고는 다시 울음을 터뜨렸다. 이번에는 두려움과 분노, 맞설 수 없는 상대 앞에서 느끼는 무력감에서 나오는 울음이었다. "애나를 데려간 건 산이야. 빌어먹을 몬테베리타라고. 그 산 위에 종교 집단이 있더군. 외부와 차단된 채 자기들끼리 살아가는 집단. 그런 게 있으리라고는 상상도 못 했어. 애나는 거기 있어. 몬테베리타에……"

나는 그날 오후 내내 빅터 곁을 지켰다. 그리고 그가 띄엄띄엄 하는 말을 통해 사건의 전모를 알게 되었다.

몬테베리타로 가는 여정은 순조로웠다고 한다. 그 산 바로 아래에 있는 계곡 초입에 이르렀을 때 문제에 봉착했다. 처음 가보는 낯선 지역인데다가 주민들도 무뚝뚝하고 적대적이었다. 다른 산을 등반할 때 환영받던 것과는 전혀 달랐다. 사투리가 심해 알아듣기 힘들었고 교육받은 사람도 없었다.

"최소한 내가 보기에는 그랬어. 거칠고 어딘지 미개한 것이 한 세기 전 사람들 같더라니까. 그리고 자네와 내가 산에 갔을 때는 일반 주민들 도움만으로 충분치 않을 때만 안내인을 구하곤 했잖아. 거기서는 상황이 영 달랐어. 애나와 내가 정상까지 가는 제일 좋은 길을 아는 사람이 있냐고 아무리 물어도 아무도 대답해 주지 않고 그저 멍하니 우리를 쳐다보거나 어깨를 움츠리고 말더군. 그러다가 한 사람이 말했어. 안내인은 없다고, 그 산으로는 아무도 가지 않는다고."

빅터는 말을 멈추고 여전히 절망적인 표정으로 나를 보았다.

"잘못 왔구나 싶었어. 그때 바로 실패를 인정하고 애나에게 다른 곳으로 가자고 해야 했어. 조금 더 문명화되어 익숙한 곳, 사람들도 친절한 곳으로. 그렇지만 오기가 생기더군. 장애물이 나타나면 괜한 고집을 부리게 되잖아. 게다가 그 산 앞에 서 있으니……"

그는 잠시 입을 다물고 눈앞을 응시했다. "자네도 알다시피 난 시적인 사람이 아니야. 자네와 최고의 산에 올랐을 때도 난 늘 현실적이었지. 그런데 몬테베리타만큼 아름다운 산은 그야말로 처음이었어. 더 높은 봉우리, 더 위험한 산도 다녀 봤지만 그 산은 뭐랄까…… 숭고했어."

몇 분 동안 침묵이 흐른 후 그가 말을 이었다. "애나한테 어떻게 하면 좋겠느냐고 물었지. 1초의 망설임도 없이 '올라가야죠' 하더군. 그러자고 했어. 애나 마음을 잘 알았으니까. 우리 둘은 이미 몬테베리타에 빠져 버렸던 거야."

두 사람은 계곡을 오르기 시작했다.

"바람 한 점, 구름 한 점 없는 기막힌 날씨였어. 햇살이 내리쬐고 공기는 차고 깨끗했지. 난 애나에게 스노든 일을 얘기하면서 이번에는 날 앞서 가면 안 된다고 했어. 애나는 셔츠에 주름치마를 입고 머리를 늘어뜨린 모습이었는데 참으로…… 아름다웠어."

빅터가 천천히 조용하게 이야기를 계속하는 동안, 나는 사고가 일어난 것이라 상상했다. 애나의 죽음을 받아들이지 못하는 빅터가 아직도 그 사고에서 벗어나지 못하는 거라고. 애나는 실족사한 것이 분명한데, 사고를 보면서도 손을 쓰지 못한 빅터가 마음이 갈기갈기 찢긴 채 돌아와서는 애나가 여전히 몬테베리타에 살아 있다고 믿는 거라고.

"해가 지기 한 시간쯤 전에 어느 마을에 닿았지. 하루 종일 걸은 셈이었어. 정상까지는 세 시간 정도 남은 것 같았어. 열 채 안팎의 집들이 모인 마을이었는데, 첫 번째 집으로 다가가던 중에 괴상한 일이 일어났어."

빅터가 또다시 말을 멈추고 눈앞을 응시했다.

"애나가 몇 걸음 앞서 걸어가고 있었어. 왜 그 성큼성큼 걷는 걸음으로 말이야. 오른쪽 초지에서 남자 두셋이 아이들과 염소들을 데리고 올라오더군. 애나가 손을 들어 인사하려는데 남자들이 공포에 질린 모습으로 아이들을 붙잡고 제일 가까운 집으로 뛰어 들어가 버리는 거야. 지옥에서 온 악마라도 본 것처럼. 그러고는 문을 잠그고 덧창까지 내리더군. 정말 괴상한 일이었어. 염소들까지 겁에 질려 길 아래로 도망가더라니까."

빅터는 별난 환영도 다 받는다며 애나에게 농담을 건넸다고 했다. 애나는 도대체 왜들 무서워하는지 몰라 화난 듯 보였다고 했다. 빅터는 첫 번째 오두막집으로 다가가 문을 두드렸다.

아무 대답도 없었지만 안쪽에서 속삭이는 소리와 아이 울음소리가 들렸다. 결국 빅터는 참지 못하고 고함을 지르기 시작했다. 그게 효과가 있었는지 잠시 후 덧창이 살짝 열리고 남자 얼굴이 나타났다. 빅터는 상대를 안심시키려고 고개를 끄덕이며 미소를 지었다. 남자는 서서히 덧창을 더 열었고, 빅터는 말을 시작했다. 처음에는 고개만 젓던 남자가 결국 문을 열어 주더니, 문간에 서서 빅터 뒤의 애나를 뚫어지게 살펴보았다. 그러고는 고개를 마구 흔들더니 몬테베리타 정상을 가리키며 알아들을 수 없는 말을 빠르게 내뱉었다. 그때 어두운 집 안에서 지팡이 두 개에 몸을 의지한 노인이 나타났다. 노인은 겁먹은 아이들에게 옆으로 비키라고 하고는 문간으로 나왔다. 다행히 노인이 하는 말은 알아들을 만했다.

"이 여자 누군가? 원하는 것은 뭐고?"

빅터는 애나가 자기 아내라고 설명한 후, 자기들은 등반하러 온 관광객인데 하루 묵을 곳을 찾고 있다고 말했다. 노인은 애나를 가만히 바라보았다.

"아내라고? 몬테베리타에서 내려온 사람이 아니라?"

"제 아내입니다. 우리는 영국에서 휴가차 왔는데 이곳은 처음입니다."

노인과 젊은 남자가 잠시 수군거렸다. 이어 젊은 남자가 집 안으로 들어가 나머지 가족들과 다시 말을 나누었다. 남자들보다 한층 더 겁에 질려 몸을 덜덜 떠는 여자가 나오더니 문간에서 애나를 살펴보았다. 사람들을 겁먹게 한 것은 애나였던 것이다.

"제 아내입니다. 아래쪽에서 올라왔습니다." 빅터가 다시 설명했다.

마침내 노인이 알겠다고 고개를 끄덕였다.

"당신을 믿겠소. 자, 안으로 들어오시오. 아래쪽에서 올라왔다면 아무 문제 없소. 우리가 조심을 해야 해서 그랬소."

빅터가 애나를 불렀고, 애나는 천천히 다가와 문간에 섰다. 그때까지도 여자는 겁먹은 시선을 던졌고, 아이들은 집 안쪽으로 도망을 쳤다.

노인이 손짓으로 그들을 안내했다. 안내받은 방은 텅 비어 있었지만 깨끗하고 불도 피워져 있었다.

"먹을 것과 침낭은 가져왔습니다." 빅터가 짐을 풀었다. "괜찮으시다면 여기서 하루 묵고 가겠습니다."

노인이 고개를 끄덕였다. "그러시오. 당신을 믿으니."

빅터와 애나는 그들의 괴상한 행동에 어리둥절했다. 처음에는 공포에 질렸다가 두 사람이 부부이고 아래쪽에서 올라왔다고 말한 뒤에야 누그러지는 이유를 알 수가 없었다. 요기를 한 후 침낭을 펼치는데 노인이 우유와 치즈를 들고 들어왔다. 젊은 남자도 함께였다.

빅터는 감사 인사를 하고, 지금 바로 잠자리에 든 후 내일 아침 해가 뜨자마자 일어나서 정상에 오를 예정이라고 말했다.

"이쪽 길은 수월한가요?" 빅터가 물었다.

"어렵지는 않소. 누굴 같이 보내면 좋겠지만 가려고 하는 사람이 아무도 없소."

노인은 대답을 하면서도 연신 애나를 곁눈질했다.

"아내분은 여기 남는 것이 좋겠소. 우리가 보살펴 줄 테니."

"아내도 저와 함께 산에 오를 겁니다. 남아 있고 싶어 하지 않아요."

노인의 얼굴에 불안감이 스쳤다.

"아내분은 몬테베리타에 오르지 않는 것이 좋소. 위험하오."

"어째서 제가 올라가는 것이 위험하죠?" 애나가 물었다.

애나를 바라보는 노인의 얼굴에 불안감이 더해졌다.

"여자들한테는 위험한 곳이니까."

"아니 왜요? 조금 전에는 오르는 길이 어렵지 않다고 하셨잖아요."

"길이 위험한 것이 아니오. 내 아들이 길은 알려 주겠지만……" 그러고는 노인은 알아듣지 못할 무슨 말을 했다.

빅터는 말했다. "나중에 알고 보니 그건 여사제라는 뜻이었어. 난데없이 무슨 소린가 싶었지."

노인은 불안한 눈길로 부부를 번갈아 쳐다보았다.

"몬테베리타에 올랐다가 내려오는 일은 남자에겐 안전한 일이오. 하지만 아내분은 달라. 그 사람들의 힘은 굉장하오. 그래서 이 마을은 늘 여자들 때문에 걱정이라오."

빅터에게는 그 모든 말이 아프리카에서나 들을 법한 얼토당토않은 이야기로 들렸다. 정글의 야만 부족이 여자들을 납치해 데려가 버린다는 그런 소문 같은 이야기로.

"방금 저 노인이 대체 무슨 소릴 하고 나간 거지?" 빅터가 애나에게 말했다. "무슨 미신을 믿는 모양인데, 웨일스 출신인 당신은 이해가 돼?"

빅터는 웃어 버리고는 피곤에 지쳐서 잘 준비를 했고, 산행 뒤의 깊은 잠에 빠졌다가 동 트기 직전에 닭 우는 소리를 듣고 일어났다.

애나가 깨어났는지 보려고 돌아누웠는데 침낭이 말끔히 정리되어 있었다. 애나는 사라지고 없었다……

집 안 사람들은 아직 깨어나지 않았는지 들리는 소리는 수탉 울음뿐이었다. 빅터는 일어나 신발과 코트를 챙기고 밖으로 나갔다.

해 뜨기 전의 차갑고 고요한 무렵이었다. 마지막으로 남은 별들이 반짝였다. 아래쪽 계곡은 구름에 싸여 있었다. 산 정상 부근만 맑고 깨끗한 날씨였다.

처음에는 별일 아니라고 생각했다. 애나는 충분히 산을 잘 타는 사람이니 어리석은 모험 따위는 하지 않을 것이다. 게다가 노인은 등반길이 위험하지 않다고 했다. 다만 애나가 자기를 기다려 주지 않은 것이 섭섭했다. 함께 등반하겠다는 약속을 깬 셈이었다. 애나가 얼마나 앞서 출발했는지는 알 수 없었고, 가능한 한 빠른 걸음으로 따라가야 했다.

빅터는 다시 오두막집으로 돌아와 식량을 챙겼다. 애나가 가져가지

않았던 것이다. 나머지 짐은 하산길에 이 집에 하루 더 묵으러 와서 가
져가면 된다고 생각했다.

빅터가 움직이는 소리에 깼는지 노인이 방으로 들어왔다. 애나의 빈
침낭을 본 노인은 질책하듯 빅터를 바라보았다.

"아내가 먼저 올라갔습니다. 뒤따라가려고 합니다."

노인은 심각한 표정으로 문간에 나가 서더니 산 정상 쪽을 올려다보
았다.

"혼자 보낸 건 잘못이오. 그러지 말았어야 했소." 노인은 낙심한 듯 고
개를 저으며 중얼거렸다.

"괜찮습니다." 빅터가 말했다. "바로 따라잡겠습니다. 이른 오후면 돌아
올 겁니다."

빅터는 노인의 팔을 잡고 안심시키려 했다.

"너무 늦었을 거요. 아내분은 그 사람들한테 갔고, 일단 가면 안 돌아
올 테니."

다시 한 번 노인은 여사제를 뜻하는 말을 했다. 노인의 말과 행동을
보자 빅터 역시 두렵고 조급한 마음이 들었다.

"몬테베리타 정상에 사람들이 산다는 말인가요? 그 사람들이 애나를
공격해 다치게 하기라도 하나요?"

노인은 빠르게 말을 쏟아 내기 시작했다. 알아듣기가 쉽지 않았다. 대
략 이해한 바로는 여사제가 사람을 다치게 하지는 않지만 자기들 무리
로 데려간다는 것, 애나는 강한 힘에 이끌려 어쩔 수 없이 여사제에게
갔다는 것, 이삼십 년 전 노인의 딸도 그리로 갔고 두 번 다시 보지 못
했다는 것, 이 마을이나 아래쪽 계곡의 다른 여자들도 여사제의 부름을
받았으며 일단 간 사람은 돌아온 적이 없다는 것, 그런 일은 아버지 시

대에도, 아버지의 아버지 시대에도 일어났다는 것이었다.

노인은 여사제가 언제 몬테베리타에 처음 들어왔는지도 모르고, 벽 뒤에 숨어 살며 마법의 힘을 부리는 여사제의 무리를 본 사람도 아무도 없다고 했다. "신이 내린 마법이라고도 하고 악마가 준 힘이라고도 하는데, 우리도 정확히는 모르오. 몬테베리타 여사제가 절대 늙지 않고 영원히 젊고 아름다운 건, 달의 힘 때문이라고 하오. 그 무리는 달을 숭배하고 또 태양도 숭배하지."

빅터는 노인의 말을 믿기 어려웠다. 무슨 전설이나 미신이 틀림없었다.

노인은 고개를 젓고 산길 쪽을 바라보았다. "어제 아내분 눈빛을 보고 두려웠소. 부름을 받은 사람의 눈빛이었소. 내 딸도 그랬고 다른 사람들도 그랬지."

어느새 나머지 가족들도 일어나 나와 있었다. 무슨 일이 벌어졌는지 알아차린 것 같았다. 젊은 남자와 아내, 아이들은 불안과 묘한 동정의 눈길로 빅터를 바라보았다. 빅터는 분노와 짜증을 느꼈다. 16세기 마녀 전설의 고양이며 빗자루 이야기를 들은 기분이었다.

안개가 서서히 아래쪽으로 물러났고 구름도 걷혔다. 동쪽 산맥 뒤의 하늘이 붉어지면서 일출을 예고했다.

노인이 아들에게 뭐라고 말하면서 지팡이로 방향을 가리켰다.

"아들이 길을 알려 줄 거요. 중간까지만. 그 이상은 가지 못하니."

빅터는 온 주민들이 지켜보는 가운데 출발했다. 그 작은 마을의 모든 사람들이 덧창이나 반쯤 열린 문을 통해 그를 내다보고 있었다. 마을 전체가 두려움에 사로잡힌 분위기였다.

노인의 아들은 한마디도 하지 않고 앞서 걸어갔다. 어깨를 굽히고 땅만 바라보았다. 아버지의 명령 때문에 억지로 온 것이 분명했다.

길은 돌투성이에 거칠었고 곳곳이 끊어져 있었다. 비가 오면 지나갈 수 없는 오래된 물길 같았다. 하지만 한여름이라서 오르기가 수월했다. 초목과 가시나무, 덤불을 지나 한 시간쯤 오르니 머리 위로 몬테베리타 정상이 보였다. 봉우리 하나를 누군가가 둘로 쪼개 놓은 모양이었다. 아래에 있는 계곡이나 마을에서는 그 쪼개진 모습이 보이지 않았었다.

산을 오르는 동안 떠오른 태양 때문에 산의 남동쪽 면은 연분홍빛을 띠었다. 부드럽게 흘러가는 구름이 아래 세상을 완전히 덮어 버렸다. 노인의 아들이 갑자기 걸음을 멈추더니 면도날처럼 날카로운 바위들이 구불구불 남쪽으로 이어지는 길을 가리키며 말했다.

"몬테베리타." 한 번 더 반복했다. "몬테베리타."

그러고는 곧장 몸을 돌려 왔던 길을 되돌아가기 시작했다.

빅터가 소리쳐 불렀지만 그는 대답은커녕 고개도 돌리지 않았고 순식간에 시야에서 사라졌다. 혼자 가는 수밖에 없었다. 앞쪽 어딘가에서 애나가 기다리고 있을 터였다.

날카로운 바윗길을 지나는 데만 30분 이상이 걸렸다. 한 걸음 내디딜 때마다 불안했다. 깎아지른 듯한 절벽이 펼쳐져 있었기 때문이다. 곧 더 이상 가지 못하는 지점이 나올 듯했다.

빅터가 말했다. "푹 파인 물길 같은 것을 지나 고개를 넘고 보니 정상이 고작 90미터 정도 앞이더군. 그리고 건물 같은 것이 보였어. 두 봉우리 사이에 바위로 지은 황량한 건물. 그 앞을 바위 벽이 막아섰고 아래는 수천 미터 낭떠러지에 위로는 하늘과 쌍둥이 봉우리뿐 아무것도 없었어."

그때 빅터는 미쳐서 그런 말을 한 것이 아니었다. 눈앞에서 정말로 그런 장소를 보았기에 그렇게 말한 것이었다. 애나도 사고를 당한 것이 아니었다. 그때 빅터가 요양원의 가스불 앞에 앉아 내 앞에서 얘기를 한 것이 사실이듯, 그 사건도 환상이 아닌 현실 속의 비극이었다.

많은 것을 털어놓은 덕분인지 빅터는 침착해 보였다. 손도 더 이상 떨리지 않았다. 그제야 예전의 빅터처럼 보였고 목소리도 차분했다.

"수백 년은 된 곳이었어." 몇 분 후 빅터가 말을 이었다. "그런 바윗돌을 깎아서 건물을 만들기까지 시간이 얼마나 걸렸는지는 신만이 아실 거야. 그토록 원시적이고 삭막한 모습은 처음 보는 것이었는데 동시에 다른 무엇보다도 아름다웠어. 두 봉우리와 하늘 사이에 매달려 있는 형상이었지. 공기와 빛이 통하는 길고 좁은 구멍이 있었는데, 우리가 생각하는 창문은 아니야. 서쪽으로는 탑도 하나 있더군. 거대한 바위 벽이 건물을 둘러싸 마치 성채처럼 견고한 모습이었어. 아무리 찾아도 입구가 없었지. 산 사람의 흔적도 전혀 없었어. 나는 그 자리에 서서 건물을 바라보았고 건물의 좁은 구멍도 나를 마주 보았어. 애나가 나타날 때까지 기다리는 것 외에는 할 수 있는 일이 없었지. 그때쯤에는 노인의 말이 옳다는 것, 바위 건물 사람들이 구멍 뒤에서 애나를 보고 있다가 불러들였으리라는 것을 믿게 되었어. 안으로 들어간 애나가 바깥에서 기다리는 날 보면 나오지 않을까 해서 난 하루 종일 기다렸어……"

빅터는 있었던 일 그대로를 설명해 나갔다. 휴가지에서 어느 날 아침 친구를 만난다고 아내가 나가 버렸다면, 어느 남편이든 그렇게 기다렸을 것이다. 그는 그 자리에 앉아 점심을 먹은 후, 아래쪽 세상을 감춰 버렸던 구름이 흩어졌다가 다시 모이는 모습을 지켜보았다고 했다. 한여름의 이글거리는 태양이 몬테베리타의 바위 벽과 탑, 좁은 창구멍에 사정없이 열기를 퍼부었다.

"하루 종일 기다렸지만 애나는 나오지 않았어. 햇빛 때문에 눈이 어지럽고 피부가 따가워서 나는 물길 쪽으로 몸을 피해야 했지. 튀어나온 바위 그늘 아래 누워서도 나는 계속 탑과 창구멍을 쳐다봤어. 자네와 같이 산에 오르면서 침묵을 많이 경험했지만, 몬테베리타 쌍둥이 봉우리 아래의 침묵은 그 무엇과도 달랐어.

시간은 계속 흘렀고 나는 계속 기다렸어. 점차 서늘해지는 걸 느끼면서 불안해졌어. 해는 서쪽으로 빠르게 졌고 바위 색깔이 변하더군. 절망감이 몰려왔어. 다시 바위 벽 앞으로 가서 고함을 질렀지. 손으로 벽을 꼼꼼히 만져 봤지만 어디에도 입구는 없었어. 내 목소리가 메아리가 되어 자꾸만 자꾸만 돌아왔어. 위를 올려다봐도 눈에 들어오는 건 창구멍뿐이더군. 갑자기 의심이 들기 시작했어. 노인이 했던 말이 정말일까. 이곳은 오래전에 버려져 지금은 아무도 살지 않는 건물이 아닐까. 애나는 여기까지 오지도 못하고 날카로운 바윗길 어딘가에서 실족한 것이 아닐까. 예전에 실종되었다는 노인의 딸이나 계곡 마을 여자들도 실은 이 정상의 바위 수도원까지 닿지도 못하고 떨어져 죽은 게 아닐까."

처음에 그랬듯 빅터 목소리에 신경쇠약의 기미가 뚜렷했다면 차라리 이야기를 듣고 있기가 더 편했으리라. 요양원의 삭막한 병실에 앉아 있는 빅터는 바깥 거리의 차량 소음을 배경으로 무심하게 말을 이어 갔다. 갑자기 멈추거나 비명을 지르기라도 했다면 차라리 자연스러웠을 것이다.

"난 애나를 보기 전에는 안 돌아갈 작정이었어. 바위 벽 아래에서 계속 기다렸지. 구름이 내 쪽으로 몰려오더니 회색빛이 되었어. 산에서 자주 봤던 저녁 땅거미가 사방을 덮었지. 바위 벽이며 수도원, 창구멍들이 다 황금빛으로 변하는가 싶더니 해가 졌어. 춥고 캄캄한 밤이 온 거지."

빅터는 날이 밝을 때까지 거기 있었다. 잠도 자지 못했다. 체온을 유지하기 위해 계속 몸을 움직였다. 새벽이 오자 온몸이 뻣뻣하고 정신이 몽롱했다. 점심 도시락만 챙겨 온 터라 먹을 것도 없었다.

그 상태로 하루를 또 기다린다는 건 미친 짓이었다. 마을로 내려가 요기를 하고 가능하다면 남자들로 수색대를 꾸려 다시 와야 했다. 어쩔 수 없이 그는 동틀 무렵에 발길을 돌렸다. 여전히 바위 벽 뒤쪽은 침묵에 싸여 있었다. 그때쯤에는 그 안에 산 사람은 없다는 확신이 굳어졌다.

빅터는 아침 이슬을 밟으며 마을로 돌아왔다.

마을 사람들은 그를 기다리고 있었다. 그렇게 돌아올 것을 이미 알았다는 듯. 노인은 집 대문 앞에 서 있다가 남자들, 아이들과 함께 그를 맞았다.

빅터는 제일 먼저 "제 아내가 돌아왔나요?" 하고 물었다. 산을 내려오면서 다시금 희망이 생겼던 것이다. 애나는 산길을 오르지 않고 다른 쪽으로 잠시 산책을 나갔다가 먼저 마을로 돌아왔을 수도 있다는 희망. 하지만 사람들의 얼굴을 보자 희망은 사라졌다.

"돌아오지 않을 거요. 그러지 않을 거라고 말하지 않았소. 가버린 거요, 몬테베리타로."

빅터는 논쟁을 벌이기에 앞서 허기부터 채웠다. 마을 사람들은 먹을 것을 주고는 주변에 둘러서서 동정 어린 시선을 보냈다. 빅터는 애나가 남긴 침낭이며 물통들을 보자 너무나도 슬펐다.

배를 채운 후 빅터는 노인과 마을 남자들에게 밤새도록 기다렸지만 산 정상의 바위 건물 창구멍으로는 작은 기척 하나 없었다고 말했다. 노인은 빅터의 말을 주민들에게 지역 방언으로 통역해 주었다.

빅터가 말을 마치자 노인이 말했다.

"내가 말한 대로요. 아내분은 거기 있소. 그 사람들하고 함께."

빅터가 고함을 질렀다.

"어떻게 거기 있다는 겁니까? 개미 새끼 하나 없는 곳에, 수백 년 동안 텅 비어 있었던 곳에!"

노인이 빅터의 어깨에 손을 올렸다. "비어 있지 않소. 전에 갔던 사람들도 똑같은 말을 했지. 당신처럼 그 앞에 가서 기다렸던 사람들이 말이오. 나도 25년 전에 그 앞에서 기다렸고, 여기 이 사람도 아내가 사라졌을 때 석 달 동안 밤낮으로 그 앞에서 기다렸소. 돌아온 여자는 없소. 몬테베리타의 부름을 받은 사람은 돌아오지 않소."

빅터는 애나가 어딘가에 떨어져 사고를 당한 것이니 함께 가서 산을 수색해야 한다고 말했다.

노인이 안타까운 표정으로 고개를 저었다. "예전엔 우리도 그렇게 했소. 우리 중에는 산을 잘 타는 사람도 있고 산속 이곳저곳을 훤히 아는 사람도 있소. 빙하 끝까지 다녀온 사람도 있고. 하지만 시신을 찾은 사람은 없소. 떨어져 죽은 여자는 없었소. 다들 여사제와 함께 몬테베리타에 있는 거요."

마을 사람들과는 더 이상 의논할 필요가 없었다. 빅터는 계곡 아래로 내려가서, 아니, 필요하다면 더 멀리까지 가서 도움 줄 사람을 찾아서 돌아와야겠다고 생각했다.

"제 아내의 시신이 이 산 어딘가에 있습니다. 찾아야만 합니다. 도와주시지 않는다면 다른 곳에 도움을 청하죠."

노인이 뒤를 돌아보더니 누군가를 불렀다. 마을 주민들 틈에서 아홉 살쯤 되어 보이는 꼬마 아이가 나왔다. 노인이 아이 머리에 손을 얹었다.

"이 아이가 여사제를 만나고 말도 해봤소. 전에도 여사제를 본 아이들이 있었지. 여사제는 아주 간혹 아이들 앞에만 보습을 드러내오. 이 아이 말을 들어 보시오."

아이는 빅터를 똑바로 바라보며 노래하듯 고음으로 말을 시작했다. 너무 여러 번 반복한 탓인지 정말 노래하듯 술술 이어졌다. 전부 지역 방언이어서 빅터는 전혀 알아듣지 못했다.

아이가 말을 마치자 노인이 통역을 했다. 역시 여러 번 반복한 티가 나는 노래 부르는 듯한 말투였다.

"동무들과 몬테베리타에 갔지. 폭풍우가 몰려와 동무들은 뛰어가 버렸지. 난 길을 잃고 혼자 걷다가 벽과 창문이 있는 곳에 닿았어. 무서워서 울었지. 키가 크고 예쁜 사람이 벽에서 나왔어. 따라 나온 사람도 젊고 아름다웠지. 나를 달래 주고 안으로 데려갔어. 탑에서 노랫소리가 들렸지만 그쪽으로는 갈 수 없다고 했지. 열세 살이 되면 다시 와서 함께 살 수 있다고 했지. 그 사람들은 무릎까지 내려오는 흰 옷을 입고 맨팔에 맨다리였어. 머리는 짧았지. 세상 누구보다 아름다웠어. 사람들은 나를 아는 길까지 데려다 주고는 사라져 버렸어. 그게 내가 아는 전부지."

노인은 말을 마치고 빅터의 얼굴을 살폈다. 빅터는 아이의 말을 어른들이 그대로 믿는다는 것이 어리둥절했다. 아이가 잠들어 꿈을 꾼 것이 분명해 보였다.

"죄송합니다만, 아이 말을 믿지 못하겠습니다. 꾸며 낸 얘기 같아요."

노인이 다시 아이를 불러 무어라 말했고, 아이는 바로 집 밖으로 뛰어 나갔다.

"몬테베리타 사람들이 저 아이에게 돌 고리를 주었소. 부모가 그걸 보관하고 있고. 아이가 그걸 가져와서 보여 줄 거요."

잠시 후 아이가 돌아와 빅터의 손에 고리를 쥐어 주었다. 가녀린 손목에나 들어갈 만큼 작았다. 수정처럼 보이는 돌을 손으로 깎고 다듬어 양쪽이 홈에서 맞물리도록 만든 것이었다. 솜씨가 대단했다. 긴긴 겨울밤을 보내기 위해 농부가 만든 거친 물건이 아니었다. 빅터는 말없이 돌고리를 아이에게 돌려주었다.

"산속 어딘가에서 주웠나 보죠."

"우리도, 아래 계곡 사람들도 이런 건 만들지 않소. 도시에도 없는 물건이오. 몬테베리타 사람들이 준 거요."

빅터는 더 이상 대꾸하지 않았다. 주민들의 미신적 믿음은 너무도 강했다. 그는 노인에게 하루 더 묵어도 되겠느냐고 물었다.

"진실을 알 때까지 얼마든지 머물러도 좋소."

하나둘 주민들이 흩어졌고 조용한 일상이 시작되었다. 아무 일 없었던 것만 같았다. 빅터는 북쪽으로 등반을 시도했다가 전문적인 장비와 기술 없이는 불가능한 길임을 알고 물러났다. 애나가 그 길로 올라갔다면 이미 이 세상 사람이 아닐 듯했다.

마을로 돌아오자 벌써 해가 진 후였다. 그가 방으로 들어가자 식사가 준비되어 있었고 침낭도 펼쳐져 있었다.

너무 지쳐 먹을 힘조차 없었다. 그는 그대로 침낭에 쓰러져 잠이 들었다. 다음 날 아침에도 일찍 일어나 다시 몬테베리타에 올랐고 종일 앉아서 기다렸다. 뜨거운 태양이 바위를 달구다가 서쪽 하늘로 사라질 때까지. 여전히 아무 기척이 없었다.

석 달 밤낮을 그렇게 기다렸다는 마을 남자 생각이 났다. 빅터는 자기가 얼마 동안 기다릴 수 있을지, 석 달을 버틸 수 있을지 궁금했다.

사흘째 되던 날 한낮의 태양이 가장 강할 때 빅터는 물길 그늘로 잠시 피신해 몸을 식혔다. 바위 수도원을 뚫어지게 지켜보며 기다리느라 지친 데다가 절망감까지 겹친 상태여서 잠이 들고 말았다.

깨어나 보니 손목시계는 5시를 가리키고 있었다. 벌써 서늘했다. 그는 다시 올라가 일몰로 황금빛이 된 바위를 바라보았다. 그때 애나가 보였다. 바위 벽 아래, 둘레가 몇십 센티미터에 불과한 바위 위에 서 있었다. 그 아래는 천 길 낭떠러지였다.

애나는 거기서 빅터를 바라보며 기다렸고, 빅터는 "애나, 애나!" 하고 목 놓아 부르며 달려갔다. 심장이 터질 것만 같았다.

가까이 다가가 보니 애나는 손 닿을 수 없는 곳에 있었다. 낭떠러지가 두 사람을 갈라놓고 있었다. 불과 3,4미터 거리였다.

"나는 거기 서서 애나를 바라봤어. 말이 나오지 않더군. 목이 메고 눈물이 흘렀어. 사고를 당해 죽은 거라고 생각했던 애나가 멀쩡히 살아서 거기 있는 걸 보니 말문이 막히더군. 어떻게 된 거냐, 대체 어디 있었냐는 질문은 소용없는 말이었어. 애나를 본 순간 확실히 깨달았거든. 노인의 말, 아이의 말은 다 사실이었어. 꾸며 낸 이야기나 미신이 아니었어. 보이는 사람은 애나뿐이었지만 갑자기 수도원 전체가 살아 움직이는 듯하더군. 창구멍에서 얼마나 많은 눈들이 나를 내려다보고 있었는지는 신만이 아시겠지. 바위 벽 안쪽에 사람들이 모여 있다는 게 느껴졌어."

빅터의 목소리가 다시 긴장되었고 손도 떨리기 시작했다. 그는 물컵을 집어 들고 벌컥벌컥 마셨다.

"애나는 옷을 바꿔 입었더군. 무릎까지 내려오는 긴 옷이었어. 허리에는 마을에서 봤던 것과 비슷한 돌 고리를 매고 있었어. 맨발에 맨팔이었고. 나나 자네만큼이나 머리를 짧게 잘라서 깜짝 놀랐는데, 찬찬히 보니더 어려 보이기도 하고 신성한 분위기를 풍겼어. 애나가 입을 열더니 마치 아무 일 없었다는 듯 평온한 어조로 말했어. '여보, 집으로 돌아가요. 제 걱정은 하지 않아도 돼요'라고."

빅터는 도저히 믿기지가 않았다. 애나가 거기 서서 자기한테 그런 말을 한다는 것이. 죽은 사람의 영혼이 하는 말을 전하는 영매 같다는 느낌마저 들었다. 선뜻 대답이 나오지 않았다. 애나가 뭔가에 홀려 시키는 대로 말하는지도 몰랐다.

"집으로 가라니 그게 무슨 소리야?" 빅터는 조심스럽게 물었다.

"그게 당신이 할 일이에요." 애나는 그렇게 대답하고는 여행 계획을 세울 때처럼 행복한 미소를 지었다. "난 아주 잘 지내요. 당신이 생각하듯 홀리거나 미친 게 아니에요. 마을에서 그런 소리들을 했겠죠. 그러는 것도 당연해요. 이건 인간 세상을 뛰어넘는 강한 힘이니까요. 어딘가에는 이런 힘이 존재할 거라고 늘 생각했고 기다려 왔어요. 누군가가 수도원이나 수녀원으로 들어가면 남은 가족들은 큰 고통을 겪죠. 하지만 시간이 지나면 회복되기 마련이니 당신도 그럴 거예요. 날 이해해 줘요."

애나는 침착하고 평화로운 미소를 지으며 빅터를 내려다보았다.

"그러니까 여기 계속 머물겠다는 거야?"

"네. 이제 제게 다른 삶은 없어요. 집으로 돌아가 다시 예전처럼 살아요. 저택과 영지를 관리하고, 다른 사람과 결혼해서 행복하게 살아요. 당신이 베풀어 준 사랑과 헌신은 영원히 잊지 않을게요. 내가 죽었다면 천국에 갔을 거라 생각했죠? 이곳이 내게는 천국이에요. 몬테베리타를 떠나 세상으로 돌아가야 한다면 차라리 절벽 아래로 뛰어내리겠어요."

빅터는 그렇게 말하는 애나를 가만히 바라보았다. 그 얼굴에는 한 번도 보지 못했던, 가장 행복했던 순간에도 볼 수 없었던 광채가 흐르고 있었다.

빅터가 내게 말했다. "성경에서 그리스도의 변용 이야기를 읽었지? 애나 얼굴의 변화가 바로 그랬어. 광기도 흥분도 아니었어. 이 세상 너머의 그 어떤 존재가 애나에게 손을 얹은 것 같았다고나 할까. 세상으로 돌아가느니 절벽으로 뛰어내리겠다는데 뭘 할 수 있었겠어."

할 수 있는 일이 아무것도 없다는 절망감이 엄습했다. 마치 부둣가에서 알지 못할 곳으로 떠나는 배에 올라탄 애나를 전송하는 것 같았다. 출발 신호음이 울려 몇 분 후면 배가 출발하는 상황에 놓인 듯했다.

빅터는 애나에게 필요한 건 없는지, 음식은 충분한지, 아프면 치료는 받을 수 있는지 물었다. 필요한 건 얼마든지 보내겠다면서. 애나는 다시 미소 지으며 필요한 건 바위 벽 안에 다 있다고 대답했다.

"매년 이맘때 다시 올게. 그때는 당신이 돌아가고 싶을지도 모르니까. 꼭 그렇게 할게."

"그렇게 하면 당신이 힘들어요. 계속 무덤에 꽃을 바치는 것처럼. 그냥 잊어버려요."

"그럴 수 없어. 당신이 여기 바위 벽 뒤에 있다는 걸 아는데 어떻게 그래?"

"전 당신이 오는 걸 원치 않아요. 이것이 당신이 절 보는 마지막이에요. 하지만 전 늘 이 모습 그대로일 거예요. 이렇게 기억해 주면 돼요."

애나는 빅터에게 돌아가라고 했다. 빅터가 가야 자기도 바위 벽 안으로 들어갈 수 있다면서. 해가 지고 있었고 바위 벽에는 벌써 그림자가 생겼다.

빅터는 오랫동안 애나를 바라본 후 등을 돌렸다. 뒤돌아보지 않고 다시 물길 쪽으로 내려갔다. 물길에 닿은 후 몇 분 정도 기다리다가 뒤를 돌아보니 애나는 거기 없었다. 벽과 창구멍, 그 위로 몬테베리타의 쌍둥이 봉우리가 보일 뿐이었다.

나는 매일 30분 정도 시간을 내 요양원으로 가서 빅터를 만났다. 그는 조금씩 회복되어 본래 모습을 되찾았다. 의사와 간호사들에게 물어보니 커다란 마음의 충격으로 신경이 손상된 상태라면서, 나와 이야기를 나누는 것이 빅터에게 큰 도움이 되는 것 같다고 했다. 두 주쯤 흐르자 빅터는 요양원을 떠나도 될 정도로 회복되었고, 나는 그를 웨스트민스터의 내 집에 데려가 같이 지냈다.

그해 가을, 저녁마다 우리는 그 사건에 대해 이야기를 거듭했다. 나는 더 자세한 것을 알고 싶어 이것저것 물어보았다. 빅터 말로는 애나에게 별다른 점은 전혀 없었고, 결혼 생활도 평범하고 행복했다고 했다. 물건 소유를 싫어해서 극도로 검약하며 사는 모습이 빅터가 보기에도 좀 독특했지만, 그 자체가 애나의 모습이라 여겼다고 했다. 나는 서리 내린 풀밭에 애나가 맨발로 서 있던 밤 이야기를 했다. 빅터는 애나가 종종 그런 행동을 했지만 그러려니 하고 넘어갔다고 말했다. 애나를 있는 그대로 받아들이고 존중했다는 것이다.

결혼 전의 애나에 대해 얼마나 알고 있는지 물었더니 빅터는 거의 아는 것이 없었다. 어렸을 때 부모님을 여의고 웨일스의 이모님 댁에서 자랐는데 특별한 것 없이 어느 모로 보나 평범한 듯 보였다고 했다.

"부질없는 짓이야. 애나는 설명이 되지 않는, 그 자체로 독특한 존재야. 평범한 부모 아래서 위대한 음악가나 시인, 성인이 태어난 이유를 따져 봤자 어차피 모르잖아. 그냥 그런 사람인 거야. 내가 애나를 만난 건 기막힌 행운이자 신의 축복이었고, 이제 애나를 잃은 건 지옥 같은 고통이지. 애나가 바라는 대로 어떻게든 살아가야 해. 매년 한 번씩 몬테베리타를 찾으면서."

송두리째 망가진 자신의 인생을 그렇게 받아들이는 모습이 충격적이었다. 나 같으면 도저히 절망감을 극복하지 못할 것 같았다. 산속의 이름 모를 종교 집단이 지성과 인격이 멀쩡한 여자를 불과 며칠 만에 자기 사람으로 만들어 버렸다니, 터무니없어 보였다. 미신을 믿는 일가친척들에 의해 휘둘린 무식한 농부 아가씨라면 모를까. 나는 빅터에게 대사관이라는 공식 통로를 통해 그 나라 정부에 도움을 요청하고 언론을 동원해 압력을 가해 보자고 했다. 내가 나서서 일을 추진해 보겠다고, 우리는 중세가 아닌 20세기에 살고 있으며 따라서 몬테베리타 같은 곳이 존재하도록 내버려 둬서는 안 된다고, 온 영국에 소식을 알리고 국제적 문제로 만들자고 했다.

"대체 뭘 위해서?" 빅터가 조용히 물었다.

"애나를 되찾아 와야지. 나머지 사람들에게도 자유를 주고. 누군가가 또 잡혀가 주변 사람의 삶까지 망가지는 걸 막아야 하잖아."

"세상에는 수도원이나 암자가 무수히 많아. 우리가 그걸 다 파괴할 수는 없어."

"그런 곳들은 수백 년 동안 이어져 온 종교 시설이잖아."

"내 생각엔 몬테베리타도 마찬가지야."

"그 사람들은 어떻게 먹고살까? 아프거나 죽으면 어떻게 되고?"

"나도 몰라. 생각 안 하려고 해. 그저 찾던 것을 발견해 행복하다는 애나 말만 생각할 거야. 그 행복을 파괴할 수는 없어."

빅터는 반쯤 정신이 나간 듯한 시선으로 나를 보며 말했다.

"자네가 이런 식으로 말하다니 참 이상하군. 자네는 나보다도 애나를 훨씬 잘 이해해 줄 사람이잖아. 산앓이에 늘 시달리던 것도 자네였고. 함께 산에 오르던 시절 구름 속에서 이런 시를 읊기도 했잖아.

우리는 너무나 홍진紅塵에 묻혀 산다. 꼭두새벽부터 밤늦도록
벌고 쓰는 일에 있는 힘을 헛되이 탕진한다."

그 순간 내가 자리에서 일어나 창가로 가서 안개 낀 거리와 템스 강둑을 내려다보았던 것이 생각난다. 아무 말도 못 하고 말이다. 빅터의 말이 내 마음 깊은 곳을 건드렸고 그래서 대답을 할 수가 없었다. 그제야 어째서 몬테베리타가 그토록 싫고 철저히 파괴하고 싶은지 깨달았다. 애나는 자기의 진실을 찾았지만 나는 그러지 못했기 때문이었다.

그 대화는 우리 우정의 전환점이 되었다. 어쩌면 작은 균열이 생겼는지도 몰랐다. 인생의 절반 고개를 넘은 때였다. 빅터는 슈롭셔의 저택으로 돌아갔고 얼마 후 편지를 보내왔다. 아직 학교에 다니는 어린 조카에게 영지를 상속할 작정이라고, 그래서 향후 몇 년 동안 방학마다 조카를 불러 영지에 익숙해지도록 하겠다고, 그다음 인생은 자기도 모르겠다는 내용이었다. 굳이 계획을 세우려 하지 않는 모양이었다. 당시 나도 여러 변화를 겪으면서 미래를 알 수 없는 상태였다. 일 때문에 2년 동안 미국에 거주할 수밖에 없었던 것이다.

그러다가 세상이 발칵 뒤집혔다. 이듬해인 1914년, 1차 대전이 발발한 것이다.

빅터는 누구보다 먼저 참전했다. 전쟁이 자신이 찾던 답이고, 전사하

게 되리라 생각했을지 모른다. 나는 미국에서 하던 일을 끝낸 후 참전했다. 내게 전쟁은 찾고 있던 답이 아니었기에 매 순간이 괴로웠다. 전쟁 내내 빅터를 보지 못했다. 서로 다른 전선에서 싸웠고 휴가 때도 만날 수 없었다. 딱 한 번 편지를 받았을 뿐이다. 내용은 다음과 같았다.

쉽지 않지만 어떻든 약속대로 매년 몬테베리타에 가고 있어. 마을 노인 집에서 밤을 보내고 다음 날 산 정상에 오르지. 그곳 모습은 늘 똑같아. 쥐 죽은 듯 고요하지. 벽 아래 편지를 놓고 하루 종일 바위 건물을 바라보며 애나를 가까이 느껴. 애나가 모습을 드러낼 리 없다는 걸 알지만 말이야. 다음 날 다시 그 자리에 가 답장을 받고는 기뻐하지. 편지라고 부를 수 있을지 모르겠어. 납작한 돌에 글씨를 새긴 것이거든. 그게 그 사람들의 유일한 소통 수단인가 봐. 건강하게 잘 있으며 아주 행복하다고, 나와 자네에게도 행복을 기원한다고, 또 자기를 걱정하거나 불안해하지 말라는 게 내용의 전부야. 전에 요양원에서 내가 그랬지. 애나의 말은 죽은 사람의 영혼이 하는 말 같다고. 난 그 답장으로 만족해야 해. 실제로도 만족하고. 전쟁에서 살아남으면 그쪽으로 옮겨 가 살 생각이야. 애나를 보지는 못해도 가까이에서 지낼 수 있으니까. 그리고 한 해에 한 번은 돌에 새긴 소식을 들을 수 있으니까.

행운을 비네, 친구. 자네가 어디 있는지 궁금하군.

빅터

휴전협정으로 동원령이 해제되어 일상으로 복귀하자마자 나는 빅터 소식부터 알고 싶었다. 슈롭셔에 편지를 보냈더니 조카가 정중한 답장을 보내왔다. 자신이 저택과 영지를 상속받았고, 빅터는 부상을 당했지만 심하지는 않았으며 지금은 영국을 떠나 이탈리아인지 스페인으로 갔는데 정확히 어딘지는 모른다고 했다. 돌아올 생각은 없는 것 같다고, 혹시라도 소식을 들으면 알려 주겠다고 했다. 하지만 이후로는 연락이 없었다. 나 역시 전후의 런던과 런던 사람들에 염증을 느껴 고향을 떠나 미국으로 이주했다.

그리고 20여 년이 흐르도록 빅터를 만나지 못했다.

우리가 다시 만난 것은 우연이 아니었다. 모든 것은 미리 정해진 일이었다. 나는 우리 인생이 트럼프 카드와 같고, 누굴 만나고 누구와 사랑에 빠지는지는 카드가 어떻게 섞이는지에 달려 있다고 믿는다. 운명의 손에 들려 게임 판으로 나간 카드는 버려지기도 하고 다른 손에 넘어가기도 한다. 그러므로 2차 대전이 발발하기 몇 해 전, 55세가 된 내가 다시 유럽 땅을 밟게 되기까지 어떤 사건들이 작용했는지는 중요하지 않다. 그냥 그렇게 된 것이다.

한 나라의 수도에서 다른 나라 수도로 가기 위해 내가 탔던 비행기가 외딴 산악 지역에 비상착륙을 했다. 다행히 인명 피해는 없었지만 이틀 동안 승무원과 승객들은 외부 세계와 연락이 닿지 않았다. 우리는 부서진 동체에 머물며 구조를 기다렸다. 당시 유럽의 불안한 정세를 제치고 전 세계 언론의 머리기사로 보도되었을 만큼 큰 사건이었다.

그 48시간 동안 큰 어려움은 없었다. 승객 중에 여자나 아이는 없었고, 남자들은 최대한 태연한 표정을 지어 보였다. 머지않아 구조대가 도착할 것이 확실했다. 비상착륙 직전까지 통신이 되던 상황이라 우리 위치를 정확히 알렸던 것이다. 그저 체온만 유지하면서 기다리면 되는 문제였다.

나는 유럽에서 볼일을 다 마쳤고 급히 미국으로 돌아갈 필요도 없는 입장이었으므로 젊은 시절 열정을 바치던 산악 지역에 우연히 오게 된 것이 신기하기만 했다. 그동안 나는 완전히 도시 사람이 되어 편안함에 젖어 버린 상태였다. 빠른 속도로 활력 있게 전개되는 미국식 삶, 뉴욕의 숨 가쁜 에너지에 둘러싸여 과거를 거의 잊어버렸던 것이다.

외딴 산의 풍경을 둘러보니 그동안 무엇을 잃어버렸는지 알 것 같았다. 나는 동료 승객들, 망가진 비행기 동체(수 세기 동안 원시의 모습을 간직한 그곳에서 비행기는 그야말로 안 어울리는 존재였다), 내 회색빛 머리며 살진 몸뚱이, 쉰다섯의 나이가 주는 부담 등을 다 잊어버렸다. 다시 소년이 되어 영원으로 가는 답을 찾고 있었다. 멀리 보이는 산봉우리들 너머에 그 답이 있을 것만 같았다. 나는 장소에 어울리지 않는 도시 옷차림으로 거기 서서 다시금 산앓이가 시작되는 것을 느꼈다.

망가진 비행기며 승객들의 초췌한 얼굴에서 벗어나고 싶었다. 쓰레기 같은 지난 세월을 잊고 싶었다. 다시 젊은 시절로 돌아갈 수 있다면, 결과 따위 생각 않고 당장 저 봉우리들을 향해 등반을 시작하고 싶었다. 높은 산 위에 올라섰을 때의 기분을 나는 잘 알았다. 날 선 듯 차가운 공기와 깊은 침묵, 찌르는 듯 강한 태양에 얼음이 붉게 빛나는 모습, 그리고 좁은 바윗길에서 순간 발이 미끄러질 때 심장이 멈추는 듯한 느낌과 로프를 움켜쥐는 손의 힘까지.

나는 그토록 사랑했던 산을 올려다보며, 그간 배신자였다는 생각이 들었다. 육신의 편안함과 안전을 위해 산을 배신했던 것이다. 구조대가 도착하면 잃어버린 시간을 되찾으리라 결심했다. 서둘러 미국에 돌아갈 필요도 없으니 적당한 옷과 장비를 사서 유럽에서 다시 산을 오르며 휴가를 보내면 될 것이다. 그렇게 작정하고 나자 마음이 가벼워졌다. 그보다 중요한 일은 하나도 없었다. 나는 다시 조난된 승객들에게 돌아가 웃고 떠들며 남은 시간을 보냈다.

둘째 날, 구조대가 왔다. 새벽녘에 우리 쪽으로 다가오는 비행기를 보고 바로 구조대임을 알아챘다. 산악 전문가들과 안내인들로 구성된 구조대는 퉁명스럽지만 좋은 사람들이었다. 우리가 이렇게 멀쩡하게 있을 줄은 몰랐다며 놀라워했다. 옷가지와 약품, 식량을 챙겨 오기는 했지만 사실 생존자가 한 명도 없을 것으로 예상했던 것이다.

구조대의 도움을 받아 우리는 안전한 길로 하산을 시작했다. 길이 멀어 산 북쪽 등성이에서 하루를 다시 야영했는데, 그곳 역시 한없이 외지고 황량한 지역이었다. 날이 밝자 다시 출발했다. 유난히 청명한 날씨라 아래쪽 계곡 전체가 한눈에 들어왔다. 눈 쌓인 봉우리로 이어지는 동쪽 산줄기는 낭떠러지여서 등반이 불가능했다. 하나인지 둘인지 모를 봉우리는 주먹 위로 솟은 뼈마디처럼 하늘로 치솟아 있었다.

출발하면서 나는 구조대장에게 물었다. "예전에 자주 등산을 다녔습니다만, 이곳에는 와본 적이 없습니다. 등산객이 많이 오는 곳인가요?"

그는 고개를 저었다. 산행에 적합하지 않은 곳이라 자기들도 이번에야 멀리서 찾아온 거라고. 동쪽 계곡에 사는 주민들은 생활수준도 낮고 무식해서 관광객들을 도와줄 형편이 아니니, 굳이 등반을 원한다면 다른 곳에 데려다 주겠다고 했다. 더욱이 등반하기에는 좀 늦은 시기라면서.

나는 멀리 보이는 아름다운 동쪽 산줄기에서 눈길을 떼지 못했다.

"저기 동쪽의 쌍둥이 봉우리는 이름이 뭔가요?"

그가 대답했다. "몬테베리타입니다."

그 순간······ 내가 왜 유럽으로 돌아오게 되었는지 알 것 같았다.

나는 비행기가 비상착륙한 지점에서 30킬로미터 정도 떨어진 마을에서 일행과 헤어졌다. 다른 사람들은 차를 타고 가장 가까운 기차역으로 가서 문명 세계로 돌아갈 터였다. 나는 그곳에 남아 작은 호텔에 방을 잡았다. 그곳에 짐을 둔 후 밖으로 나가 튼튼한 신발, 바지, 조끼, 셔츠를 샀다. 그리고 바로 등반을 시작했다.

구조대원 말대로 등산하기에는 늦은 시기였다. 하지만 나는 개의치 않았다. 홀로 다시금 산을 찾자 고독이 얼마나 고마운 것인지 새삼 떠올랐다. 다리와 폐에 예전의 힘이 돌아왔고 차가운 바람이 온몸을 채웠다. 나는 나이를 잊고 기쁨의 환호성을 지르고만 싶었다. 고통과 스트레스, 오만 가지 걱정이 다 사라졌다. 도시의 불빛과 고약한 냄새도 없었다. 그렇게 오랫동안 그걸 견뎌 왔다는 것이 이상할 지경이었다.

나는 들뜬 기분으로 몬테베리타 동쪽 골짜기로 향했다. 오래전 빅터에게서 들었던 모습과 별로 다를 것이 없었다. 작은 마을은 여전히 문명에서 비켜나 있었고 주민들도 들은 대로 붙임성이 없었다. 호텔이라 부르기는 어려운 여관에 들어가 하루 묵기로 했다.

대접은 무례까지는 아니어도 무관심했다. 저녁을 먹은 후 몬테베리타까지의 등반로가 아직 다닐 만한지 여관 주인에게 물었다. 손님이라고는 나 하나뿐인데도 식당을 지키는 주인은 내가 건넨 포도주만 들이켤 뿐 제대로 쳐다보려 하지도 않았다.

"위쪽 마을까지는 괜찮을 거요. 그다음은 모르지만." 주인이 마지못해 대답했다.

"위쪽 마을과 서로 자주 왕래하나요?"

"뭐 가끔 그렇지. 이맘때는 아니고."

"이곳에 관광객도 좀 오나요?"

"거의 없소. 대개 북쪽으로 가지. 그쪽 길이 나오니까."

"위쪽 마을에는 제가 내일 하루 묵을 만한 집이 있을까요?"

"모르겠소."

나는 잠시 입을 다물고 주인 남자의 퉁명스러운 얼굴을 쳐다보다가 물었다. "여사제 무리는 아직도 몬테베리타 정상의 바위에 살고 있나요?"

상대가 움찔했다. 나를 응시하며 몸을 굽혔다. "당신 누구요? 그 사람들에게 대해 뭘 아는 거요?"

"아직도 거기 있군요?"

주인은 의심이 가득 담긴 시선을 던졌다. 지난 20년 동안 이 나라에도 폭력, 혁명, 아버지와 아들의 대치 등 많은 일이 일어났고 이 작은 마을이라고 영향을 입지 않았을 리 없었다. 주인 남자가 조심하는 것도 아마 그런 이유 때문이리라 생각했다.

"말들이 많소." 그가 천천히 대답했다. "난 그런 일에는 끼고 싶지 않지만 위험하오. 곧 큰일이 날 거요."

"큰일이라니 무슨?"

"위쪽 마을 사람들과 몬테베리타 사람들, 여기 아래쪽 사람들이 다 관련된 큰일이. 하지만 난 모르오. 모르고 있으면 해도 입지 않지."

그는 포도주 잔을 비우고 식당을 정리했다. 어서 내게서 벗어나고 싶은 모양이었다.

"내일 아침은 몇 시에 준비하면 되오?" 그가 물었다. 나는 7시라고 대답하고 방으로 올라갔다.

이중창을 열고 좁은 발코니에 나가 섰다. 작은 마을은 고요했다. 어둠 속에 불빛도 거의 없었다. 맑고 시원한 밤이었다. 달이 떠 있었는데 내일이나 모레면 보름달이 될 것 같았다. 달빛이 검은 산을 비추고 있었다. 나는 과거로 되돌아간 듯 가슴이 먹먹했다. 내가 오늘 밤을 보내게 된 이 방이 1913년 여름, 빅터와 애나가 묵었던 바로 그 방일지도 몰랐다. 애나도 이 발코니에 나와 몬테베리타를 바라보았을 것이다. 빅터는 몇 시간 후에 일어날 비극을 짐작조차 못한 채 방 안에서 애나를 불렀겠지. 그리고 오랜 세월이 지난 지금, 두 사람의 발자취를 따라 내가 몬테베리타에 온 것이다.

다음 날 아침, 전날 봤던 주인 남자는 보이지 않았다. 딸로 보이는 아가씨가 커피와 빵을 가져다주었다. 얌전하고 예의 바른 아가씨였다.

"난 산에 오를 겁니다. 날씨도 아주 좋군요. 아가씨도 몬테베리타에 간 적이 있나요?"

아가씨가 황급히 시선을 피했다.

"아뇨. 전 이 계곡을 떠난 적 없어요."

나는 아무렇지 않다는 투로 예전에 이곳에 왔던 친구들이 있는데, 정상까지 올랐다가 쌍둥이 봉우리 사이의 바위 벽과 그 안에 사는 종교 집단을 발견하고 무척 의아해했다는 말을 했다.

"그 사람들은 아직도 거기 사나요?" 나는 담뱃불을 붙이면서 가볍게 물었다.

아가씨는 누가 들을까 겁난다는 듯 연신 뒤를 돌아보았다.

"그렇다나 봐요. 아버지는 제 앞에서 그 이야기를 하지 않으세요. 젊은 사람들은 알면 안 되는 일이거든요."

나는 계속 담배를 피우면서 말했다.

"난 미국에 살아요. 거기선 젊은 사람들이 모이면 대개 하지 말아야 하는 얘기들을 하곤 하지."

아가씨는 살짝 미소를 지었지만 아무 말도 하지 않았다.

"내 생각으로는 아가씨랑 친구들도 자주 몬테베리타 이야기를 할 것 같군요."

너무 캐묻는 것 같아 민망하기도 했지만 무언가 알아내려면 그 방법 밖에 없었다.

"그건 그래요. 하지만 큰 소리로 떠드는 법은 없어요. 최근에는……" 아가씨는 다시 뒤를 돌아보더니 한층 목소리를 낮췄다. "제가 잘 아는 여자애가 결혼을 앞두고 어느 날 사라져 버렸어요. 몬테베리타의 부름 을 받은 거라고들 해요."

"어디로 가는지 본 사람은 없나요?"

"없어요. 밤에 나갔거든요. 한마디 말도 남기지 않고."

"대도시나 뭐 그런 곳으로 갔을 수도 있지 않나?"

"그런 것 같지 않아요. 게다가 사라지기 직전에 행동이 좀 이상했어요. 몬테베리타 꿈을 자주 꾼다고도 했고요."

나는 잠깐 짬을 두었다가 다시 무심한 척 질문을 던졌다.

"몬테베리타의 매력은 무엇일까요? 그 위쪽에서 살려면 무척 힘들 텐 데."

아가씨가 고개를 저으며 말했다. "부름받은 사람들한테는 힘들지 않 은 곳이래요. 그 사람들은 절대 늙지 않는대요. 영원히 젊대요."

"누가 직접 보지 않았다면 그걸 어떻게 알죠?"

"늘 그렇게 믿어 왔는걸요. 주민들이 그 사람들을 미워하면서도 두려 워하고 부러워하는 건 바로 그 때문이에요. 몬테베리타 사람들은 영생 의 비밀을 알거든요."

아가씨가 눈을 들어 창밖의 산들을 바라보았다. 소망을 담은 눈빛이었다.

"아가씨도 부름을 받고 싶은 건가요?"

"전 그런 수준이 못 돼요. 무섭기도 하고요."

아가씨가 커피를 내고 과일을 가져왔다.

"지난번에 사라진 친구 때문에 곧 일이 터질 것 같아요. 주민들이 무척 화가 났거든요. 남자들이 위쪽 마을로 올라가 함께 힘을 합쳐 바위벽을 공격할 거예요. 이쪽 남자들은 난폭하죠. 아마 몽땅 죽여 버리려들 거예요. 문제가 커지면 군대가 와서 조사를 벌이고 총도 쏘게 될지 몰라요. 결국은 비극으로 끝날 것 같아요. 지금은 때가 좋지 않아요. 모두들 두려움에 떨며 비밀스럽게 속삭이고만 있어요."

바깥에서 발걸음 소리가 들리자 아가씨는 신속하게 물러갔다. 주인 남자가 들어왔을 때 아가씨는 주방 쪽에서 바삐 일하는 중이었다.

주인은 우리 둘을 의심스럽다는 듯 번갈아 보았다. 나는 담뱃불을 끄고 식탁에서 일어났다.

"여전히 산에 오를 작정이오?" 주인이 물었다.

"네. 하루나 이틀 후에 돌아올 겁니다."

"더 오래 머무르진 마시오. 위험하니까."

"날씨가 나빠지나요?"

"날씨도 그렇고, 아마 위험한 일이 있을 거요."

"어떤 위험한 일이요?"

"좀 소란스러울 거요. 지금 상황이 좋지 않아서. 남자들이 흥분한 상태요. 더 나가면 제정신이 아니게 될 테고. 이방인이나 외국인은 피해를 입을 수 있어요. 몬테베리타 등반 계획은 취소하고 북쪽으로 가는 것이 좋을 거요. 그쪽은 아무 일 없으니."

"말씀은 고맙습니다만, 전 이미 결정을 했습니다."

그는 어깨를 으쓱하며 시선을 돌렸다.

"그럼 마음대로 하쇼. 내 알 바 아니니."

나는 여관을 나와 산에서 흘러오는 시냇물 위에 놓인 다리를 건너 몬테베리타 동쪽의 오르막 길에 접어들었다.

처음에는 계곡 쪽에서 올라오는 소리가 또렷했다. 개 짖는 소리, 소 목에 매달린 방울 소리, 서로를 부르는 남자들 소리 등이 선명하게 전해졌다. 집들에서 올라오는 푸른 연기가 안개처럼 뭉쳐졌고, 집들은 점점 장난감처럼 보이기 시작했다. 구불구불 이어지는 길을 따라 산속 깊숙이 들어가다 보니 계곡은 멀리 사라졌고 나는 위로, 더 위로 올라가야 한다는 생각뿐이었다. 오르막 하나를 넘어 왼쪽으로 돌면 뒤쪽 오르막은 보이지 않게 되고 다시 두 번째 오르막이 나타났다. 그것도 오르고 나면 지나온 두 오르막은 잊어버리고 더 가파르고 그늘진 세 번째 오르막에 도전해야 했다. 오랫동안 단련하지 않은 근육 때문에, 또 맞바람 때문에 속도가 더뎠다. 하지만 상쾌한 기분으로 계속 앞으로 나아갈 수 있었다. 피곤한 줄도 몰랐다. 영원히 등반을 계속할 수 있을 것만 같았다.

한 시간은 더 가야 한다고 생각했는데 갑자기 산 위에 마을이 나타났다. 4시가 조금 안 된 시간이었으니 꽤 잘 올라온 셈이었다. 마을은 마치 버려진 듯 황량했다. 입구를 판자로 막아 놓은 집들, 반쯤 부서지고 무너진 집들도 있었다. 연기가 피어오르는 집은 한두 채뿐이었고 주변 초지에도 일하는 사람이 없었다. 깡마른 몰골의 소 몇 마리가 길옆에서 풀을 뜯었다. 그 소들의 방울 소리가 공허하게 대기를 울렸다. 활기찬 등반 끝에 우울하고 음산한 마을에 당도한 셈이었다. 어떻든 그날 밤은 거기서 보내야 했으므로 더는 생각할 것이 없었다.

지붕에서 가느다란 연기가 피어오르는 집으로 다가가 문을 두드렸다. 문은 열려 있었고 잠시 기다리니 열네 살쯤 되어 보이는 아이가 나왔다. 아이는 나를 보고는 뒤돌아서더니 누군가를 불렀다. 내 나이쯤 되어 보이는, 멍청한 표정에 몸집이 큰 남자가 나왔다. 지역 방언으로 뭐라고 떠들더니 나를 쳐다보았다. 잠시 후 실수를 깨달았는지 서툴게 표준어를 시작했다.

"계곡에서 온 의사 아닌가요?"

"아닙니다." 내가 대답했다. "여행객입니다. 등반 중인데 하룻밤 묵고 싶습니다."

그가 실망스러운 표정을 지었다. 그러고는 내 청은 아랑곳 않고 다른 얘기를 시작했다.

"몸이 많이 아픈 사람이 있어요. 어째야 할지 모르겠어요. 의사가 올라온다고 했는데 보지 못했어요?"

"죄송합니다만 올라오는 길에 아무도 보지 못했습니다. 누가 아픈가요? 아이인가요?"

남자가 고개를 저었다. "아니, 여기 아이들은 없어요."

그는 당황스러워 어쩔 줄 모르는 표정으로 나를 보았고, 나는 안됐다는 마음이 들었지만 어찌할 도리가 없었다. 구급약과 아스피린 외에 내가 가진 의약품은 없었다. 혹시 열이 있다면 아스피린이 도움이 될 것 같았다. 나는 아스피린을 한 줌 꺼내 남자에게 건넸다.

"혹시 도움이 될지 모릅니다."

남자가 나를 안으로 안내했다. "직접 주시면 좋겠습니다."

나는 마지못해 안으로 들어섰다. 그 남자의 가족이 죽어 가는 꼴을 보고 싶지는 않았지만, 인간적인 양심 때문에 달리 어쩔 수가 없었다.

안쪽 방으로 들어가니, 벽 쪽에 놓인 간이침대에 눈을 감은 사내가 담요 두 장을 덮은 채 누워 있는 것이 보였다. 수염이 무성하게 자란 창백한 얼굴과 도드라진 눈, 코, 입을 보니, 죽음이 임박한 모습이었다. 나는 침대 옆에 다가가 사내를 내려다보았다. 사내가 눈을 떴다. 잠시 우리는 눈을 의심하며 서로를 바라보았다. 사내가 내게 손을 내밀며 미소 지었다. 빅터였다.

"이렇게 고마울 데가." 빅터가 말했다.

나는 아무 말도 할 수가 없었다. 빅터가 멀찍이 서 있는 남자를 손짓으로 부르더니 방언으로 뭐라 말했다. 아마 우리가 친구라고 설명하는 모양이었다. 얼굴이 밝아진 남자가 방을 나갔다. 나는 빅터의 손을 잡고 침대 옆에 서 있었다.

"아니 얼마나 오래 아팠던 거야?" 마침내 내가 물었다.

"닷새쯤 되었나. 늑막염 같아. 전에도 걸린 적이 있었는데 이번에는 심하군. 늙어서 그런가 봐."

다시 한 번 빅터가 미소 지었다. 중병을 앓으면서도 빅터는 변한 것 없이 그대로였다.

"자네는 아주 성공한 모양이야. 딱 봐도 알겠는걸."

나는 어째서 연락을 주지 않았는지, 20년 동안 무얼 하고 살았는지 물었다.

"여기저기 떠돌아다녔어. 자네도 그런 것 같긴 하지만. 영국에는 돌아가지 않았어. 그런데 손에 뭘 쥐고 있는 거야?"

내가 아스피린 병을 보여 주며 말했다. "이건 소용이 없겠어. 오늘 밤은 여기서 묵고 내일 아침에 바로 사람을 구해 자네를 계곡으로 옮겨야겠어."

빅터가 고개를 저었다. "시간 낭비야. 난 명이 다했어. 내가 알아."

"말도 안 되는 소리. 의사 치료를 받고 잘 먹으면 돼. 여기서는 그게 불가능하지만." 나는 어둡고 공기도 탁한 방을 둘러보았다.

"내 걱정은 마. 다른 사람 일이 더 중요해."

"누구?"

"애나." 놀란 내가 미처 대답을 못하는 사이에 빅터가 덧붙였다. "애나가 아직 여기 있어. 몬테베리타에."

"그러니까 아직도 그 산꼭대기를 떠나지 않고 살고 있다는 거야?"

"그래서 내가 여기 있는 거잖아. 난 여기 매년 왔어. 전쟁 후에 자네한테 보낸 편지에서도 알렸듯이. 작은 어촌에서 혼자 살다가 매년 한 번씩 여길 찾아왔지. 올해는 몸이 아파 좀 늦게 왔지만."

믿기 힘든 얘기였다. 그 오랜 세월 동안 일도 친구도 없이 오로지 1년에 한 번 떠나는 희망 없는 순례 여행만 기다리며 살다니.

"만난 적은 있나?"

"한 번도 없어."

"편지는 쓰고?"

"매년 편지를 갖고 왔어. 벽 아래 편지를 놓아두고 다음 날 다시 가보는 거지."

"편지를 가져가던가?"

"응. 그리고 납작한 돌멩이가 놓여 있지. 몇 마디 안 되는 답장이. 난 늘 그 돌을 가져와 내가 사는 어촌 마을에 모아 두었지."

가슴이 뭉클했다. 애나에 대한 빅터의 신뢰와 애정은 아직도 변치 않았던 것이다.

"난 그 종교에 대해 공부했어. 그리스도교 이전까지 거슬러 올라갈 정도로 오래된 신앙이야. 단서가 되는 고서적들도 찾아 읽고 신비주의나 고대 갈리아 의례, 드루이드교 연구자들과 만나 이야기도 나누었지. 그 종교들은 다들 깊이 연결되어 있더군. 그 종교를 믿는 사람들은 달의 힘으로 언제까지나 젊고 아름답게 살 수 있다는 말도 있어."

"마치 그걸 믿는 사람처럼 말하는군."

"난 믿어. 이 마을 아이들 말도 믿고. 이제 여기 아이들은 거의 없지만."

말하느라 지친 모양이었다. 빅터는 머리맡의 물 잔을 집었다.

"열이 있다면 이 아스피린도 그럭저럭 도움이 될 거야. 잠도 좀 잘 수 있을 테고."

나는 빅터에게 세 알을 먹이고 담요를 덮어 주었다.

"이 집에 여자는 없나?"

"없어. 이번에 와서 나도 놀랐어. 마을이 아주 황량해졌어. 여자들과 어린아이들이 모두 아래 계곡으로 내려가서 지금 남은 건 스무 명 정도의 남자들뿐이래."

"여자들과 아이들은 언제 내려갔어?"

"내가 오기 며칠 전이었나 봐. 이 집 주인은 오래전 여기 살았던 노인의 아들인데, 어수룩해서 아무것도 몰라. 뭘 물어도 멍하니 쳐다만 봐. 그래도 나름 성실하긴 해. 자네 먹을 것이나 잠자리는 챙겨 줄 거야. 아, 그 사람 아들은 아주 똑똑해."

빅터가 눈을 감았다. 나는 그가 잠이 들면 좋겠다고 생각했다. 마을 여자들이나 아이들이 떠난 이유는 알 것 같았다. 계곡의 아가씨가 사라져서 몬테베리타가 공격당할 거라는 소식이 전해졌기 때문이리라. 빅터에게는 말할 엄두가 나지 않았다. 어떻게든 설득해 아래쪽으로 데려가야만 했다.

벌써 날이 꽤 어두웠고 배가 고팠다. 나는 집 안을 살펴보았다. 남자 아이 하나만 있었다. 먹을 것과 마실 것을 청했더니 아이가 알아듣고 빵과 고기, 치즈를 가져다주었다. 그리고 내가 먹는 모습을 지켜보았다. 빅터는 잠이 든 모양인지 여전히 눈을 감고 있었다.

"아저씨 몸이 좋아질까요?" 아이가 물었다. 아버지보다 말하는 것이 나았다.

"그럴 거야. 계곡으로 데리고 내려가 의사한테 보여야 해."

"제가 도와 드릴게요. 친구들도 둘 있어요. 내일 내려가야 해요. 안 그러면 힘들어요."

"왜?"

"모레는 사람들이 몰려올 거예요. 아래 계곡 사람들이 화가 잔뜩 났거든요. 저랑 제 친구들도 거기 합세할 거예요."

"어떻게 하려는 거지?"

아이가 나를 흘낏 바라보며 망설였다. "저도 몰라요." 아이가 물러가자, 간이침대에서 빅터의 목소리가 들렸다.

"아이가 뭐라는 거야? 누가 계곡에서 온다고?"

"나도 잘 모르겠어." 나는 아무렇지 않은 듯 대답했다. "등반가들인가봐. 어떻든 내일 자네가 내려갈 수 있도록 아이가 도와주겠다는군."

"등반가들은 여기 온 적이 없어. 뭔가 잘못 안 모양이야." 빅터가 아이를 불러 방언으로 묻기 시작했다. 아이는 당황한 기색을 보이며 쉽사리 대답하지 않았다. 몇 차례인가 몬테베리타라는 말이 들렸다. 아이가 다시 방을 나갔다.

"뭐 좀 알아들었나?" 빅터가 물었다.

"전혀."

"이상해. 며칠 동안 누워 있으면서 이상한 느낌을 받았어. 나한테 뭘 감추는 듯해서 기분이 나빠. 이 집 남자는 아래 계곡 마을에 문제가 생겼다고, 사람들이 화가 많이 났다고만 하더군. 자네도 무슨 얘기 들었나?"

무슨 말을 해야 할지 몰라 우물쭈물하는 나를 빅터가 가만히 바라보았다.

"여관 주인이 워낙 무뚝뚝해서 말이야. 어떻든 몬테베리타로는 가지 말라고 하더군."

"왜?"

"설명은 안 하고 큰일이 날지 모른다고만 했어."

빅터가 입을 다물었다. 곰곰이 생각하는 모습이었다.

"혹시 계곡에서 여자가 없어졌다고 하던가?" 빅터가 물었다.

거짓말을 해봤자 소용없을 것 같았다. "아가씨가 없어졌다는 말은 들었어. 하지만 정말인지는 모르겠어."

"정말일 거야. 바로 그거였군."

빅터는 한동안 말이 없었고, 그늘이 내린 탓에 그의 표정을 볼 수 없었다. 램프 하나만 희미한 불빛을 던지고 있었다.

"자네가 내일 산에 올라 애나에게 경고하고 와야겠어." 마침내 빅터가 말했다.

예상했던 일이었다. 어떻게 해야 하는지 물었다.

"길을 그려 주지. 잘못 갈 리는 없어. 오래된 물길을 따라 남쪽으로 올라가기만 하면 되니까. 아직은 비 때문에 못 다닐 정도는 아닐 거야. 동트기 전에 출발하면 내일 중으로 충분히 돌아올 거야."

"도착하면 어떻게 하지?"

"내가 그런 것처럼 편지를 두고 멀찍이 떨어져 있어. 그럼 편지를 가져갈 테니. 나도 편지를 쓸게. 내가 여기 아파 누워 있는데 갑자기 20년 만에 자네가 나타났다고 말이야. 난 방금도 자네가 아이랑 이야기하는 걸 보면서 기적이라는 생각을 했어. 애나가 자네를 이리로 데려온 것 같아."

빅터의 눈이 빛났다. 젊은 시절에 보았던 바로 그 눈빛이었다.

"그럴지도 모르지. 아니면 자네가 산앓이라 부르던 내 특징 때문에 여기까지 온 것일 수도 있고."

"그 둘은 같은 거야."

우리는 말없이 서로를 바라보았다. 그런 후 나는 아이를 불러 침구와 베개를 달라고 했다. 그리고 빅터 침대 옆 바닥에 누워 잠이 들었다.

빅터는 밤새도록 뒤척였고 숨 쉬기도 힘들어했다. 나는 몇 번 일어나 빅터에게 아스피린과 물을 먹였다. 빅터는 땀을 많이 흘렸는데 그게 좋은 건지 나쁜 건지는 알 수 없었다. 끝없이 길게 느껴지는 밤 동안 나는 거의 잠을 자지 못했다. 새벽 어스름이 깃들자 둘 다 일어나 앉았다.

"지금 떠나야 해." 빅터의 몸은 차갑게 식어 있었다. 그는 더 나빠지고 더 약해져 있었다.

"애나에게 말해 줘. 계곡 사람들이 올라오면 위험해질 거라고."

"그렇게 쓸게."

"내가 얼마나 사랑하는지는 애나도 알 거야. 늘 편지로 알렸으니까. 그래도 한 번 더 써줘. 그러고는 편지를 두고 물길로 내려가 두세 시간, 아니면 좀 더 기다려. 그 후 다시 돌아가 보면 답장이 써 있는 납작한 돌멩이가 있을 거야."

나는 빅터의 차가운 손을 잡아 주고는 차가운 아침 공기로 나섰다. 주변을 둘러보니 조건이 좋지 않았다. 구름이 잔뜩 끼어 있었다. 아래쪽 계곡에서 올라왔던 길은 전혀 보이지 않았고, 조용한 마을의 오두막집 지붕들도 안개에 싸여 있었으며 위쪽 등산로도 마찬가지였다.

조용하고 부드럽게 구름이 내 얼굴을 간질이며 흘러갔다. 흩어지거나 사라질 구름이 아니었다. 어느새 머리카락과 손이 축축해졌고 혀에서도 물기가 느껴졌다. 나는 어둠이 가시지 않은 주변을 돌아보며 어떻게 해야 할지 망설였다. 자기 보호 본능은 어서 돌아서라고 속삭였다. 등반 경험으로 미루어 볼 때 이런 날씨에 산을 오르는 건 미친 짓이었다. 하지만 내게 희망을 걸고 기다리고 있는 빅터를 생각하면 등반을 포기할 수 없었다. 빅터가 죽어 가고 있다는 건 우리 둘 다 아는 사실이었다. 내 호주머니에는 그가 아내에게 보내는 마지막 편지가 들어 있었다.

나는 방향을 잡았다. 몬테베리타 정상에서 흘러오는 구름이 여전히 가득했다.

나는 산을 오르기 시작했다.

빅터는 내가 두 시간이면 정상에 닿을 거라고, 해를 등지고 가면 더 빨리 도착할 수 있다고 말했다. 품에는 빅터가 그려 준 지도도 있었다.

하지만 마을을 떠난 지 한 시간이 채 안 되어 문제에 봉착했다. 해를 볼 수 없는 날씨였던 것이다. 차가운 구름이 옆을 지나가며 얼굴에 물기를 남겼다. 불과 5분 전에 지나온 수로가 보이지 않았고 길바닥은 물이 고여 질퍽했다.

나무뿌리와 덤불에서 벗어나 바윗길로 접어들자 벌써 정오가 지나 있었다. 나는 기진맥진했다. 설상가상으로 길까지 잃었다. 뒤돌아섰지만 그때까지 따라온 물길을 찾을 수 없었다. 북동쪽으로 난 다른 길로 들어섰지만, 급류가 쓸고 지나간 탓에 길은 금방 끊어져 버렸다. 한 발짝만 잘못 움직이면 급류에 휩쓸릴 판이었고 바윗돌을 잘못 잡으면 손이 갈기갈기 찢어질 지경이었다.

전날의 상쾌한 등반과는 거리가 멀었다. 더 이상 산앓이의 흥분은 없었고 크나큰 두려움이 엄습했다. 예전에도 산에서 구름이 몰려오는 일을 당한 적이 많았다. 등반길을 훤히 꿰고 있지 않는 상황이라면 그만큼 당황스러운 일도 없었다. 그래도 그때는 젊고 몸도 단련된 상태였다. 중년의 도시인이 되어 혼자서 초행인 산길을 오르는 게 겁이 나지 않는다고 말하는 것은 거짓말이다.

나는 구름에서 벗어나 커다란 바윗돌 아래 들어가 점심을 먹었다. 계곡 여관에서 싸온 샌드위치였다. 그리고 아늑한 그곳에서 날이 좀 좋아지기를 기다렸다. 가끔씩은 몸을 덥히기 위해 일어나 발을 구르기도 했다. 상당히 추웠다. 본래 구름과 습기 찬 추위는 함께 오는 법이다.

어둠이 내리고 기온이 떨어지면 구름이 걷힐지 모른다고 생각했다. 보름이 가까운 것이 다행이었다. 보름달이 뜰 때면 대개 구름이 걷히고 하늘이 맑아지지 않는가. 그래서 차가운 공기가 한편 반갑기도 했다. 피부로 느껴질 만큼 공기가 차가워졌다. 종일 구름에 싸여 있던 남쪽을 내다보니 이제 3미터 앞은 보일 정도였다. 아래쪽은 여전히 구름이 두터웠다. 자욱한 안개의 벽이 길을 가로막고 있었다. 더 기다렸다. 남쪽 등산길이 서서히 드러나면서 6미터 앞은 볼 수 있게 되었다. 이제 구름은 수증기로 흩어졌다. 그러다가 갑자기 그날 처음으로 하늘과 산의 경사면이 시야에 들어왔다.

손목시계를 확인하니 5시 45분이었다. 몬테베리타에 어둠이 내리는 시간이었다.

다시 수증기가 몰려와 하늘을 가렸지만 곧 흩어지면서 하늘을 드러냈다. 나는 피신해 있던 바윗돌 아래 공간을 나왔다. 올라갈 것인지 내려갈 것인지, 다시 결정을 내려야 했다. 머리 위로는 길이 분명히 보였다. 빅터가 설명한 바로 그 길이었다. 12시간 전에 지나갔어야 할 산등성이까지 보였다. 두세 시간 후면 달이 떠 길을 밝혀 줄 테니 바위 벽까지 가는 데는 문제가 없을 듯했다. 아래쪽 하산길은 상황이 달랐다. 길 전체가 변함없이 구름 속에 가려져 있었다. 구름이 걷히지 않는다면 하산길 내내 방향을 자신하지 못하고 헤맬 것이 분명했다.

나는 산을 오르기로 결심하고 다시 출발했다.

구름이 걷히니 다시 용기가 생겼다. 나는 빅터가 그려 준 지도를 보며 남쪽 산등성이를 향해 갔다. 배가 고팠다. 낮에 먹어 버린 샌드위치를 다시 얻을 수 있다면 무슨 짓이든 할 수 있을 것 같았다. 남은 것은 빵 한 쪽, 그리고 담배 한 갑뿐이었다. 바람 때문에 담배를 피우기도 쉽지 않았지만 그래도 배고픔을 좀 잊을 수는 있었다.

드디어 하늘 위로 솟아오른 쌍둥이 봉우리가 보였다. 가슴이 벅찼다. 이제 조금만 오르면 등정이 끝나는 것이다.

나는 길을 재촉했다. 길은 점점 좁고 가팔라졌다. 남쪽 경사면이 눈앞에 다가오더니 어깨 뒤로 안개를 뚫고 커다란 달이 떠오르기 시작했다. 그 장관에 고독감이 밀려왔다. 지구 가장자리를 따라 홀로 걸어가는 기분이었다. 온 우주가 내 발 아래와 머리 위에 있었다. 이 텅 빈 공간을 걸어간 사람은 나 혼자뿐인 듯했다. 지구는 그렇게 회전하며 영원한 어둠을 향해 나아가는 것이다.

달이 뜨자 달빛을 받으며 산에 오르는 인간은 그저 미물에 불과했다. 더 이상 나에 대한 생각은 없었다. 달이 끌어당기는 것인지, 알 수 없는 힘이 나라는 형체를 정상으로 이끌었다. 나는 그 밀물과 썰물 같은 힘을 거스를 수 없었다. 마치 숨 쉬기를 멈출 수 없는 것처럼. 산앓이를 넘어선 산의 마법이었다. 내 안의 에너지가 아닌 보름달의 기운이 나를 움직였다.

양쪽의 바위가 점점 가까워지더니 내 머리 위에서 아치를 이루었다. 나는 허리를 굽혀 걸어야 했다. 어두운 터널을 지나 바깥으로 나오자 은빛으로 빛나는 몬테베리타의 쌍둥이 봉우리와 바위 벽이 나타났다.

그토록 순수하게 아름다운 풍경은 처음이었다. 정상에서 해야 할 일도, 빅터 걱정도, 하루 종일 짙은 구름 속에서 느꼈던 두려움도 다 머리에서 사라졌다. 그곳이야말로 등반의 목적지, 완성이었다. 시간 따위는 생각도 나지 않았다. 그저 달 아래 바위 벽을 바라보며 하염없이 서 있었다.

얼마나 오래 그렇게 서 있었는지, 탑과 벽에 언제 변화가 일어났는지 기억이 나지 않는다. 갑자기 아까는 없던 사람들이 나타났다. 벽 위에 줄지어 선 사람들은 바위를 깎아 만든 형상인가 싶을 정도로 움직임이 없었다.

거리가 멀어 얼굴이나 체형을 확인하기는 어려웠다. 탑 안쪽에는 한 사람이 홀로 서 있었다. 머리에서 발끝까지 온몸을 천으로 감싼 모습이었다. 갑자기 드루이드교의 제물 전설이 떠올랐다. 이 사람들은 달을 숭배한다고 했는데 마침 보름달이 뜬 것이다. 제물이 절벽 아래로 던져지는 장면을 목격하게 될지도 몰랐다.

이전에 경험한 적 없는 크나큰 공포가 몰려왔다. 어찌하면 좋을지 몰랐다. 물길 그늘 아래 무릎을 꿇고 몸을 숙였지만, 그 사람들이 틀림없이 나를 보았을 것 같았다. 그들은 손을 머리 위로 올리고 천천히 무슨 말인가 중얼거리기 시작했다. 처음에는 낮고 불분명한 소리였다가 점점 커지면서 깊은 정적을 깨뜨렸다. 그 소리가 바위 벽에 부딪쳐 메아리가 되어 사방을 울렸다. 모두들 보름달을 향하고 있었다. 희생 제물은 없었다. 그것은 경배의 노래였다.

지상의 것이 아닌 듯 무서우면서도 지극히 아름다운 노랫소리가 울리는 동안 나는 계속 그늘에 숨어 있었다. 도저히 이해할 수 없는 찬양의 현장을 우연히 목격하게 된 무지한 이방인이라는 내 상황이 부끄러웠다. 머리를 움켜쥐고 눈을 감은 채 납작 엎드렸다.

서서히, 아주 서서히 경배의 노랫소리가 잦아들었다. 소리가 낮아지더니 중얼거림이, 다시 한숨이 되었다. 소리가 완전히 사라진 후 다시 몬테 베리타에 정적이 찾아왔다.

나는 계속 움직일 엄두를 내지 못하고 여전히 두 손으로 머리를 움켜쥐고 얼굴은 땅에 처박고 있었다. 공포심은 부끄럽지 않았다. 두 세계 사이에서 길을 잃은 것이 문제였다. 내 세계는 가버렸는데 그렇다고 다른 쪽 세계에 속한 것도 아니었다. 다시 구름이라도 몰려와 나를 감싸 주면 좋겠다 싶었다.

무릎을 꿇은 채 한참을 기다리다가 고개를 들어 바위 벽을 바라보았다. 벽과 탑 속의 사람들은 사라져 있었다. 검은 구름이 달을 가렸다.

나는 자리에서 일어섰지만 움직이지는 않았다. 탑과 벽에서 시선을 뗄 수 없었다. 달이 구름 뒤로 들어갔으니 아무 일도 없을 것이다. 어쩌면 사람들도, 경배의 노래도 없었는지 몰랐다. 내 두려움이 상상 속에서 만들어 낸 광경이었는지도 몰랐다.

달을 가린 구름이 흘러갈 때까지 기다렸다. 그리고 주머니 속 편지를 만져 보고 용기를 냈다. 빅터의 편지 내용은 알 수 없었지만 내 편지는 다음과 같았다.

애나에게

알 수 없는 섭리로 이곳 몬테베리타의 마을까지 오게 되었는데, 여기에 빅터가 있더군요. 몹시 아픕니다. 얼마 못 살 것 같아요. 빅터에게 전할 말이 있다면 돌멩이에 써서 벽 아래 놓아 주십시오. 제가 전달할 테니. 그리고 당신의 공동체가 위험에 처해 있다는 걸 알려 드려야겠습니다. 계곡 마을의 아가씨가 없어진 일로 사람들이 분노하고 있습니다. 곧 몬테베리타를 공격할 겁니다.

빅터는 여전히 당신을 사랑하고 늘 생각한다는 걸 다시 한 번 알려 드립니다.

나는 편지 맨 끝에 서명을 했다.

나는 바위 벽을 향해 걷기 시작했다. 벽이 가까워지자 오래전에 빅터가 말해 주었던 긴 창구멍들이 보였다. 그 뒤에는 바깥을 내다보는 눈동자들이, 나를 기다리는 사람들이 있을 것만 같았다.

나는 몸을 굽히고 벽 아래 땅 위에 편지를 놓았다. 갑자기 내 앞의 벽이 움직이더니 활짝 열렸다. 팔 여러 개가 나와 나를 끌고 들어갔다. 나는 목덜미를 잡힌 채 내동댕이쳐졌다.

의식을 잃으면서 마지막으로 들은 것은 한 소년의 깔깔거리는 웃음소리였다.

깊은 잠에서 깨어나 현실로 돌아오듯 갑자기 정신이 들었다. 조금 전까지 혼자가 아니었다는, 누군가가 옆에 무릎 꿇고 앉아 내 얼굴을 내려다보고 있었다는 생각이 났다.

　나는 일어나 앉아 주변을 둘러보았다. 정신이 혼미하고 추웠다. 3미터쯤 되는 방 안이었는데 돌벽의 좁은 창구멍으로 햇빛이 희미하게 새어들어왔다. 손목시계를 보니 4시 45분이었다. 네 시간이 약간 넘는 동안 정신을 잃었던 셈이다. 그럼 지금 들어오는 빛은 새벽 어스름이었다.

　처음으로 느껴진 감정은, 마을 사람들이 나와 빅터를 속였다는 분노였다. 우악스럽게 날 끌어당긴 손이나 마지막으로 들린 소년의 웃음소리는 마을 사람들의 것이 분명했다. 남자와 아들이 앞질러 올라와서는 나를 기다린 것이다. 바위 벽 입구를 알면서도 오랜 세월 동안 빅터를 속이고 나까지 속인 것이다. 왜 그랬는지는 모르지만 말이다. 우리 둘이 가진 것이라곤 옷가지뿐이니 절도 목적은 아니었으리라. 내가 있는 방은 텅 비어 있었다. 누울 판자 하나 없는 것이 사람이 사는 곳 같지 않았다. 하지만 이상하게도 나를 묶어 두지는 않았다. 입구는 문도 없이 길게 뚫어 놓은 구멍이었다. 한 사람은 충분히 드나들 만했다.

　나는 조금 더 밝아질 때까지, 그리고 내 어깨와 팔다리에 감각이 돌아올 때까지 앉아서 기다렸다. 그러는 게 안전할 것 같았다. 이렇게 어둑할 때 바로 일어나 구멍을 나섰다가는 발을 헛디뎌 넘어지거나 미로 같은 길에서 방향을 잃을지도 몰랐다.

　날이 밝으면서 분노가 점점 커졌다. 동시에 절망감도 강해졌다. 다른 무엇보다 남자와 아들을 붙잡아 혼을 내주고 싶었다. 바닥에 내동댕이쳐지는 일은 두 번 다시 당하고 싶지 않았다. 그런데 나만 버려두고 멀리 가버렸다면 어쩌지? 돌벽을 여는 방법도 모르는데. 어쩌면 이게 이 방인들을 상대로 오랫동안 벌여 온 수작인지도 몰랐다. 계곡 여자들도 이 안으로 끌어들여 굶어 죽도록 한 게 아닐까? 이런 생각을 거듭하다

보면 이성을 잃을 것만 같았다. 나는 주머니에서 담배를 꺼냈다. 몇 모금 빨자 마음이 진정되었다. 그 맛과 냄새는 내가 아는 세상의 것이었으니까.

그때 프레스코 벽화가 보였다. 점차 날이 밝아 오면서 모습이 드러난 것이다. 방 안의 벽과 천장이 온통 벽화로 덮여 있었다. 촌부의 손끝에서 탄생한 원시적인 벽화도 아니었지만, 그렇다고 신심 깊은 예술가의 전문적인 솜씨도 아니었다. 생기와 열정, 깊이가 느껴지는 벽화였다. 무슨 이야기를 묘사한 것인지는 알 수 없었지만 주제는 분명 달 숭배였다. 벽화 속 사람들은 천장에 그려진 보름달을 향해 무릎 꿇거나 선 채 두 팔을 올리고 있었다. 하지만 묘하게도 그 사람들의 시선은 위쪽 달이 아닌 아래쪽 나를 향하고 있었다. 나는 담배를 피우며 눈길을 돌렸지만 그 시선은 계속 느껴졌다. 벽 바깥에서 창구멍 안쪽의 시선을 의식하던 아까처럼 말이다.

나는 자리에서 일어나 담배를 껐다. 여기 벽화 속 사람들에 둘러싸여 혼자 있는 상황을 어떻게든 벗어나고 싶었다. 나는 구멍을 통과하면서 다시 한 번 그 웃음소리를 들었다. 아까보다는 소리가 작았지만 여전히 비웃는 듯한 아이의 웃음소리를. 망할 녀석 같으니라고……

나는 소리를 지르며 앞으로 몸을 날렸다. 칼을 가졌을지도 모르지만 상관없었다. 벽에 붙어선 채 나를 기다리고 있는 사람이 보였다. 반짝이는 눈과 짧게 자른 머리가 눈에 들어왔다. 얼굴을 향해 주먹을 날렸지만 빗나갔다. 상대는 옆으로 몸을 피하며 웃었다. 그러고 보니 한 명이 아니었다. 뒤쪽에 한 사람, 그리고 또 한 사람이 더 있었다. 셋이 일제히 나를 향해 덤벼들어 나는 맥없이 쓰러졌다. 그중 하나가 내 가슴팍을 무릎으로 누르고 손으로 목을 조르며 미소 지었다.

숨이 막혀 캑캑거리자 목을 조르던 힘이 약해졌다. 세 사람은 여전히 비웃는 듯한 미소를 띠고 나를 내려다보았다. 마을에서 만났던 아버지나 아들은 아니었다. 아래쪽 마을 사람들과는 얼굴이 전혀 달랐다. 프레스코 벽화 속의 얼굴과 비슷했다.

이집트 무덤이나 먼지 속에 파묻힌 도시에서 나온 화병에서 본 듯한 얼굴로, 유난히 눈꺼풀이 두껍고 눈이 옆으로 찢어져 매서워 보였다. 무릎까지 오는 긴 옷에 맨팔과 맨다리를 내놓았으며 머리카락은 짧았다. 소박한 아름다움과 동시에 사악한 기운도 느껴졌다. 몸을 일으키려 하자 목을 조르던 사람이 다시 나를 눕혔다. 내 힘으로는 상대가 되지 않았다. 원하기만 하면 얼마든지 나를 성벽 밖 낭떠러지로 던져 버릴 수 있는 존재들이었다. 이게 끝이구나 싶었다. 내 죽음은 시간 문제였고 빅터는 홀로 죽어야 할 운명이었다.

"어서 끝내 버려." 나는 자포자기한 심정으로 말했다. 다시 비웃는 웃음소리가 터지고 여러 팔들이 나를 붙잡아 창구멍 밖으로 던져 버리리라 예상하면서. 질끈 눈을 감았다. 공포심에 온몸의 신경이 곤두섰다. 하지만 아무 일도 일어나지 않았다. 누군가가 내 입술을 건드렸다. 눈을 떠보니 한 소년이 미소 짓는 얼굴로 말없이 우유가 담긴 컵을 내밀고 있었다. 고개를 젓자 다른 사람들이 다가와 내 어깨와 등을 일으켜 받쳐 주었다. 나는 어린아이가 된 듯 바보스럽게 우유를 마셨다. 부축을 받고 있자니 두려움과 공포가 사라졌고 그 손들이 내 손으로, 아니 내 온몸으로 기운을 전하는 듯했다.

내가 우유를 다 마시자 소년이 컵을 받아 바닥에 놓고는 두 손을 내 가슴에 댔다. 그 손이 닿자 한 번도 경험하지 못한 오묘한 느낌이 들었다. 마치 신의 평화가 내려온 듯 평온하고 강건해져 전날 밤의 모든 불안과 공포, 피로가 싹 달아났다. 안개와 구름 속에서 헤매던 기억도, 홀로 누워 죽어 가는 빅터도 갑자기 전혀 중요하지 않게 되었다. 새롭게 알게 된 그 힘과 아름다움 앞에서 다른 것은 모두 하찮았다. 빅터가 죽는다 해도 상관없었다. 육신은 그 허름한 오두막집에 누워 있겠지만 그 심장 은 내 심장처럼 계속 뛸 것이고 마음으로 우리에게 올 것이었다.

'우리'라고 한 까닭은 그 좁은 방에서 나를 둘러싼 사람들과 한무리 가 된 기분이었기 때문이다. 놀람과 혼란 속에서도 나는 행복을 느꼈다. 내가 바라던 죽음의 순간이 바로 그러했기 때문이다. 모든 고통과 근심 에서 벗어나 두뇌가 아닌 마음에 맞춰 흘러가는 모습.

소년이 내게서 손을 뗐다. 하지만 그 힘은 여전히 내게 남았다. 그가 일어섰고 나도 따라 일어서 줄지어 걷기 시작했다. 복잡한 미로도, 어두 운 비밀 공간도 없었다. 탁 트인 안뜰이 나왔다. 안뜰의 세 면은 작은 방 들의 입구인 구멍과 연결되어 있었고, 네 번째 면은 쌓인 눈이 떠오르는 태양 빛을 받아 장밋빛을 띠고 있는 쌍둥이 봉우리로 이어졌다. 정상까 지 이르는 얼음 계단이 있었고, 똑같은 옷에 허리끈을 두르고 머리를 짧 게 자른 사람들이 그 계단을 오르고 있었다.

우리는 안뜰을 지나 계단을 오르기 시작했다. 아무 소리도 들리지 않 았다. 사람들은 내게도, 자기들끼리도 말을 하지 않았다. 그저 미소 지을 뿐이었다. 아래쪽 세상의 예의를 차리는 미소와는 달랐다. 지혜와 열정, 승리감이 한데 섞인 환희의 미소였다. 나이도 성별도 구분할 수 없었지 만 얼굴과 몸 모두가 한없이 아름다워, 보는 내가 그 무리의 일원이 되 고 싶다는 마음이 들었다. 그 사람들처럼 입고 웃고 경배하고 침묵하고 싶었다.

내가 걸친 코트와 셔츠, 신발과 양말을 내려다보니 갑자기 부끄러웠다. 죽은 사람에게 입힌 수의처럼 여겨졌다. 나는 허둥지둥 옷을 벗어 등 뒤로 던져 버렸다. 그리고 알몸으로 태양 아래 섰다. 당황스럽거나 부끄럽지 않았다. 내가 어떻게 보이는지 의식하지 않았다. 옷은 세상 속의 내가 쓰고 있었던 굴레일 뿐이었다.

우리는 계단을 올라 정상에 도달했다. 아래쪽의 온 세상이 선명하게 모습을 드러냈다. 키 작은 쌍둥이 봉우리는 영원을 향해 뻗어 오른 듯했고, 까마득한 아래쪽에는 녹음, 안개, 계곡, 강으로 둘러싸인 잠든 마을이 보였다. 고개를 돌리자 쌍둥이 봉우리 사이로 입을 벌린, 폭이 좁긴 해도 뛰어 건널 수는 없는 깊디깊은 크레바스가 눈에 들어왔다. 바닥이 보이지 않는 까마득한 크레바스 앞에서 나는 경탄을 금하지 못했다. 차가운 푸른빛을 띤 크레바스 안쪽 벽은 산의 심장까지 꿰뚫은 것 같았고, 정오의 태양도 보름달의 은빛도 크레바스 바닥까지는 닿지 못할 것 같았다. 봉우리 사이의 그 크레바스는 마치 두 손으로 받쳐 든 성배처럼 보였다.

머리부터 발끝까지 흰 옷을 입은 사람 하나가 크레바스 가장자리에 서 있었다. 생김새는 드러나지 않아도 큰 키에 고개를 뒤로 젖히고 팔을 뻗은 모습을 보자 가슴이 두방망이질 쳤다.

애나였다. 애나 외에 그렇게 거기 서 있을 사람은 없었다. 나는 빅터도, 내 임무도, 그동안의 시간도 다 잊었다. 애나가 만들어 내던 고요함과 아름다운 얼굴, '우리는 둘 다 같은 것을 찾는 사람들이니까요'라고 했던 그녀의 말만 기억했다. 내가 늘 애나를 사랑해 왔음을, 비록 애나가 빅터를 먼저 만나 결혼했지만 그건 우리 둘에게 아무 의미 없는 것이었음을 깨달았다. 클럽에서 빅터의 소개로 처음 만났던 그 순간부터 우리는 마음으로 통하고 서로를 이해했다. 그 보이지 않는 마음의 끈은 수

많은 장애물과 제약을 넘어 침묵과 오랜 이별에도 불구하고 우리를 늘 가까이 묶어 주고 있었다.

잘못은 내게 있었다. 오래전 런던의 서점에서 부부가 권했듯 함께 등반을 떠났어야 했다. 그럼 애나의 속생각을 바로 알아차렸을 것이고 나 역시 같은 생각을 했을 것이다. 빅터처럼 잠들지 않고 애나와 함께 깨어나 산에 올랐을 테고 공허하고 무의미한 긴 허송세월 대신 세상을 벗어나 이곳 산 위에서 애나와 함께 살아갔을 것이다.

다시 한 번 주변을, 함께 선 사람들의 얼굴을 둘러보았다. 어렴풋하게나마 절정의 환희를 느낄 수 있었다. 고통에 가까운 갈망으로 얻어 낸, 지금껏 알지 못했던 환희였다. 그들의 침묵은 어둠에 묶인 속박이 아닌, 산이 내려 준 평화였다. 침묵 속에서 그들은 하나가 되었다. 미소와 눈짓으로 소통이 충분했으므로 말은 필요가 없었다. 반면 가슴에서 샘솟는 환희의 웃음은 억누를 필요가 없었다. 본능을 거부하는 우울하고 억압적인 질서는 없었다. 이곳의 삶은 충만하고 활기차며 힘이 넘쳤다. 태양의 열기가 혈관으로 들어갔고 차가운 공기가 육신과 폐를 씻어 내며 힘을 북돋았다. 소년의 손가락이 내 가슴을 만졌을 때 느껴졌던 그 힘 말이다.

그 짧은 동안 나는 완전히 다른 사람이 되었다. 안개를 헤치고 불안과 두려움, 분노에 떨며 산을 오르던 나는 더 이상 존재하지 않았다. 반백의 중년인 내가 벌거벗은 채 몬테베리타 정상에서 태양을 향해 두 팔 벌리고 선 모습을 본다면 세상 사람들은 바보라고 웃어 댈 테지만, 나는 상관없었다. 하늘 높이 솟은 태양이 우리를 비추자 피부를 파고드는 햇살이 고통과 기쁨을 동시에 안겨 주었고, 그 열기가 내 심장과 폐를 관통했다.

나는 애나에게서 시선을 떼지 못하고 소리 내어 부르고 있었다. "애나, 애나!" 애나는 내가 있는 것을 아는 듯 손을 들어 보였다. 우리 둘을 쳐다보거나 의식하는 사람은 아무도 없었다. 그저 다 이해한다는 듯 웃을 뿐이었다.

무리 가운데 한 처녀가 걸어 나왔다. 아랫마을의 옷을 입고 스타킹과 구두를 신었으며 머리를 길게 늘어뜨리고 있었다. 두 손을 기도하듯 맞잡고 손가락으로 가슴을 두드리는 중이었다.

처녀는 크레바스 가장자리의 애나 쪽으로 걸어갔다. 어제 보름달 아래에서 나는 공포에 사로잡혔지만 지금은 아니었다. 나 역시 무리 가운데 한 명이었던 것이다. 다음 순간 머리 위의 태양이 크레바스 가장자리에 닿았다. 차가운 푸른빛이 반짝였다. 우리는 다 함께 무릎을 꿇고 태양을 바라보았다. 경배의 노래가 들렸다.

나는 생각했다. '이것이 인류 최초이자 최후의 경배 방식이야. 교리도 구세주도 성자도 없어. 그저 우리에게 빛과 생명을 주는 태양뿐이지. 시간이 시작될 때부터 늘 그랬던 거야.'

태양 빛이 지나가자 처녀는 다리를 들어 스타킹과 구두를 벗었다. 옷도 벗어 버렸다. 애나는 손에 든 칼로 처녀의 머리카락을 짧게 잘랐다. 처녀는 손을 가슴에 댄 채 애나 앞에 서 있었다.

'이제 자유의 몸이 되었군. 두 번 다시 마을로 돌아가지 않을 거야. 부모와 신랑감은 슬퍼하겠지만 저 처녀가 이곳 몬테베리타에서 무엇을 찾았는지는 결코 모를 거야. 아래쪽 세상에 머물렀다면 떠들썩한 결혼 잔치를 벌이고 짧은 신혼이 지나고 난 후 고달픈 결혼 생활을 이어 갔겠지. 반복되는 일상 속에서 아이들 걱정, 집 걱정을 하며 나이를 먹어 갔을 거야. 하지만 여기서는 그 모두에서 자유로워. 한번 느낀 감정은 무엇 하나 사라지지 않지. 사랑과 아름다움은 퇴색하지도, 사라지지도 않아. 가혹하고 무자비한 자연 속에서 살아가는 일은 결코 쉽지 않지만 처녀는 바로 그걸 원했고 그걸 찾아 여기 온 거야. 여기서는 전에 결코 알 수 없었던 것, 아래쪽 세상에 머물렀다면 앞으로도 찾지 못했을 것을 다 알게 되지. 열정과 즐거움, 웃음, 태양의 열기, 달빛, 감정의 동요 없는 사랑, 악몽 없는 깊은 잠을. 아래쪽 사람들은 바로 그 때문에 몬테베리타를 싫어하고 두려워하는 거야. 그들이 가지지 못한, 앞으로도 가질 수 없는 것이 여기 있으니까. 그래서 화내는 거야.'

애나가 돌아서자, 옷가지와 함께 과거의 삶과 성별까지 내버린 처녀가 맨팔에 맨다리로 그녀 뒤를 따랐다. 처녀의 미소 띤 얼굴에서 빛이 났다. 이제 그 무엇도 중요하지 않게 된 것이다.

나만 정상에 남겨 둔 채 모두들 안뜰로 내려갔다. 그러자 천국의 문 앞에서 쫓겨난 기분이었다. 짧은 환희의 순간은 그렇게 끝나 버렸다. 그들은 거기 속했지만 나는 그렇지 않았다. 나는 아래 세상에서 온 이방인이었다.

벗어 던졌던 옷을 다시 찾아 입었다. 별 수 없이 이성적 인간으로 돌아가 계단을 내려가던 중에 빅터와 그가 말한 부탁이 생각났다. 고개를 들어 보니 탑 위에서 애나가 나를 기다리고 있었다.

사람들이 벽에 몸을 붙여 내가 지나갈 공간을 터주었다. 다른 사람과 달리 애나는 모자가 붙은 긴 망토 차림이었다. 탑은 하늘 높이 솟아 있었고 애나는 빅터의 저택 벽난로 앞에 앉아 있던 때와 똑같이 한쪽 무릎을 세우고 그 위에 팔꿈치를 올려놓은 자세였다. 오늘이 어제이자 26년 전 그날이었다. 슈롭셔의 거실에 둘만 남았을 때 그랬듯 지금도 애나와 마주하니 평화로웠다. 애나 옆에 무릎을 꿇고 그 손을 잡고 싶었지만 그러지 못하고 벽 앞에 선 채 두 손을 마주 잡았다.

"마침내 찾으셨군요. 시간이 좀 걸렸지만." 애나가 말했다. 여전히 부드러운, 조금도 변하지 않은 목소리였다.

"당신이 저를 데려온 겁니까? 비행기가 비상착륙했을 때 당신이 불렀던 건가요?"

애나가 웃었다. 나는 내가 몬테베리타에 오기까지 한순간도 애나와 떨어져 있지 않았다는 것을 그제야 깨달았다.

"조금 더 일찍 오시기를 바랐죠. 당신은 제게서 마음의 문을 닫으셨더군요. 통화가 되려면 전화기가 두 개 필요한데 한쪽 전화기가 고장이 났던 거죠. 전화기는 지금도 전과 똑같은가요?"

"그렇습니다. 그리고 현대식 전화기에는 마음이 아닌 버튼이 필요하답니다."

"당신의 마음은 오랫동안 닫힌 상자였어요. 안타까웠어요. 우리는 참으로 많은 것을 함께 나눌 수 있었을 텐데. 빅터는 편지로 마음을 전했지만 당신은 그럴 필요도 없었을 텐데요."

그 순간 처음으로 희망이 생겨났다. 하지만 조심스럽게 접근해야 했다.

"빅터와 내가 쓴 편지를 읽었나요? 빅터가 죽어 간다는 걸 알고 계신가요?"

"네. 벌써 몇 주째 아픈 상태죠. 그래서 당신이 지금 이곳에 오도록 했습니다. 빅터의 마지막을 함께하실 수 있도록요. 이제 빅터에게 돌아가 저를 만났다고 말해 주세요. 그러면 빅터가 행복해할 거예요."

"왜 직접 가시지 않습니까?"

"그러지 않는 게 나으니까요. 그래야 빅터가 꿈을 간직할 수 있거든요."

빅터의 꿈? 무슨 말일까? 그가 몬테베리타에서도 전능함을 얻지 못했다는 말일까? 그나저나 애나는 위험이 닥쳐오고 있다는 건 알고 있을까?

"애나, 당신이 원하는 대로 하겠습니다. 빅터에게 돌아가 마지막을 함께하겠습니다. 그런데 당신에게 시간이 별로 없습니다. 커다란 위험에 처해 있어요. 내일, 아니 어쩌면 오늘 밤에 계곡 사람들이 몰려와 이곳을 파괴하고 당신을 죽이려 들 겁니다. 그 전에 피해야 합니다. 스스로 구원할 방법을 모른다면 내가 돕겠습니다. 문명 세계가 그리 멀지 않으니 내가 마을로 내려가 전화를 찾아 경찰과 군대에 연락을……"

말이 끊겨 버렸다. 내가 생각해도 내 계획은 애나의 신뢰를 살 만한 것이 아니었다.

"중요한 건 이제 더 이상 여기서 살 수 없다는 겁니다. 이번에는 어떻게 공격을 막아 낸다 해도 다음 주, 다음 달에 같은 일이 반복되겠죠. 이제 안전하지 않아요. 너무 오랫동안 여기서만 지내다 보니 바깥세상이 어떻게 변했는지 잘 모르시겠죠. 지금 이 나라는 둘로 갈라져 서로를 의심하고 있습니다. 계곡 사람들도 미신을 믿는 순박한 농민들이 아니에요. 현대식 무기로 무장했고 살의에 불타고 있습니다. 요행을 바라고 여기 머물러서는 안 됩니다."

애나는 대답하지 않았다. 꼼짝 않고 앉아 귀를 기울이고 있을 따름이었다.

"애나, 빅터가 죽어 갑니다. 벌써 죽었는지도 몰라요. 그러니 빅터는 도움을 줄 수 없겠지만 난 그럴 수 있습니다. 늘 당신을 사랑했어요. 말하지 않았지만 당신도 그건 짐작했겠죠. 26년 전 당신이 몬테베리타에 살게 됐을 때 두 남자의 삶이 무너졌습니다. 하지만 그건 더 이상 중요하지 않아요. 내가 당신을 다시 찾았으니까요. 여기 말고도 문명이 침범

하지 못한 곳들이 남아 있어요. 거기 가서 나와 함께 삽시다. 여기 이 사람들도 원한다면 함께 가고요. 나한테 돈은 충분히 있으니 다른 건 무엇 하나 걱정할 필요 없습니다."

나는 영사관과 대사관 사람들과 협의 끝에 여권이며 서류, 의복 등 온갖 문제를 해결하는 내 모습을 그려 보았다.

또 마음속에 세계지도를 펼쳐 놓고 살펴보았다. 남미부터 히말라야까지, 히말라야에서 아프리카까지, 험한 산들은 많았다. 광활한 캐나다 북부와 그린란드도 괜찮을 것 같았다. 사람의 발길이 닿지 않는, 바닷새들의 낙원인 섬들도 무수히 많았다. 산이든 섬이든, 사막이든 밀림이든, 어디든 좋았다. 그토록 오랫동안 만나지 못했으니 이제는 언제까지나 함께하고 싶었다.

빅터가 곧 세상을 떠날 것이므로 이제는 당신과 함께 살 수 있다고 직설적으로 털어놓았다. 그리고 애나의 대답을 기다렸다.

애나가 웃었다. 그토록 사랑스럽고 따뜻한, 기억 속 그대로의 웃음이었다. 나는 곧바로 애나에게 다가가 껴안으려 했다. 생명력과 기쁨, 긍정적 약속이 넘치는 웃음이었기 때문이다.

"그렇게 하겠어요?"

애나가 자리에서 일어나 내 옆에 조용히 다가와 섰다.

"어떤 사람이 워털루 역 매표소에 가서 간절한 어조로 '천국으로 가는 표 한 장 주세요. 편도로요'라고 말했답니다. 역무원이 거기 가는 열차는 없다고 했더니 잉크병을 집어 들고 역무원 얼굴에 부어 버렸대요. 그 후 그 사람은 감옥에 갇혔고요. 당신도 지금 제게 천국으로 가는 기차표를 부탁하시는 것이 아닌가요? 이곳은 진실의 산이지 천국이 아닙니다."

나는 상처를 받았고 화가 났다. 열심히 세운 내 계획을 건성으로 듣고 웃음거리로 삼아 버리다니.

"그럼 당신 계획은 무엇이죠? 사람들이 몰려와 무너뜨릴 때까지 여기 벽 뒤에서 기다리겠다는 겁니까?"

"저희 걱정은 마세요. 어떻게 해야 하는지 잘 아니까요."

애나는 하나도 중요하지 않은 일이라는 듯 무심히 대답했다. 나는 우리 둘이 함께할 미래의 계획이 멀어지는 것을 고통스럽게 바라보았다.

"정말로 무슨 비법이 있는 거요?" 공격적인 어조로 내가 물었다. "무언가 기적을 일으켜 당신과 이 사람들을 구하겠다는 거요? 나는 어떻게 할까요? 나도 데려갈 수 있는 겁니까?"

"저희와 함께 가고 싶지 않으실 거예요." 애나가 내 팔에 자기 손을 얹었다. "몬테베리타 같은 곳을 만들려면 시간이 걸려요. 세상의 옷을 버리고 태양을 숭배한다고 되는 게 아니죠."

"나도 잘 압니다. 나도 모든 것을 처음부터 다시 시작할 준비가 돼 있어요. 지금껏 세상에서 해온 일이 무의미하다는 것도 압니다. 재능, 성실함, 성공 따위는 다 소용없어요. 당신과 함께할 수만 있다면……"

"저와 함께요? 어떻게요?"

너무 갑작스럽고 직접적인 질문이라 대답할 수가 없었다. 하지만 내 마음은 보통의 남녀가 나누는 모든 것을 원하고 있었다. 처음에는 물론 그럴 수 없겠지만 나중에는 다른 산이나 야생의 땅에 숨어들어 그녀와 모든 것을 나눌 수 있으리라. 지금 중요한 것은, 애나가 허락만 한다면 어디든 따라갈 준비가 되어 있다는 것이었다.

"당신을 사랑합니다. 언제나 사랑해 왔습니다. 그것으로 충분하지 않은가요?" 내가 물었다.

"충분하지 않아요. 몬테베리타에서는 충분하지 않습니다."

애나가 두건을 벗었다. 온 얼굴이 드러났다.

나는 경악을 금치 못했다. 몸을 움직일 수도, 말을 할 수도 없었다. 모든 감정과 느낌이 얼어붙는 듯했다. 심장까지 차가워졌다. 애나의 얼굴 한쪽이…… 완전히 너덜너덜했다. 병이 눈썹과 뺨, 목에 검은 반점을 만들어 놓았다. 내가 사랑했던 두 눈은 움푹 꺼져 있었다.

"이제 아시겠죠? 이곳은 천국이 아닙니다."

확실히 기억나지는 않지만, 그때 나는 고개를 돌려 버렸던 것 같다. 나는 탑에 기대어 아래쪽을 내려다보았지만 눈에 들어오는 것은 거대한 구름뿐이었다.

"다른 사람들도 이 병에 걸려 죽었습니다. 전 아직 살아남았는데 좀 더 튼튼한 덕분이겠죠. 나병은 누구든 걸릴 수 있어요. 영생을 얻었다고 하는 몬테베리타 사람들까지도요. 하지만 그건 중요하지 않고, 전 아무 것도 후회하지 않아요. 오래전에 제가 그런 말씀을 드렸죠. 산은 요구가 많아 모든 것을 다 줘야 한다고요. 정말로 그렇습니다. 전 괴롭지 않으니 저 때문에 괴로워하실 필요 없습니다."

나는 아무 말도 하지 못했다. 눈물이 흘러내렸지만 닦을 생각조차 하지 못했다.

"몬테베리타에는 환상도, 꿈도 없습니다. 그런 것은 세상의 것이죠. 당신도 그 세상에 속해 있고요. 제가 당신의 환상을 깼다면 용서하세요. 한때 알던 애나를 잃고 또 다른 애나를 찾으신 겁니다. 어느 쪽을 오래 기억할지는 당신에게 달렸습니다. 이제 당신이 속한 세상으로 돌아가 당신만의 몬테베리타를 만드세요."

어딘가에 관목과 풀, 나무가 있었다. 흙과 돌, 물 흐르는 소리가 있었다. 계곡 깊숙한 곳에 집들이 있고 남자들과 여자들이 아이들을 키우며 살았다. 벽난로 불이 연기를 내며 집 안을 밝혔다. 어딘가에 도로와 철길, 도시가 있었다. 그토록 많은 도시와 그토록 많은 거리가 있었다. 빌딩의 불 켜진 창문 안에 사람들이 가득했다. 그들은 저 구름 아래, 몬테베리타 아래 있었다.

"불안해하거나 두려워하지 마세요." 애나가 말했다. "계곡 사람들은 우리를 해치지 못해요. 다만 한 가지……" 애나가 잠시 말을 멈췄다. 아마 미소를 지었을 것이다. "빅터는 꿈을 간직하게 해주세요."

애나는 내 손을 잡았고 우리는 함께 탑에서 내려와 안뜰을 지나 바위 벽으로 향했다. 팔다리를 드러내고 머리를 짧게 자른 사람들이 우리를 지켜보며 서 있었다. 마을에서 올라온 처녀도 보였다. 사람들이 애나를 바라보는 눈빛에 공포나 혐오감은 없었다. 모두들 모든 것을 알고 이해한다는 승리와 환희의 눈빛으로 애나를 보았다. 애나가 느끼고 견디는 것을 다른 사람들도 함께 느끼며 받아들인다는 것을 알 수 있었다. 애나는 혼자가 아니었다.

나를 바라보는 눈빛은 달랐다. 사랑과 이해 대신 공감과 동정이 담겨 있었다.

애나는 작별 인사를 하지 않았다. 잠깐 내 어깨에 손을 올렸을 뿐이다. 벽이 열렸고 애나는 사라졌다. 태양은 이제 서쪽 하늘로 지고 있었다. 거대한 흰 구름이 아래 세상에서 위로 올라오는 중이었다. 나는 몬테베리타를 뒤로하고 내려가기 시작했다.

저녁때가 되어 마을에 도착했다. 달은 아직 뜨기 전이었다. 두 시간만 있으면 훤한 달빛이 하늘 전체를 밝힐 것이었다. 아래 계곡에서 올라온, 300명이 넘는 사람들이 보였다. 총이나 수류탄, 곡괭이나 도끼 등으로 무장한 그들은 몇 명씩 무리 지어 모닥불 앞에서 먹고 마시고 담배 피우고 이야기를 나누었다. 가죽끈에 묶인 개들도 보였다.

내가 묵는 오두막으로 가자, 남자가 아들과 함께 문간에 서 있었다. 아들은 곡괭이를 들고 허리띠에 칼을 꽂고 있었다. 남자가 어리숙한 얼굴로 나를 보더니 말했다.

"당신 친구 죽었소. 몇 시간 되었소."

나는 집 안으로 뛰어 들어갔다. 머리맡과 발치에 촛불이 켜져 있었다. 빅터의 손을 잡았다. 남자의 말과 달리 빅터는 아직 숨을 쉬고 있었다. 내 손길을 느낀 빅터가 눈을 떴다.

"애나를 봤어?"

"봤어."

"그럴 줄 알았어. 여기 누워서도 그럴 거라는 느낌이 들더군. 애나는 내가 평생 사랑한 내 아내지만, 결국 애나를 다시 만난 유일한 사람은 자네로군. 질투하기엔 너무 늦었지?"

촛불이 흐릿했다. 빅터는 문간의 그림자나 사람들 움직이는 소리를 인식하지 못하는 모양이었다.

"내 편지는 전했어?"

"전했어. 걱정하지도, 불안해하지도 말래. 잘 지낸대. 아무 문제 없대."

빅터가 미소를 짓고는 내 손을 놓더니 말했다.

"내가 몬테베리타에 대해 가졌던 꿈이 다 사실이었군. 애나가 행복하고 만족스럽게 살고 있으니까. 몬테베리타 사람들은 영원히 젊고 아름다움도 잃지 않는다는 것도 사실인가? 그 머리카락이며 눈동자며 미소가 다 그대로던가?"

"전과 똑같아. 애나는 앞으로도 영원히 자네와 내가 아는 가장 아름다운 사람이야."

빅터는 대답하지 않았다. 그 옆에 앉아 있는 내 귀에 갑자기 나팔 소리가 울렸다. 메아리도 울렸다. 바깥에 모여 있던 남자들이 무기를 메고 모닥불을 꺼뜨리며 분주하게 움직이는 소리가 들렸다. 개가 짖었고, 남자들은 큰 소리로 웃어 댔다. 다들 떠나고 난 후 나는 밖으로 나가 텅 빈 마을을 바라보았다. 보름달이 검은 계곡에서 솟아오르고 있었다.

일상과 일상 너머의 이야기

이 단편선은 장편 『레베카』 이후 내가 두 번째로 만나 작업하게 된 대프니 듀 모리에의 작품이다. 그렇지만 『레베카』에서 보았던 음산하고 오싹한 분위기, 인물들의 심리 변화에 대한 날카로운 묘사가 단편선에서는 별로 두드러지지 않아 갸우뚱했다. 장편과 단편의 호흡 차이도 물론 작용하겠지만 대프니 듀 모리에라는 작가의 다채로움을 확인했다는 편이 더 맞을 것이다. 단편선의 듀 모리에는 시각, 청각, 후각 등 신체 감각을 동원한 압축적인 상황 묘사, 그리고 결말부의 극적 반전으로 특징을 드러내는 작가였다.

이 책의 단편들을 한 단어로 꿰어 본다면 나는 '일상'이라는 단어를 선택하겠다. 등장인물들은 우리와 다를 것 없는 평범한 일상을 살고 있다. 어린 딸아이가 죽은 상처를 잊기 위해 이탈리아 여행을 떠난 젊은 부부(「지금 쳐다보지 마」), 농장 일을 하며 가족의 안전을 책임지는 한 집안의 가장(「새」), 사교적이지는 못하지만 아이에게 헌신하며 깔끔하게 가정을 관리하는 주부(「눈 깜짝할 사이」), 규칙적이고 평온한 생활에 만족하는 자동차 정비사(「낯선 당신, 다시 입 맞춰 줘요」), 눈 수술을 받고 붕대 풀 날을 기다리며 병원 생활을 견뎌 내는 환자(「푸른 렌즈」) 등등. 그래서 그들의 생각과 행동을 공감하며 따라가는 것이 전혀 어렵지 않다. 또 그렇기 때문에 그 일상에 균열을 가하는 사건이 발생하는 모습을 지켜보면서 가슴을 졸일 수밖에 없다.

각 단편의 이야기가 끝난 후 남은 일상의 모습은 제각각이다. 새 떼의 공격이 이어지는 가운데 집 안에 숨어 있는 네 식구는 지나간 일상의 소중함을 뼈저리게 느끼며 가능한 한 그 일상의 모습을 유지하려 애쓴다(「새」). 한편, 외출에서 돌아와 완전히 달라진 자기 집에 들어가게 된 주부는 자기 신분을 증명해 줄 사람이 하나도 없는 답답하기 짝이 없는 상황에서 이전까지의 자기 일상을 새로운 시각에서 다시 바라본다(「눈 깜짝할 사이」). 간절히 남편을 사랑하는 촌부(「성모상」)와 경솔히 내뱉은 말 한마디를 후회하는 젊은이의 모습을 보면(「경솔한 말」) 일상은 어느 정도의 거짓을 내포할 수밖에 없는 것, 아니 작은 거짓 위에 쌓아 올려진 것에 불과하다는 생각도 하게 된다.

마지막에 실린 단편 「몬테베리타」에서는 일상이 아예 주인공으로 등장한다는 느낌이다. 일상을 버리고 떠나는 애나와 세속적 일상을 끝내 놓아 버리지 못하고 붙잡는 '나', 그리고 떠나간 애나를 그리워하며 기존의 일상을 버릴 수밖에 없는 빅터와 함께 말이다. 왜 사는가, 어떻게 살아야 하는가에 대해 듀 모리에가 1952년에 풀어놓은 이 이야기는

2014년의 우리에게도 충분히 사무친다. 어디를 향하는지 생각해 볼 틈도 없이 일상이 폭포수처럼 흘러갈 때, 내가 '누군가의 손에 들려 움직이는 트럼프 카드'라고 느껴질 때 한 번쯤은 아름다운 쌍둥이 봉우리와 그 위에 쏟아지는 보름 달빛을 머릿속에 떠올려 볼 일이다.

흥미롭게도 몬테베리타는 실존했던 공간이다. 1900년에 사적 소유 금지, 철저한 도덕성 실현, 채식주의, 나체주의를 표방하며 스위스에 세워졌던 공동체의 이름이었으며 헤르만 헤세, 카를 융 등 당대 지식인들의 열띤 호응을 받았다고 한다. 듀 모리에는 일군의 사람들이 기존의 일상으로부터 스스로를 격리시켰던 그 공간을 깊고 험한 산속에 자리 잡은 신전으로 재탄생시켰다. 이 몬테베리타는 '본능을 거부하는 우울하고 억압적인 질서가 없는 곳, 태양의 열기가 혈관으로 들어가고 차가운 공기가 육신과 폐를 씻어 내며 힘을 북돋는 곳', 세속적 일상에서는 절대 가질 수 없는 평화와 환희를 안겨 주는 신선 세계와도 같은 곳이다.

듀 모리에는 영국 서쪽 해안 콘월 지방을 사랑해 그곳에서 오랜 세월을 보낸 것으로 유명한 작가다. 장편 『레베카』에서 런던은 복잡하고 시끄러운 곳으로만 그려진다. 하지만 이 단편선에는 런던 시내가 배경으로 자주 등장한다. 특히 「낯선 당신, 다시 입 맞춰 줘요」나 「눈 깜짝할 사이」, 「푸른 렌즈」, 「경솔한 말」에는 런던 시내의 지명까지 구체적으로 나오고 있다. 덕분에 등장인물과 함께 독자들도 런던 곳곳을 돌아다니고 있는 듯한 색다른 경험을 하게 된다. 번역자로서도 지도를 살펴보며 작업하는 과정이 퍽 흥미로웠다.

마지막으로 언급하고 싶은 것은 세계대전이 곳곳에서 소재로 쓰인다는 점이다. 1907년생인 듀 모리에는 어린 시절에 1차 대전을, 그리고 군인 남편에 자녀 셋을 둔 부인이었던 삼십대에 2차 대전을 겪었다. 그 구체적인 경험은 알려져 있지 않지만 작가에게 크나큰 영향을 미쳤다는 것은 분명하다. 이 책의 단편들을 발표 연대대로 다시 나열해 보아도 이를 알 수 있다.

「호위선」(1940), 「새」(1952), 「낯선 당신, 다시 입 맞춰 줘요」(1952), 「몬테베리타」(1952), 「눈 깜짝할 사이」(1953), 「푸른 렌즈」(1959), 「지금 쳐다보지 마」(1971), 「성모상」(1980), 「경솔한 말」(1980).

1940년의 「호위선」부터 1953년의 「눈 깜짝할 사이」까지의 다섯 작품에는 하나같이 2차 대전이 등장한다. 「호위선」에는 독일 잠수함 유보트의 위협 속에서 북해를 오가는 상선이, 「새」에는 참전용사 주인공이 공습에 대비해 어머니 집을 보강하던 기억이, 「낯선 당신, 다시 입 맞춰 줘요」에는 공습으로 가족을 모두 잃은 상처로 공군만 보면 칼을 휘두르는 아가씨가 있다. 「몬테베리타」의 두 친구는 모두 1차 대전에 직접 참전하고 세상이 바뀌는 모습을 지켜본다. 「눈 깜짝할 사이」에는 전쟁이 끝난 후 한참 뒤까지 이어진 식량 배급제가 나온다.

전쟁은 평범한 일상을 송두리째 바꿔 버리는 가장 강력한 요인이다. 그러니 일상과 그 일상의 변화를 그려 내고자 하는 듀 모리에에게 중요한 소재로 등장하는 것은 어쩌면 당연한 일일지도 모른다.

내가 그랬듯 독자들도 흥미롭게 이 책의 단편들을 읽어 내려갔으면 좋겠다. 50~60년 앞선 시기이긴 하지만 그때와 지금의 일상이 크게 다

르지 않고 인간이 느끼는 불안과 공포 역시 그렇기에 충분히 가능하리
라 기대해 본다.

1907　5월 13일 영국 런던에서 비극 배우 제럴드 듀 모리에와 여배우 뮤리얼 보먼트의 세 딸 중 둘째로 출생. 어린 시절부터 부모의 영향으로 문예계 인물들을 자주 접하며 성장.

1928　최초의 단편소설 「그러므로 이제 하늘에 계신 우리 아버지께And Now to God Father」 발표. 일찍부터 문학적 재능을 드러냄.

1931　첫 장편소설 『사랑하는 영혼*The Loving Spirit*』 출간하여 크게 호평 받음.

1932　육군 장교 프레더릭 브라우닝과 결혼. 남편이 된 브라우닝은 듀 모리에의 장편소설을 읽고 멀리서 찾아온 독자였음. 장편 『줄리어스의

전진*The Progress of Julius*』 발표.

1933   맏딸 테사 출생.

1936   장편『자메이카 여인숙*Jamaica Inn*』 발표.

1937   둘째 딸 플라비아 출생. 논픽션 저술『듀 모리에 일가*The Du Mauriers*』
        발표.

1938   장편『레베카*Rebecca*』 발표.

1940   맏아들 크리스천 출생. 앨프리드 히치콕 감독이『레베카』를 영화화
        하여 오스카상 최우수작품상을 받음.『레베카』를 작가 자신이 희곡
        으로 각색해 런던 퀸스 시어터 무대에 올림.

1941   장편『프렌치맨 크릭*Frenchman's Creek*』 발표.

1945   희곡『그사이 몇 년*The Years Between*』 발표.

1946   장편『왕의 장군*The King's General*』 발표.

1949   장편『기생충들*The Parasites*』 발표.

1951   장편『나의 사촌 레이첼*My Cousin Rachel*』 발표.

1952	단편집 『사과나무*The Apple Tree*』 출간. 여기에 「새」, 「몬테베리타」, 「낯선 당신, 다시 입 맞춰 줘요」 등의 작품이 포함되었음.
1954	장편 『메리 앤*Mary Anne*』 발표.
1957	장편 『희생양*The Scapegoat*』 발표.
1960	앨프리드 히치콕 감독이 「새」를 영화화함.
1965	장편 『매의 비행*The Flight of the Falcon*』 발표.
1965	남편 프레더릭 브라우닝 사망. 이후 콘월의 킬머스 저택으로 주거지를 옮김.
1969	작가로서의 공로를 인정받아 데임 작위를 수여받음.
1971	단편집 『지금 쳐다보지 마』 출간.
1972	마지막이자 열일곱 번째 장편소설 『룰 브리타니아*Rule Britannia*』 발표.
1973	단편 「지금 쳐다보지 마」 영화화.
1977	미국 미스터리 작가 협회에서 그랜드 마스터 상을 받음.

1989   4월 19일 81세의 나이로 영국 콘월의 자택에서 사망.

세계문학 단편선을 펴내며

　세상의 모든 이야기는 단편으로 시작되었다. 성경과 그리스 신화를 비롯해 인류의 많은 신화와 설화는 단편의 형식으로 사물의 기원, 제도와 금기의 탄생, 운명이라는 이름의 삶의 보편적 형식을 설명했다.

　〈세계문학 단편선〉은 모든 산문의 형식 중 가장 응축적이고 예술성이 높은 단편소설에 포커스를 맞추어 세계문학을 바라보는 새로운 관점을 제시하고자 한다. 단편소설을 언급할 때 빼놓을 수 없는 작가들의 작품들은 물론이고, 한두 편의 장편소설로만 우리에게 알려진 세계적 작가들이 남긴 주옥같은 단편들을 통해 대가의 진면모를 총체적으로 바라볼 수 있게 할 것이다. 또한 우리에게 문학의 변방으로 여겨져 왔던 나라들의 대표적 단편 작가들도 활발히 소개할 것이며 이미 순문학과의 경계가 불분명해진 장르문학의 형성과 발전에 크게 기여한 작가들의 작품 역시 새롭게 조명해 나갈 것이다.

　에드거 앨런 포는 문학작품은 독자가 앉은자리에서 다 읽을 수 있을 정도로 짧아야 한다고 했다. 바쁜 일상의 삶을 사는 현대인들에게 〈세계문학 단편선〉은 삶과 사회, 나아가 세계를 바라볼 수 있게 하는 더할 나위 없이 좋은 친구가 될 것이라 확신한다.

　21세기인 현재에 이르기까지 단편소설은 그리스 신화가 그러했듯이 삶의 불변하는 조건들을 응축된 예술적 형식으로 꾸준히 생산해 왔다. 그리고 새로운 문학적 기법과 실험적 시도를 통해 단편소설은 현재도 계속 진화, 확장되고 있다. 작가의 치열한 예술적 열정이 가장 뜨겁게 반영된 다양한 개성으로 빛나는 정교한 단편들을 통해 문학의 진정한 존재 이유를 독자들이 느낄 수 있기를 소망하며 이번 〈세계문학 단편선〉을 펴낸다.

현대문학 편집부

H 세계문학 단편선

※ 〈세계문학 단편선〉은 계속 출간됩니다.

대프니 듀 모리에

초판 1쇄 펴낸날 2014년 7월 31일
초판 7쇄 펴낸날 2022년 7월 21일

지은이 대프니 듀 모리에
옮긴이 이상원
펴낸이 김영정

펴낸곳 (주)현대문학
등록번호 제1-452호
주소 06532 서울시 서초구 신반포로 321 (잠원동, 미래엔)
전화 02-2017-0280
팩스 02-516-5433
홈페이지 www.hdmh.co.kr

ISBN 978-89-7275-671-2 04840
세트 978-89-7275-672-9

* 책값은 뒤표지에 있습니다.
* 파본은 구입처에서 교환해 드립니다.